張恨水精品集5

紙醉金迷（上）

張恨水 著

張愛玲與張恨水：新文學史上的兩大傳奇

- 張愛玲是新文學史上傳奇性的作家，然而，她在其名著《流言》中，明晃晃地寫道：「我喜歡張恨水」。她甚至連張恨水小說《秦淮世家》《夜深沉》中的小配角都如數家珍；則她對張恨水的優質代表作像《啼笑因緣》《金粉世家》等的喜愛，自不待言。
  後來有評論家說張愛玲是張恨水的「粉絲」，這或許言過其實；但她明示對張恨水的讚佩和投契，確有惺惺相惜之意，畢竟是新文學史上的一段佳話。
- 張愛玲的文風，華麗、濃稠，卻又蒼涼；張恨水的文風，則是華麗、灑落，而又惆悵。名字適成對仗，文風亦恰可互映。由於作品皆以寫情為主，二人均曾被歸為鴛鴦蝴蝶派；事實上，他們的文學成就和境界均遠遠超越了鴛蝴派。二人均以抒寫古典轉型社會的繁華與破落見長，然張愛玲作品往往喻指文明的精美與崩毀，而張恨水作品則涵納了人生的滄桑與頓悟。張愛玲的《傾城之戀》，張恨水的《啼笑因緣》，皆予人以「萬古長空，一朝風月」的感慨。
- 當初，張愛玲的作品抗衡了四十年代整個左翼文壇的巨流；而張恨水的作品牽動了萬千多情讀者的心緒，同被來勢洶洶的左翼作家視為異己和頑敵。
- 但文學品位終究不會泯滅，所以魯迅、林語堂、老舍、冰心等名家衷心揄揚張恨水，正如夏志清、劉紹銘、水晶、張錯等學者熱烈稱頌張愛玲。
- 張愛玲在台港及海外華人圈早已炙手可熱，帶動小說風潮；張恨水卻因種種詭譎莫名的緣故，受到不合理的封禁。如今，本社毅然突破封禁，推出精選的張恨水作品集，以饗喜愛優質小說的廣大讀者，庶免愛書人有遺珠之憾！

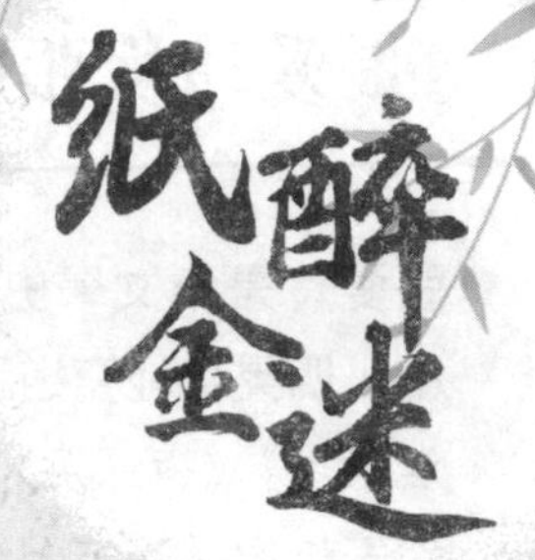

上

目錄

第二部　一夕殷勤

第一部

紙醉金迷

一 游擊商人

民國三十四年春季，黔南反攻成功。接著盟軍在菲律賓的逐步進展，大家都相信「最後勝利必屬於我」這句話，百分之百可以兌現。

本來這張支票，已是在七年前所開的，反正是認為一張畫餅，於今兌現有期了，那份兒樂觀，比初接這張支票時候的憂疑心情不知道相距幾千萬里，大後方是充滿了一番喜氣。

但人心不同，各如其面，也有人在報上看到勝利消息頻來，反是增加幾分不快的。最顯明的例子，就是游擊商人。在重慶，游擊商人各以類分，也各有各的交易場所。比如百貨商人的交易場所，就在大梁子。

大梁子原本是在長江北岸最高地勢所在的一條街道。幾次大轟炸，把高大樓房掃為瓦礫堆。事後商人將磚砌著高不過丈二的牆，上面蓋著平頂，每座店面，都像個大土地堂，這樣，馬路顯著寬了，屋子矮小的相連，倒反有些像北方荒野小縣的模樣。

但表面如此，內容卻極其緊張，每家店鋪的主人都因為計畫著把他的貨物拋出或買進而不安。理由是他們以陣地戰和游擊商比高下的，全靠做批發，一天捉摸不到行市，一天就可能損失幾十萬法幣。

在這個地方，自也有大小商人之分。但大小商人，都免不了親到交易所走一次。交易所以外的會外協商，多半是坐茶館。小商人坐土茶館，大商人坐下江館子吃早點。

在大梁子正中，有家百齡餐廳，每日早上，都有幾批游擊百貨商光顧。這日早上七點半鐘，兩個游擊商人，正圍著半個方桌面，茶煙點心，一面享受，一面談生意經。

上座的是個黃瘦子，但裝飾得很整齊。他穿了花點子的薄呢西服，像他所梳的頭髮一樣，光滑無痕，尖削的臉上，時時笑出不自然的愉快，高鼻子的下端，向裡微勾，和他嘴裡右角那粒金牙相配合，現出他那份生意經上的狡詐。

旁座的是個矮胖子，穿著灰呢布中山服，滿臉和滿脖子的肥肉臃腫著，可想到他是沒有在後方吃過平價米的，他將筷子夾了個牛肉包子在嘴裡咬著，向瘦子道：

「今天報上登著國軍要由廣西那裡打通海口，倘若真是這樣，外邊的東西就可以進來了，我們要把穩一點。」

那瘦子嘴角裡銜著煙捲，取來在煙缸子上彈彈灰，昂著頭笑道：

「我范寶華生在上海，中國走遍了，什麼事情沒有見過？就說這六七年，前方封鎖線裡鑽來鑽去，我們這邊也好，敵人那方面也好，沒有碰過釘子。打仗，還不是那麼回事。把日本鬼子趕出去，那不簡單，老李，你看著，在四川，我們至少有三年生意好做，不過三年的工夫也很快，一晃就過去了，為了將來戰事結束，我們得好好過個下半輩子，從今日起，我們要好好的抓他幾個錢在手上，這倒是真的，我們不要信報上那些宣傳，自己幹自己的。」

老李道：「自然不去信他，但是你不信別人信；一聽到好消息，大家就都拋出，越是這樣越沒有人敢要，一再看跌。就算我們手上這點存貨蝕光了為止，我們可以不在乎，可是我們總要另找生財之道呀，於今物價這樣飛漲，我每月家裡的開銷是八九上十萬，不掙錢怎麼辦？你老兄更不用說了，自己就是大把子花錢。」

范寶華露著金牙笑了一笑，表示了一番得意的樣子，因道：「我是糊裡糊塗掙錢，糊裡糊塗花錢，前天晚上贏了二十萬，昨天晚上又輸了三十萬。」

老李道：「老兄，我癡長兩歲，我倒要奉勸你兩句，打打麻將，消遣消遣，那無所謂，梭哈這玩意，你還是少來好，那是個強盜賭。」

范寶華又點了一支紙煙吸著，微搖了兩搖頭道：「不要緊，賭梭哈，我有把握。」

老李聽了這話，把雙肉泡眼，瞇著笑了起來。放下夾點心的筷子，將一隻肥胖的右巴掌，掩了半邊嘴唇，低聲笑道：「你還說有把握呢，那位袁三小姐的事，不是我們幾位老朋友和你調解，你就下不了臺。」

范寶華道：「這也是你們朋友的意思呀，說是我老范沒有家眷，是一匹野馬，要在重慶弄位抗戰夫人才好。好吧，我就這樣辦，咳！」

說到這裡，他嘆了口氣，改操著川語道：「硬是讓她整了我一下，你碰到過她沒有？」

老李笑道：「你倒是還惦記她呢。」

范寶華道：「究竟我們同居了兩年多。」

正說到這裡，他突然站起身來，將手招著道：「老陶老陶，我們在這裡。」

老李回頭看時，走來一位瘦得像猴子似的中年漢子，穿了套半舊的灰呢西服，肋下夾了個大皮包，笑嘻嘻的走了來。

他的人像猴子，臉也像猴子，尤其是額頭前面，像畫家畫山似的，一列列的橫寫了許多皺紋。

老李迎著也站起來讓坐，范寶華道：「我來介紹介紹，這是陶伯笙先生，這是李步祥先生。」

陶伯笙坐下來笑道：「范兄，我一猜就猜中，你一定在大梁子趕早市。我還怕來晚了，你又走了。」

范寶華道：「大概九點鐘，市場上才有的確消息，先坐一會吧，要吃些什麼點心？」

茶房過來，添上了杯筷，他拿起筷子，指著桌上的點心碟子道：「這不都是嘛？我不是為了吃點心而來，我有件急事，非找你商量一下不可。」

范寶華笑道：「又要我湊一腳？昨天輸三十萬了，雖然錢不值錢，數目字大起來，也有點傷腦筋。」

陶伯笙喝著茶，吃著點心，態度是很從容的。他放下筷子，手上拿了一隻桶式的茶杯，只管轉著看上面的花紋，然後將茶杯放在桌上，把手按住杯口，使了一下勁，做個堅決表示的樣子，然後笑道：「大家都說勝利越來越近了，也許明年這個時候，我們就回到南京了。無論如何，由現在打算起，應該想起辦法，積攢幾個盤纏錢，要不然，兩手空空怎麼回家？」

范寶華道：「那末，你是想做一筆生意。我早就勸過你了，找一筆生意做。你預備的是走哪一條路？」

陶伯笙額頭上的皺紋閃動了幾下，把尖腮上的那張嘴笑著裂痕伸到腮幫子上去，點了頭道：「這筆生意，十拿九穩賺錢，**現在黃金看漲，已過了四萬，官價黃金還是二萬元一兩，我想在黃金上打一點主意。**」

范寶華對他看了一眼，似乎有點疑問的樣子。

陶伯笙搭訕著把桌上的紙煙盒取到手，抽出一支來慢慢的點了火吸著。他臉上帶了三分微笑，在這動作的猶豫期間，他已經把要答覆的話，擬好了稿子了。

他噴出一口煙來道：「我知道范兄已經做有一批金子了，請問我當怎麼做法？」

范寶華哈哈一笑道：「老兄，儘管你在賭桌上是大手筆，你還吃不下這個大饃饃吧，黃金是二百兩一塊，買一塊也是四百萬，自然只要現貨到手，馬上就掙它四百萬，可是這對本對利的生意，不是人人可以做到的。」

陶伯笙道：「這個我明白。我也不能那樣糊塗，想吃這個大饃饃。你說的是期貨，等印度飛來的金磚到了就可兌現，自然是痛快，可是我只想小做，只要買點黃金儲蓄券，多一點三十兩二十兩，少一點十兩八兩都可以。」

范寶華道：「這很簡單，你擠得出多少錢就去買多少得了。我還告訴你一點消息，

要做黃金儲蓄，就得趕快，一兩個禮拜之內就要加價，可能加到四萬，那就是和黑市一樣，沒有利息可圖了。」

陶伯笙看了李步祥一下，因道：「大家全不是外人，有話是不妨實說。我也就為了黃金官價快要漲，急於籌一筆錢來買。范兄，你路上雖得活動，你自己也要用，我不向你挪動，但是，我想打個六十萬元的會。」

范寶華不等他說完，搶著道：「那沒有問題，不就是六萬元一腳嗎？我算一腳。」

陶伯笙笑道：「我知道你沒有問題，除了你，還要去找九個人呢。實在不大容易。我想，求佛求一尊。打算請你擔保一下，讓我去向人家借一筆款子。」

范寶華兩手同搖著笑道：「你絕對外行。於今借什麼錢，都要超過大一分，借六十萬，一個月要七八萬元的利錢，黃金儲蓄是六個月兌現，六七四十二萬，六個月，你得付五十萬的子金，這還是說不打複利，若打起複利，你得付六十萬的利息，要算掙個對本對利，那不是白忙了？」

那胖子李步祥原只聽他兩人說話。及至陶伯笙說出借錢買黃金的透頂外行話，也情不自禁地插嘴道：「那玩不得，太不合算了。」

陶伯笙道：「我也知道不行，所以來向范兄請教，此外，還有個法子，我想出來邀場頭，你總可以算一腳吧？」

范寶華道：「這沒有什麼，我可以答應的。不過要想抽六十萬頭子，沒有那樣大的場面。而且還有一層，你自己不能來，你若是也加入，未必就贏，若是輸了的話，你又算白幹，那大可不必。」

陶伯笙偏著頭想了一想，笑道：「自然是我不來，不過到了那個時候，朋友拉著我上場子，我要是說不來的話，那豈不抹了人家的面子？怎麼樣？李先生可以來湊一腳？」

李步祥笑道：「我哪裡夠資格？我們這天天趕市場的人，就掙的是幾個腳步錢。」

范寶華道：「提起了市場，我們就說市場吧。老李，你到那邊去看看，若是今天的情形有什麼變動的話，立刻來給我一個信，我和老陶先談談。」

李步祥倒是很聽他的指揮，立刻拿起椅子上的皮包就走出餐廳的大門。剛走到大門口，就聽到有人在旁邊叫道：「我一猜就猜著了，你們會在這裡吃早點的。」

他掉轉頭去看時，說話者就是剛才和范寶華談的袁三小姐。

她穿著後方時新的翠綠色白點子雪花呢長袍，套著淺灰法蘭絨大衣。頭髮是前面梳個螺旋堆，後面梳著六七條雲絲紐。胭脂粉塗抹得瓜子臉上像畫上的美女一樣，畫著兩條初三四的月亮形眉毛，最摩登的，還是她嘴角上那粒紅豆似的美人痣。

看這個女人也不像是怎樣厲害的人，倒不想她和范寶華變成了冤家，他匆遽之間，為她的裝飾所動，有這點感想，也就沒答覆出什麼話來，只笑著點了兩點頭。

袁小姐笑道：「哼！老范也在這裡吧？」她說著，把肋下夾的皮包拿出來，在裡面抽出一條小小的花綢手絹，在鼻子上輕輕抹了兩下。

李步祥又看到她十個手指頭上的蔻丹，把指甲染得血一般的紅。她笑道：「老李！你只管看我做什麼？看我長得漂亮，打什麼主意嗎？」

李步祥哎喲了一聲，連說不敢不敢。

袁三小姐笑道：「打我什麼主意，諒你也不敢，我是問你，是不是打算和我作媒？」

李步祥還是繼續地說著不敢。

袁三小姐把手上的手絹提了一隻角，將全條手絹展開，抖著向他拂了一下，笑道：「阿木林，什麼不敢不敢？實對你說，你要發上幾千萬元的財，也就什麼都敢了。」

老李笑道：「三小姐開什麼玩笑，你知道我是老實人。」

她笑道：「哼！老實人裡面挑出來的，哪個老實人能做游擊商人？這也不去管他了，你是到百貨市場去吧？託你一件事，給我買兩管三花牌口紅來。別害怕，不敲你的竹槓，我在百齡餐廳等著你，買來了，我就給你錢。」

李步祥先笑道：「袁小姐就是這一張嘴不饒人，東西買來了，我送到哪裡去？」

袁三道：「你沒有聽見嗎？我在百齡餐廳等著你，你以為老范在那裡我不便去，那沒有關係，不是朋友，我們也是熟人，回頭要來。」說著，笑對了他招招手，她竟是大開了步子，走進餐廳裡去。

李步祥望著她的後影搖了兩搖頭，自言自語的道：「這個女人了不得。」於是走上百貨市場去。

這百貨交易所在一幢不曾完全炸毀的民房裡，這屋子前後共有四進，除了大門口，改為土地堂的小店面而外，裡面第二第三兩進屋子，折了個空，倒像個風雨操場。這兩進房子裡挨著柱子，貼著牆，亂哄哄地擺下攤子。那些攤子上，有擺襯衫襪子的，有擺手絹的，有擺化妝品的，也有專擺肥皂的。夾著皮包的百貨販子四處亂鑽，和守住攤子的人站著就地交涉，全場人聲哄哄，像是夏季黃昏時候擾亂了門角落裡的蚊子群。

李步祥兜了兩三處攤子，還沒有接洽好生意，這就有個穿藍布大褂的胖子光了頭，搬一條板凳放在屋子中間。他這麼一來，立刻在市場上的游擊商人就圍了上來。人圍成了圈子以後，那胖子站在凳子上，在懷裡掏出一本拍紙簿，在耳朵夾縫裡取出一枝鉛筆。他捧著簿子看了看，伸了手叫道：「新光襯衫九萬。」只這一聲，四處八方，人叢中有了反應：「八萬，八萬五，八萬二，兩打，三打，一打。」同時，圍著人群的頭上，也亂伸了手。

那胖子又在喊著：「野貓牌毛巾一萬二。」在這種呼應聲中，陸續地有人走來，加進了那個擁擠的人圈，人的聲音也就越發嘈雜了。

李步祥的意思，只是來觀場，並不想買進貨品，也就只站在人叢後面呆望了一陣。約莫有十來分鐘，他把市場今日的行市大概摸得清楚了。

卻有人輕輕在肩上拍了一下，看時，正是那位邀賭的陶伯笙，便笑道：「陶先生，你也有興致來觀觀場嗎？不買東西，在這裡站著是無味的，聲音吵得人發昏。」

陶伯笙笑道：「那位袁三小姐又去找老范去了，我想坐在一處，他們或者不好說話，所以我就避開來了。」

李步祥笑道：「沒有關係。我和他們混在一處兩三年，什麼不知道。這位袁三小姐是什麼全不在乎的。不是你提起我倒忘了，她正叫我給她買兩支口紅呢。來吧，我們一同來和袁小姐看口紅。」說著，轉了兩三個化妝品攤子，果然找到了兩支三花牌口紅。

李步祥一問價錢，那位攤販子並沒有開口說話，將藍布衫的長袖子伸出來，當李步祥也伸過手去和他握著時，他另一隻手立刻取了一塊白的粗布手巾，搭在兩個人手上，也不知道他們兩隻手在布底下捏了些什麼。

那李步祥縮回手來，攤販子立刻搖了兩搖頭道：「那不行，差遠了。」

李步祥笑著伸過手去兩隻手捏住，又把布蓋著。他連問著：「可不可以？」於是兩個人一面捏手，一面打著暗號，結果，李步祥縮回手來，掏出幾千元鈔票，就把口紅買過來了。

陶伯笙跟著他走了幾步，笑道：「為什麼不明說，瞞著我嗎？」

李步祥道：「市場上就是這麼一點規矩，明事暗做。其實什麼東西，什麼價錢，大家全知道，你非這樣幹，他不把你當內行，有什麼法子呢。走吧，把東西送給袁三去。」

陶伯笙笑道：「你當了老范的面，送她這樣精緻的化妝品，恐怕不大妥當，老范那個人疑心很重。」

李步祥笑道：「沒關係，大家全是熟極了的人。」

他說著，向前走，一到餐廳門口，陶伯笙不見了，心想，這傢伙倒是步步當心，是個精靈鬼，自己也不可太大意，於是緩著步子向裡走，隔著餐廳玻璃門，先探頭望了一下。那袁三和范寶華坐在原先的桌位上，談笑自若，她倒是先看見了，抬起手來，連招了兩下。

李步祥只好夾著皮包走過去了，看看范袁兩人臉色都極其自然，便橫頭坐下來笑道：「剛才范兄還提到你的，不想你就來了。」

袁三將眼睛向兩人瞟了一眼，笑道：「那多謝你們惦記了。」

李步祥道：「本來你和范兄是很好的，大家還可以……」

袁三立刻把笑臉沉下來道：「老李，話不要說得太遠了，過去的事提他幹什麼？我們都不過是朋友而已。朋友見面，坐坐茶館何妨？」

李步祥把臉腮上的胖肉擁起來，苦笑了一下。

袁三又笑道：「你自說是個老實人，說錯了話我也不怪你，託你買的口紅，你買了沒有？」

他便在口袋裡掏出兩支口紅管子，放在桌上。

袁三拿過去看了看裝潢上的記號，又送到鼻子尖上聞了兩下，點著頭道：「這是真的，你花了多少錢買的？」

李步祥笑道：「小意思，還問什麼價錢？」

袁三道：「我敲竹槓要敲像老范一樣的，敲就敲筆大的，你這個小小游擊商人，經不起我一敲，多少錢買的？說！」

李步祥一想，這傢伙真凶，和她客氣不得，於是點了頭笑道：「袁小姐說的是，你就給五千塊錢吧！我們買得便宜。」

袁三道：「兩千五百元買不到一支口紅，你說實話。」

李步祥將肥脖子一縮，笑道：「袁小姐真是厲害，市場上價目都曉得，我是七千元買的。」

袁三將朱漆的小皮包放在桌上打開，在裡面抽出一疊鈔票，拿了幾張由桌面上向李步祥面前一丟，因笑道：「你真是阿木林，北平人有句話，叫做窩囊廢，你說對不對？」

李步祥紅著胖臉道：「民國二十一二年，我混小差使在北平住過兩年，這句話我懂得，那比上海人說的阿木林還要厲害一點。」

袁三道：「你看！要錢就要錢，白送就白送，少算兩千塊錢，那算怎麼回事？」

他笑道：「我怕袁小姐嫌我買貴了。」

她笑著嘆了口氣道：「你真是一塊廢料。」說話時，還把手上拿的花綢手絹隔了桌面向他拂了幾拂。

李步祥心裡十分不痛快，可是對了她還只有微笑。

袁三站了起來，將皮包夾在肋下，向范寶華道：「你大概是不要我會東的了。」

范寶華笑道：「根本你也沒有擾我，就只喝了半杯茶。」

袁三道：「勝利快來到了，大概一兩年內，我們可以回上海，好孩子，好好的抓幾個錢回家去養老婆兒女，別儘管賭梭哈。」

她說著話時，手拿了皮包，將皮包角按住桌子，在地面懸起一隻腳，將皮鞋尖在地面上點著，最後，說了兩個字「再見」，揚著脖子挺了胸脯子就這樣地走了。

范、李怔怔地對望了一陣。還是范寶華笑道：「這傢伙越來越流，簡直是個女棍子，幸而她離開了我，若是現今還在一處，我要讓她搜刮乾了。」

李步祥道：「我在餐廳門口碰著她，是她先叫我的，她叫我到市場上去買口紅。不知道什麼緣故，我見著她就軟了，她叫我買東西，我不敢不買。我想老兄不會見怪。」

范寶華也笑著嘆口氣道：「你真是一塊廢料，這且不談，今日市場情形怎麼樣？」

李步祥道：「還在看跌，市場上很少人進貨，我們還是按兵不動的好。」

范寶華將桌子一拍道：「我還看情形三天，三天之內，還是繼續看跌的話，我決計大大地變動一下，要幹就痛痛快快地大幹一陣，這樣不死不活的也悶得很，我也不能讓袁三小視了我。」

李步祥道：「如果你有這個意思，我倒可以和你跑跑腿，那衡陽來的幾個百貨字號，當去年撤退的時候，他們把所有的東西都搬進來了，就是存著貨不肯拿出來，預備掙錢又掙錢，現在國軍打勝仗，眼見不久就要拿回桂柳，貨留著不是辦法，預備倒出來，你若買進一部分回來，趕快運到內地去賣，還是一筆好生意。」

范寶華笑道：「你真是不行，大後方可做的生意多著呢，除了做百貨，我們就沒有第二條路子嗎？你瞧著吧，這個禮拜以內，我要玩個大花樣。老陶那傢伙溜了，你到他家去找他一趟，讓他到家裡來找我。老李，你看我發財吧！」說著，打了一個哈哈。

范寶華是個有經驗的游擊商人，八年抗戰，他就做了六年半的游擊商，雖然也有時失敗，**但立刻改變花樣，就可以把損失的資本撈回來**，因之利上滾利，他於民國二十七年冬季，**以二百元法幣作本錢，他已滾到了五千萬的資本**，雖然這多年來，一貫地狂嫖浪賭，並不妨礙他生意的發展。

李步祥以一個小公務員改營游擊商業，才只短短的兩年歷史，對范寶華是十分佩服的，而且很得他許多指導，見他這樣的大笑，料著他又有了游擊妙術，便笑道：「你怎樣大大地幹一番？我除了跑百貨，別的貨物，我一點不在行，除此之外，現在以走哪一條路為宜呢？」

范寶華笑道：「你不用問著我這手戲法吧，你去和我找找老陶，就說我有新辦法就是了，若是今天上午能找到，就到我那裡去吃中飯，否則晚上見面。今晚上我不出門，靜等他。」

李步祥道：「我看他是個好賭的無業遊民，他還有什麼了不起的辦法嗎？」

范寶華道：「你不可以小視了他，他不過手上沒錢，調動不開，若是他有個五六百萬在手上，他的辦法比我們多得多呢。」

李步祥笑道：「我是佩服你的，你這樣地指揮我做，我就這樣進行。這次你成了功，怎麼幫我的忙？」

范寶華笑道：「借給你二百萬，三個月不要利錢，你有辦法的話，照樣可以發個小財。」

他聽了自是十分高興，立刻夾了皮包，就向陶伯笙家來。

這陶伯笙住在臨街的一幢店面樓房裡，倒是四層樓。重慶的房子包括川東沿江的碼頭，那是世界上最奇怪的建築。那種怪法，怪得川外人有些不相信，比如你由大街上去拜訪朋友，你一腳跨進他的大門，那可能不是他家最低的一層，而是他的屋頂，你就由這屋頂的平臺上逐步下樓，走進他的家，所以住在地面的人家，他要出門，有時是要爬三四層樓，而大門外恰是一條大路，和他四層樓上的大門平行。

這是什麼緣故？因為揚子江上溯入峽，兩面全是山，而且是石頭山，江邊的城市無法將遍地的山頭扒平，城郭街道房屋都隨了地勢高低上下建築，街道在山上一層層地向上橫列地堆疊著，街兩旁的人家就有一列背對山峰，也有一列背對了懸崖。背對山峰的，他的樓房靠著山向上起，碰巧遇到山上的第二條路，他的後門就由最高的樓欄外通到山上。

這樣的房子還不算稀奇，因為你不由他的後門進去，並不和川外的房屋有別的，背對了懸崖的房屋，這就憑著川人的巧思了。

懸崖不會是筆陡的，總也有斜坡，川人將這斜坡用西北的梯田制，一層層地鏟平若干尺，成了斜倒向上堆疊的大坡子。

這大坡子小坦地，不一定順序向上，盡可大間小，三間五，這樣的層次排列，於是在這些小坦地上，立著磚砌的柱子，在下面鋪好第一層樓板。那麼，這層樓板必須和第二層坦地相接相平，第二層樓面就寬多了，於是在這一半樓面一半平地的所在再立上柱子，接著蓋第三層樓，直到最後那層樓和馬路一般齊，這才算是正式房子的平地。

在這裡起，又必須再有兩三層樓面，才和街道上的房子相稱，所以重慶的房子有五六層樓，那是極普通的事。

可是這五六層樓，若和上海的房子相比，那又是個笑話。他們這樓房，最堅固的建築，也只有磚砌的四方柱子，所有的牆壁，全是用木條子，雙夾的漏縫釘著，外面糊上一層黃泥，再抹石灰。看去是極厚的牆，而一拳打一個窟窿。

第二等的房子，不用磚柱，就用木柱，也不用假牆，將竹片編著籬笆，兩面糊著泥灰，名字叫著夾壁。

還有第三等的房子，那尤其是下江人聞所未聞，哪怕是兩三層樓，全屋不用一根鐵釘，甚至不用一根木柱，除了屋頂是幾片薄瓦，全部器材是竹子與木板，大竹子作柱，小竹子作桁條，篦片代替了大小釘子，將屋架子捆住。

壁也是竹片夾的，只糊一層薄黃泥而已。這有個名堂，叫捆綁房子，由懸崖下向上支起的屋子，屋上層才高出街面的，這叫吊樓，而捆綁房子，就照樣地可以起吊樓。唯其如此，所以重慶的房子，普通市民是沒有建築上的享受的。

陶伯笙是個普通市民，他不能住超等房子，也就住的是一等市房的一幢吊樓。吊樓前面臨街，在地面上的是一家小雜貨鋪，鋪子後面，伸出崖外，一列兩間吊樓。其中一間住了家眷。另一間是他的臥室，也是客廳，也是他家眷的餐廳。過年節又當了堂屋，可以祭祖祭神。這份兒擠窄，也就只有久慣山城生活的難民處之坦然。

李步祥經范寶華告訴了詳細地點，站在小雜貨店門口打量了一番，望著店堂裡，堆了些貨簍子貨架子，後面是黑黝黝的，怕是人家堆疊，倒不敢進去。就在這時，有個少婦由草紙堆山貨簍子後面笑了出來，便閃開一邊看著。

那少婦還不到三十歲，穿件半舊的紅白鴛鴦格子綢夾袍，那袍子自肋以下有三個紐扣沒扣，大衣襟飄飄然，腳下一步兩聲響，踏了雙皮拖鞋。燙頭髮雞窠似的堆了滿頭和滿肩，不過姿色還不錯，圓圓的臉，一雙畫眉眼，兩道眉毛雖然濃重些，微微地彎著，也還不失一份秀氣。

她操著帶中原口音的普通話，笑著出來道：「下半天再說吧，有人請我聽戲哩，今天該換換口味了。」

她臉腮上雖沒有抹胭脂粉，卻是紅暈滿腮，她笑著露出兩排白牙，很是美麗。

李步祥想著，這女人還漂亮，為什麼這樣隨便，他正這樣注意著，後面正是陶伯笙跟出來，他手上舉了只手皮包，叫著道：「魏太太，你丟了重要的東西了。」

她這才站住，接過皮包將手拍著道：「空了，丟了也不要緊，不是皮包空了，我今天也不改變路線去聽戲，這兩次，我們都是慘敗。」說著，擺頭微笑，走到隔壁一家鋪子裡去了。

李步祥這才迎向前叫聲陶先生。他笑道：「你怎麼一下工夫又到這裡來了，請家裡坐，請家裡坐。」說著，把他由店堂裡向後引，引到自己的客室裡來。

李步祥一看，屋子裡有張半舊的木架床，被褥都是半舊的。雖然都還鋪疊得整齊，無如他的大皮包、報紙、衣服襪子，隨處都是。屋子裡有張三屜桌和四方桌，茶壺茶碗、書籍、大小玻璃瓶子、文具，沒有秩序地亂放，在垃圾堆中，有兩樣比較精緻些的，是兩隻瓷瓶，各插了一束鮮花，另外還有一架時鐘。

這位陶先生出門，把身上的西服熨燙得平平整整，夾了個精緻大皮包，好像家裡很有點家產，可是住的屋子這樣糟。這吊樓的樓板，並沒有上漆，鞋底的泥代了油漆作用，浮面是一層潮黏黏的薄灰。走著這樓板還是有點兒閃動。

陶伯笙趕快由桌子下面拖出張方凳子來，上面還有些瓜子殼和水漬，他將巴掌一陣亂抹，然後拍著笑道：「請坐請坐。」

李步祥看他桌上是個存貨堆疊，也就不必客氣了，把帶來的皮包也放在桌上。雖然那張方凳子是陶伯笙用手揩抹過的，可是他坐了下去，還覺得不怎麼合適，那也不理會了，因笑道：「我不是隨便在門口經過的，我是老范叫我來的。」

陶伯笙道：「剛才分手，立刻又請老兄來找我，難道又有什麼特別要緊的事嗎？」說著，在身上掏出一盒紙煙，抽了一支敬客。

李步祥站起來接煙時，褲子卻被凳面子黏著，拉成了很長，回頭看時，有一塊軟糖，半邊黏在褲子上，半邊還在凳面上，陶伯笙笑著哎呀了一聲道：「這些小孩子真是討厭，不，也許是剛才魏太太丟下來的。」

李步祥笑道：「沒關係，我這身衣服跟我在公路上跑來跑去，總有一萬里路，那也很夠本了。」

他伸手把半截糖扒得乾淨，主人又在床面前另搬了張方凳子出來，請客坐下。

李步祥吸著煙，沉默了兩三分鐘，然後笑道：「這件事，就是我也莫名其妙，老范坐在茶座上，突然把桌子一拍，說是三天之內要大幹一番，而且說是一定要發財，我也不知道他這個財會怎樣的發起來，他就叫我來約你去商量，想必他大幹一番，要你去幫忙。」

陶伯笙伸著手搔了幾搔頭，因道：「要說做買賣，我也不是完全外行，但是要在老范面前，著實要打個折扣，他做生意還用得著我嗎？」

李步祥道：「他這樣地著急要我來約你，那一定有道理。他在家裡等你吃午飯，你務必要到。」說著，就拿了皮包要走。

陶伯笙說道：「老兄今天初次光顧，我絲毫沒有招待，實在是抱歉。」說著，將客送出了大門，還一直地表示歉意。

李步祥走了，他站在店鋪屋簷下，還不住的帶著笑容。

有人笑問道：「陶先生，什麼事這樣地得意？把客送走了，還只是笑容滿面，這個胖子給你送筆財喜來了？」

看時，又是那魏太太。她肋下夾著一本封面很美麗的書，似乎是新出版的小說。手上捏了個牛角尖紙包，裡面是油炸花生米，便答道：「天下有多少送上門來的財喜？他說是老范叫他來約我的，要我上午就去。」

魏太太道：「那還不是要你去湊一腳，在什麼地方？」

陶伯笙道：「不見得是約我湊腳，他向來是哪裡有場面就在哪裡加人，自己很少邀班子，而且我算不得硬腳，他邀班子也不會邀我。」

這時，有個穿藏青粗呢制服的人，很快地由街那邊走過來，站住，皺了眉向魏太太道：「怎麼在大街上說賭錢的事。」

魏太太鉗了一粒花生米，放到嘴裡咀嚼著，因道：「怎麼著？街上不許談嗎？」

她鉗花生米吃的時候，忘了肋下，那本書撲地一聲落在地上，她趕快彎腰去撿書，可是左手做事，那右手捏的牛角尖紙包就裂開了縫，漏出許多花生米。

那男子站在旁邊，說了兩個字：「你看。」

不想這引起魏太太的怒火，刷的一聲，把那包花生米拋在地上，掉轉身就走進雜貨店隔壁的一家鋪子去了。

陶伯笙笑道：「魏先生，端本老兄，你這不是找釘子碰嗎？你怎麼可以在大街上質問太太？」

魏端本臉上透著三分尷尬，苦笑了道：「我這是好意的勸告，也不算是質問啦。」

陶伯笙笑道：「趕快回家道歉吧，要不然，怪罪下來，你可吃不消。」

魏端本微笑著，走回他的家。

他的家也是在一幢吊樓上，前面是片冷酒店。他們家比陶家寬裕，擁有兩間半屋子，一間是小客室，也作堂屋與餐廳，有一張方桌子，一張三屜桌，和幾隻木椅子和籐椅子，但是這樣屋子也就滿了。另一間是他夫婦的臥室，此外半間，算是屋外的一截小巷，家裡雇的老媽子，弄了張竹板床，就睡在那裡。

魏先生放緩了腳步，悄悄地走進了臥室，卻見太太倒在床上，捧了那本新買的小說在看，兩隻拖鞋，一隻在地板上，一隻在床沿上，光了兩隻腳懸在床沿外，不斷來回地晃著。魏先生走進房，站著呆一呆，但魏太太並不理他，還是晃著腳看著書。

魏先生在靠窗戶的桌子邊坐下，這裡有張半舊的五屜櫃，也就當了魏太太的梳妝臺，這上面也有茶壺茶杯，魏先生提起茶壺，向杯子裡斟著茶，不想這茶壺裡卻是空的，因道：「怎麼搞的？這一上午，連茶壺裡的茶都沒有預備。」

那魏太太依然看她的書，對他還是不理會。

魏端本偷看太太的臉子很有點怒色，便緩緩地走到床面前，又緩緩地在床沿上坐下，因帶了笑道：「我就是這樣說一聲，你又生氣了嗎？」說著，伸出手去，正要撫摸太太懸在床沿上的大腿。

不料她一個鯉魚打挺，突然坐了起來，把手將魏端本身上一推，沉著臉道：「給我滾開些。」

魏端本猛不提防，身子向旁邊歪過去，碰在竹片夾壁上，掉落一大塊石灰。他也就生氣了，站在床面前道：「為什麼這樣凶？我剛剛下辦公廳回來，沒有吃，沒有喝，沒有休息，你不問一聲罷了，反而生我的氣。」

魏太太道：「沒吃沒喝，活該！你沒有本領養家活口，住在這手推得倒的破吊樓上，我一輩子沒有受過這份罪。你有本領，不會雇上聽差老媽子，伺候你的吃你的喝？」

魏端本道：「我沒有本領？你又有甚麼本領，就是打梭哈，同事的家眷，誰不是同吃著辛苦，度這國難生活？有幾個人像你這樣賭瘋了。」

魏太太使勁對丈夫臉上啐了一聲。豎著眉毛道：「你也配比人家嗎？你這個騙子。」說著，索性把手指著魏先生的臉。

魏先生最怕太太罵他騙子，每在罵騙子之後，有許多不能答覆的問題。他立刻掉轉身來道：「我不和你吵，我還要去寫信呢。」他說著，就走到隔壁那間屋子裡去。

魏太太卻是不肯把這事結束，踏著皮拖鞋也追了過來，見魏先生坐在那三屜桌邊，正扯開抽屜，取出信紙信封。魏太太搶上前，一把將信紙按住。橫著眼道：「那不行，你得交代清楚明白，為什麼當了朋友的面，在馬路上侮辱我？」

魏端本道：「我怎麼會是侮辱你，夫妻之間，一句忠告都不能進嗎？你一位青春少婦站在馬路上談賭博，這是應當的嗎？」

魏太太那隻手還放在桌上，這就將桌子一拍，喝道：「賭博？你不能干涉我賭錢，青春少婦？你知道『青春』兩個字就好乘人於危，在逃難的時候用欺騙的手腕害了我的終身，我要到法院去告你重婚！我一個名門小姐，要當小老婆，也不當你魏端本的小老婆，我讓你冤苦了。」

說著，也不再拍桌子了，坐到旁邊椅子上，兩手環抱伏在桌子上，頭枕了手臂，放聲大哭，而且哭得十分慘厲，那淚珠像拋沙一般，由手臂滾到桌面上去。

魏端本發了悶坐在破舊的籐椅子上，望了太太，很想辯駁兩句，可是沒有那股勇氣。想安慰她兩句吧？可是今天這件事，自己是百分之百的有理，難道在這種情形下，自己反要向她去道歉嗎？於是只有繼續地不作聲，在制服口袋裡摸出一盒紙煙，自己取了支煙，緩緩地擦了火柴來點著。

魏太太哭了一陣，昂起頭來，自用手絹抹著眼淚。因向魏端本道：「今天我和你提出兩個條件：第一，你得登報宣布，和你家裡的黃臉婆子早已離婚，我們要重新舉行結婚儀式，第二，乾脆我們離婚。」

魏端本道：「平常口角很算不了一回事，何必把問題弄得這樣嚴重。」

魏太太將頭一擺道：「那不行。現在的時局好轉，勝利就在今明年，明年回到了南京，交通便利，你那黃臉婆子來了，你讓我的臉向哪裡擺。這件事情刻不容緩，你非辦不可。」

魏端本道：「你這是強人所難，離婚要雙方簽字，才能有效，我一個人登報，有什麼用處？」

魏太太道：「強人所難？你沒有想到當年逃難到貴陽的時候，你逼著我和你一路到重慶來，書不念了，家庭也從此脫離了關係，那不是強人所難嗎？我怎麼都接受了，那個時候，你為什麼不說你家裡有老婆？」

魏端本道：「六七年的舊帳，你何必去清算。這七年以來，我沒有虧待你，而且那時候，在貴陽的朋友也把我的家事告訴了你的。事後你問我，我都承認了，我並沒有欺騙你。」

她道：「事後？事後才告訴我。可是我的貞操已經讓你破壞了，慢說我是舊家庭出身，就算我是新家庭的產兒，一個女孩子的貞操讓人破壞了，也是不可補償的損失，那時，我年輕，沒有主意，雖是你朋友告訴了我你是個騙子，可是我也只好將錯就錯，現在沒有什麼話說，你賠償我的貞操，還我一個處女的身分，不然的話，我到法院裡去告你誘拐重婚。你這種狼心狗肺的人，不給你厲害，你不知道好歹。」

魏端本將吸的煙向桌下瓦痰盂子裡一丟，紅著臉道：「你的貞操是我破壞的嗎？」

魏太太聽了這話，先是臉上一紅，隨後臉色慘然作變，最後臉腮向下沉著，兩道眉毛豎了起來。看到桌子面前有只茶杯猛可地拿起茶杯來，對了魏端本迎面砸了過去。

魏先生在她拿起茶杯來時，根據以往的經驗，已予以嚴密的注意，她一舉手，他立刻將身子一偏，茶杯飛了過來，沒有砸著他的臉，卻砸在他的肩膀上。

茶杯裡還有些剩茶，隨著杯子翻過來，淋了魏先生一身，杯子滾到地板上，就嗆啷一聲碎成了幾片。魏先生這實在不能不生氣了，瞪著眼望了她道：「好！你又動手。」

魏太太坐在對面椅子上，又哇地一聲哭了。

魏先生對於太太有三件事，非屈服不可。其一是太太化妝之後，覺得比任何同事的太太還要漂亮，這時出於衷心的喜悅，太太要什麼給什麼。

第二是太太生氣的時候，也不能不屈服。當初和太太結合的時候，太太是十九歲，兀自帶著三分小孩兒脾氣，一點兒事就著惱，也不免有些撒嬌成分，魏先生總是將就著。偶然有兩次不將就，太太可就惱怒得更厲害，念著她年輕，還是讓步吧。這麼一來，成了習慣，太太一生氣，魏先生就軟了半截。

第三是太太哭的時候了，教人有話說不進去，動手打架，更是不忍，也只有屈服。而且不屈服的話，太太就要算舊帳，鬧離婚，幾次也就決定了離婚了，可是怕她要巨額的贍養費，尤其是兩個小孩子一個四歲，一個兩歲半，將會陷入悲慘的境界。再說，太太實在也很漂亮，失去了這樣的太太，一個抗戰期間的小公務員，哪裡找去？在這幾種情形之下，他對太太已絲毫沒有反抗的能力。

現在太太又在哭了，縱然潑了身上衣服一片水漬，可說絲毫沒有受傷，茶杯那一砸，也就不必計較。回想對太太所說的話，實在也太嚴重了。

關於太太貞操問題，這是個謎，向來微露口風，提出質問，必是一場惡劣的鬥爭，積威之下，過去的事本來也不願提，這時因為太太自己提了出來，落得反擊一下，不想她依然強硬非常，打算戰勝她的話，只有答應離婚，反正她知道小公務員是窮的，不會要多少錢。若說她會鬧到上司那裡去，或者在報上登啟事，反正這一碗公務員的飯，也沒有什麼可以留戀的。

實在不能忍受了。除了言語咄咄逼人，她還動手打人，有家庭的樂處，實在抵不了沒家庭的苦處，立刻之間，他心裡有了急遽的變化。呆站著了一會，看到太太還在嗚嗚咽咽地哭，他就坐了下來，取出紙煙來吸著。

把這支紙煙吸完了，對付太太的主意也有個八成完成。覺得拆散了也好。否則，將來勝利回家，更有一番驚天動地的大交涉。

正自這樣想著，女傭工楊嫂帶著兩個孩子回來了，手上抱著一個，身後跟著一個，抱著的那個兩歲半的男孩子，手上拿了半個燒餅，老遠地叫著道：「爸爸，燒餅。」

他不由得笑了，點頭道：「好孩子，你吃吧。」在他這一笑之中，立刻想到離不得婚，孩子要受罪呀。

魏太太很知道她丈夫是一種什麼性格，見他對孩子笑著說出了和軟的話，尤其料到他是不會強硬的，便掏起這件舊袖子的衣襟，擦著臉上的淚痕。

楊嫂看到就把自己衣袋裡一條白手絹送了過來。因道：「你為啥子又和先生割孽*嗎？這裡有塊帕子。」

魏太太將手帕拿著一摔道：「用不著，我身上穿的衣服，還不如抹桌布呢。」

魏端本看太太這個樣子，氣還是很大，往常楊嫂做飯，不是將孩子交給太太，就是交給主人，這樣子，太太是不會帶孩子的，自己若去帶孩子，也就太示弱了，沒人帶孩子，這頓午飯休想吃，便到臥室裡拿著皮包戴上帽子，悄悄地走出去。當他由這屋門口經過的時候，魏太太就看到了，因叫著道：「姓魏的，你逃走不行，你得把話交代明白了。」

魏端本一面走著，一面道：「我有什麼可交代的？我躲開你還不行嗎？」而且說到最後一句，他腳步加快，立刻就走遠了。

魏太太追到房門口，將手撐著門框，罵道：「魏端本，你有本領走，看你走到哪裡去？你從此不回來，才算是你的本事。」

楊嫂道：「太太，不要吼了，先生走了，你就可以么台*了，我給你買回來了，好貴喲。」說著，她在衣襟下面摸出兩枚廣柑來。

這東西是四川特等產品，上海人叫做花旗橘子，而且色香味比花旗橘子都好，二十六年抗戰初期入川的下江人，都為了滿街可買到的廣柑而吃驚，那時間的廣柑，一元可以買到三百枚。大家真沒想到中國土產，比美國貨又好又便宜，同時也奇怪著，為什麼就沒有人把這東西販到下江去賣？因之到了四川的外省人大家都歡喜去吃川橘和廣柑。廣柑也就隨人的嗜好普遍和物價指數的上升，在三十四年的春季，曾賣到一千元一枚。

魏太太吃這廣柑的時候，是三十四年的春季，還沒有到十分缺貨的時候，也就五百元一枚了。她拿著廣柑在鼻子尖上嗅了一下，笑道：「還不壞。」將一枚放桌上，取一枚在手，就站了剝著吃。

小孩子在吃燒餅，卻不理會，大孩子站在老媽子身後，將一個食指送到嘴裡去吮著，兩隻小眼滴溜溜地望了母親。

魏太太吃著還剩半邊廣柑，就塞到大孩子手上。因道：「拿去拿去，你和你那混蛋的老子一樣，看不得我吃一點東西。」說著，又剝那一個廣柑吃。

楊嫂道：「時候不早了，我們該燒飯了。太太，你帶孩子，要不要得？」

她搖頭道：「我才不帶呢，不是這兩個小東西，我才自由得多呢。」

楊嫂道：「先生回來吃飯，郎個做*？」

魏太太道：「他才不回來呢，我也不想吃什麼，到斜對面三六九*去下四碗麵來。我吃一碗，你帶小孩共吃三碗，總夠了。我那碗，要排骨的，我要雙澆，來兩塊排骨，炸得熟點兒，你們吃什麼麵，我就不管了。管他呢，落得省事，把這家管好了也沒意思，住在這店鋪後面的吊樓上住家像坐牢無二。」

這位楊嫂，和魏先生一樣，她是很怕這位太太，不過魏太太手頭很鬆，用錢向來沒有問過帳目，有著這樣的主人，每月有工資四五倍的進帳，在太太發脾氣的時候，也就忍耐一點了。

太太這樣說著話，似乎脾氣又要上來，她於是抱著一個孩子，牽著一個孩子，因道：「走，我們端麵來吃。」

魏太太對於女傭工是不是去端麵，倒並不介意，且自把這個五百元一枚的廣柑吃完了。想起剛才看的那本小說，開頭描寫愛情的那段就很有趣味，這書到底寫些什麼故事，卻是急於要知道的，於是回了房去，又睡到床上，將書捧著看。

也不知經過了多少時候，楊嫂站在屋裡道：「太太，你還不起來吃麵，麵放在桌上都快要涼了。」她只是哼了一聲，依然在看書。

這楊嫂隨了她將近三年，也很知道她一點脾氣，這就端了那碗麵送到她面前來，笑道：「三六九的老闆和我們都很熟了，你看看這兩塊排骨，硬是大得很。」

魏太太把眼光由書本上瞟到麵碗上來，果然那兩塊排骨有巴掌那麼大，同時，也真覺得肚子裡有點餓。一個翻身坐了起來，先將兩個指頭鉗了一塊排骨送到嘴裡咀嚼著。笑道：「味兒很好。」

楊嫂於是把麵碗放到桌上笑道：「那麼，太太你就快來吃吧。」

魏太太被這塊排骨勾引起食欲來了，立刻隨著那麵碗來到了桌旁，五分鐘後，她就把那碗麵吃完了，她那本小說是帶在手邊的，於是繼續地翻著看。

楊嫂進來拿碗問道：「太太，你不洗把臉嗎？」

她道：「把冷手巾拿過來，我擦把臉就是。」

楊嫂道：「你不是要去看戲嗎？」

她將手按著書昂頭想了一想，便點頭道：「好的，我去看戲。魏端本他不要這家，我田佩芝也不要這個家，你給我打盆熱水來。」

楊嫂笑道：「水早已打來了。」說著，向那五屜櫃上一指。

魏太太一拍書本，站了起來道：「不看書了，出去散散悶。」說著，便把放倒了的鏡子在五屜櫃上支起來，在抽屜裡搬出了一部分化妝品，連同桌面上的小瓶兒小盒兒一齊使用著。

三十分鐘工夫，她理清了頭髮，抹上了油，臉上抹勻了脂粉，將床裡邊壁上掛的一件花綢袍子換過，摸起枕頭下的皮包，正待出門，因走路響聲不同，低頭看去，還是踏著拖鞋呢。

自己笑罵著道：「我這是怎麼著了，有點兒魂不守舍。」說著，自在床褥子下摸出長統絲襪子來穿了。

可是再看看那床底下的皮鞋，卻只有一隻，彎著腰，把魏端本留在家裡的手杖向床底下掏了一陣，也還是沒有。

因為屋子小，放不下的破舊東西，多半是塞到床底下去，大小籃子、破手提皮箱、破棉絮捲兒，什麼都有。她想把這些東西全拖出來再行清理，一來是太吃力，二來是灰塵很重，剛是化妝換了衣服，若弄了一身的灰塵，勢必重新化妝一次，那就更費事了。

她這樣地躊躇著，坐在床沿上，只是出神，最後只好叫著楊嫂了。

楊嫂進來了，看到太太穿了絲襪子卻是踏著拖鞋，一隻皮鞋扔在屋子中間地板上。這就讓楊嫂明白了，笑道：「那一隻皮鞋，在五斗櫃抽斗裡，太太，你忘記了嗎？」

她道：「怎麼會把皮鞋弄到抽斗裡面去了呢？」

楊嫂笑道：「昨晚上你把皮鞋拿起來，要打小弟弟，小弟弟剛是打開抽斗來耍，你那隻鞋子，就丟在抽斗裡面了。」她說著，把五斗櫃最下一層抽斗拉開，那隻皮鞋底兒朝天，正是在那抽斗中間。

魏太太笑道：「我就沒有向那老遠的想，想到昨天晚上去，拿來找穿吧。」楊嫂將鞋子送過去，她是趕快地兩腳蹬著，及到站起來要走，覺得鞋子怪夾人。楊嫂笑道：「鞋子穿反了喲。」

魏太太笑道：「真糟糕，我是越來越錯。」於是復坐下來，把鞋子穿順，拿起手皮包，正待要走，這倒讓她記起一件事，因而問楊嫂道：「我兩個孩子呢？」她笑道：「不生關係，他們在隔壁屋子裡吃麵。」

魏太太含著笑，輕放了腳步，慢慢兒地走出去了。她慣例是這樣子的，出去的時候，怕讓兩個小孩子看見，及至出了大門，她也就把小孩子們忘記了。小孩子被她遺棄慣了，倒也不感覺得什麼痛苦，楊嫂帶著他們到鄰居家玩玩，街上走走，混混就是一天。

倒是在辦公廳裡的魏端本，有時會想起這兩個孩子，今天和太太口角一番，負氣走出去，沒有在家吃午飯。他想到太太是向來不屈服的，料想也未必在家，兩個孩子不知吃了午飯沒有？他有了這份想頭，再也不忍和太太鬧脾氣了，公事完畢，趕快地就向家裡走。

到了家門口，已是滿街亮著電燈的時候，冷酒鋪子正在上座，每副座頭上都坐著有人，談話的聲音鬧哄哄的，心裡本就有幾分不快，走到這冷酒店門口，立刻發生著一個感想，當公務員，以前說是做官，做官那還了得，誰不羨慕的一回事，於今做官的人，連住家的地方都沒有，只是住在冷酒鋪子後面，這也就難怪做小姐出身的太太始終是不痛快。

他懷著一分慚愧的心情走回家去，那個作客廳的屋子，門是半掩著，臥房呢，門就倒鎖著了。向隔壁小房子裡張望一下，見楊嫂帶了兩了孩子睡在床鋪上，巷子口上，有盞沒有磁罩子的電燈，是照著整個長巷，長巷另一頭，是土灶水缸小木板用棍子撐著的條桌，算是廚房。灶是冷冰冰的，條板上的砧板菜刀很安靜地睡在那裡，菜碗飯碗覆在條板上，堆疊著碗底朝天，便自嘆了一聲道：「不像人家，成天不舉火。」

這話把睡在床上的楊嫂驚醒，坐起來道：「先生轉來了，鑰匙在我這裡，要不要開房門？」

魏端本道：「你把鑰匙交給我，你開始做飯吧。」

楊嫂將鑰匙交過來，答道：「就是嘛，兩個娃兒都睏著了，正好燒飯，沒得菜咯。」

魏端本道：「中午你們怎樣吃的？」

楊嫂道：「在三六九端麵來吃的，沒有燒火。」

魏端本道：「我猜著一點沒有錯，鑰匙還是交給你，請你看家看孩子帶燒飯，我去買點菜，油鹽有沒有？」

楊嫂道：「鹽倒有，沒有油，割得到肉的話，割半斤肥肉轉來，可以當油，也可以燒菜。」

魏端本道：「就是那麼說。」於是將帽子公事皮包一齊交給了楊嫂，自出去買菜。這地方到菜市還不遠，沒有考慮的走去。

到了那裡，只有木柵欄上掛了幾盞三角菜油燈，各放出四五寸長的火焰，照見幾個小販子，坐在矮凳子上算帳，高板凳堆著大小鈔票。菜市裡面的大場面，是黑洞洞的。這面前有七八副肉案，也都空著，只有一副肉案的半空上掛著兩小串肉，帶半邊豬頭。叫一聲買肉，沒有人答應，旁邊算帳的小販代答道：「賣肉的消夜*去了，不賣了。」

魏端本說了許多好話，請他們代賣半斤肥肉，並告訴了是個窮公務員，下班晚了。有個年老的販子站起來道：「看你先生這樣子，硬是在機關裡做事的，我割半斤肥肉你轉去當油又當菜吃。你若是做生意的，我就不招閒*，怕你不會去上館子。」說著，真的拿起案子上的尖刀，在掛鉤上割下一塊肥肉，向案上一扔道：「拿去，就算半斤，準多不少，沒得稱得。」

魏端本看那塊肉，大概有半斤，不敢計較，照半斤付了錢，因而道：「老闆，菜市裡還買得到小菜嗎？」

老販子搖搖頭道：「啥子都沒得。」

魏端本道：「這半斤肥肉，怎麼個吃法？」

老販子道：「你為啥子早不買菜？」

魏端本道：「我一早辦公去了，家裡太太生病，還帶三個孩子呢，已經餓一天了，誰來買菜，而且我不在家，也沒有錢買菜。我今天不回家，他們還得餓到明天。」

老販子點點頭道：「當公務員的人，現在真是沒得啥子意思，你們下江人在重慶做生意，哪個不發財，你朗個不改行嗎？我幫你個忙，替你去找找看，能找到啥子沒得，你等一下。」說著，他徑直走向那黑洞洞的菜場裡面去了。

約莫六七分鐘，他捧了一抱菜蔬出來。其中是三個大蘿蔔，兩小棵青菜，半把菠菜，十來根蔥蒜。笑道：「就是這些，拿去。」說著，全放在肉案板上。

魏端本道：「老闆，這怎麼個演算法，我應當給多少錢？」

老販子道：「把啥子錢？我也是一點同情心嗎！賣菜的人都走了，我是當強盜*偷來的。」

魏端本拱拱手道：「那怎樣好意思哩？」

老販子道：「不生關係，他們也是剩下來的。你太婆兒*病在家裡，快回去燒飯，抗戰期間，做啥子官？作孽喀。」

魏端本真沒想到得著人家下級社會這樣的同情，連聲地道謝，拿著雜菜和半斤豬肉，走回家去。太太依然是沒有回來。他把菜送到廚房裡去，楊嫂正燜著飯，看了這些菜道：「喲！這是朗個吃法？」

魏端本笑道：「那不很簡單嗎？先把肥肉煉好了油，蘿蔔青菜菠菜煮它個一鍋爛。有的是蔥蒜，開鍋的時候，切些蔥花蒜花，還有香氣呢。閒著也是閒著，你洗菜，我來切。」

楊嫂也沒有說什麼，照著他的話辦，看她那樣子，也許有點不高興，魏先生也就不說什麼了。連肉和菜蔬都切過了，和楊嫂談幾句話，她也是有問就答，無問不理，這分明她極端表示著站在太太一條線下，便也不多說話，回到外邊屋子裡，隨手抽了本土紙本的雜誌坐在昏黃的電燈下看，借等飯菜來到。

不到半小時，飯菜都來了，一隻大瓦缽子，裝了平價米的黃色飯，一隻小的缽子，裝了雜和菜。那切的白蘿蔔片上，鋪著幾片青菜葉兒，顏色倒很好看，尤其是那些新加入的蒜葉蔥葉，香氣噴人。

他扶起筷子夾了幾片蘿蔔放到嘴裡咀嚼，半斤肥肉的作料，油膩頗重，因笑道：「這很不錯，色香味俱佳。」

楊嫂靠了房門站定，撇了嘴角微笑。

魏端本笑道：「你笑什麼？我也不是生來就吃這個呀。這抗戰的年頭，多少人家破人亡，有這個東西吃，那也不大壞呀。」

楊嫂道：「先生，你為啥子不做生意？當個經理，不比當科長科員好得多嗎？現時在機關裡做事，沒得啥子意思喀。」

魏端本吃著飯，且和她談話，因道：「你叫我做生意，我做哪個行當呢？」

楊嫂道：「到銀行裡去找個事嘛，要不，吃子公司也好嘛，不做啥子生意，買些東西囤起來也好嘛！票子不值錢，拿在手上做啥子？」

魏端本笑道：「我比你知道得多，票子不值錢？票子我還想不到呢，太太說你也囤了些貨，掙多少錢？」

楊嫂聽了這話，眉飛色舞地笑了。她道：「也沒有囤啥子。去年子，我爸爸進城來了，帶去幾千塊錢，買了幾斗胡豆（蠶豆）上個月賣脫，掙了點錢。」

魏端本道：「你說的是四川用的老斗子，幾斗豆子，大概有兩市擔吧？於今的市價，你應該掙了三四萬了。」

她笑道：「沒得朗個多，但是，做生意硬是要得，做糧食生意更要得，黑市的糧食好貴喲！」

魏端本放下筷子，昂頭嘆了口氣道：「是何世界？來自田間的村婦知道囤積，也知道黑市這個名詞，我們真該慚愧死了。」

忽然有人接嘴道：「你今天才明白？你早就該慚愧死了。」

說著話進來的，正是太太田佩芝。他心裡想著：好哇！人還沒有進門，就先罵起我來了，昂起頭來，就想向她回罵幾句過去。

然而就在這一抬頭之間，他的勇氣完全為審美的觀念克服，沒有反抗的餘地了，現時眼裡所看到的太太，比往日更為漂亮，她新燙了髮，烏亮的雲團，罩著一張蘋果色的嫩臉子，越顯得那雙大眼睛黑白分明，儘管臉上帶了怒色，也是她做女孩子時候，那樣天真。

他立刻放下筷子碗，站起來笑道：「今天上午的事，回想起來，是我錯了，我想你不好意思怎樣處罰我吧？」

魏太太瞪了他一眼，沒說什麼，走近桌子，看看瓦缽子裡是煮的蘿蔔青菜，便道：「越來越出窮相了，盛菜沒有碗，用瓦缽子，不像話。」說畢，把頭一扭自走了。

魏端本雖然碰了太太一個無言的釘子，然而究竟沒再罵出來，似乎因自己的道歉，壓下去了幾分怒氣，聽到隔壁臥室裡，叮咚兩下響，知道太太已脫了高跟鞋。她向來是這樣，疲倦了要倒向床上睡下，照例是遠遠地把鞋子扔了出去的。

把飯吃完，自到廚房裡去提著水壺到臥室裡去，打算將熱水傾到洗臉架子上的臉盆裡去，卻見太太正把那臉盆放在五屜櫃上，臉盆裡的水變成乳白色，一陣香皂味襲人鼻端，洗臉手巾揉成一團，放在桌面上，她正彎了腰對著鏡子，將那胭脂膏的小撲子，三個指頭鉗著，在臉腮上擦著紅暈，這就放下水壺，站在旁邊呆看了一會。

太太抹完了胭脂，卻拿起了櫃面上的口紅管子在嘴唇上塗抹著。她站在桌子的正面，恰是攔住了魏先生過去取洗臉盆。

魏先生看過了這樣久，卻是不能不說話了，因道：「你不是剛由理髮館裡回來嗎？又……」

這句話沒有完，魏太太扭轉了身軀，向他瞪了眼道：「怎麼樣？由理髮館裡回來就不許再洗臉嗎？」

口裡說著，她收拾了口紅管子，將染了口紅的手指頭在濕手巾上揉搓著。她那身體是半偏的，她出門的那件淡紅色白點花漂亮花綢衣服又沒有換下，倒更是顯得身段苗條。

說話時，紅嘴唇裡的牙齒越發是白淨而整齊，這就兩隻手同時搖著道：「不要生氣，太太！我是說你已經夠美的了！這是真話，你理了髮回來，黑是黑，白是白，實在現出了你的美麗，一個窮公務員，真是不配和你做夫妻。」說著，半歪了脖子看著太太，做個羨慕的微笑。

魏太太臉上有點笑容，鼻子聳著，哼了一聲，魏端本回頭看看，楊嫂並不在身後，就向太太深深地鞠了個躬，笑道：「我實在對不起你，你要怎樣罰我都可以，你是不是又要出門去，若是看電影的話，買票子擠得不得了，我去和你排班。」

他口裡說著，看看太太的腳下，卻穿的是繡花緞子舊便鞋。

魏太太笑道：「不要假惺惺了，我不上街。」

魏端本走近一步，靠住她站著，低聲笑道：「你修飾得這樣的漂亮，是給我看嗎？」

魏太太伸手將他一推道：「不要鬼頭鬼腦，你也自己照照鏡子吧，周身都是晦氣。誰都像你，年輕的人，見人不要一個外面光？」

她是輕輕地推著，魏端本並沒有讓她推開，便笑道：「我怎麼能穿得外面光呢？現在骨子裡窮，面子上也窮，還可以得著人家同情，若是外面裝著個假場面，連社會的同情心都要失掉了。」

魏太太道：「社會上同情你，誰同情你？打我這裡起，就不能同情你，一樣的有手有腳有腦筋，而且多讀了十幾年書，有一張大學文憑，什麼事不能幹？要當一個公務員，你混得簡直不如一個挑糞賣菜的了，哪個年輕力壯的人，現在不是一掙幾十萬。」

魏端本笑道：「你不要說社會上沒有同情我，剛才到菜市去買菜，那菜販子就同情我，青菜蘿蔔送了一大抱，看見我可憐，不要我的錢。」

魏太太把臉一沉，瞪著眼嚇了一聲道：「你也太沒有廉恥了，說你不如挑糞賣菜的，你倒是真的接受著人家的憐憫，拿了人家的菜蔬不給錢，你還有臉對我說。我不和你說話，別丟盡了我的臉。」說著，撿起床上放著的皮包扭身就走。

魏端本被她這樣搶白著，也自覺有點慚愧，怔怔地站在屋子裡。

楊嫂走進屋子來，給她收拾著扔在五屜櫃上的化妝品。

魏端本問道：「太太到哪裡去了，你知道嗎？」

楊嫂很隨便地答道：「還不是打梭哈去了。」

他問道：「打梭哈去了？她不見得有錢呀！」

楊嫂把化妝品收拾乾淨，放到抽屜裡去了，將抽屜猛可地一推，回轉頭來向他笑道：「先生，你沒有辦法，別個也沒有辦法嗎？」她說畢自走了。

魏端本站在屋子中又呆住了，楊嫂的言語，比太太說的還要刺激幾分呢！

在魏先生這樣呆住的時候，卻聽到門外有人叫了聲楊嫂。她答應了以後，那個叫的人聲音變小了，挨著房門走向隔壁的夾道裡去。

這是個婦人，是鄰居陶家的女傭工。魏端本看到她這鬼鬼祟祟，心裡立刻明白過來，必是太太同陶先生一路出去賭錢去了，這是來交代一句話，且悄悄地去聽她說些什麼，於是也就跟蹤走了過去。

這就聽到那女傭工低聲道：「你太太在我們家裡打牌，手帕子落在家裡，你拿兩條乾淨的送了去。」

楊嫂道：「啥子要這樣怪頭怪腦，隨便她朗個賭，先生也管不到她，就是嘛，我送帕子去。我太太要是贏了錢的話，你明天要告訴我。」

那女傭笑道：「你太太贏了錢，分你小費？對不對頭？」

楊嫂道：「輸了就要看她臉色喀，今天和先生割孽，還不是這幾天都輸錢。」

魏端本聽到這裡，也就無須再向下聽了，回到屋子裡，睡倒床上，呆想了一陣，怪不得這個月給了她十幾萬元，還混不過半個月。這十幾萬元，跑了多少路，費了多少手腳，下半個月，若不再找兩筆外快，且不談這日子過不下去，至少要和太太吵架三五次，而且，自己要買一雙皮鞋，也要做一套單的中山裝，這不止是十萬元的開支。

他想到這裡，不能睡著了，一個翻身坐起來，將衣裳裡記事由的日記本子翻著檢查一遍。這些事由，在字面上看，雖都是公事。但在這字裡行間，全是找得出辦法來的，自己檢查著心裡隨時的計畫，怎樣去找錢來補家用的不足。

這又感到坐在床沿上空想是不足的了，必須實行在紙面來列舉計畫，於是就了電燈光，靠著五屜櫃站立，把放在抽屜裡的作廢名片，將太太畫眉毛的鉛筆，在名片背上，自己打著啞謎地做起記號。

先想起了白發公司的王經理，曾託自己催促某件公事的批示，這就把白改為紅，王改為玉，公事改為私章。這件事在陳科長那裡，已表示可以通融，徑直地就暗示王經理拿出五十萬來，起碼弄他個十萬。又想起合作社那一批陰丹士林布，共是五十七疋，放在倉庫裡五六個月沒有人提起，可能是處長忘記了。經手的幾個人，全是調到別一科去了，檔案的箱子，自己是能開的，若是能把那五字改成三字，二十疋陰丹士林可以弄出來。這只要和科長說明了，有大批收入，為什麼不幹？

這市價五六萬的行市，就是一百萬，這可以叫科長上簽呈，說是把那布拿出來配給，和什麼平價布、平價襪子，混著一拿，只要是科長把這事交給我辦，運到科里檢收的時候，就可以在分批拿出去的過程中，徑直送到科長家裡去。事成之後，怕科長不分出幾成來，於是另取張名片，寫了丹陽人五十七歲，半年不知所在幾個字。

第二次又在雜記簿上發現了修理汽車行通記的記載，這是共過來往的。處長上次修理車子，配了三個零件，照市價打折算錢，處長高興之至。運動科長上過簽呈，把南岸三部壞了的卡車拿去修理，通記的老闆至少也會在修理費上給個二八回扣，十萬八萬，那也是沒有問題的。

他這樣地想著，竟想到了七八項之多，每個計畫都暗暗地做下了記號。自己也沒有理會到已經站了多久，不過偶然直起身子來，已是兩隻腳酸得不能直立了。

他扶著五屜櫃和板凳，摸到床沿上去坐著，他默想著自己是有些利令智昏了，單獨地在家裡想發財，人都不知道在什麼地方了。可是話又得說回來，**若不想法子弄錢，怎樣能應付太太的揮霍呢**？這個時候，她正在隔壁揮霍，倒不知道心裡是不是很痛快？她正在那五張撲克牌上出神，還會有那富餘的思想想到家和丈夫身上來嗎？好是賭場就在隔壁，倒要去看看她是怎樣的高興。

於是把皮鞋脫了，換了雙便鞋，將房門倒鎖了，悄悄地走向隔壁去。

這時那雜貨店已關上了店門。裡面看門的店夥顯然已得有陶伯笙的好處，敲門的時候，應門的人盤問了好幾句話，直問到魏端本交代清楚，太太也在陶家，是送東西來的，他才將門打開。人進去了，他也立刻就關上門。

魏端本走到店房後，見陶伯笙所住的那個屋子有強烈的電燈光由裡面射出來。因為他的房門雖已關上，但那門是太薄了，裂開了許多縫，那縫裡透露出來的光線，正是銀條一般。

魏端本走到門外，就聽到太太有了不平的聲音道：「真是氣死人，又碰了這樣一個大釘子，越拿了大牌，我就越要輸錢，真是氣死人。」

她說這幾句話，接連來了兩句氣死人，可想到她氣頭子不小，若是走進去了，她若不顧體面罵了起來，那倒是進退兩難了，這把要來觀場的心事完全推翻。

不過好容易把門叫開，立刻又抽身回去，這倒是讓那雜貨店裡的人見笑的，因之就站在門邊，由門縫裡向內張望著。這個門縫竟是容得下半隻眼睛，看到裡面非常的清楚。

這屋子中間擺了一張圓桌面，共圍坐了六個男人，兩個女人，其中一個就是自己太太了。太太面前放著一疊鈔票，連大帶小約莫總有兩三萬元，她總是說沒錢用，不知道她這賭場上的錢是由哪裡來的。人家散著撲克牌，她卻是把面前的鈔票一掀三四張，向桌子中心賭注上一扔。扔了一回又是一回。結果和著桌中心，大批的鈔票讓別人席捲而去。

魏端本在門縫裡張著，心裡倒是非常之難過，嘆了口無聲的氣，逕自回家去了，但他一不留心，卻把門碰響了一下。主人翁陶伯笙坐在靠門的一方，他總擔心有捉賭的，立刻回轉身問句哪個？但魏端本既已轉身，人就走遠了，並沒有什麼反應。

魏太太坐在陶伯笙對面，抬頭就看到這扇門的。便笑道：「還不是你們家裡的那隻野狗？你們家有剩菜剩飯倒給野狗吃，就常常招引著牠來了。」

陶伯笙對這話雖不相信，但惦記桌上的牌，也就沒有開門來看是誰，無人答應，也就算了。

這時，是這桌上第二位太太散牌。這位太太三十多歲，白白胖胖的長圓面孔，鼻子兩邊，兩塊顴骨高高撐起，配著單眼皮的白果眼，這頗表示著她面部的緊張，也可想她在家庭有權的。

若照迷信的中國老相法說，她是剋夫的相了，她微微地捲起一寸多綠呢夾袍的袖口，露出左腕上戴的一隻盤龍的金鐲子，兩隻肥白的手，拿著撲克在手上，是那樣的熟悉，牌像翻花片似的，向其餘七位賭客面前扔去。

送到第二張的時候，是明張子了。魏太太緊挨了她坐著是第七家，第二張是個K，第三張卻是個A。她笑道：「老魏，你該撈一把了。」

她說話時，隨手翻過自己的一張，是個小點子，搖搖頭道：「我不要了，看一牌熱鬧吧。」這以前還不是勝負的關頭，其餘的七家都出錢進了牌。

這時，該魏太太說話，她看看桌上明張沒有A，除了對子，決計是自己的牌大。她裝著毫不考慮的樣子，把面前的鈔票全數向桌子中心一推，大聲道：「……梭了！」

她這個作風，包括了那暗張在內，不是一對K，就是一對A。還有六家，有五家丟了牌。只有那位范寶華，錢多人膽大。他明張九十兩張，暗張也是個九。他想著，就算魏太太是一對，自己再換進一個九來，不怕不贏她。

她今天碰釘子多了，有大牌也許小心些，現在梭了，也許她是投機，便問道：「那是多少？」

魏太太道：「不多，一萬六千元。」

范寶華道：「我出一萬六千元，買兩張牌看看。」

散牌的那位太太對二人看上了一眼，料著魏太太就要輸，因為姓范的這傢伙打牌還相當地穩，沒有對子，他是不會出錢的，好在就是兩張牌兩家，先分一張給范寶華是個三，分給魏太太是個K。

范寶華說聲完了。再分給范寶華一張是個九，他沒有動聲色，只把五張比齊著，最後分給魏太太，又是個A。她有了兩對極大的對子，向范寶華微笑道：「來幾千元『奧賽』嗎？」

范寶華笑道：「魏太太，你未必有『富而好施』。僅僅是兩大對的話，你又碰釘子。」

魏太太道：「你會是三個九？」

范寶華並不想多贏她的錢，把那張暗牌翻過來，可不就是個九？魏太太將四張明牌和那張暗牌，向桌子中間一扔，紅著面孔，搖了搖頭道：「這樣的牌，有多少錢都輸得了。」

對散牌的人道：「胡太太，你看我這牌打錯了嗎？」

胡太太笑道：「滿桌沒有愛斯，你有個老開和愛斯，可以梭。」

她道：「那張暗牌，還是皮蛋呢。」說著，站了起來。她心裡明白，不到兩小時，輸了五萬元，明天自己的零用錢都沒有了，就此算了吧，哪裡找錢來賭？

范寶華見她面孔紅得泛白，笑道：「魏太太收兵了。」

她一搖頭道：「不，我回家去拿支票本子來。」

主人陶伯笙聽了這話，心裡可有點為難，魏太太在三家銀行開了戶頭，有三本支票，可是哪家銀行也沒有存款。在賭場上亂開空頭支票，收不回去的話，下了場，人家賭錢的人，都把支票向邀賭的人兌了現款去，那可是個大麻煩，因道：「你別忙，先坐下來看兩牌。」

范寶華連和她共三次賭，都是她輸了，心裡倒有些不過意，因把剛收去她梭哈的那疊票子，向桌子中間一推，笑道：「原封未動，你先拿去賭，我們下場再算，好不好？」

魏太太還不曾坐下，因道：「若是你肯借的話，就索性找我四千，湊個整數好算帳。」

范寶華說了句那也好，他就拿了四張千元鈔票，放到她面前，她也就坐下來再賭了。她心裡想著：只有這兩萬元翻本，必須穩紮穩打，不能胡來了。

二 輸家

又是三十分鐘，算把得穩，還輸去了八九千元。這桌上的大贏家，是位穿西裝的羅先生。他尖削的臉，眼睛下面兩隻轉動的眼珠，表示著他的陰險。只是小半夜，他已贏了一二十萬，面前堆了一大堆鈔票，其中還有幾張美鈔，是楊先生輸出來的。

這楊先生只二十來歲，是個少爺。西裝穿得筆挺，只是臉子白得像石灰糊的，沒有絲毫血色。他不住地在懷裡掏出大皮夾子，在裡面陸續地抽出美鈔來。這個時候的美鈔是每元折合法市千元上下，這每拿出來三四張五元或十元的，這數目是很惹人注意的。

魏太太還不知道他叫什麼名字，只聽到賭友全叫他小楊而已，心裡也就想著，這傢伙是幾輩子修到的？有錢而又年輕。只看他輸了多少錢，臉上也不有一點變動，不知他家是有多少家產的。

那小楊坐在她斜對面，見她只管打量著，不知道自己有什麼毛病，倒很感到受窘，只是把頭低了。其實魏太太倒不是看他的臉，而是看他面前放的那疊美鈔。想著怎麼找個機會，把他的美鈔也贏兩張過來才好。

機會終於是來了，輪到那大贏家羅先生散牌，在第三張的時候，她有了三個四，明張是一對，對過的小楊有一張A，一張Q擺在外面。自然是有對子的人說話了，她照著撲克經上釣魚的說法，只出了五百元進牌。此外七個人卻有五個人跟進了。小楊牌面上，成了一對A，姓羅的牌面上一對K帶一個J，魏太太換來一個K，這該那有對A的姓楊的說話。

照說，姓楊的應當拿出大注子來打擊人，但是，他還只加了五百元。魏太太心想：糟了，他必然是有張A蓋著的，出小注子，恐怕也是釣魚。這樣倒楣，自己三個四，卻又碰了他三個A，但有三個四在手，絕不能不碰一下，幸是他只出五百元，樂得跟進。

桌子上的人，除了那姓羅的都把牌丟了。他發最後的一張牌，小楊是個七，她又得了一張K，明張是K四兩對，姓羅的本來有對K，證明了她不會有K三個。她以兩對牌的資格，將鈔票向桌子中心一推，說聲梭了，姓羅的毫不考慮把牌扔了。

小楊把那張暗牌翻過來，正是一個A。他一手環靠了桌沿，一手拿了他面前的美鈔在盤弄著微笑道：「別忙，讓我考慮考慮。」

老K她只有兩張，那沒問題，難道她會有三個四？原來我三個A是公開的秘密，她只兩對，肯投我的機嗎？

魏太太見他三個A擺出來，心想：有這樣大的牌，他不會不看，於是也裝著拿小牌的人故作鎮靜的樣子，將桌外茶几上的紙煙取過來一支，摸過來火柴盒，把火擦著了，緩緩地點著煙，兩手指夾了支煙，將嘴唇抿著噴出一口煙來。煙是一支箭似的，射到了桌子中心。

那小楊考慮的結果，將拿起的美鈔重新放下，把五張牌完全覆過去，扔到桌子中心，搖搖頭道：「我不看了。」

胡太太是和魏太太站在一條線上的，她雖不知道那暗張是什麼，但小楊有三個A而不看牌，這是個奇蹟，望了他道：「這樣好的牌也犧牲嗎？」

他笑著沒有作聲。

魏太太好容易得了一把「富而好施」，以為可以撈對門一張美金，不想這傢伙竟會拿了三個A不看牌，這個悶葫蘆比碰了釘子還要喪氣。自己也不肯發表那暗張，將牌都扔了，只是小小地收進了幾千元，沉住了氣沒有作聲，只是吸煙。

胡太太低聲問道：「你暗張是個四？」

魏太太淡淡地答道：「你猜吧。」

在這種情形下，做主人的陶伯笙，知道她是拿了大牌，而沒有贏錢，看這樣子，今晚上她非輸十萬八萬不可！本來他兩口子今日吵了一天的架，就不應當容她加入賭場，這樣隔壁的鄰居，她大輸之下，她丈夫沒有不知道之理，明天見了面，魏端本重則質問一番，輕則俏皮兩句，都非人所能堪。

便向魏太太笑道：「今晚上你的牌風不利，這樣該沉著應戰，或者你先休息休息，等一個轉變的機會，你看好不好？」

魏太太道：「休息什麼？輸了錢的人都休息，贏錢的人正好下場了，我輸光了，也不向你借錢。」

她這幾句話，顯然是給陶伯笙很大一個釘子碰，好在姓陶的平常脾氣就好，到了賭博場上脾氣更好，雖然她是紅著面孔說的，陶伯笙還是笑嘻嘻地聽著。

可是她的牌風實在不利，輸的是大注子，贏的是小注子，借來范寶華的那兩萬元都已輸光，所幸鄰座胡太太也是小贏家，還可以通融款子下注，只是她絕不肯掏出老本來給人財，只是三千二千地借，零碎湊著，也就將近萬元了。

自己是向陶伯笙誇過口的，不向他借錢，范寶華又已借過兩萬的了，我倒不信今天的牌風是這樣的壞，於是立刻開了房門向外走。

陶伯笙借著出來關門，送她到店堂裡低聲道：「魏太太，我看你今晚上不要再來了吧？你不看見他們開支票，是彼此換了現款再賭的，支票並不下注，這就因為桌子上一半是生人。你開支票，除是我和老范可以掉款子給你，可是我今晚上也輸了，開出支票來，你以為老范肯兌現款給你嗎？」

她聽了這話，當然是兜頭一瓢冷水。因道：「你也太仔細了，你瞧不起我，難道我家裡就拿不出現款？」說著話是很生氣，卜咚卜咚，開著雜貨店的店門亂響，她就走出來了。

陶伯笙家裡有人聚賭，當然不敢多耽誤，立刻把店門關起來了。

魏太太站在屋簷下，整條街已是空洞無人。人睡了，不用電了，電線桿上的燈泡偏是雪亮地懸在街頂上。馬路原來是不平的，而且是微彎著的，在這長街無人的情形下，似乎馬路的地面平了許多，同時，街道也覺得已經拉直，遠遠地看去，只有十字路口站著個穿黑衣服的警察，此外就是自己了。

她想著這大概是很深夜了，自己賭得頭昏眼花，也沒有看看表，她凝了一凝神。

這天晚上，有些例外，山城上並沒有霧，望望街頂上，還稀疏的有幾點殘星。四川是很少風的，這晚上也是這樣。可是魏太太賭梭哈的時候，八九個人擁擠在一間小屋子裡，紙煙的殘煙充塞在屋子裡，氧氣又被大家呼吸得乾淨，除了烏煙瘴氣，就是尼古丁毒的辣味熏人，而且也因為空氣的渾濁，頭是沉甸甸的。

屋子裡人為的溫度，只覺身上發燥，這時到了空洞的長街上，新鮮的空氣撲在臉上，彷佛是徐來的微風輕輕地拂著臉，立刻腦筋清醒過來，而呼吸也靈通得多了。

她凝思之後，忽然想到，真回去拿錢來賭嗎？自己是分文沒有，不知丈夫身上或皮包裡有錢沒有？他當然是睡了，叫醒了他和他要錢，慢說是白天吵過架的，就是沒有吵過架，這話也不好開口，只有偷他的了。可是偷得錢來，也未必能翻本，輸了算了，回家睡覺去吧。

她想著翻本的希望很少，緩緩地走到冷酒店門口去敲門，但敲了七八下，並沒有迴響。

她站在門下，低頭想著，這是何苦？除了把預備給孩子添衣服的錢都輸了，還借了范寶華兩萬元的債。和這姓范的，除了在賭場上會過三四次，並沒有交情可言，這筆債不還恐怕還是不行，**還得賭，賭了才有法子翻本**，反正是不得了，把支票簿拿來，開一張支票，先向姓范的兌三萬元，再開張支票還他二萬元，贏了，把支票收回來，輸了有什麼關係？難道還能要我的命嗎？

終於是想到了主意了，她用力咚的敲上幾下門板。門裡的人沒有驚動，卻把街頭的警察驚動了，遠遠的大聲問句哪一個？

魏太太道：「我是回家的，這是我的家。」

警察走向前，將手電筒對她照了一照，見她是個豔裝少婦，便問道：「這樣夜深，哪裡來？」

他這一照一問，她感覺得他有些無禮，可是陶家在聚賭，不能讓警察盤問出消息來的，因道：「我由親戚家有事回來，這也違犯警章嗎？」

警察道：「我在崗位上，看到你在這裡站了好久了，現在兩點鐘了，你曉不曉得？一個年輕太太，三更半夜在這裡站住，我不該問嗎？地方上發生了問題，是我們警察的事。」

魏太太道：「我也不是住在這裡一天的，不信，你敲開門來問。」

那警察真個敲門，並喊著道：「警察叫門，快打開。」

他敲得特別響，將裡面有心事容易醒的魏端本驚動了，他連連地答應著，心裡也就猜是太太回家了，彷彿聽到說是警察叫門，莫非她賭錢讓抓著了，那也好，警戒她一次。

他打開門來，果然是太太和警察。他還沒有發言呢，她先道：「鬼門，死敲不開，弄得警察來盤問。」一搶步，橫著身子進了門。

警察道：「這是你太太嗎？這樣夜深回家？」

魏端本道：「朋友家裡有病人，她回來晚了。」

警察道：「她說是去親戚家，你又說是上朋友家，不對頭。」

魏端本披了中山服的，袋裡現成的名片，遞一張過去，笑道：「不會錯的，這是我的名片，有問題我負責。」

那警察亮著手電筒，將名片照著，見他也是個六七等公務員，說句以後回來早點，方才走去，這問題算告一段落。

魏端本站在大門口，足足發呆了五分鐘，方才掩著門走回家去。

奇怪，太太並沒有走回臥室，是在隔壁那間屋子，手托了頭，斜靠了方桌子坐著，看那樣子，是在想心事。他心裡想著：好，又必定是輸個大窟窿，我也不管你，看你有什麼法子把話對我說，你若不說，更好，我也就不必去找錢給你了。

他懷了這一個心事，悄悄地回臥室睡覺去了。

魏太太坐在那空屋子裡，明知丈夫看了一眼而走開，自己輸錢的事，當然也瞞不了他，一來他是向來不敢過問的，二來夜深了，他是肯顧面子的人，未必能放聲爭吵，因之也就坦然地在桌子邊坐下去。

在她轉著念頭的時候，彷彿隔壁陶家打撲克的聲音還能或斷或續地傳遞了過來，又有了這樣久的時間，不知道是誰勝誰負了，若是自己多有兩三萬的本錢，戰到這個時候，也許是轉敗為勝了，可惜的是拿著那把「富而好施」的時候，小楊拿著三個愛斯，他竟丟了牌不看。

想到這裡，心裡像有一團火，只管繼續地燃燒，而且這股怒火，不光是在心裡郁藏著，把臉腮上兩個顴骨也燒得通紅。看看桌上，粗磁杯子裡還有大半杯剩茶，她端起來就是一口咕嘟下去，彷彿有一股冰涼的冷氣直下丹田。

這樣，好像心裡舒服一點，用手撲撲自己的臉腮，卻也彷彿有些清涼似的。於是站在屋子裡徘徊一陣，打算開了吊樓後壁的窗戶，看看隔壁的戰局已到什麼程度，就在這時，看到魏端本的大皮包放在旁邊椅子上。

她心中一動，立刻將皮包提了過來，放在桌上打開，仔細地尋查一遍，結果是除了幾百元零碎小票子而外，全是些公文信件的稿子。

她將皮包扣住，依然向旁邊椅子上丟下去，自言自語地道：「假使這裡面有錢，他也就不這樣的亂丟了，可是，他的皮包向來不這樣亂丟，分明有意把皮包放在這裡騙我一下，也可以想，皮包並不是空的，他把錢都拿了起來，藏在身上。」

想到這裡，她就情不自禁地鼻子裡哼上了一聲，於是熄了電燈，輕移著腳步緩緩地走回臥室。

當她走回臥室的時候，見魏端本擁被睡在枕頭上鼾聲大作，他身上穿的那套制服掛在床裡牆釘上，她輕輕地爬上床，將衣服取下，背對了床，對著電燈，把制服大小四個口袋完全翻遍，只翻到五張百元鈔票。

她把這制服掛在椅子上，再去找他的制服褲子，褲子搭在床架子頭上，似乎不像有錢藏著的樣子，但也不肯放棄搜尋的機會，提將過來，在插袋裡後腰袋裡，前方裝鑰匙小袋裡全找遍了，更慘，只找出些零零碎碎的字條，說了句窮鬼，把字條丟在桌上。

其中有張名片，反面用鉛筆寫了幾個大字，認得是魏端本自己的筆跡，上寫，明日下午十二時半，過南岸，必辦，在「必辦」旁邊打著兩個很大的雙圈。

她想：這絕不是上司下的條子，也不像交下來的公事，他過江去幹什麼？也不知道這明日是過去了的日子，還是未來的日子。自己是常到南岸去賭錢的，這話並沒有告訴過他，莫非他知道了，要到南岸去尋找？可是我真在賭場上遇到了他的話，一抓破了面子，我只有和他決裂。他既然去尋找，一定是居心不善的。

她想著想著，坐在屜櫃旁的椅子上。這就看到那櫃桌面上有許多名片，在下面寫了鉛筆字。那字全是隱語，什麼意思，猜想不出來，看看床上的人睡得正酣，心想，他這是搗什麼鬼？莫非是對付我的。

心裡猜疑著，眼就望著床上睡的人。見他側著的臉，顴骨高頂起，顯著臉腮是削下去了，他右手臂露在外面，骨頭和青筋露出，顯著很瘦。記得在貴陽和他同居的時候，他身體是強壯的，那還是在逃難期中呢，這幾年的公務員生活把他逼瘦了。

以收入而言，在公務員中，還是上等的，假使好好過日子，也許不會這樣前拉後扯，譬如這個禮拜裡面，連欠帳帶現錢輸了將近十四五，這十四五萬拿來過日子，不是可以維持半個月甚至二十天嗎？尤其是今晚這場賭，牌癮沒有過足，就輸光了下場，真是委屈得很。

那陶伯笙太可惡，就怕我開空頭支票，先把話封住了我，讓我毫無翻本的希望。今晚上本沒有預備賭錢，只想去看電影的，不是這小子在街上遇著，悄悄地告訴今晚上家裡有局面，那麼手皮包裡兩萬元依然存在，明天可以和孩子買點布做衣服。這好了，自己分文不存，魏端本身上不到一千元了，每天的日用生活費，這就是大大的問題，魏端本一早起，就要上機關去辦公的，還必得在他未走以前和他把交涉辦好。

自然，開口向他要錢，必得說出個理由來，這理由怎麼說呢？這半個月，他已經交了家用二十多萬了，照紙面上的薪水津貼說，已超過他三個月的收入。她想到這裡，又看了看睡在枕上的瘦臉。心裡轉了個念頭，覺得這份家也真夠他累的。

她心裡有點怨道發生了，卻聽大門外馬路上有了嘈雜的人聲。遠遠有人喊著向右看齊，向前看，報名數，一二三四五，極短促而粗暴的聲音，連串地喊出。

這是重慶市訓練的國民兵，各條街巷，在天剛亮而又沒有亮的時候，他們在山城找不著一塊平坦的地方，就在馬路上上操。有了這種叫操聲，自然是天快亮了，自己本是沒有錢，無法去翻本，就算有錢，現在已不能去翻本了。

這個時候，臉上已經不發燒了，心裡頭雖還覺得有些亂糟糟的，可是也不像賭輸初回來的時候那樣難過了。倒是天色將亮，寒氣加重，只覺一絲絲的冷氣，不住由脊梁上向外抽，兩隻腳也是像站在冷雪上似的，涼入骨髓。站起來打了兩個冷顫，又打了兩個呵欠，趕快脫了長衣，連絲襪子也來不及拉下，就在魏先生腳頭倒下去，扯著被子，把身子蓋了。

她落枕的時候，心裡還在想著，明日的家用，分文俱無，必得在魏端本去辦公以前把交涉辦好，同時追悔著今晚上這場賭，賭得實在無聊，睡了好大一會還睡不著。

朦朧中幾次記起和丈夫要錢的事，曾想搶個先，在他未走之前，要把這問題解決。可是無論如何，自己掙扎不起來。等著可以睜開眼睛了，聽到街上的人聲很是嘈雜。

重慶的春季，依然還是霧天，看看吊樓後壁的窗子外，依然是陰沉沉的，她估計不到時間，就連叫了兩聲楊嫂。

她手上拿了張晚報進來，笑道：「太太，看晚報，又是好消息。賣晚報的娃兒亂吼，啥子德國打敗仗。」

她將兩隻手臂由被頭裡伸了出來，又打了兩個呵欠，笑道：「什麼，這一覺，睡了這樣久？先生沒有給你錢買菜嗎？」

楊嫂道：「給了兩千元，還留了一封信交把你，他不回來吃午飯，信在枕頭底下。」

魏太太道：「他還彆扭著，好吧，我看他把我怎麼樣？」說著在枕頭下一摸，果然是厚厚的一封信。看時，信封上寫著芝啟。敞著口，沒有封。她將兩個指頭把信瓤子向外扯出來，先透出了一疊鈔票，另外有張紙，只寫了幾行字：

芝：好好地休息吧，留下萬元，作你零用。我今日有趟公差，過南岸到黃桷椏去，我把轎子錢和旅館錢省下，想今晚上趕回來。萬一趕不回來，我

會住在朋友家裡的，不必掛念。　本留

她看完了信，將鈔票數一下，可不是一萬元。黃桷椏是疏建區的大鎮市，常去的，過江就上坡總在幾千級，本地人叫作上十里下五里，十里路中間，沒有二十丈的平地，上去上坡子到山頂為止才是平路，若不坐轎子，那真要走掉半條命。

他這樣子省有什麼用？還不夠太太看一張牌的錢，但不管怎麼樣，他那樣苦省，自己這樣浪費，那總是對不住丈夫的事。

想到這裡，又把魏先生留下的信從頭至尾地看上一遍，這裡面絲毫沒有怨恨的字樣，怕今天趕不回來，還叮囑著不要掛念。

她把信看著出了一會神，也就下床漱洗。

楊嫂進房來問道：「太太要吃啥子飯食？先端碗麵來，要不要得？」

魏太太道：「中午你們怎麼吃的？」

楊嫂道：「先生沒有回家，我帶著兩個娃兒，浪個煮飯？我帶他們上的三六九。」

魏太太笑道：「那好，又是一天廚房不生火，那也不大像話吧？孩子交給我。你去做晚飯。」

楊嫂笑道：「要是要得，你要耐心煩咯。」

魏太太道：「我只要不出去，在家裡看著孩子，有什麼不耐煩？」

楊嫂低著頭笑了出去，低聲說了句：「浪個別脫（猶言那樣乾脆）。」

魏太太聽了，心下不大為然，心想：難道我會生孩子，就不會帶孩子！只是這個女傭工，卻是自己放縱慣了的，家交給她，孩子也交給她，另換個人，就不能這樣放心，只得把這句話全盤忍受了，只當是沒有聽到。

果然，楊嫂抱著牽著，把兩個孩子送進來了。大孩子五歲多，是個女孩，小頭髮蓬著像個雞窠，上身穿了白花洋紗質，帶裙子的童裝，在這上面，罩了件冬天用的，駱駝絨大衣。大衣不但是紐扣全沒有了，而且肋下還破了個大口，向下面拖著絨片筋，胸面前濕了大塊，是油漬糖漬鼻涕口水黏成的膏藥狀，下面光了腿子，穿了雙破皮鞋，而且鞋上的絆帶也沒有了，兩條光腿，那全不用說，都沾遍了泥點。

小的這個孩子，是個男孩，約莫是兩歲，他倒完全過的冬天，身上的一套西北藍毛絨編的掛褲，已記不清是哪日起所穿，胸襟前袖口上，全是結成膏片的髒跡，袖口上脫了毛線，向下掛著穗子。那張小圓臉兒更不成話，左腮一道黑跡，連著鼻子嘴橫抹過來，塗上了右腮，鼻子下面還是拖兩條黃鼻涕，拖到嘴唇，腿上是和姐姐相同，光著下半截，一隻腳穿了鞋襪，一隻赤腳。

魏太太皺了眉頭道：「我的天！怎麼把孩子弄得這樣髒。」

楊嫂並沒有回答她這個問題，將男孩子交給主婦，扭身就出去了，她好像認為小孩子這樣髒乃是理所當然。

魏太太嘆了口氣把男孩子放在床上，自己舀了盆熱水來，給兩個小孩子洗過手臉，頃刻之間，找不到日用的腳盆，和兩孩子洗了腳，這又找不到腳布。看看床欄上，還有就也遇事從簡了，將臉盆放到地板上，換下來兩日未曾洗的一件藍布罩衫，取過來給孩子擦了腿腳，將箱子五屜櫃全翻了一陣，找出十幾件小孩兒衣服，挑著適當的，給他們換上了，因對了孩子望著道：「這不也是很好的孩子，交給楊嫂，就弄成那個樣子。」

有人笑答道：「可不是很好的孩子嗎？孩子總是自己帶的好。」

看時，是隔壁陶伯笙太太呢。她總是那樣乾淨樸素的樣子，身上穿了半舊的陰丹士林罩衫，她會熨燙得沒有一絲皺紋，頭上的長髮，在腦後挽了個辮環。臉上略微有點粉暈，似乎僅是抹了一層雪花膏。

立刻起身相迎，笑道：「你這位管家太太，也有工夫出來坐坐？」

陶太太笑道：「談什麼家，無非是兩間屋子。」

魏太太屋子裡，本來也就秩序大亂，現時和孩子一換衣服，又把面前兩把椅子占滿了，她只得將衣服抱著一堆，立刻送到桌底下去，口裡連道請坐請坐。

陶太太坐下來笑道：「打算帶孩子出去玩嗎？」

魏太太道：「哪裡也不去，我看孩子髒得不成樣子，給他收拾收拾。」

陶太太道：「是的，住在這大街上，家裡一寸空地也沒有，孩子沒個透空氣的地方，健康上大有關係，若是再不給他弄乾淨一點，更不好了。」

魏太太一面拿鞋襪給孩子穿，一面談話。因道：「我是太笨了，橫針不會直豎，孩子的鞋幫子，我也不能做，什麼都買個現成的，就是現成的吧，也賭瘋了，不給孩子裝扮起來。這門娛樂太壞，往後我要改變方針了。」

陶太太微笑道：「若是摸個八圈，倒也無所謂，打梭哈可來得凶，我一徑不敢伸手。」

魏太太心想：她不走人家的，今日特意來此，必有所為，且先裝不知，看她要些什麼，因道：「我家成日不舉火，舉火就是燒飯，熱水也沒有一杯，你又不吸香煙，我簡直沒法子招待你。」

陶太太道：「不要客氣，我有兩句話和你商量商量。你不是和胡太太很要好嗎？我知道她手邊很方便。我有一隻鐲子，想在她手上押借幾萬塊錢。這件事我不願老陶知道，他是個好面子的人，他知道押首飾，又要說我丟了他面子了，我想請你悄悄地去和胡太太商量一下，她若認為可以，我再去找她。」

魏太太笑道：「你手上也不至於這樣緊呀！」

陶太太嘆了口氣道：「你哪裡知道我們家的事！你不要看老陶三朋四友，成天在外面混，他是完全繃著一個面子，做了人家公司一個交際員，只有兩萬元夫馬費，吸香煙都不夠。我們也就是圖這個名，寫戶口冊子好看些，免得成了無業遊民。兩個孩子都在國立中學，學膳費是不要的，可是孩子來信餐餐搶糙米飯吃，吃慢了，飯就沒有了，得餓著。大孩子的學校離重慶遠，在永川，每餐飯還有兩碗沒油的蔬菜，八個人吃。「第二個孩子在江津，常是一餐飯吃一條臭蘿蔔乾。而且每餐只有兩碗飯，只夠半飽。兩人都來信，餓得實在難受，希望寄一點錢去，讓他們買點燒餅吃。大孩子還不斷地有點小毛病，不是咳嗽，就是鬧濕氣，要點醫藥費。我怕孩子太苦了，打算每人給他兩三萬塊錢。你別看老陶上了牌桌子不在乎，那都是臨時亂拉的虧空，真要他立刻掏出一筆現款，他還要去想法子，他也未必給孩子那樣多錢，東西我也不戴出來，白放在箱子裡，換了捨不得，出幾個利錢押了它吧。」

魏太太沒想她託的是這件事，笑道：「進中學的孩子了，你還是這樣地疼。」

陶太太皺了眉道：「前天和昨天連接到兩個孩子的來信訴苦，我飯都吃不下去，我們那一位倒是不在乎，照樣的打牌，魏先生就不像他，我看見他回家就抱孩子。」

魏太太道：「他呀！對於孩子也就是那麼回事，見了抱抱，不見也就忘記了。說起打牌，我倒要追問一句，昨晚上的局面，陶先生又不怎樣好吧？」

陶太太搖著頭苦笑了一下，接著又點了兩點頭道：「不過昨晚上這場賭是他敷衍范寶華的，可以說是應酬，連頭帶賭，還輸了三萬多。聽說那個姓范的要做一筆黃金生意，叫老陶去和他跑腿，老陶就聽場風是場雨，高興得了不得，昨晚上有兩個穿西服在一處打牌的就是幫忙可以買金子的人。老陶為他們拉攏，在館子裡大吃一頓，又到我們家來賭錢。聽說原來是要到一個女戲子家裡去賭的，他們一面賭錢，一面還要開心，因為那個女戲子不在家，就臨時改到我家來了。我們做了買金子的夢， 點好處沒有得到，先賠了三萬元本，人熬了一夜，累得七死八活。我的那位還是很起勁，覺也沒有睡，一大早就到老范那裡去了。」

魏太太道：「那倒好，我和胡太太抵了那個女戲子的缺了。」

陶太太不由得臉上飛紅，立刻兩手同搖著道：「你可不要誤會，你和胡太太都是臨時遇到的。」

魏太太雖然聽到她這樣解釋了，心裡總有點不大坦然，這話只管老說下去，卻也沒有味。便笑道：「好賭的人，有場合就來，倒不管那些，我是個女男人，誰要對我開玩笑，誰預備倒楣，我是拳頭打得出血來的人。」

陶太太不好說什麼，只是微微地笑著。

那楊嫂正走了進來。問道：「飯做好了，就吃嗎？沒得啥子好菜咯。」

陶太太笑道：「你去吃飯，我晚上等你的回信。」說著，大家一齊走到隔壁屋子裡來。

看那桌上的菜，是一碗豆腐，一碗煮蘿蔔絲，魏太太皺了眉道：「又買不到肉嗎？炒兩個雞蛋吧。」

陶太太道：「我為老陶預備了很多的菜，他又不回來吃，我去給你送一點來。」說著立刻走了。

魏太太坐在桌子邊，捧著一碗平價米的黃色飯，將筷子尖伸到蘿蔔絲裡撥弄了幾下，然後夾了一塊煎豆腐，送到鼻子尖上聞了一聞，將豆腐依然送回菜碗裡，鼻子哼著道：「唔！菜油煎的，簡直不能吃。」

楊嫂盛著小半碗飯來餵孩子，便笑道：「你是比先生考究得多咯，你不在家，先生買塊鹹榨菜，開水泡飯吃兩三碗，你在家，他才有點菜吃。」

魏太太還沒有回答這句話，陶家女傭人端了一碗一碟來，碗盛的是番茄紅燒牛肉，碟子盛的是叉燒炒芹菜，她放到桌上，笑道：「我太太說，請魏太太不要客氣，留下吃，家裡頭還多咯。」

魏太太看那紅燒牛肉燒得顏色醬紅，先有一陣香氣送到鼻子裡，便道：「你們家裡的伙食倒不壞。」

劉嫂道：「也就是先生一個子吃得好，太太說先生日夜在外面跑，瘦得那樣，要養一家子，讓他吃點好飯食，他自己掙的錢，自己吃，天公地道，騎馬的人還要和馬上點好料呢。太太自己硬是捨不得吃，餐餐還不是青菜蘿蔔！」

魏太太說著話時，夾了塊牛肉到嘴裡嘗嘗，不但燒得稀爛的，而且鮮美異常，因道：「你太太對你們主人真是沒有話說，你們先生對於太太可是馬馬虎虎的。」

劉嫂道：「馬虎啥子？伺候得不好，他還要發脾氣，我到他們家年是年*，沒看到太太耍過一天。」

魏太太道：「你們太太脾氣太好了，先生成天在外交遊，你太太連電影都不看一場。」

劉嫂道：「還看電影？有一天，太太上街買東西轉來晚一點，鎖了房門，先生回來，進不得門，好撅*一頓，我要是她，我都不受。」

魏太太笑道：「你還想做太太啦？」

劉嫂紅著臉道：「這位太太說話……」

她一笑走了。魏太太倒也不必客氣，把兩碗菜都下了飯，但到這時，許多在個性相反的事情繼續向她逆襲著，她心理上的反映，頗覺得自己有過分之處。

吃過了飯，呆呆地坐著，看著兩個孩子在屋子裡轉著玩。有人在外面叫了聲魏太太，她問是誰，那人進來了，是機關裡的勤務，手上拿著一個小篾簍子。

魏太太道：「你找魏先生嗎？他過南岸去了。」

勤務笑道：「是我和魏先生一路去的，他今晚不能回家，讓我先回重慶，這是帶來的東西。」說著將小篾簍放到桌上。

魏太太道：「他說了什麼話嗎？」

勤務在身上取出一封信，雙手交上。魏太太拆了信看，是日記簿上撕下來的紙片，用自來水筆寫的。信這樣說：

芝：公事相當順手，今晚被主人留住黃桷椏，作長談，明日可回家午飯，請勿念。友人送廣柑十枚，又在此處買了鹹菜一包，由勤務一併先送回，為妹晚飯之用。晚飯後，若寂寞，帶孩子們去看電影吧。晚安！

本上

她把這信看完，心裡動盪了一下，覺得有一股熱氣上沖，直入眼眶，她要流淚了。女人的眼淚是最容易流出來的，很少例外，不過魏太太田佩芝個性很強，當她眼淚快流出來的時候，她想到面前還有個勤務，她立刻用一種極不自然的笑容，把那要哭的意味擋住，因向勤務道：「魏先生也是小孩子脾氣，怕重慶買不到廣柑，還要由南岸老遠地帶了回來，你也該回去休息了，我沒有什麼事，你走吧。」

那勤務看到她的顏色極不自然，也不便說什麼，敬著禮走了。

魏太太在沒有人的時候，把魏先生那張信紙拿著，又看了一看。

楊嫂由外面走進來笑問道：「太太，朗個的？說是你不大舒服？」

她笑道：「剛才還吃了兩碗飯，有什麼病？」

楊嫂道：「是剛才那個勤務對我說的。」

魏太太忽然省悟過來，笑道：「我有什麼病？不過我在想心思罷了。」

楊嫂看她斜靠了桌子坐著，手托了半邊臉，眼光呆定了，望著那兩個在床邊上玩的孩子。楊嫂走近兩步，站在她面前，低聲道：

「我說，太太，二天你不要打牌了，女人家鬥不過男人家咯。你要是不打牌的話，我們佃別個兩間好房子住的錢都有了，住了有院壩的房子，娃兒有個耍的地方，大人也透透空氣，有錢吃一點，穿一點，比坐在牌桌上安逸得多。輸了就輸了，想有啥子用，二天不打牌就是。」

魏太太撲哧一聲笑了，站起來道：「我受了十幾年的教育，倒要你把這些話來勸我，陶太太託我和胡太太商量一件事，還等了我的回信呢。你看著兩個孩子，我半點鐘就回來。」

楊嫂笑道：「怕不過十二點？」

魏太太道：「難道我就沒有做回正經事的時候？打水來我洗臉吧。」

楊嫂看她這樣子，倒也像是有了正經事，立刻幫助著她把妝化好，她還是穿了那件掛在床裡壁的花綢衣服，夾了只盛幾千元鈔票的皮包，匆匆出門而去。

這也是普通女人的習慣，在出門之前，除了化妝要浪費許多時間而外，還有許多不必要的瑣事，全會在這時間發生，以致真要出門，時間是非常迫促，就落個匆匆之勢。

這裡到胡太太的家裡，路並不算遠，魏太太並沒有坐車子，步行地走去。下百十步坡子，走到一條伸入嘉陵江的半島上。

這裡是繁華市區，一個特殊的境界，新式的歐洲建築，三三兩兩間隔著樹立在山岡上下，其間有花木，也有草地。房子有平房，也有樓，每扇玻璃窗透出通明的電燈光線，這光線照著，讓你可以看到穿著上等西服的男子，或滿臉脂粉的燙髮女郎，在這一丈長三尺寬的石板坡子上來去，因為這個地方對於戰都的摩登仕女是太合理想的。

到熱鬧街市很近，一也；房屋絕不擁擠，有辦法美化，二也；半島是很好的石質，隨處有極堅固的防空洞，三也。唯一的缺憾只是地不平，無論上街的坡子怎樣寬大，車輛不能到門口，找不到轎子的時候，就得步行。但這點缺憾倒是百分之九十幾的重慶人所能忍受的，因之這半島上擁了個真善美新村的雅號，住著一二百家有錢階級與有閒階級。

魏太太不但是羨慕這裡，而且也羨慕這裡居民的生活。她每次到這裡來，就發生一種感慨，論知識，論姿色，而且論年歲，都比這裡的多數婦女強幾倍，然而自己就住在冷酒鋪後面的吊樓上，因此不願到這地方來。今天來了，她倒另有一番感想，假使自己把輸了的錢都來作生活用途，自也有這個境況。

她正這樣想著，身後一陣嬉笑之聲，回頭看時，三四支電筒閃著白光，簇擁一群男女走下來。聽那些人口音，有說北方話的，有說下江話的，有人道：「今晚上我不能跳得太夜深，明天上午九點鐘，我有要緊的事。」

有個女子問道：「什麼要緊的事，是買金子嗎？」

那人笑道：「買金子，九點鐘才去，那才是外行呢，今天晚上就要到銀行門口去排班。」

那女子道：「你廖先生買金子，還用得著排班嗎？我知道范寶華就在和你合作。」

這句范寶華讓魏太太特別注意，原來這位小姐也是老范的熟人，這就緩緩地開步，讓過他們，隨在後面走。

那男子道：「袁小姐幾時看到老范的？」

她道：「不用得遇著他，我也知道他的行動，不過他買他的金子，他發他的財，我袁三小姐並不眼熱，我也不會再敲他的竹槓。」

那男子哈哈一笑。

魏太太這就明白了，這個女子就是和老范拆了夥的袁三，聽說她長得很漂亮，可惜看不到她的面貌。她一路想著，一路跟他們走，這倒巧了，他們所到的地點，就是胡太太家緊隔壁的一所樓房，借了他們手電筒光，直到胡家門口。

胡家的房子，是五六間洋式平房周圍繞著細竹籬笆，屋簷下亮著雪白的電燈，照見籬笆裡兩棵紅白碧桃花，開得像兩叢彩堆。花下一片青草地毯，綠油油的。這和自己家裡打開吊樓窗戶就看到人家高高低低灰黑色的屋脊，真不可同日而語。

她在籬笆門下叫了聲胡太太。簷下的洋式門推開了，看到門裡面又是燈火通明的，有人伸頭問了一問。魏太太道：「我姓魏，來見胡太太，有幾句話商量。」

這報告完畢，胡太太早是由門裡搶了出來，迎上前挽著她的手臂笑道：「這是哪陣風吹來的。請到裡面坐。」她牽著魏太太由側面的小門裡進去。

魏太太由正屋窗子外經過向裡看著的時候，見那裡是座小客廳，燈光下坐滿了的人。主人將客引到自己臥室裡讓座，首先就問：「吃了晚飯沒有？」

魏太太道：「我已經吃過飯了，你家有什麼喜慶事情？」

胡太太道：「什麼喜慶也沒有，我們是隨人家熱鬧。隔壁劉家今夜跳舞，到他家去跳舞的人，我們有一大半是相熟的，在沒有跳舞之前，就到我家來談天。我怕你是來邀我去湊局面，所以我請你到房裡來談話。」

魏太太因把陶太太所託的事細細地說了。

胡太太絲毫不加考慮，因道：「叫她拿來就是了，現在銀樓掛牌的金價是四萬到五萬，我照三萬一兩押她的。小事，我也不要什麼利錢，可是日子久不得，金子跌了價，也許不值三萬，那我就倒出利息了。」

魏太太笑道：「我雖不買金子，可是這好處我曉得，金子只有往上漲，哪有向下落的道理。」

胡太太道：「照你這樣說，有金子的人都不肯向外賣出了。你是好朋友，我也不必瞞著你，我現在做一筆生意，請你看幾樣東西。」說著，她把玻璃窗上的幔布先給掩蓋起來，然後找開穿衣櫥，取出白鐵小箱子來。

她將背對了窗戶，捧著白鐵小箱子朝了電燈，然後向魏太太招了兩招手。

魏太太會意走了過去。她將小鐵箱的鎖打開，掀開蓋來，黃光外射，讓魏太太吃了一驚，裡面有四隻金鐲子，兩串金鏈子，十幾枚金戒指。因道：「這都是你收買的嗎？」

胡太太笑道：「若是我收買的，我就不給你看了。明天早上，我就送進銀樓。」

魏太太道：「你怕金子會跌價，所以趁這個機會賣了它，我勸你可別做這種傻事。」

胡太太將小箱子鎖好，依然送到衣櫥子裡去，笑道：「我並不傻，我是替人家代勞的，我有兩家親戚住在歌樂山，他們看到金子能賣到四萬幾一兩，黃金儲蓄呢？可只要兩萬元一兩，於是他們腦筋一轉，有了辦法，決定把金子拿到銀樓去換現錢。這筆現錢分文不動，拿去買黃金儲蓄券。六個月到期，憑了儲蓄券去兌現金。那麼現在賣掉一兩金子，六個月之後，就變成二兩金子了。

「這樣現成的好買賣，為什麼不做，他們有了這個動議，驚動了兩家太太小姐們，連老媽子也在其中湊熱鬧，各把首飾拿出來，帶到城裡來換，他們知道我們認識一家銀樓，託我去和他們換掉，而且還託我們胡先生到銀行裡去買儲蓄券，所以今天晚上我這衣櫥子倒成了交易所了。」

魏太太道：「也許這裡面有一大半是你的吧？」

胡太太將衣袖子向上一捲，露出了右手臂上套著的金鐲子，笑道：「我的還在這裡，假使我有那富餘錢的話，就買了黃金儲蓄券了，哪裡還會等著今日。」

魏太太嘻嘻地望著她笑道：「也許你早就買得可觀了。」

胡太太也只笑了一笑。

魏太太道：「這幾個月來，也偶然聽到有人說買金子，買黃金儲蓄券，真正幹得起勁的人，也還不多，為什麼這個禮拜以來到處都聽著是買金子的聲音？」

胡太太點點頭道：「這個我有點研究，可以告訴你，第一是**黃金的黑市，漲到了五萬上下，現在花二萬元買一張儲蓄券，六個月兌現，對本對利，比在銀行裡存大一分的比期*還要合算**。你拿十萬元到銀行裡存大一分，到七個月頭，利上加利，才有十九萬幾，還不到對本對利呢，這不是買黃金儲蓄券更合算嗎？所以黃金黑市越漲價買黃金儲蓄券的人越多。

「第二是官價和黑市相差一半，政府賣黃金也好，賣黃金儲蓄券也好，那都吃虧太大了。非把官價提高不可。提高多少現在雖不知道，但是總不會和黑市相差一半。等到黃金官價定高了，兌現的日子就不能對本對利了。據報上登載，就在這幾日財政部要宣布新官價。大家要搶便宜，所以這幾日買黃金的人發了狂，這些買三兩五兩黃金儲蓄券的算什麼？那些買黃金期貨的，一買幾千兩，也雪片似的向四行送著支票，那才是嚇人呢。**第三，還有個原因，說政府看到賣黃金是太吃虧，要不賣了，因此要想發財的人更是著急。**」

魏太太笑道：「你說這話，我算明白了。既是賣黃金吃虧，政府又何必賣，馬上就可以停止，還等什麼？」

胡太太道：「為的是法幣要回籠。」

魏太太道：「什麼叫法幣回籠？」

胡太太道：「法幣發得太多了。這叫通貨膨脹。通貨膨脹，錢不值錢，東西要漲價，這叫法幣貶值。政府不願法幣貶值和東西漲價，要把市面上的法幣收回去，這就叫回籠。讓法幣回籠的辦法很多，不一定是出賣黃金。譬如抽稅，發公債票，拋售物資都可以。」

魏太太走近一步，將手拍了她肩膀道：「真有你的，你也沒有學過經濟，怎麼曉得這樣多？」

胡太太笑道：「這還用得著學呀！我們家裡每天晚上來些擺龍門陣的客人，無非就談的是這些。聽過三回五回，也許你還不明白，等著你聽到二三十回，甚至五六十回，難道你還不明白嗎？」

魏太太道：「那麼你們府上貴客滿堂，也許又是在開經濟座談會了。」

胡太太道：「那倒不是，他們今天都是到劉家去跳舞的，時間未到，先到我家來坐坐。我不是說了，這些人我們認識一大半嗎？」

魏太太道：「跳舞還有時間不時間，反正是大家趁熱鬧。」

胡太太道：「自然是這樣的，不過人馬未曾到齊，大家就得等上一等，尤其是幾位女明星沒有到，大家必須等著。」

魏太太道：「是哪幾位女明星呢？舞臺上和電影上的女明星我很少看到她們的本來面目。」

胡太太挽著她的手道：「你隨我來吧，也許她們來了。」

她隨著女主人走出門時，隔壁那客室裡的歡笑聲已經停止。那邊洋樓裡，留聲機用擴大器放著音樂片子，響聲由窗子縫裡和門縫裡傳播了出來。

胡太太笑道：「他們已經開始了。你看，很有趣的。」

魏太太關於摩登的事，什麼都玩過，就是不會跳舞。這原因第一是由於她沒有朋友引帶學習，第二是她參加的社交，是不大高貴的場合，沒有跳舞的機會，心裡倒也想著，重慶城裡半公開的跳舞，到底是怎麼一種場面？這時有了這樣一個機會，自也願意去見識，順便看看范寶華那個離婚夫人，長得是怎麼漂亮，心裡如此，隨著胡太太，已走進了劉家。

這屋子倒是純歐化式的，進了大門，就是個門廊，壁上的衣架帽鉤懸掛了不少的帽子和雜物。門廊過去，一條寬甬道，左邊一所小客廳，已是坐滿了人的。

左邊有個垂花門的大敞廳，傢俱全搬空了，只屋子角上留有一張小圓桌，桌子放了一架留聲機，旁邊堆了二三十張話片。一位穿西服的少年，彎了腰在那裡伺候話匣子。那頭屋角，有個擴大器安在牆上，全屋電燈通明，照著七八對男女在光滑的地板上溜著。在垂花門外面，亂擺著大小椅子，不舞的人，男女夾雜坐在那裡。

胡太太帶她進來了，隨便地向人點著頭，不知道誰是主人，也沒有人來招呼，兩人自走向那小客廳裡去。

一個頭髮梳得烏油淋淋的西服少年，迎向前對胡太太腳底下望著，笑道：「怎麼穿便鞋來的？」

胡太太笑道：「我今天沒有工夫。」

那人笑道：「為什麼不來？今天有幾張很好的音樂片子呢。」說著，將右手揚起來，中指按住了大拇指，對胡太太臉上遙遙地一彈，拍的一聲響，自走開了。

魏太太看她臉上時，略帶微笑，並沒有對這人感到失態。

這小客室裡，只有一套沙發，四個錦墊，人都坐滿了。兩人走進去，復又退出來。

這時，一段音樂片子放完，舞伴放開了手，分別向舞廳四周站著。魏太太心想，就是這麼個局面，這會有什麼很大的樂趣嗎？說到男人，那還罷了，摟抱著女人那總是佔便宜的事，說到女人，讓男人抱著跳舞，這也會有趣味？跳完了，連個好好休息的地方都沒有。

她以一個外行的資格，站在那垂花門邊，向舞場上的幾位女賓身上打量著。其中有個瓜子臉的女人，後腦披著十來股紐絲捲燙髮，穿件大紅銀點子的旗袍，胸前高挺了兩個乳峰，十分惹人注意。

正好有個西裝男子，將她向一位穿制服的人介紹著，稱她是袁三小姐。她伸出手來和那人握著，遠處兀自看到手指上銀光一閃，這無須說，正是她手上戴了一隻鑽石戒指了，魏太太這就知道她是范寶華的離婚夫人。這樣的全身繁華，可知老范在她身上花了多少錢。

再看看其他的女賓，雖不是個個都像袁三那樣華麗，可是穿的衣服全是很時髦的，戴金鐲子那太不稀奇，手指上圈著鑽石戒指的，就有三位。尤其是各位女賓穿的皮鞋，漏花幫子的，絆帶式的，嵌花條的，重慶鞋店玻璃窗裡的樣品，這裡全有。

袁三穿的是雙朱紅絆帶式的高跟鞋子，套在白色絲襪上，那顏色像她那件紅色銀點旗袍，非常地刺激人的視官。魏太太很敏感地看了看自己身上這件五成舊的花綢衣服，紅不紅，灰不灰，白又不白，穿的這雙皮鞋又是滿幫子，好像軍人穿的黃皮鞋，這和人家打比，未免太相形見絀了。

她正是這樣慚愧著，偏是好幾位女賓都把眼光向自己看來，她心想，這必是人家笑我落伍，我還老站在這裡做什麼，於是低聲向胡太太道：「我們走吧。」

胡太太也看出了她局促不安的樣子，以為她不會跳舞的人對於這種場合不大習慣，便點點頭引了她出去。

轉身只走了兩步，後面有人叫道：「怎麼走呢？胡太太。」

她們回過頭看時，是位穿西服，嘴唇上留有半圈短鬍子的人。

胡太太笑道：「我是陪這位魏太太來觀光的，劉先生自己沒有跳舞？」

他笑道：「你若下場子我可以奉陪，魏太太初次來，我沒有招待，那太對不起，請到樓下去坐坐。我熬有一點真咖啡，是重慶不大容易得著的，喝杯咖啡走吧。」說著，向魏太太笑著點頭。

她明白了這是主人，人家所請的客人，都是珠光寶氣的太太小姐，自己這副形象，怎好意思加入人家的舞群，便笑道：「對不起！劉先生，我今天有事，改日再來拜訪劉太太吧。」

那主人有的是湊熱鬧的女賓，卻也不怎樣挽留，笑著送到門廊下就止步了。

魏太太再到胡家，他們家的男客已完全走了，主人讓到小客室裡來坐。

重慶非大富之家經過八年的抗戰已沒有沙發椅，小康之家代替沙發的是柳條和籐片做的沙發式的矮椅子。胡家客室裡也有這種陳設，而且椅子上各加陰丹士林布的軟墊子。

這種布也久已是成為奢侈品的了，客室的另一角放著小圓桌子，上面蓋著挑花的漂白布桌毯，魏太太是久有此意，想買兩丈極好的漂白布做兩身內衣，也就因為白布既極貴，而且也不大容易買到，把這事延誤了，倒不如人家胡太太拿了做桌布，因笑道：「你們家打算在重慶還住個十年八載呢，還是這樣新添東西。」

胡太太道：「這不算添東西呀，你看我們家，到晚上還有大批人馬來到，不能不讓人家有個落坐的地方。」

魏太太看圍著圓桌的椅子也是新置的，顯然是最近的佈置。魏端本階級相等的朋友，就沒有誰人家裡能預備一間客室。

這胡家的客室，雖然就是這點傢俱就擺滿了。可是牆壁上掛著字畫，桌上擺著鮮花瓶，並沒有客室裡不應當擺的東西，這可知道完全是做客室之用的，因笑道：「胡太太，我很欣慕你。在重慶能過著這樣安適的日子，這不是容易的事。」

胡太太笑著搖搖頭道：「並不安逸呀！我們胡先生也是不住地向我囉唆，老說我花多了錢。往後我也要少賭兩場了。」說著，嘻嘻一笑。

魏太太道：「你怕什麼？有的是資本做金子生意。六個月對本對利大撈一筆，你輸不了。」

胡太太道：「提起這事，我不要說過就忘了，陶太太的事我們怎樣辦理，她是要現錢，還是要支票？現款恐怕家裡沒有這樣多。」

魏太太道：「你開明日的支票吧，讓她自己明日上午把金器拿來，她又沒有拿東西來，我帶了現款去，倒負有責任。」

胡太太對於這個說法，倒好像是贊成的，立刻進屋子去，又拿了個小紅皮箱出來，打開皮箱，取出了三個支票本子，挑了其中一個，摸出口袋裡的自來水筆，伏在圓桌上，開了張三萬元的支票，支票放在桌上，把小皮箱送進房去，再出來，卻帶了印泥盒和圖章盒，在支票上蓋了兩個章，交給魏太太，笑道：「這絕不是空頭。」

魏太太心裡想著，這傢伙真有錢，而且也真會管理，支票和圖章不但不放在一處，而且也做兩回手續辦理，這便笑著點了兩點頭道：「胡太太的事，沒有錯，你玩是玩了，樂是樂了，家裡日子過得十分舒服，手邊用的錢也十分順便，我應當向你學習學習。」

胡太太道：「好哇！隨便哪天來，我先教給你跳舞。」

魏太太道：「我若是有你這個環境……唉！不說了。我到你這裡來一趟，我的眼睛受的刺激夠了，我不能再受刺激了。」說著，將那支票揣在身上，扭轉身就走了。

魏太太帶著滿懷的感慨，回到了家裡，事實上是和預定期間多著兩三倍。楊嫂帶著孩子們都睡了，她心想，自己是個倒楣的人，這三萬元支票別在身上揣丟了，因之並不耽誤，就到陶家來。

陶太太坐在電燈下，補襪子底呢，立刻放下活計相迎。

魏太太笑道：「你們陶先生也穿補底襪子？」

陶太太道：「請問重慶市上，有幾個人的襪子底不是補的？」

魏太太道：「其實，只要少輸兩回，穿衣服的錢都有了，別說是穿襪子。」

陶太太笑道：「話是誰都會說，可是事臨到頭上，誰也記不起這個說法了。」

魏太太嘻嘻一笑，彎著腰在長襪統子裡，摸出了那張支票，遞給陶太太，因把在胡家接洽的經過說了一遍，接著嘆口氣道：「有錢的人做什麼事都佔便宜，他們有法子用金子滾金子，現在是四兩，半年後就是半斤。你這金鐲子若是不押了它，現在賣個三四萬塊錢，就可以買二兩黃金儲蓄券，到了秋天，你就戴兩隻鐲子了。」

陶太太笑道：「你也知道這個辦法，你一定買了，伯笙原來也是勸我這樣做的，可是我要為孩子籌零用錢，我就顧不得撿便宜的事了。」說著，她突然搖了兩搖手，把支票收到衣袋裡去，隔壁屋子，正是陶伯笙在說話。

魏太太到那屋子裡來，見他將一張紙條放在桌上，用鉛筆在紙上，列寫阿拉伯字碼，他一抬頭笑道：「昨晚上的事，真對不起，我又是一場慘敗，無論如何要休息一個時期了。」

魏太太笑道：「回來就寫帳，合夥買金磚嗎？」

陶伯笙哈哈大笑道：「好大口氣，我也不過是和人跑跑腿而已。」

魏太太胡亂開句玩笑，卻沒有想到他真是在算金子帳，便坐在旁邊椅子上問道：「你有買金子的路子嗎？」

陶伯笙坐在桌子邊，本還是拿了鉛筆在手，對了紙條上的阿拉伯字碼出神，這就很興奮地放下了鉛筆，兩手按住了桌沿，望著魏太太道：「怎麼著，你對這事感到興趣嗎？」

魏太太笑道：「對發財的事誰不感到興趣？若不感到興趣，那也就怪了，可是我沒錢，一錢金子也買不到。」

陶伯笙正了臉色道：「我不是說笑話，你何妨和魏先生商量商量，抽個十萬八萬，買四五兩黃金儲蓄券也好，將來抗戰勝利回家去，也有點安家費。現在真是那話，勝利逼人來，也許明年這個時候，我們已經回到了南京。」

魏太太搖著頭道：「你也太樂觀了。」

陶伯笙道：「不樂觀不樂觀，這是比『放比期』還優厚的利息，能借到債也可以做的買賣呀！」

魏太太低頭想了一想，笑道：「端本回家來了，我和他商量著試試吧。」

正說到這裡，有個矮胖子走進來。魏太太已知道他，他是給老范跑腿的李步祥，人家真要談生算經，自己也就只好走開了。

陶伯笙和他握著手，笑了讓坐，因道：「冒夜而來，必有所為。」

李步祥笑道：「在門外面我就聽到你和剛才出去的這位太太談買金子了，兄弟發財的念頭也不後人。」

陶伯笙起身敬了他一支煙，又擦著火柴給他點上了，就因站在他面前的緣故，低聲笑道：「老兄，要買的話，打鐵趁熱，就是明後天，我聽了銀行裡的人說：就在下月一號，金價要提高，今天的消息更來得急，說是政府看到買金子的人太多，下月就不賣了。」

李步祥噴了一口煙，笑道：「我也是聽了這個消息，特意來向你打聽的，你既然這樣說了，我的事也就拜託你，你和老范去買的話，順便給我來一份。」

陶伯笙道：「你找我，我還找你呢。我和老范託的那位包先生，是隔子打炮的玩意，他根本還得轉託業務科的人，幾百萬的本票，我可不敢擔那擔子，讓人轉好幾道手，乾脆，我去排班。我打算今晚上起個黑早，到中國或中央銀行門口去等著，你也有此意，那就很好，我們兩個人同去，站班有個伴，也好談談話。」

李步祥把手伸到帽子裡去，連連搔了幾下頭髮，搔得那帽子一起一落，原來他走進來就談金子，帽子都忘了摘下來呢。他笑道：「站班，這可受不了。我到重慶來，除了等公共汽車，我還沒有排過班，為了排班，什麼平價東西，我都願意犧牲。」

陶伯笙架了腿坐在床沿上，銜了支煙捲在嘴角上。左手拿了火柴盒，右手取根火柴，很帶勁地在火柴盒上一擦，笑道：「難道說，買平價金子，你也願意犧牲嗎？」說完了，方才將火頭點了煙捲深深的吸上一口。

李步祥道：「若是你陶先生西裝筆挺都可以去排班，我李步祥有什麼不能去的，不過你拿幾百萬去買，雖然是人家的，怕這裡面不有你很大的好處。我可憐，只拼湊了二十萬元，買他十兩金子而已。」

陶伯笙笑道：「十兩還少嗎？我太太想買一兩，那還湊不出那些錢呢。這些閒話都不必說了，銀行是八點鐘開門，我們要六點鐘就去排班，晚了就擠不上前了，我們在哪裡會齊？」

李步祥已把那支煙吸完，他把桌上的紙煙盒拿起，又取了一支來抽，藉以提起他考慮的精神。

陶家這屋子裡，有兩把不排班的椅子，相對著各靠屋子的左右牆壁，李步祥面對了主人背靠了椅子，昂起頭來，一下子吸了五分長一截煙，然後噴出煙來笑道：「我還得問明白了老兄，我們是到中央，到中國？還是到儲匯局？」

陶伯笙笑道：「還是中央吧。聽說將來兌現金，還是由中央付出，為了將來兌現的便利，就是中央吧，而且我的四百萬元本票，只有一張五十萬是中央的，其餘有兩三家商業銀行，為了他們交換便利，也是中央好。」

李步祥笑道：「你真前後想個周到，連銀行交換票據你都替人家想到了。」

陶伯笙唉了一聲道：「你知道什麼？你以為這是在大梁子百貨市場上買襯衫襪子，交了錢就可以買到貨？這買黃金儲蓄券手續多著呢。往日還有個卡片，交給買主，讓你填寫姓名住址儲金的數量。自從買金子的人多了，卡片不夠用，銀行裡筆墨又鬧恐慌，這才免了這節繁文，可是你還得和他們討張紙條，寫好姓名數量，將錢交了上去，當時他給你個銅牌子，明日再去拿定單。

「你若是現款，那自然你以為是省事，可是要帶上幾百萬元鈔票，你好帶，人家還不願意數呢。最好你是交中央銀行本票，人家只看看就行了。其次是各銀行的本票，他收到了本票，寫了帳，把你的戶頭登記了，本票交到交換科。交換是中央主辦的，其他國家銀行也是送到這裡來交換。

「交換科每天交換兩次，上午一次是十一點，交換科將本票驗了，若是商業銀行的話，還得算清了，今天他們並不差頭寸*，這張本票才算是現錢。交換科通知營業科，營業科交辦理黃金儲蓄的人開單子。這幾道手續，至少也得十二小時，若是你趕不上十一點鐘的交換時間，中央晚上辦理交換，第二天下午，才能通知營業科，你這定單，至早也得第三天才能填好，所以我們必須上中央，而且要趕上午。這個月已沒有幾天了，萬一下月停止辦理黃金儲蓄，這兩日爭取時間是最重要的事。」

李步祥聽了這篇話，茅塞頓開，將手一拍大腿道：「真有你的，怪不得老范要你跑腿，你怎麼知道得這樣多？」

陶伯笙笑道：「這年頭做生意不多多地打聽，那還行嗎？我除了在銀行裡向朋友請教而外，又在中國中央親自參觀了一番。本來這件事還有個簡單辦法，就是託著來往的商業銀行代辦，並無不可，人家和國家銀行有來往，天天有買賣。可是老范這人精細起來，卻精細得過分，他原和三家商業銀行有來往，其中一家有點靠不住，他的存款都提出來了，其餘兩家也是拼命在搶購金子。他怕託運兩家銀行不十分賣力，會耽誤了時間，反正有我這個跑腿的，就在銀行裡開了本票，讓我直接到銀行裡去買定單。反正是兩條腿，站他兩小時的班，這比輾轉託人情，向人陪著笑臉總要好得多。我們這是拿著幾百萬元去存款，又不向人家借幾百萬，憑什麼那樣下賤去託人情呢？」

李步祥笑道：「你說的這些話，我都明白了，不用說了，事不宜遲，我連夜湊款子，明天早上我們在中央銀行門口相會。」

陶伯笙道：「你不是說已經湊足了款子嗎？」

李步祥道：「款子現成，全是現鈔。我聽到你說，銀行裡嫌數現鈔麻煩，我連夜和朋友去商量，去調中央銀行的本票，若是調不著本票的話，就是去調換些大票子也好。」

陶伯笙道：「這倒是個辦法，最好明天早上你來約我，我們一路到中央銀行去，排班也好排在一處。」

李步祥道：「那也好，反正走你這裡過，彎路也有限。那末，我就走了。」說著，他就起身走去。

李步祥是個跑百貨市的小商人，沒有錢在城裡找房子住，家眷送在鄉下過日子，他卻是住在僻靜巷子裡一爿堆疊的樓上。這原來是重慶城裡一所舊式公館，四進房子被敵機炸掉了兩進半，商人將這破房子承租過來，索性把前面兩進不要。將舊磚舊料把炸了的半進蓋個半邊樓，李步祥就是在這加做的樓上住著。

破磚和石頭堆的坡式梯子，靠了屋邊牆向上升，牆上打個長方洞，那算是樓門。樓倒有一列樓廊，可沒有頂，又可算是陽臺。

舊式房子的屋頂，本來是三角形，屋簷前後總是很低，炸彈把這屋子炸去了半截，修理的時候，就齊那三角形的屋脊附近，由地面起了半截牆，牆上釘著木板，攔成半邊樓。這樣，樓的前面，高到屋脊，也就可以在板壁上開門開窗戶了，樓裡自然是前高後低，是斜形的，但臨窗放桌子，靠後牆鋪床，也起居如意。

因為屋頂是斜的，為了顯得裡面空闊些，全樓是通的，並不隔開，一字相連鋪了七八個床鋪，兩頭對面又各鋪了一張床。在這裡住的人，倒好像坐小輪船的半邊統艙。因為臨窗的桌子和靠牆的床，相隔只可走一個人，若有人放把椅子在桌上算帳，經過的人必須跳欄競賽地斜了身子跨過去，再加上箱子籃子盛貨的包裹，其雜亂也不下於一個統艙。

李步祥走到這樓上，見不到罩子的禿頭電燈泡，掛水晶球似的，前後左右亮著四盞。兩頭兩張三屜小桌，各堆了一堆椒鹽花生，配著幾塊下江五香豆腐乾。每張桌前，或站或坐，各有三四個人，互遞著一隻粗碗在喝酒，因為那股濃烈的香氣襲人，就是不看到碗裡有什麼，也知道是在喝酒的。他呵了一聲道：「好快活，吃花酒。」

這堆疊裡一個年老的陳夥計，禿著頭，翹著八字鬚，臉上紅紅的，捲起他灰布長衫的袖子，正端了粗飯碗在抿酒。放下碗來，鉗了半塊豆腐乾，向他招招手道：「來來來，李老闆，我們划幾拳。」

李步祥的床鋪，在半間樓的最裡面橫頭，這像坐統艙的邊鋪，是優待地位。他正要經過這兩個吃花酒的席面。走到陳夥計面前，見有兩張粗紙放在花生堆邊，紙上泅著兩大團油暈，還有些醬肉渣子。便笑道：「怎麼著，今天打牙祭？」

陳夥計笑道：「什麼打牙祭？他們敲我的竹槓。」

李步祥道：「那未必是老兄賺了一票，要不然，他們不會無緣無故敲你的竹槓。」

吃酒的人中有位劉夥計，便道：「李先生，你要知道，你也該喝他四兩，陳先生令弟由西康來，和他帶來三兩多金子，在西康不到三萬元收的，到了重慶作四萬五賣給別人了。那三兩金子根本就是帶一萬多塊錢貨到西康去換來的，前後也不過四個月，他賺了個十倍轉彎，這還不該敲他一下嗎？」

陳夥計本來是端了酒碗待抿上一口，聽了這話，笑得牙齒露著，鬍子翹著，把碗裡的酒喝不下去，索性放下碗來，笑道：「你不要聽他們誇張的宣傳。賺是賺了一點，哪裡就賺得了許多呢？」

李步祥說著話，走到他的床邊，將壁上的西裝木架子取下，將身上穿的這套西服脫了掛上去，另在床底下箱子裡，將一套舊的青呢中山服穿起。

原來在重慶的商人，只要是常在外面活動的，都有一套拍賣行裡買來的西服。就以這半個樓面上的住客而論，在家裡擠得像罐頭裡的沙丁魚，出去就換上了西服，你在街上遇到他，想不到他是住在這雞窩裡的。

陳夥計看到李步祥換下了西服，倒想起了一件事。笑道：「李先生出去跑市場，捨不得穿這套西服的？今天忙到這時候回來，有什麼好買賣？」

他毫不考慮笑道：「搶購黃金。」

陳夥計抓了把花生走過來塞到他手上，笑道：「別開玩笑了。」

他是江蘇人，憋了這句京腔，那個開字和玩字，依然是刻字晚字的平聲，實在不如本腔受聽，全樓人都笑了。

李步祥剝著花生，笑道：「你以為我是說笑話嗎？我是真事，明日一大早，我就到中央銀行去排班，明日上早操的朋友，希望叫我一聲。」

原來這樓上也有一位國民兵團的壯丁，是堆疊裡兩位學徒，他們沒有吃花酒的資格，各端了本川戲唱本，睡在床上念。就有個川籍學徒答道：「要得，往常買平價布，趕汽車*都是我喊人咯。」

陳夥計道：「李先生真去買黃金儲蓄券。若等一天，我們一路去。」

李步祥道：「我不說笑話，你若是打算買，那就越快越好，聽說下月一號，不是提高官價，就是停止辦理黃金儲蓄。這消息雖然已經外露，知道的人還不算多，等到全重慶的人都知道了，你看，銀行門口怕不會擠破頭，所以要辦……」

那位陳夥計本已坐到那三屜桌子邊，緩緩地剝著花生，聽了此話，突然向上一跳的站了起來，問道：「李先生，這消息靠得住？」

李步祥倒不是像他那般緊張，依然坐在原位上，剝了花生米，落在右手掌心裡，張開嘴來，手心托了花生米，向嘴裡一拋，咀嚼著道：「不管他消息真不真，決定了辦，明天就辦。早一天辦，拿了儲蓄券，將來就早一天兌現取金。」

有位坐在床上端酒碗的張老闆，是個黑胖子，穿了西裝，終年頂了個大肚子，頗有大腹賈的派頭。談起生意經，倒只有他是陳夥計的對手。

這時，他把酒碗放下，將五個指頭輪流的敲著桌子，因微笑道：「老兄，我剛才和你商量的話怎麼樣？你何必一定要買十兩？你手上有十五六萬，先買他七八兩，等湊到了錢，再補二兩，那還不是一樣？老兄，你要知足，你一萬多塊錢，變成了三兩多黃金。黃金賣了十五六萬，再去做黃金。黃金賣了十五六萬，再去買黃金儲蓄，半年之得，有半斤金子了。」

陳夥計聽了齜開了牙齒，手摸了幾下鬍子，笑道：「既然是對本對利的生意，你為什麼不幹。」

張胖子皺了眉，嘴裡縮著舌頭嘖的一聲，表示惋惜之意，因道：「我的錢都在貨上了，調動不開，手邊上只有兩三萬元，二兩都湊不上。」

說到這裡，陳夥計突然興奮著，站了起來，大聲問道：「各位有放債的沒有？三千五千，八千一萬，我都借。半個比期，我一定奉還，只要能湊成四五萬塊錢，我就心滿意足了。我照樣出利錢，但我希望照普通銀行的規矩，七分或八分，不讓我出大一分就好。」

他這樣號召著。雖然有幾個人回應，但那數目，都只三千兩千。

那最有辦法的張胖子，拖了個方凳子，塞在屁股後面，就在桌子邊坐下，在花生殼堆裡挑著完整的花生出來，慢慢地剝著吃，他卻不說什麼。

陳夥計望了他道：「老張，真的！你有沒有現款？」

他這才笑道：「老兄，賺錢的事個個想幹的啊！我有錢，我自己也去買黃金儲蓄了。」

陳夥計道：「我不相信你就只三萬現款。」

他慢慢地還是在剝花生，在花生殼堆裡找花生，而且還把喝光了酒的空碗端起來聞上一聞。看他臉色沉著，好像是在打主意，於是大家也就沉默著，聽他發表什麼偉見。

果然，他挑出一粒花生，又向花生殼堆裡一扔，然後臉子一揚道：

「我倒有個有福同享的辦法，像湊錢買航空獎券一樣，現在我們在這屋子裡的人，除了自己有錢可以去買三兩五兩的不算，那只能買一兩八錢，或者連五錢都不夠買的，可以把款子湊起來，湊到十萬，我們就買五兩，湊到二十萬，我們就買十兩。記一筆總帳，某人出了錢多少，將來兌現，按照出的資本分帳。黃金儲蓄券，記著出錢最多的那人姓名，由他開具收條，分交投資的，收據由他親自簽字蓋章為憑，儲券也由他負責保存。大家不要以為我出的主意，我想拿這儲券，我手邊只有現款三萬，我這個數目不會是最多數。」

他這樣說著，就有好幾個人叫著贊成贊成，有的說出二萬，有的說出一萬五千，那不夠一萬的，就再向別人去商量，借點小數來湊整的。都是這樣說，連五錢金子都定不到，那就沒意思了。

那兩個川籍學徒也由床上坐起來，不看川戲唱本了，一個問道：「哪天交款？」

張胖子道：「打鐵趁熱，馬上交款。陳先生年紀最大，我們公推他臨時主席，款交給他。我們再推一個代表，明日一早到中央銀行去排班，由主席今晚交款子給他，他負全責去辦儲蓄，將來兌現的時候，大家奉送一筆排班費，這樣做，我覺得最公道也最公開，大家幹不幹？」

這時，除了陳夥計為著湊不到款子，謝絕當臨時主席外，其餘的人一律同意，有的開箱子找錢，有的在衣袋裡摸索。

那兩個川籍學徒，是這樓上最窮的分子，各各掏摸身上，都不過兩三千元。甲學徒向乙學徒道：「別個都買黃金，我們就無份，我們也湊五錢金子股本，要不要得？」

乙學徒向床上一倒，把那放在被卷上的川戲唱本又拿了起來，答道：「說啥子空話？我沒得錢，你也沒得錢，發財有命咯。」

甲學徒走過來，拉著他道：「我和你咬個耳朵*，」於是低聲道：「大司務老王有錢，我們各向他借四千，自己各湊一千，不就是一萬？」

乙學徒道：「你去和他說嘛，碰他那個酒鬼的釘子，我不招閒。」

那甲學徒倒是想到就辦，立刻下樓到廚房裡去了。

約莫是十分鐘，有人就在門外叫道：「買金子，買金子，要得嘛！」門拉開，那個大司務老王進來了。他一張雷公臉，滿腮都是鬍樁子，在藍布襖子上繫著青布圍襟，手撈起了圍襟，只管揩擦著兩手，笑著問道：「朗個的，打會買金子？我來一個，要不要得？」

張胖子笑道：「好長的耳朵，你怎麼也知道了？」

老王道：「確是，大家帶我一個。」

張胖子道：「你搭上多少股本？」

老王道：「今天我有三萬塊錢，預備帶下鄉去，交給我太婆兒*，沒得人寫信，還在我身上，讓她多吃兩天吹吹兒紅苕稀飯*，不生關係，列個老子，我先買金子再說。三萬塊錢，買一兩五，過不到癮，我身上還有二千四百元零錢，我再到街上去借三千元，湊起四萬，買二兩。列個老子，半年後有四兩黃金，二天給我太婆打一隻赫大的金箍箍*，她做一輩子的夢，這遭應了夢了，喜歡死她，列個老子，硬是要得。」說著，他不住伸手抓雷公臉上的胡椿子，表示了那番躊躇滿志，引得全樓人哈哈大笑。

老王的這番話，引起了李步祥的心事，原是預備將二十萬元去向熟商人調換本票的，一回到這樓上，大家討論買金子，把這件事情就忘了，這就叫道：「老王，你上街借錢，我託你一件事。問問有大票子沒有？你若能給我換到二十萬五百元的票子，我請你喝四兩大麴。」

老王道：「就是嘛，票子越出越大，就越用越小。五百元一張的算啥子，一千元一張的，現在也有了。拿錢來嘛，我去換。」

李步祥聽到他說可以換了，倒是望著他笑了，因道：「你的酒醒了沒有？」老王道：「你若是不放心，我們一路去，要不要得？銀錢責任重大，我也不願過手。」

李步祥聽他說，雖覺得自己過於慎重一點，但想來還是跟著他的好。於是把二十萬元放在皮包裡，跟著老王走上大街。

就在這堆疊不遠，是兩家大紙煙店。老王走進一家是像自己人一樣，笑道：「胡老闆，我有點急事，要用幾個錢，借我三千元，一個禮拜準還你。」

這紙煙店櫃檯裡橫了一張三屜小帳桌，左邊一疊帳簿，右邊一把算盤。桌子上低低地吊了一盞白罩子電燈，胡老闆也似乎在休息著這一日的勞瘁，小桌上泡了一玻璃杯子清茶，正對著那清茶出神。

他坐著未動，掉過臉來，笑道：「你有什麼急用，必定是拿了錢去，排班擠平價布。」

老王一擺頭道：「我不能總是穿平價布的命呀。今天我要擺一擺闊，湊錢買金子。胡老闆，你幫我這一次忙，隔天你要請客的話，我若不跟你做幾樣好川菜，我老王是龜兒子。」

這胡老闆不免為他的話所引動，離開了他的帳桌。走到櫃檯裡，望了他道：「這很新鮮，你也打算做金子生意，你和我借三千塊買金子？你以為是金子一百二十換的時候。」

老王含著笑正和他說著只借三千元的理由。

帳桌後面的小門裡，走出來一個中年婦人，只看她穿著雪花呢旗袍，燙髮，手腕上戴著雕龍的金鐲子，一切是表示著有錢，趕得上大後方的摩登裝束。她搶問道：「誰有金子出賣？」

她見李步祥夾了大皮包站在後面，她誤會這是個出賣金子的，只管望了他。

老王笑道：「沒有哪個賣金子，買還買不到手哩。老闆娘，你要買金子嗎？我去和你排隊，不要工錢，就是今晚上借我三千元，不要我的利息，這就要得。」

老闆娘道：「老王，你說話算話，就是那麼辦。你只要在銀行裡站班到八點鐘，我們有人替你下來，不耽誤你燒中飯。」

胡老闆道：「他的早飯呢？」

老王道：「我會找替工嘛。」

李步祥聽了，這又是個買金子的。人家有本票有大票子，怕不會留著自己用，這大可不必開口了，同時，又感到買金子的人到處都是，料著明天早上，銀行裡是一陣好擠，有一次匯五萬元小票子到成都，銀行裡都嫌數票子麻煩。這二十萬元的數目，在人家擁擠的時候，人家也未必肯數。大梁子一帶，百貨商熟人很多，還是跑一點路吧，他自己覺得這是福至心靈的看法。再不考慮，夾了皮包，就直奔大梁子。

重慶城繁市區的夜市，到了九十點鐘，也就止了。大梁子是炸後還沒有建築還原的市場，當李步祥到了那裡，除了馬路的路燈而外，兩旁的平頂式的立體小小店鋪全已關了。好像斷絕煙火的土地廟大集團，夾了馬路休息著。然而他那股興奮的精神，絕不因為這寂寞有什麼更改。他首先奔向老友周榮生家。

這位周老闆，住在一家襪子店後面，只有一間僅夠鋪床的窄條矮屋子。除了那張床鋪，連方桌子也放不下，只在床頭塞了一張兩屜小桌，可是他在鄉下的堆疊，卻擁有七八間屋子。

他是衡陽轉進重慶來的一位百貨商人，就是住在這百貨交易所附近，以便時刻得著消息。他流動資金不多，並不收進，但他帶來的貨色，他以為還可以漲個兩倍三倍，甚至七倍八倍，他卻不賣出。

尤其是這最近半個月裡，因戰局逐漸好轉，百貨下跌。他和七八位和衡陽進來的同業，訂了個君子協定，非得彼此同意，所有帶來的貨，絕不許賣出。

在民國三十四年春季，他們合計的貨物約可值市價三萬萬五千萬。若是大家把貨拋出，重慶市場消化不了，可能來一個大慘跌。那是百貨同業自殺的行為了，所以他住在這裡，沒有什麼大事做，每天是坐茶館打聽行市。

這時，他買了一份晚報，躺在床上對了床頭懸下的禿頭電燈泡看，大後方缺紙，報紙全是類似太平年月的草紙印的。油墨又不好，不是不清楚，就是字跡力透紙背。他戴起了老花眼鏡，兩手捧了報，正在研究湘桂路反攻的這條消息。

李步祥在門外叫道：「周老闆沒有出門嗎？」

他已聽出是李步祥的聲音，一個翻身坐起來道：「請進來，忙呀！晚上還出門。」

李老闆走進他屋子，也沒有個凳子椅子可坐，就坐在他床鋪上。

周老闆雖然擁資七八千萬，自奉還是很薄，這床鋪上只有一條毯子和一床被，李步祥將皮包放在床鋪上，他已能感覺硬碰硬的有一下響，便笑道：「周老闆，你也太省了，床鋪上褥子都不墊一床。」

他在床頭枕下，摸出了紙煙火柴，取一支紙煙敬客，搖搖頭道：「談不上舒服了，貨銷不出去，一家逃難來川的人，每月用到二三十萬，連衣服也不敢添，還談什麼被服褥子。」

李步祥一聽，感覺到不妙。一開口他就哭窮，他怎肯承認有本票有大鈔票？口裡吸著他敬的那支煙，一股又辣又臭的氣味，衝進了嗓子眼，他只好手鉗著煙支，不吸也不丟下，沉默了兩分鐘，然後笑道：

「若是周老闆嫌貨銷不動的話，我多少幫你一個忙，明天我和你推銷一批貨，今天晚上我先和你做點生意，批三打襯衫給我，我立刻付款。」

周榮生笑道：「我就猜著李老闆冒夜來找我必定有事，實不相瞞，貨是有一點，現在正是跌風猛烈的時候，我怎樣敢出手？」

李步祥笑道：「那麼，你不怕貨滯銷了。」

周榮生也就感到五分鐘內，自己的言語過於矛盾，抬起他的手，還帶了半邊灰布薄棉袍的袖子，亂搔著和尚頭，微笑著把頭搖了幾下。

李步祥道：「滇緬公路快要打通，說不定兩個月內，仰光就有新貨運進來，周老闆，你老是捨不得把貨脫手，那辦法妥當嗎？老范的事情，你聽見說了吧？」

周榮生道：「聽見的，他不幹百貨了，把款子調去買金子，這倒是個辦法。可是我不敢這樣做，我若把我的東西一下拋出去，我敢說百貨市場上要大大的波動一下，價錢不難再跌二三成。越跌，越銷不出去，別人有貨的，也跟著向下滾，那我是損人不利己。我若今天賣一點，明天賣一點，那能抓到多少款子，而且聽說下個月金子就要提高官價了，月裡沒有了幾天，無論如何來不及了。一個很好的機會，失了真是可惜。」說著，他又抬起手來摸和尚頭。

李步祥笑道：「我倒不是想發大財，撿點兒小便宜就算了。我也實不相瞞，明天早上，我要到銀行裡去做十兩黃金儲蓄，只是手邊上全是些小額鈔票，恐怕在銀行交櫃的時候，他會嫌著麻煩而不肯點數。周老闆手上若是有本票或者大額鈔票的話，換一點給我好不好？」

周榮生突然站起來，拍著手笑道：「李老闆，你把我看得太有辦法了。沒事，我關了幾十萬現款在身上放著。」

他那滿臉腮的鬍茬子，都因他這狂笑，笑得有些顫動。

李步祥碰了他這個軟釘子，倒弄得很難為情。便笑道：「那是你太客氣了。你隨便賣一批貨，怕不是百十萬。我是猜你或者賣了一批貨。其二呢？我也有點好意。我想，反正我明天是站班站定了。若是你周老闆也有這個意思，我就順手牽羊和你代辦一下。多的你不必託我，自己會去辦。若是十兩二十兩的話，我想你放心把款了交給我的。」

周榮生正是心裡訕笑著李步祥的冒昧，聽了他這個報告突然心裡一動，便站定了向他望著道：「明天你真去排班？」

李步祥道：「若不是為排班，我何必冒夜和你掉換票子呢？」他說著，手取了皮包，就站將起來道：「天已不早了，我得趕快去想法子。」

周榮生道：「你再坐幾分鐘，我們談談。」說著，他就把那紙煙盒拿起來，又敬李步祥一支煙，而且把他手上夾的皮包抽下來，放在床鋪上，笑道：「我也是這樣想著，暫時找不到大批款子，就買他十兩二十兩，那又何妨。但是我倒要打聽一下，一個人排班，可以來兩份嗎？」

李步祥兩指夾了紙煙，放在嘴角裡碰了一下，立刻放下，斜眼望了他，見臉上帶了幾分不可遏止的笑容，心裡就想著，這傢伙一談到錢，就六親不認，我剛才是說和他將錢調錢，又不是向他借錢，他推託也不推託一聲，就哈哈給我一陣冷笑，他少不得要託我和他跑腿，明的依了他，暗地必須要報復他一下。因笑道：

「這又不是領平價米買平價布，這是回應國家儲蓄政策，他要人排班，是免得擠亂了秩序。至於你一個人儲蓄幾份，他何必限制？並沒有聽到說，限制人儲蓄多少兩。那末，五十兩來一份的可以來，十兩來五份的，有什麼使不得。開的是飯店，難道還怕你大肚子漢。」說著，他又將皮包提起來，點了頭說聲再見。

周榮生一把將他的衣袖抓住，笑道：「你忙什麼的？我們再談幾句。」

李步祥將手拍了皮包道：「我這裡面帶了二十萬小額鈔票，夜深了，夾了個大皮包滿街去跑，那成什麼意思呢？再見吧。」說著，扭轉身子就要走。

周榮生還是將他的衣襟拉著，笑著點頭道：「不忙，不忙，換鈔票的事，我和你幫忙就是了。」

李步祥道：「你不是說你沒有現鈔嗎？」

周榮生拉長了嘴角，笑得鬍茬子直豎起來，抱了拳頭拱拱手道：「山不轉路轉，我沒有現款，我還不能到別處去找款嗎？你在我這裡寬坐十分鐘，我去找點現款來。縱然找不到本票，我也想法去弄些五百元一張的大票子來。」

李步祥覺著獲得了勝利，倒不好意思再彆扭了，笑道：「我的事，怎好要你老兄跑路哩？」

周榮生連說是沒關係，安頓著他在屋裡坐下，立刻出去了，出門之後，卻又回頭向屋子裡探望著，笑道：「老兄，你可要等著我呀！」

李步祥答應了，他方才放心而去。

約莫是十五分鐘，周榮生滿臉是笑地走了進來，手裡還捏了個小紙卷，他先把紙卷透開，裡面是兩支紙煙，笑道：「老兄，我請客，我在紙煙攤上，特意給你買了二支駱駝牌來。這是盟軍帶來的玩意，我還沒有嘗過呢。」

他說著請客，真是請客，這兩支煙全數交給了客人，自己沒有取用，接著在懷裡掏出個手巾包，像是捆著一條鹹麵包似的。

將手巾包打開，裡面果然是兩大捆大額鈔票，有二十元的關金，五百元的鈔票，最小額的也是十元關金。一捲一捲地用麻繞綁好。

這日子，大後方的關金，還沒有離開紅運。李步祥正驚訝著，他十幾分鐘就怎麼弄來許多鈔票，可是那鈔票捆中間還有個變成黃醬色的皮夾子呢，皮夾子的按鈕大概是不靈，將一根細帶子把那皮夾子捆了。

他解開皮夾子上的帶子，透開皮夾，見裡面是字據鈔票發票什麼都有，他在字據裡面，尋出個白紙扁包兒，再透開，裡面是中央銀行三張本票。

他將那本票展給李步祥看是兩萬元的兩張，十萬元的一張，笑道：「你看，這不和你所要換的款子相差得有限嗎？」

李步祥道：「這帶來的錢，可就多了。」

周榮生拱拱手道：「你明天不反正是排班嗎？我就依你的勸，也來個二十兩，一時還湊不到許多錢，明天早上，我到銀行裡去，把錢給你，也免得你晚上負責保管的責任。」

李步祥也只有微笑。周榮生卻誤會了他的意思，因道：「老兄，你覺得我這錢怎麼一下子就拿來了，不是借來的嗎？我就不妨明告訴你，錢是哪裡弄來的。這裡的凱旋舞場經理和我有點來往，我是在他那裡拿的。我在舞場裡面，還碰到了袁三，下次見著了她，你問問她看，是不是見著了我？」

李步祥聽他這話，倒不覺靈機一動，笑道：「我只要你肯幫我忙就很感謝，我何必問你這錢是哪裡來的呢？」說著，他打開皮包，取出了帶著的現款，和周老闆交換鈔票。

周老闆卻是細心，將二十萬元小額鈔票一張張地點數，每點一萬，放作一疊，直到排好了二十疊，又把疊數重新點驗過一番，這足足消磨了三十分鐘，李步祥只有坐在旁邊床鋪上瞪了眼望著；等他點驗完了，這才笑問道：「周老闆，沒有什麼錯誤嗎？」

周榮生笑道：「你李老闆的款子，還會有什麼短少嗎？」

李步祥道：「那麼，我現在要告辭了。」

周榮生倒覺得他這樣追著一問，好像有點毛病，於是又把這左手捏的二十疊票子，用右手論疊的掐著數了一遍，笑道：「沒有錯。」

李步祥笑著走出襪子店，在大街上搖著頭，自言自語地道：「這傢伙真小氣，怎麼也發了這樣大的財？」說完這句話，遙遠地聽到有人咳嗽一聲，正是周榮生的聲音，他趕快地就走。

由這裡直穿過一條街，就是凱旋舞廳。這是重慶市上唯一的有夜市所在，紅綠的電燈泡嵌在花漆的門框上，排成個彩圈，遠在街上，就聽到一陣西洋音樂聲音傳了出來。

這種地方，他戰前就沒有去過，不知道進門有什麼規矩沒有，這麼一猶豫，他不免放緩了腳步，恰好有三個外國兵，笑嘻嘻地走進去。他想，這地方有了外國人，更是有許多規矩，自己穿這麼一身破舊的中山服，是不是可以走進去呢？

越考慮，膽子可就越小了，慢慢地走到那大門邊，卻又縮腳走了回來，他自己心裡轉著念頭道：「找袁三，也不過是碰碰機會的事，她未必在這裡面，就是找著了她在跳舞場上，也不是談生意經的所在，算了，回去吧。」

他自己感到這個想頭是對的，就打算向回家的路上走，忽然有人在身後叫道：「那不是李老闆？」

他回轉一頭來一看，正是袁三小姐，便點著頭道：「好極了，在這裡遇到了三小姐。」

她站在電燈照耀的舞場門口，向他招了兩招手，笑道：「過來，老范有什麼話託你轉告我嗎？」

李步祥就近兩步笑道：「我有點事和三小姐商量商量，特意來找你來了。」

袁三搖搖頭道：「那不對吧？我走出門來的時候，看到你是向那邊走的。」

李步祥笑道：「誰說不是？我沒有進過舞場，走到門口沒有敢進去。」

袁三笑道：「你這塊廢料，說吧，有什麼事找我？」

李步祥回頭看看，身後並沒有人，笑道：「實不相瞞，這兩天我犯了一點財迷，聽說下個月一號，黃金就要漲價了，我們得搶著買，我想明天到銀行裡去排班，要買點黃金儲蓄。不過直到今天下午，我還只湊到了十來萬元，想買十兩，還差點款子，三小姐，你能不能幫我一點忙，借幾萬元給我，我多則半個月，少則一禮拜……」

袁三不等他說完，攔著道：「什麼多則少則，我向人家借錢，向來就沒有打算還，要不然，你袁三小姐，沒有田地房產，又沒有字號買賣，這日子怎麼過？人家借我的錢，我也不打算叫人家還，你說，你打算借多少？」說著，她將薄呢大衣的領子向上提了一提，人就在街上走著。

她穿的是跳舞的高跟皮鞋，路面是不大平的，她走得身子前仰後合，李步祥看著，這簡直就是跳舞。加之夜靜了，空氣沉寂著，她身上那化妝品的香氣，一陣陣的向人鼻子裡送著，他不敢隨著袁小姐太近了，在五六尺以外跟著。

袁三站住了，回轉身來問道：「怎麼回事，你怕我吃了你嗎?走得這樣遠，你說什麼，我簡直沒有聽到。」

李步祥只好走近了兩步，笑道：「我沒有開口呢，袁小姐說是我借錢不打算還，那讓我說什麼是好呢？」

袁三道：「這是我的話，你不要管，你說，你打算和我要多少錢，反正這樣深夜讓你來找我借錢，不能要你白跑。」

李步祥道：「那麼，三小姐借我五萬元吧。」

她搖搖頭：「不行，那太多了，送你兩萬。我有個條件，今晚這街上找不到車子，不知什麼事，車子都躲起來了。你送我回家，行不行?」說著，把夾在肋下的皮包抽出，打開來，隨手抽了兩疊鈔票交給他。

李步祥的目的雖不止這些，但有了兩萬元，又可多買一兩金子，她說了不用還，白撿的東西倒不必拘謹，於是道了聲謝，將款子接過。

袁三道：「你隨著我走吧，沒有關係。我在跳舞廳裡摟著男人跳舞，也算不了什麼，你跟著後面，你會怕有人說你閒話，就有這個閒話，人家說是有一大晚上，李步祥跟著袁三由跳舞廳裡出來，在馬路上同走，你想，這就是個謠言，你也豔福不淺，你不覺著人家說袁三和你有關係你感到有面子嗎？」

李步祥哈了一聲，接著說了三個字：「我的天。」

袁三也就嗤嗤地笑了，向他招招手道：「廢料，來吧。」

李步祥真不敢再說什麼，像鴨子踩水似的，跟了她後面，穿過幾條街巷。但默然地不敢說話，但是果然不說話，又怕袁三見笑，只是偶然地咳嗽一半聲。怎麼是半聲呢，因他的嗓子使勁不大，沒有咳嗽得出來。袁三在路上，倒笑了好幾回。

到了她的門口，她笑道：「李老闆，夠你做蹩子的了，你回去吧。」

李步祥如得了皇恩大赦，深深地點了個頭，回身向寓所裡走。

他在路上寂寞地走著，也就不斷地想了心事消遣。他想著，本來是碰碰運氣，想著未必就向袁三借得到錢，倒不料居然借得了兩萬元，她借四萬也好，可以多買二兩金子，她只借兩萬，現在連自己的老本是買十一兩，這數目字不大合胃口，若能買十二兩，湊成一打的數目就比較有趣，話又說回來了，白撿一兩金子，六個月後，錢又翻個身，也總是有趣的事，想著想著，他自己笑起來了。

身旁忽然有人問道：「做啥子的？」

看時，是街上站的警察，因站住道：「做買賣的回家去，有事問我嗎？」

警察道：「你為啥子個人走路，個人發笑？」

李步祥道：「我在朋友家裡來，他們說了許多笑話，我走著想了好笑。」

警察道：「我怕你是個瘋子。」

李步祥笑道：「我一點不瘋，多謝關照了。」

他點了頭走去，他又想著，還是規規矩矩地走吧。這樣夜深，身上帶了二十幾萬現款，可別出了亂子。這樣想著，也就沉靜地，緩緩走回寓所，但他已不敢走小巷子，繞了路順著電燈明亮的大街走。

經過一個長途汽車站，見十來個攤販，亮著化石燈在風露下賣食物，起半夜買車票的人，紛紛圍著擔子吃東西。他忽然想起一件事，是沒有吃晚飯到陶伯笙家去的，以後就忙著談金子的事，還沒有吃飯呢。

面前一副擔子是賣豆漿的，鐵鍋裡熱氣上升，有個人端了碗豆漿泡著粗油條吃，不覺胃裡一陣饑火上湧。可是想過去吃點東西，那回家是太晚了，附近也有個爐子，鐵絲絡上，烤著饅頭。瞧在眼裡，不由得饞出口水來，正想掏錢去買兩枚。但想到皮包裡的錢整疊地包捆在一束，若掏出二十來萬元來，抽出兩張小票子來買東西，夜深行路有背財不露白之戒。這個險冒不得，就忍著餓走了過去。

這位冒夜為買金子而奔波的李老闆，精神寄託在金子翻身的希望上，累不知道，餓也不知道，徑直地帶著二十萬款子，奔回寓所去。

這個堆疊裡的寓公，買金子的份子不多，到了這樣夜深，大家也就安息了。李步祥到了那通樓裡面時，所有的人都睡著了，他想對那兩個學徒打個招呼，站在屋中間向那床鋪上看去，見他們睡著動也不動，呼嚕呼嚕，各打著鼾呼聲，心想人家勞累了一天，明日還要早起去上操，這就不必去驚動他們了。加之自己肚子還餓著，馬上就睡也可以把這餓忘了。

他匆匆地脫了衣褲，扯著床鋪上的被，將頭和身體一蓋，就這樣地睡了。

不多一會工夫，同寓的人大家笑著喊著：「李老闆買十兩金子，銀行裡弄錯給寫了二百兩，這財發大了，請客請客。」

他笑道：「哪裡有這話，你們把銀行行員看得也太馬虎了。」口裡雖是這樣說著，伸手摸摸衣袋裡，覺得就是梆梆硬的東西塞滿了，順手掏出來一塊就是十兩重的一條金子。

同寓的人笑道：「這可不是金子嗎？請客請客。」

說請客，請客的東西也就來了，廚子老王將整大碗的紅燒肉和整托盤的白麵饅頭，都向桌子上放著。

李步祥順手取了個大饅頭，筷子夾著一大塊紅燒肉，就向口裡塞了進去，肉固然是好吃，那饅頭也格外好吃，吃得非常的香，忽然有人叫道：「你們哪個買苗金？這是國有的東西，你們犯法了，跟我上警察局。」

李步祥聽到這話，大大地嚇了一跳，人被提去了不要緊，若是所有的黃金都讓人抄了去，那豈不是白費一場心力。焦急著，就要把枕頭底下的金子拿起了逃跑，不想兩腳被人抓住，無論怎樣掙不脫，直待自己急得打了個翻身，這才明白，原來是在床上做夢呢。

警察捉人的這一驚，和吃饅頭夾紅燒肉的一樂，睜眸躺在床上，還是都在眼前擺著一樣。買金子的事罷了，反正錢在手上，自己還沒有去買呢，只是那白饅頭紅燒肉的事，可叫人忘不了，因為醒過來之後，肚子裡又鬧著饑荒了。

那夢裡的紅燒肉，實在讓人欣慕不置。他急得咽下了兩次口水，只好翻個身睡去，朦朧朧中聽到那兩學徒已穿衣下床，這也就猛可地坐了起來。

甲學徒笑道：「說到買金子，硬是比我們上操的命令還要來得有勁咯，李先生都起來了。」

李步祥看看窗子外面還是漆黑的，因道：「我是受人之託，忠人之事，我還要去叫醒一個朋友呢。」他說著，心裡是決定了這樣辦，倒也不管人家是否訕笑，先就在床底下摸出臉盆手巾漱口盂，匆匆地就向灶房裡去。

這灶房裡為著早起的兩位國民兵，常是預備下一壺開水放在灶上，一缽冷飯，一碟鹹菜，用大瓦盆扣在案板上。重慶的耗子，像麻雀一樣多，像小貓一樣大，非如此，吃食不能留過夜。

李步祥是知道這情形的，扭開了電燈，接著就掀開瓦缽子來看。見了大缽子扣著小缽子的白米飯，他情不自禁地就抓了個飯團塞到嘴裡，嚼也不曾嚼，就一伸脖子咽了下去，這覺得比什麼都有味，趕快倒了冷熱水，將臉盆放在灶頭上漱洗，自然只有五六分鐘，就算完畢，這就拿了筷子碗，盛了冷飯在案板前吃。

兩個學徒都也拿了臉盆來了。甲笑道：「我還只猜到一半咯，我說灶上的熱水李先生要倒光。不想到這冷飯粑李先生也吃。不忙，摻點開水嘛。我們不吃，也不生關係。」

李步祥聽了，倒有點難為情，因笑道：「實不相瞞，昨晚上我忙得沒有吃飯。簡直做夢都在吃飯。」

兩個學徒自不便和他再說什麼。

李步祥吃了兩碗冷飯，也不好意思再吃了，再回到樓上，打算把那位要去買大批黃金儲蓄的陳先生叫醒。到那床頭面前一看，卻是無人，而且鋪蓋捲也不曾打開，乾脆，人家是連夜去辦這件事去了。

他這一刺激，更透著興奮，便將皮包裡現鈔，重複點數兩遍，覺得沒有錯誤了，夾著皮包就向大街走。

這正是早霧瀰漫的時候不見天色，因為重慶春季的霧和冬季的霧不同。冬季是整日黑沉沉的，像是將夜的時間。春季的霧起自半夜，可能早間八九點鐘就消失，它不是黑的，也不會高升，只是白茫茫的一片雲煙，罩在地上。

在野外，並可以看到霧像天上的雲團，捲著陣勢向面前撲來。天將亮未亮，正是霧勢濃重的時候，馬路兩旁的人家，全讓白霧埋了，只有面前五尺以內，才有東西可以看清，電桿上的路燈，在白霧裡只發出一團黃光，路上除了趕早操的國民兵，偶然在一處聚結，此外都是無人。

李步祥放開了步子，在空洞的大街上跑，徑直地向陶伯笙家走去。到了那裡，天也就快亮了，在雲霧縹緲裡面，那雜貨店緊緊地閉上了兩扇木板門。他雖然知道這時候敲人家的店門，是最不受歡迎的事，可是和陶伯笙有約，不能不去叫起他。只得硬了頭皮冬冬地將門捶上幾下，到底陶伯笙也是有心人，在他敲門不到五分鐘，他就開門迎他進去了。

經過那雜貨店店堂的時候，櫃檯裡搭著小鋪睡覺的人，卻把頭縮在被裡嘰咕著道：「啥子事這樣亂整？那裡有金子搶嗎？」

李步祥跟著主人到屋子裡，低聲問道：「他們知道我們買金子？」

陶伯笙笑道：「他們不過是譬方話說說罷了。」說著自行到廚房裡去舀水洗臉沖茶，又捧出了幾個甜麵包來，請客人用早點。

李步祥道：「昨晚上你也沒有吃晚飯？這一晚，可真餓得難受。」

陶伯笙倒不解何以有此一問，正詫異著，還不曾回問過來，卻聽到門外有人接嘴道：「陶先生還沒有走啦，那就很好。」

隨著這話進來的是隔壁魏太太。

陶伯笙笑道：「啊！魏太太這樣早？」

她似乎長衣服都沒有扣好，外面將呢大衣緊緊地裹著，兩手插在大衣袋裡。她扛了兩扛肩膀，笑道：「我不和你們犯了一樣毛病嗎？」

陶伯笙道：「魏太太也預備做黃金儲蓄？要幾兩？你把錢交給我吧，我一定代勞。」

魏太太搖搖頭道：「日子還過不下去，哪裡來的錢買金子？我說和你們犯一樣的毛病，是失眠症，並不是黃金迷。」

陶伯笙道：「可是魏太太這樣早來了必有所為。」

她笑了一笑道：「那自然，有道是不為利息，誰肯早起？我聽說你是和范先生辦黃金儲蓄的，今天一定可以見到面。我託你帶個信給他，我借他的兩萬元，這兩天，手上實在是窘，還不出來，可否讓我緩一步還他？」

陶伯笙笑道：「賭博場上的錢，何必那樣認真？而且老范是整百兩買金子的人，這一點點小款子，你何必老早的起來託我轉商？我相信他不在乎。」

魏太太道：「那可不能那樣說。無論是在什麼地方，我是親手在人家那裡借了兩萬元來的，借債的還錢……」

陶伯笙正在撿理著本票現鈔，向大皮包裡放著。他很怕這大數目有什麼錯誤，不願魏太太從中打攪，便搖手攔著道：「你的意思，我完全明白，不用多說了。我今天見著他，一定把你的話轉達，可是我要見不著他呢，是不是耽誤你的事？你這樣起早自然是急於要將這句話轉達到那裡去。我看你還是自己去一趟吧，我寫個地點給你。」

說著，他取出西服口袋裡的自來水筆，將自己的卡片寫了兩行字在上面，因道：「上午十一點到十二點，下午三點到五點，他總會在寫字間坐一會子的。」

魏太太接過名片看了一看，笑道：「老范還有寫字間呢。」

陶伯笙道：「那是什麼話，人家做到幾千萬的生意，會連一個接洽買賣的地方沒有嗎？」

他口裡雖然是這樣說話，手上的動作還是很忙的。說著，把皮包來在肋下，手裡還揑了半個小麵包向嘴裡塞了去。

魏太太知道人家是去搶買金子，事關重大，也就不再和他說話。

陶伯笙匆匆地走出大門，天色已經大亮。

李步祥又吃了三個小麵包，又喝了一碗熱開水，肚子裡已經很是充實，跟在陶伯笙後面，由濃霧裡鑽著走。

街上的店戶當然還是沒有開門，除了遇到成群的早操壯丁，還是很少見著行人。

陶伯笙道：「老李，現在還不到七點鐘，我們來得早一點了吧？」

他笑道：「我們挨廟門進，上頭一炷香，早早辦完了手續回家，先苦後甜不也很好嗎？」

陶伯笙道：「那也好，反正走來了還有走回去之理？」

兩人穿過了兩條街，見十字街頭，有群人影子在白霧裡晃動，其初也以為是上早操的。到了附近，看出來了，全是便裝市民，而且有女人，也有老人，他們挨著人家屋簷下，一字兒成單行站著，有些人手上，還揑著一疊鈔票。

陶伯笙道：「怎麼著，這個地方也可以登記嗎？」

李步祥哈哈笑道：「老兄，你也不看人家穿些什麼衣服，臉上有沒有血色嗎？他們全是來擠平價布的，你向來沒有起過大早，所以沒見過。這前面是花紗局一個平價供應站，經常每日早上，有這些人來排班擠著的。擠到了櫃檯邊，每人可以出六七成的市價買到一丈五尺布。布有黑的，有藍的，也有白的，但都粗得很，反正我們不好意思穿上身，所以你也就不會注意到這件事。」

陶伯笙聽他這話，向前走著看去，果然關著鋪門的門板上，貼了不少布告，機關沒有開門，那機關牌子也就沒有掛出來。

那些在屋簷下排班的市民，一個接著一個，後面人的胸脯緊貼了前面人的脊梁，後面人的眼睛望了前面人的後腦勺，大家像是發了神經病似地這樣站著。

陶伯笙笑道：「為了這一丈五尺便宜布，這樣早的在這裡發呆，穿不起新衣服，就少穿一件衣服吧。」

李步祥道：「你這又是外行話了，在這裡擠平價布的人，哪裡全是買了布自己去穿？他們裡面，總有一半是做倒把生意的，買到了布，再又轉手去賣給別人。」

陶伯笙道：「這不是要憑身分證才可以買到的嗎？」

他道：「有時候也可以不要身分證，就是要身分證，他們配給的人，根本是連罵帶喝，人頭上遞錢，人頭上遞布，憑一張身分證，每月配給一回，既不問話，也不對相片，倒把的人，親戚朋友裡面，什麼地方借不到身分證？所以他們每天來擠一次，比做什麼小生意都強。」

他還要繼續地談。陶伯笙猛可地省悟過來，笑道：「老兄，我們來晚了，快走吧。你想只一丈五尺平價布的事情，人家還是這樣天不亮來排班，我們做的那買賣，怎麼能和這東西打比，恐怕那大門口已是擠破了頭了。」

李步祥說句不見得，可也就提開了腳步走。一口氣跑到中央銀行附近，在白霧漫漫的街上，早看到店鋪屋簷下，有一串排班的人影，陶伯笙跌著腳先說聲：「糟了。」原來重慶的中央銀行，在一條乾路的橫街上，叫打銅街。這條橫街，只有三四幢立體式洋樓。他兩人一看這排班的人，已是拉著一字長蛇陣轉過彎來，橫彎到了乾路的民族路上。

兩人且不排班，先站到了橫街頭上，向那邊張望一下。見那長蛇陣陣頭，已是伸進到白霧裡去，銀行大門還看不見呢。但二人依然不放心這個看法，還是走向前去，直到銀行門外，看清楚了人家是雙扉緊閉。

站在門外的第一個人，二十來歲，身穿藍布大褂，端端正正的，將一頂陳舊的盆式呢帽，戴在腦袋頂上，像個店夥的樣子。

陶伯笙低聲道：「老李，你看，這種人也來買黃金儲蓄。」

他笑道：「你不要外行，這是代表老闆來站班的，到了時候，老闆自然會上場。我們快去上班吧。」說著，趕快由蛇頭跑向蛇尾。

就在他們這樣走上去的時候，就有四五個人向陣尾上加了進去。

陶伯笙道：「好！我們這觀陣一番，起碼是落伍在十人以後了。」於是李先生在前，陶先生在後，立刻向長蛇陣尾加入。

這是馬路的人行便路上，重慶的現代都市化雖是具體而微的，但因為和上海漢口在揚子江邊一條線上，所以大都市裡要有的東西，大概都有。他們所站的是水泥面路，經過昨晚和今晨的濃霧浸潤，已是濕黏黏的，而空間的宿霧，又沒有收盡，稀薄的白煙，在街頭移動，落到人身上和臉上，似乎有一種涼意。

陶李二人初站半小時的一個階段，倒沒有什麼感覺，反正在街上等候長途汽車，那也是常事。可是到了半多時後，就漸漸地感到不好受。第一是這個站班，不如等汽車那樣自由，愛等就等，不等就叫人力車走，現在站上了可不敢離開，回頭看看陣腳，又拉長了十家鋪面以上，站的陣尾變成陣中段了，這越發不敢走開，離開再加入，就是百十個單位的退後。

第二是這濕黏黏的水泥便道和人腳下的皮鞋硬碰硬，已是不大好受，加之有股涼氣由腳心裡向上冒，讓人極不舒服。

說也奇怪，站著應該兩條腿吃力，站久了，卻讓脊梁骨也吃力。坐是沒有坐的地方的，橫過來站著，又妨礙著前後站著的鄰居，唯一的法子，只有把身體斜站著。斜站了不合適，就蹲在地下。

陶伯笙是個瘦子，最不能讓身體受疲勞。他這樣站班，還是第一次，在不能支持的情況下，只好蹲著了。

可是他個子小，蹲了下去，更顯著小，整條長蛇陣的當中，有這麼個人蹲著，簡直沒有人理會腳底下有人。但在人陣當中蹲下去一個人，究竟是有空檔的。陶伯笙的前面是李步祥，是個胖子，倒可抵了視線。

他後面恰是個中年婦人，婦人後面，又是個小個人，在最後面的人，看到前面有空檔，以為有人出缺，就向前推，那婦人向前一歪，幾乎壓在陶伯笙身上，嚇得他立刻站了起來，大叫道：「擠不得，亂了秩序，警察會來趕出班去的。」

那婦人身子扭了兩扭，也罵道：「擠什麼？」她接著說了句成語道：「那裡有金子搶嗎？」

人叢中有兩位幽默地笑道：「可不就為了這個，前面中央銀行裡就有金子，不過搶字加上個買字罷了。不為搶金子，還不來呢。」於是很多人隨著笑了。

李步祥回轉頭來向陶伯笙道：「硬梆梆筆挺挺站在這裡，真是枯燥無味，來一點噱頭也好。」老陶沒有說什麼話，笑著搖了兩搖頭。

又是二十分鐘，來了救星了，乃是賣報的販子，肋下夾了一大疊報，到陣頭上來做投機生意。陶李兩人同時招手，叫著買報，可是其他站班的人，也和他二人一樣，全覺得無聊，急於要找報紙來解悶，招著手要報的人，就有全隊的半數。

那報販子反正知道他們不能離開崗位，又沒有第二個同行。他竟是挨著單位，一個個地賣了過來。

好容易賣到身邊，才知道是重慶最沒有地位的一張報紙，平常連報名字都不大聽到過。但是現在也不問它了，兩人各買了一張，站著捧了看。先是看要聞，後是看社會新聞。戰時的重慶報紙，是沒有副刊的，最後，只好看那向不關心的社論了。直把全張報紙看完，兩手都有些不能負荷，便把報紙疊了，放在衣袋裡。

陶伯笙向李步祥搖頭道：「這日子真不容易挨，我覺得比在防空洞裡的時候要難過些。」

李步祥笑道：「那究竟比躲防空洞滋味好些，至少這用不著害怕。」

在李步祥面前的，正是一位北方朋友，高大的個子，方面大耳，看他平素為人，大概都幹著爽快一類的事情。他將兩手抱住身上穿的草綠呢中山服，一擺頭道：「他媽的，搭什麼架子，還不開門。咱們把他揍開來。」

李步祥把身上的馬錶掏出來看看，笑道：「倒不能怨人家銀行，才八點鐘呢，銀行向來是九點鐘開門的。」

那北方朋友道：「他看到大門外站了這多人，不會早點開門嗎？早開門早完事，他自己也痛快吧，我真想不幹了。」說著，抬出了一隻腳去。

李步祥道：「老兄，你來得比我還早，現在銀行快開門了，你這個時候走豈不是前功盡棄？你離開了這隊伍，再想擠進來，那是不行的。」

那位北方人聽了這話，又把腳縮了回去，笑著搖搖頭道：「我自己無所謂，有錢在手，不做黃金儲蓄，還怕做不到別的生意嗎？唉！可是家家有本難念的經，我想這隊伍裡面，一定有不少同志都奉了內閣的命令來辦理，今天要是定不到黃金儲蓄，回到家裡，就是個漏子。」

他這麼一說，前後好幾位都笑了。

又過了二十來分鐘，隊伍前面一陣紛擾，人也就是一陣洶湧，可是究竟有錢買金子的人和買平價布的人不同，陣線雖然動了，卻是一直線地向前移進，並沒有哪個離開了陣線在陣外搶先。

李步祥隨了北方人的腳跟，陶伯笙又隨了他的腳跟，在水泥路面上移著步子。

這時，宿霧已完全消失，東方高升的太陽，照著面前五層高樓的中央銀行巍巍在外。銀行門口，根本就有兩道鐵欄桿，是分開行人進出路線的，這個掘金隊，一串的人由鐵欄桿夾縫裡溜進中央銀行大門。

門口已有兩名警察兩名憲兵，全副武裝分立在門兩邊，加以保護。**他們看了這些人，好像看到了卓別林主演的《淘金記》一樣，都忍不住一種輕薄的微笑。眼光也就向每個排隊的黃金儲戶臉上射著。**

陶伯笙見人家眼光射到他身上，也有點難為情。但轉念一想，來的也不是我陶某一個人，我又不是偷金子來了，怕什麼？於是正著面孔走了過去。

恰好，到了銀行門口，那個大隊伍已停止了前進，他就這樣地站在憲警的監視之下。

前面的那個北方人，就站在門圈子下，可以看到銀行裡面，回轉頭來笑道：「好嗎？銀行裡面，隊伍排了個圈子，讓那一圈人把手續辦完了，才能臨到我們，這不知要挨到什麼時候了。」

李步祥回頭看看，見這長蛇陣的尾巴已拖過了橫街的街口。便笑道：「我們不要不知足，在我們後面，還拖著一條長尾巴呢。」

北方人道：「對了，我們把那長期抗戰的精神拿出來，不怕不得著最後的勝利。」這連那幾位憲警也都被引著笑了。

他們在門口等了十來分鐘，慢慢地向前移動，陶伯笙終於也進了銀行的大門內。不過在進門以後，他又開始感到了一點渺茫。

原來這銀行正面是一排大櫃檯子，在那東角銅欄桿上，貼出了白紙大字條，乃是黃金儲蓄處。來儲蓄的人，由門口進去向北，繞了大廳中間幾張填單據的寫字臺，折而向東，直達到牆邊，再把陣頭，引向黃金儲蓄處。

人家銀行，還有其他許多業務要辦，不能讓儲蓄黃金的人都把地位占了，所以這個隊伍曲曲折折地在銀行大廳裡閃開著路來排陣的，因為如此，在前面櫃檯邊辦理手續的人，都讓這長蛇陣的中段，在中間橫斷了。

他們是一切什麼手續，後面全看不到。進了銀行，還不知道事情怎樣的進行，自然又焦急起來，一個個昂著頭，豎著腳尖，不斷地向前看，有嘆氣聲，也就有笑聲。有埋怨聲，但走開的卻沒有一個。究竟是金子克服了一切。

在四十分鐘以後，陶李二人挨著班次向上移，已移到了銀行大廳的中間，這也就可以看到靠近的櫃檯了。大概這些人每人手上都拿了幾張本票，雖也有提著大包袱，包著整捆的鈔票的，恰好都是女人，似乎是女人交現鈔就沒有什麼麻煩。

在儲蓄黃金的窗戶左隔壁，常有人過去取一張白紙票，然後惶惶然跑回這邊窗戶。

但跑回來，那後面的人就占了他和櫃檯內接洽的位置，因此總是發生爭議。

經過了幾個人的交涉局面，也就看出情形來了，那張白紙是讓人填寫儲戶和儲金多少的，有些人在家裡就寫好了來的，自不必再寫。有些人根本沒預備這件事，過去取得了紙，又要到大廳中間填寫單據的桌子上找了筆來填寫。在他後面填好了單子的人，自不會呆等，就越級竟自向櫃上交款了，因之填寫單子的人，回頭再來隊伍頭上，總得和排班買金子的人，費一番口舌。

陶伯笙看到，就向李步祥道：「這事有點傷腦筋，我們都沒有填單子，離開隊伍去填寫，後面人就到了那櫃檯窗眼下，這是一個跟著一個上去的陣線，我們回來，站在那個人面前交款，人家也不願意，這只有我們兩人合作，我站著隊伍前面不動，你去填單子，填來了，你依然站在我前面。」

李步祥搖搖頭笑道：「不妥，你看誰不是站班幾點鐘的人，到了櫃檯邊，你壓住陣頭不辦理手續，呆站著等我填單子，後面的人肯呆望著嗎？」

陶伯笙搔搔鬢髮，笑道：「這倒沒有什麼比較好的法子。」

那前面的北方人笑道：「不忙，自然有法子，只要花幾個小錢而已。」

陶李二人正還疑心這話，這就真有一個解決困難的人走過來了。

這人約莫是三十多歲，黃瘦了一張尖臉，毛刺刺的，長了滿腮的鬍樁子。頭上蓬鬆了一把亂髮，乾燥焦黃的向後梳著，由下巴頦到頸脖子上，全是灰黑的汗漬，身穿一件舊藍布大褂，像米家山水畫，淡一塊濃一塊的黑跡牽連著。扛了兩隻肩膀，越是把這件藍布大褂飄蕩著托在身上。

他口裡銜了一截五分長的煙捲，根本是早已熄滅了，然而他還銜在口角上。他左手托了一隻舊得變成土色的銅墨水匣，右手拿了一疊紙和一枝筆，挨著黃金儲蓄隊走著，像那算命卜課先生兜攬生意，口裡念念有詞地道：

「哪位要填單子，我可以代勞，五兩以下，取費一百元，五兩以上二百元，十兩以上三百元。十五兩以上四百元。二十兩以上統取五百元。」

北方人笑道：「你這倒好，來個累積抽稅，二十兩以上，統是五百元，我儲五百兩，你也只要五百元嗎？」

他要死不活的樣子，站住腳，答道：「怕不願意多要？財神爺可就說話了，寫那麼一張紙片就要千兒八百元嗎？」

北方人還要和他打趣幾句，已經有人在隊伍裡把他叫去寫單子了。

李步祥笑道：「這倒是個投機生意，他筆墨紙硯現成，陶兄，我們就照顧他兩筆生意吧。」

那傢伙在隊伍那頭替人填單子，已是聽到這議論了，他倒無須叫著，已是走過來了，向李步祥點了頭道：「你先生貴姓？」

他說話時，那銜在嘴角上五分長的煙捲，竟是不曾跌落，隨了嘴唇上下顫動。

李步祥笑道：「不多不少，我正好想儲蓄二十兩，正達到你最高價格的水準。」

他尖嘴唇裡笑出黃色的牙齒來，半哈著腰道：「老闆，你們發財，我們沾沾光嘛，你還在乎這五百元。」

李步祥想著為省事起見，也就不和他計較多少，就告訴姓名和儲金的數目。這傢伙將紙鋪在地上，蹲了下去，提了筆填寫。填完了，將紙片交給李步祥，取去五百元，看那字跡，倒也寫得端正。

李步祥便道：「字寫得不錯，你老兄大概很念了幾年書，不然，也想不出這個好主意。」

那人嘆了口氣道：「不要見笑，還不是沒有法子？」

那北方人也笑道：「我倒還想起有個投機生意可做，誰要帶了幾十張小凳子到這裡出租，每小時二百元，包不落空。」

前後的人都笑了。

這個插曲算是消遣了十來分鐘，可是那邊櫃檯上，五分鐘辦不完一個儲戶的手續，陶李二人站了兩小時，還只排班排到東邊牆腳下，去那櫃檯儲戶窗戶邊還有一大截路。筆挺地站著，實在感到無聊，兩人又都掏出口袋裡的報紙來看。

李步祥笑道：「我看報，向來是馬馬虎虎，今天這張報，我已看了四遍，連廣告上的賣五淋白濁藥的文字，我都一字不漏看過了，今天我不但對得起報館裡編輯先生，就是登廣告的商家，今天這筆錢都沒有白花。」

陶伯笙道：「我們總算對得起自己事業的了，不怕餓，不怕渴，還是不怕罰站。記得小的時候，在學校裡淘氣，只站十來分鐘，我就要哭，於今站上幾點鐘，我們也一點不在乎。」

李步祥搖著頭，嘆了口無聲的氣，接著又笑上了一笑。笑過之後，他只把口袋裡裝著的報紙又抽出來展開著看。

他的身體微斜著，扭了頸脖子，把眼睛斜望了報紙。

陶伯笙笑道：「你這樣看報舒服嗎？」

李步祥笑道：「站在這裡，老是一個姿勢，更不舒服。」

他這句話，說得前後幾個人都哈哈大笑了。

又是二十來分鐘，又挨進了幾尺路，卻見魏太太由大門口走進來，像是尋人的樣子，站在大廳中間東張西望。

陶伯笙不免多事，抬起一隻手伸過了頭，向她連連招了幾下，魏太太看到人頭上那隻手，也就同時看到了陶先生，立刻笑著走過來，因道：「你們還站在這裡嗎？快十一點鐘了。」

陶伯笙搖搖頭道：「有什麼法子呢？我們是七點多鐘排班的，八，九，十，十一，好，共是四小時；坐飛機的話，到了昆明多時了。」

李步祥道：「若說是到成都，就打了個來回了。」

魏太太周圍看了一看，低聲笑道：「陶先生，你一個人來幾份？」

他道：「我全是和老范辦事，自己沒有本錢，怎麼著？魏太太要儲蓄幾兩，我可以代勞，你只用到那邊櫃檯上去拿著紙片，填上姓名，注明儲金多少，連錢和支票都交給我，我就和你遞上。快了，再有半點鐘，也就輪到我們了。」

魏太太道：「我本來也沒有資本，剛才有筆小款子由我手裡經過，我先移動過來四萬元，也買二兩玩玩。我想，陶先生已經辦完手續了，所以走來碰碰看。既然是……」

陶伯笙攔她道：「沒有問題，你去填寫單子，這事交給我全權辦理了。」

魏太太笑著點了兩點頭，立刻跑到那面去領紙填字，然後掏了四萬元法幣，統通交到陶伯笙手上。他道：「魏太太，這個地方不大好受，你請便吧，大概在半小時以內，還不能輪著我的班。」

魏太太站在旁邊，兩手插在大衣袋，提起腳後跟，將腳尖在地面上顫動著，只是向陶先生看看。

陶先生道：「魏太太，你請便吧。我們熬到了九十多步，還有幾步路，索性走向前去了。」

魏太太道：「二位有香煙嗎？」

她說這話時，連李步祥也看了一眼。

李步祥倒是知道好歹，便向她半鞠躬道：「紙煙是有，只是站得久了，沒有滴水下嚥。」

魏太太點著頭，表示一個有辦法的樣子，扭轉身就走了。

陶李二人當時也沒有加以理會，不到幾分鐘，她走了進來，一手提了手巾包過來。她將這兩個手巾包都遞給了陶先生，笑道：「我算勞軍吧。」

他解開來看時，一包是橘子，一包是雞蛋糕。陶先生說道：「這就太可謝了。」

魏太太道：「回頭再見吧。」她自走了。

她到這裡，倒是有兩件事，一件事託人儲蓄二兩黃金，二來是去看范寶華，說明這幾天還不能歸還他兩萬元的債，現在辦完了一件事，又繼續地去辦另一件事，范寶華的寫字間，正離著中央銀行不遠。

魏太太到了那裡，卻是一幢鋼骨水泥的洋樓，樓下是一所貿易行，櫃檯裡面，橫一張直一張的寫字臺全坐滿了人，人家不是打算盤，就是低了頭記帳，魏太太看看這樣子，不是來做生意，很不便人家問話。

站著躊躇了一會子，只有幾個人陸續地繞著櫃檯，向一面盤梯上走了去。同時，那裡也有人陸續的出來，這並沒有什麼人過問。

魏太太覺得在這裡躊躇著久了，反是不妥，也就順了盤梯走去。

在樓梯上，看到有工人提了箱子在前引路，後面跟了一位穿西服的，兩手插在大衣袋裡，走著說話道：「老王，二層樓上，來來往往的人多，我下鄉去了，你得好好地鎖著門，小心丟了東西。」

魏太太這麼一聽，這也就知道二層樓上是相當雜亂的，在樓下那番慎重，那倒是多餘的了，於是大著步子向二樓上走著。

上得樓來，是一條房子夾峙的甬道，兩旁的房子，有關著門的，也有掩著門的，掛著木牌，或貼著字條，果然都是寫字間。這就不必向什麼人打聽了，挨著各間房門看了去。

見有扇門上掛著黑漆牌子，嵌著福記兩個金字，她知道這就是范寶華的寫字間哩，見門是虛掩的，就輕輕的在門板上敲了幾下，但裡面並沒有人答應。於是重重地敲了幾下，還是沒有人答應。這就手扶了門，輕輕地向裡推著，推得夠走進去一個人的時候，便將半截身子探了進去。

看時，一間四方的屋子，左邊擺了寫字臺和寫字椅，右邊是套沙發。有個工友模樣的人，伏在沙發靠手上，呼呼的打著鼾聲，正是睡得很酣呢。

魏太太看這裡並無第二個人，只得挨了門走進去，站在工友面前，大聲叫了幾句，那工友猛可地驚醒，問是找哪個的。魏太太道：「我有事和范先生商量。」

那工友已隨范寶華有日，他自然知道主人是歡迎女賓的，便道：「他到三層樓去了。你坐一下，我去叫他來。」說著，掩上門就走了。

魏太太單獨地站在這屋子裡，倒不知怎樣是好，看到寫字臺上放了一張報，這就順手拿起來看，報拿起來了，卻落下一張字條。

她彎腰在樓板上拾起，不免順便看了一眼，那字條上寫道：

「後日下午二時，在南岸舍下，再湊合一局。參加者有男有女，歡迎吾兄再約一二友人加入。弟羅致明啟。」

看完了，把字條依然放在桌上，心裡想道：又是這姓羅的在邀賭。

這傢伙的梭哈打得是真狠，不贏回他幾個錢實在不能甘心，他倒贏出甜頭來了，又要在家裡開賭場了。

正沉思著，范寶華笑嘻嘻地進來了。他進來之後，看到是魏太太，卻猛可地把笑容收起來了，他似乎沒有料想到來的女賓是她，便笑著點頭道：「請坐請坐，想不到的貴客。」

魏太太道：「我有一件在范先生認為是小事，我可認為是很大的一件事，要和范先生商量商量。」

他笑道：「請說吧，只要我認為是可以幫忙的無不幫忙。」

魏太太坐著，牽牽大衣襟，又輕輕撲了衣襟上兩下灰塵，然後笑道：「上次在賭場上移用了范先生兩萬元，本來下場就該奉還的。無奈我這幾天手頭上是窘迫得厲害。」

范寶華不等她說完，便攔著道：「那太沒有關係了。隨便哪天有便交還我都可以。我們也不是從今以後就不共場面了。」

魏太太道：「那不然，我是在范先生手上借的錢，又不是輸給范先生的錢，怎好到賭博場上去兌帳。」

范寶華笑道：「魏太太倒是君子得很。有些人只要是在賭博上的帳，管你是借的，或者是贏的，總是賴了一鼻子灰。」說著，在旁邊沙發上坐了，在衣袋裡掏出煙盒子來，打開盒蓋，送到她的面前。

她搖搖手道：「我不吸煙。」

范寶華道：「打牌的時候，你不也是吸煙的嗎？」

她道：「打牌的時候，我是吸煙的。那完全是提神的作用。」

范寶華道：「提到打牌，我就想起一件事。羅致明昨天來了一封信，約我明天到他家裡去打牌，他太太也參加，大概有幾位女賓在場。魏太太有意思去嗎？」

她笑道：「是嗎？羅太太我們倒是很熟的，上次不是我們在她家裡打牌，有人拿過一個同花順？」

范寶華笑著一拍腿道：「對的，這件事，給我們的印象太深了。你去不去呢？」

魏太太低頭想了一想笑道：「明天再說吧。」

范寶華道：「不然，要決定今天就決定，他約定的是兩點鐘，我們吃過午飯就得動身，明天上午再說，來不及了。」

魏太太又牽了兩牽她的衣襟，因道：「若是胡太太去的話，我也去。實不相瞞，我沒有資本。有兩個熟人去，周轉得過來，膽子就壯些。你想，若是我有資本，今天就還范先生的錢了。」

范寶華道：「羅太太同胡太太更熟，她家有局面，她不會不去。就是這麼說，明天正午一點鐘過江，坐滑竿到羅家，也得一點鐘。我倒歡喜到羅家去打牌，唯一的好處，就是那裡並沒有外人打攪，慢說賭兩三個鐘頭，就是大戰三百回合賭他兩天兩晚，也沒有關係。」

魏太太道：「這樣說，范先生一定到場了。」

范寶華還沒有答覆這個問題，外面有人敲門，他說：「請進吧。」

門推開，是個穿西裝的人進來了，見這樣坐著一個摩登少婦，很快地瞟了一眼，因低聲笑道：「我和你通融一筆現款，二十萬元，有沒有？」

范寶華道：「這有什麼問題，我開張支票就是了。」

那人道：「若是開支票可以算事，我就不來找你了。鄉下來了個位親戚，要到銀樓裡去打兩件金首飾，要立刻帶現款上街，我就可以開張支票和你換。」

范寶華道：「我找找看，也許有，可是你那令親，為什麼這樣性急。」說著，他輪流扯拉他的寫字臺。

那人嘆了口氣道：「現在的全重慶市人，都犯了金子迷。我這位敝親，也不知得了哪裡的無線電消息，好像今日下午金子就要漲價，非在十二點鐘以前把金子買到手不可。」

范寶華扯著抽斗，終於是在右邊第三個抽斗裡將現款找到了，拿出了兩捆鈔票，放在寫字臺上，笑道：「拿去吧，整整二十萬，你也是來巧了。昨天人家和我提用一筆款子，整數做別的用途去了，剩下三十多萬小額票子，我沒有把它用掉，就放在這裡。」

他口裡說著，手上把抽斗關起，將鑰匙鎖著。鎖好之後，將鑰匙在手掌上顛了兩顛。隨便一塞就塞在西服褲子岔袋裡。

那鑰匙是白鋼的，摩擦得雪亮，將幾根彩色絲線穿著。魏太太看到他這玩意，心裡卻也奇怪，漂亮到鑰匙繩子上去了，卻也有點過分。

那人取著現款走了，臨走的時候，他又向她瞟了一眼。她這就想著，女人是不應當向這些沒家眷的地方跑，縱然是為了正事來的，人家也會向做壞事的方面猜想，於是立刻起身告辭。

范寶華送到樓梯口，還叮囑了一聲，羅太太那裡一定要去。魏太太就要想著，姓范的總算講面子，那兩萬元的債務，他毫不介意，將來還錢的時候，買點東西送他吧。她想著走著，又到了中央銀行門口，心想，陶伯笙這兩人大概買得了黃金了吧？想著，便又走了進去。

看時，陶李二人還在隊伍裡面站著，去那辦黃金儲蓄的櫃檯，總還有一丈多路。陶伯笙一看到，先就搖搖頭道：「真不是生意經。」

魏太太道：「好了，你們面前只有幾個人了。」

李步祥拿了帽子在左手，將右手亂撫弄著他的和尚頭，將頭髮樁子和亂地窸窣作響。他苦笑了道：「幾個人？這幾個人就不容易熬過，現在快到十二點鐘了，到了十二點，人家銀行裡人，可要下班吃飯。上午趕不上的話，可要下午兩點鐘再見。」

魏太太看櫃檯裡面掛的壁鐘，可不已是十一點五十幾分，再數數陶李二位前面，排班的還有十二位之多，就算一分鐘有一個人辦完手續，他二人也是無望。這且不說破，靜看他們兩人怎麼樣。

那隊伍最前面一個儲金的人，正是帶著兩大捆鈔票的現款，在櫃檯裡面的行員叫他等在一邊，等點票子的工友，點完了票子，才可以辦手續，接著，他就由櫃檯裡伸出頭來向排隊的人道：「現在到了下班的鐘點了，下午再辦了。」

李步祥回轉頭來道：「陶兄，說有毛病，就有毛病，人家宣布上午不辦了。」

陶伯笙還沒能說話，前面那個北方人將腳一跺道：「他媽的，受這份洋罪，我不幹了，天不亮就起來，等到現在，還落一場空。」說著，他伸出一隻腳來，又有離開隊伍的趨勢。

這次，陶李二位並沒有勸他，他將腳伸出去之後，卻又縮了回去。自己搖搖頭道：「終不成我這大半天算是白站了班了，五六個鐘頭站也站過去了，現在還站兩點鐘，到了下午他們辦公的時候，我總挨得著吧？」

他這樣自己轉了圜，依然好好地站著，這麼一來，前後人都忍不住笑了。

他倒不以為這種行為對他有什麼諷刺。自己也搖搖頭笑道：「不成，我沒有那勇氣，敢空了手回去，再說，站班站到這般時候就打退堂鼓，分明是把煮熟的鴨子給飛了。」

說到這裡，櫃檯裡面已叮叮噹噹地搖著鈴，那是實在地下了班了，所有在銀行櫃檯以外，辦理其他業務的人也都紛紛地走開，只有這些辦理黃金儲蓄的人，還是呆呆地一串站著，那陣頭自然是靠了櫃檯站著，那陣尾卻還拖在銀行大門口附近。

陶伯笙向後面看著，笑道：「人家騎馬我騎驢，我比人家我不如，回頭看一看，一個推車漢。比上不足，比下有餘。」

魏太太站在一邊，原是替他們難受，聽到陶先生這種論調，這也就不由得笑起來了，因道：「陶先生既是這樣的看得破，這延長兩小時的排隊工作當然可以忍耐下去了。」

陶伯笙笑著一伸腰道：「沒有問題。」

因為他站得久了，也不知怎麼回事，那腰就自然地微彎了下去，那個瘦小的身材，顯然是有了幾分疲倦的病態。這時腰子伸直來，便是精神一振。

魏太太道：「二位要不要再吃一點東西呢？」

李步祥伸著手搓搓臉，笑道：「那倒怪不好意思的。」

魏太太道：「那倒沒什麼關係，縱然不餓，站在這裡，怪無聊的，找點事情做，也好混時間。」說著，她就走出銀行去，給他們買了些餅乾和橘子來。

他兩人當然是感謝之至，可是站在隊伍裡的人都有點奇怪，覺得這兩位站班的同志表現有些特別，竟有個漂亮女人在旁邊伺候，這排場倒是不小，各人的眼光都不免向魏太太身上看來。

她自己也就覺得有點尷尬，於是向陶先生點了個頭道：「拜託拜託，下午等候你的消息了。」說著，她自走去。

這時，銀行櫃檯裡面是沒有了人，櫃檯外面，匯款提款存款的，也都走了個乾淨。把這個大廳顯出了空虛。

排班辦理黃金儲蓄的人，那是必須站在一條線上的，所以雖有百多人在這裡，只是繞了兩個彎曲，在廣闊的大廳裡，畫了一條人線，絲毫不能充實這大廳的空虛，且來辦儲蓄的人，很少是像陶李二位有同伴的，各人無話可說，靜悄悄地在銀行裡擺上這條死蛇陣。

因為有這些人，行警卻不敢下班，只有這四位行警，在死蛇陣外，來往梭巡。大概自成立中央銀行以來，這樣的現象還是現在才有的呢。

這兩小時的延長，任何儲金隊員都有些受不了，有幾個人利用早上買的報紙，鋪在地面上，人就盤腿坐在報上。這個作風，立刻就傳染了全隊。

但重慶的報紙是用平常搓紙煤的草紙印刷的，絲毫沒有韌性，人一動，紙就稀爛，事實上，人是坐在地上，因之有手絹的，或有包袱的，還是將手絹包袱鋪地，陶李二人當然也是照辦。

站得久了，這麼一坐下來，就覺得舒適無比，反正有兩小時的休息，不必昂著頭看陣頭上人的動作。自然，在這兩小時的長坐期間，也有點小小的移動，但他兩人都因腳骨酸痛，並沒有站起來的打算。

約莫是到了下午一點半鐘，前面坐的那位北方人首先感到坐得夠了，手扶了牆壁要站起來，就哎呀了幾聲。

李步祥問道：「你這位先生，丟了什麼東西？」

他扶著牆壁，慢慢地掙起，還依然蹲著，不肯站起來，笑著搖搖頭道：「什麼也沒有丟，丟了我全身的力氣，你看這兩條腿，簡直是有意和我為難，我可憐它（指腿）站得久了，坐下去休息休息，不想它休息久了，又嫌不受用，於今要站起來，它發麻了，又不讓我站起。不信，你老哥試試看，你那兩條尊腿也未必就聽調遣的。」

李步祥是盤了腿坐著的，經他這樣一提醒，也就彷彿覺得這兩條腿有些不舒適，於是身子仰著，兩手撐地，要把腿抽開來。他啊哈了一聲道：「果然有了毛病，它覺得這樣慣了，不肯伸直來了。」

於是前後幾個人都試驗著，很少人是要站起就站起的，大家嘻嘻哈哈笑成一團。所幸經過這個插曲不久已到兩點鐘，陶李前面只有十二個人，挨著班次向上移動，三點鐘的光景，終於是到了儲金櫃檯前面。

他們觀察了一上午，應當辦的手續都已辦齊，陶伯笙先將范寶華的四百萬元本票交上，那是中央銀行的本票，毫無問題，然後再把魏太太的四萬元現款，和她填的紙片一塊兒遞上。

行員望了他一眼道：「你為什麼一個人辦兩個戶頭？」

陶伯笙點著頭陪了笑道：「請通融一下吧，這是一位女太太託辦的，她排不了班，退下去了，好在是小數目。」

行員道：「一個人可以辦兩戶，也就可以辦二十戶，那秩序就亂了。」

陶伯笙抱了拳頭，只是拱揖，旁邊另一個行員將那紙片看了看，笑道：「是她？怎麼只辦二兩？」

那一行員問道：「是你熟人？」

他笑著點點頭。於是這行員沒說什麼，將現鈔交給身後的工友，說聲先點四萬，當然這四萬元不需要多大的時間點清。

行員在櫃檯裡面登記著，由銅欄窗戶眼裡，拿出一塊銅牌，報告了一句道：「後天上午來。」

陶伯笙想再問什麼話時，那後面的人看到他已辦完手續，哪容他再站，向前一擠，就把他擠開了。陶伯笙也沒有什麼可留戀的，妥當地揣好了那塊銅牌子，扯了站在旁邊的李步祥就向外走。

出得銀行門，抬頭看看天上，日光早已斜照在大樓的西邊牆上，就深深地噓著一口氣道：「夠瞧，自出娘胎以來我沒受過這份罪，我若是自己買金子也罷了，我這全是和老范買的。」

李步祥笑道：「在和朋友幫忙這點上說，你的確盡了責任，我去和老范說，讓他大大地謝你一番。」

陶伯笙道：「謝不謝，那倒沒什麼關係，不過現在我得和他去交代一聲，將銅牌子給他看看，不然的話，四百萬元的本票我得負全責，那可關係重大。這時候，老范正在寫字間，我們就去吧。」

於是兩人說話走著，徑直地走向范寶華寫字間。他正是焦急著，怎麼買黃金儲蓄券的人到這時候還沒有回信，陶李二人進門了，他立刻向前伸手握著，笑道：「辛苦辛苦，我知道這幾天銀行裡擁擠的情形，沒想到要你們站一天，吃煙吃煙。」說著，身上掏出煙盒來敬紙煙，又叫人泡茶。

陶伯笙心想，這傢伙倒知趣，沒有說出受罪的情形，他先行就慰勞一番，他坐了吸煙沉吟著，李步祥倒不肯埋沒他的功勞，把今日站班的事形容了一遍。

隨後陶伯笙將那塊銅牌取出。笑道：「本來將這牌子交給你，你自己去取儲蓄單子，這責任就完了，可是我還得跑一趟。魏太太也託我買了二兩，我還是合併辦理吧。」

范寶華道：「她有錢買黃金？什麼時候交給你的款子？」

陶伯笙道：「就是今天上午，我們站班的時候，交給我們的四萬元。」

范寶華搖搖頭道：「這位太太的行為就不對了，她今天也特意到我這裡來的，她在你家賭桌上借了我兩萬元現款，根本我有些勉強，她來和我說，沒有錢還我，請寬容幾天，我礙了面子，不能不答應，不想無錢還債，倒有錢買金子，這位太太好厲害，要起手段來，連我老范都要上當。」

陶伯笙道：「據她說，她是臨時扯來的錢。」

范寶華道：「那還不是一樣，可以扯四萬買金子，就不能扯兩萬還債嗎？事情當然是小事，不過想起來，令人可惱。」

陶伯笙看范寶華的樣子，倒真的有些不快，便道：「既是這樣，我今天看到魏太太就暗示她一下。」

他道：「兩萬元，還不還那都沒有關係，我這份不高興，倒是應當讓她明白。」

陶伯笙自然是逢迎著范老闆的，當日傍晚受了姓范的一次犒勞晚餐，把整日的疲勞都忘記了，酒醉飯飽，高興地走回家去。

四 抗戰夫人

到了家中，正好魏太太在這裡等候消息。他一見便笑道：「東西已經買得了，不過我有點抱歉，我嘴快，我見著老范，把你買三兩的事情也告訴他了。」

魏太太道：「他一定是說我有錢辦黃金儲蓄，沒有錢還債。」

她是坐在陶太太屋子裡談話，陶太太坐在床沿上結毛繩，便插嘴道：「老陶實在嘴快，你沒有摸清頭緒，怎好就說出來呢？人家魏太太挪用的這筆款子，根本是難作數的。」

陶伯笙點了支紙煙，坐下來吸著，望了魏太太道：「這話怎麼說，我更不懂了。」

魏太太坐在陶太太床上，將自己的舊綢手絹縛著床欄桿，兩手拉了手絹的兩角，在欄桿上拉扯著，像拉鋸似的。

她低了頭不看人，似乎是有點難為情，笑道：

「反正是老鄰居，我的家事瞞不了你們，說出來也不要緊。今天老魏由機關裡回來，皮包裡面帶有六萬元，據他說，是公家教他採辦東西的款子，我等他到廚房裡去了，全數給他偷了過來，當時，他並沒有發覺，我就立刻上銀行找陶先生了。

「我一走，他就曉得錢跑了腿，打開皮包來，看到全數精光，這傢伙沉不住氣，氣得躺在床上。我由銀行裡回來，我不等他開口，就把儲蓄黃金的事告訴他了，並說明是黃金要漲價，要辦就辦，而且今天有陶先生站班登記，這個機會不可失，他才說事情雖然是一件好事，但這是公家買東西的錢，明天要把東西買回去，沒有東西，就要退回公家的錢，無論數目大小，盜用公款這個名義承擔不起，而且有幾件小東西，今日下午就非交卷不可。

「我看他急得滿臉通紅，坐立不安，退回了他一萬元。他為了這事，到處抓錢補這個窟窿去了，直到現在，他還沒有回來，想必錢還沒有弄到手，若是真沒有法子的話，我定的這張儲蓄券，那就只好讓給旁人了，你以為我自己真有錢嗎？」

陶伯笙道：「原來如此，那也難怪你不能還老范的債了。你有機會，最好還是見了他把這話解釋明白，他那個人，你知道，就是那順毛驢的脾氣。」

魏太太聽了這話，心裡就有了個暗認識，范寶華在陶伯笙面前，必定有了些什麼話，明日有機會見著他，還是解釋一下吧，當時怕人家夫妻有什麼話說，自告辭回家。

到了家裡，老媽子已帶了兩個孩子睡覺去了，魏端本屋子裡，電燈都不曾亮起，自己臥室裡，電燈是亮著的，房門卻是半掩的，心裡暗想，自己真也是大意，家裡雖沒有什麼值錢的東西，床上的被褥也是一點物資，若來個溜門賊，順手把這東西撈去了，眼見得今晚就休想睡覺。

心裡想著，將門推開，卻見魏先生橫倒床上，人是和衣睡了，自言白語地道：「這傢伙倒是坦然無事，我何必為了那六萬元，和他著急半天。」

走到床邊，用手推他兩下，他倒也不曾動。聽他鼻子呼呼有聲，彎腰看他一看，還嗅到一股酒氣味，淡笑一聲道：「怪不得他寬心，還是喝了酒回來的，沒出息，著急就會醉了睡覺，今天算讓你醉了完事，明天看你怎麼辦？」說著話，又推他兩推，就在這時，看到被下面露出了半個皮包角，心想，看他弄了錢回來沒有？於是順手將被向上一掀，拖出那皮包來。

皮包拖出來了，魏端本也一翻身坐了起來，將手按住了皮包，瞪了眼笑道：「這可不是鬧著玩的，這裡面的錢不能動。」

魏太太聽說皮包裡有錢，益發將兩手抓住了皮包，兩手使勁向懷裡一奪。趕快跑著離開了床邊。

魏端本坐在床上望了她道：「你看是可以看，不過你看了之後，可不許動那錢。」

魏太太聽了這話，料著錢還是不少，便將兩手緊緊地抱在懷裡，將兩手拍了兩拍問道：「這裡面有多少？」

他笑道：「十五萬，又夠你花幾天的了。」

魏太太將身子一扭道：「我不信。」於是把皮包放在五斗桌上，將身子橫攔了魏端本的來路，以免他前來搶奪，掀開了皮包，每個夾層裡都伸手向裡面掏摸一陣，掏出好幾疊鈔票，直把皮包全搜羅完了，這才點一點放在桌上的數目，可不就是十五萬嗎？於是笑嘻嘻地問道：「你這傢伙，在哪裡弄來了許多錢？」

魏端本道：「這個你可千萬動不得，這是司長私人的錢，要我代匯到貴陽去的，不信，你搜搜那皮包的夾頁裡面，還有司長親筆寫的匯款地點，上午那五萬元公款被你扯用了，我還沒有法子填補，幸好這筆款子來了，明天上午我先扯用一下，把公家的款子補齊，到了下午，我必須把這款子給司長匯出去，若是把這款子動用了，司長那個雜毛脾氣，我承擔不起，只有打碎飯碗。」

魏太太道：「我不信，假如那五萬元的漏洞沒有補起來，你不會自由自在地喝了酒回來睡覺。」

魏端本道：「你以為我是在外面飯館子裡喝的酒嗎？我回來了，你又不在家，我叫楊嫂打了四兩大麴，買了兩包花生米，在隔壁屋子裡自斟自酌的，為什麼如此？也無非是心裡煩悶不過，你必定說，皮包裡帶那些個錢，為什麼還要煩悶，這個理由，說出來了，你也會相信的，正由於那皮包裡的錢不少，可是這錢是人家的，一張鈔票也……」

魏太太早是把那些鈔票緩緩地塞進了皮包，魏先生說到這裡，鈔票是各歸了原位。她不容他把話說完，兩手拿起皮包，對魏先生頭上遠遠地砸了過去。

魏先生看到武器飛來，趕快將頭一偏，那皮包就砸在他肩上，砸得他身子向後一仰，魏太太沉著臉道：「錢全在皮包裡，我沒有動你分文，你不開眼，你以為我也像你這樣看到這樣幾個錢就六魂失主嗎？這十來萬塊錢也不過人家大請一次客，什麼了不得。」

魏端本在床上將皮包拿起來，緩緩地扣上皮包鈕扣，淡淡地笑道：『「十來萬塊錢請一次客，好大的口氣，我們部長昨日請兩桌客，也不到十……」

魏太太像餓虎攫羊的樣子，跑到魏先生面前，把那皮包奪了過去，向肋下夾著，帶了笑瞪著眼道：「無論怎麼樣，這裡面我要抽出兩萬元來，我老實告訴你，我欠人家兩萬元，明天非還不可。」

魏先生沉住了臉，不作聲，也不動，就這樣呆呆地不動。

魏太太夾著那皮包，也是呆呆地站著，但她在兩分鐘後，忽然省悟過來，假如這些錢有一部分是丈夫的，他不會這樣為難，這完全是司長的款子大概沒有什麼疑問，這樣的錢拿來用了，他自然負著很大的責任。

這就先向魏先生笑了一笑，把那板著的面孔先改去，然後走到床沿，挨著丈夫坐下，將皮包放在懷裡，輕輕地拍著道：「我知道這裡面的錢不是你的，可是這樣大批的款子，稍微挪動個兩三萬元，也不是辦不到的事情。我是個直性子人，心裡這樣想著，口裡就這樣說出來，若是你真為難的話，我難道那樣不懂事，一定把它花了，我也知道現在找一分職業不容易，若為了扯用公款，把你的飯碗打破了，我不是一樣跟著受累？我就只說一句話，試試你的意思，你就嚇成這個樣子，拿去吧，皮包原封未動，在這裡。」說著，把皮包送到魏端本懷裡來。

他和夫人之間向來是種帶勉強性的結合，一個星期也難得看到夫人一種和顏悅色的語言，太太這樣無條件將皮包退還了，先有三分不過意，便也放出了笑容道：「假使是我的錢，我還有不願意和你還債的嗎？你怎麼又借了兩萬元的債呢？」

魏太太道：「你就不用問了，反正我不能騙你，假如我騙你的話，我應當說欠人三十萬，二十萬，決不說欠人兩萬。」

魏端本道：「你的性格我曉得，你不會撒謊，而且我是讓你降服了的，你伸手和我要錢，根本就是下命令，只要我拿得出來，不怕我不給。你又何必撒謊呢。」

魏太太伸手掏了他兩下臉腮。笑道：「你也不害羞。你說這話，還有一點丈夫氣嗎？」

魏先生伸手握住太太的手，另一手在她的手背上輕輕撫摩著，笑道：「佩芝，你憑良心說，我這是不是真話？我對你合理的用錢，向來沒有違拗過，可是你總是那小孩子脾氣，當用的要用，不當用的也要用，手裡空著，立刻就向我要錢，不管我有沒有，不給不行。」

魏太太趁了他撫摩著手，斜靠著他的肩膀，將頭枕在他肩上，因道：「你說吧，我手上空著，不要錢怎麼過下去？我不和你要錢，我又向誰要錢？老實說，你若不給我錢花讓我受窘，除非是有了二心。」

魏端本笑道：「又來了，怎麼能說到有二心三個字上去？」

魏太太鼻子哼了一聲，因道：「我就猜著你這十五萬元不是司長的，是你要寄回老家去的。」

她提到老家兩個字，就讓魏先生嚇一跳，因為他的老家雖在戰區，並沒有淪陷，還可以通匯兌，尤其是他家裡還有一位守土夫人。

魏太太對於這個問題，向來是恨得咬牙切齒，除了望戰事打到魏先生老家，將那位守土夫人打死，第二個願望也就想魏先生把老家忘個乾淨，因之魏先生偶不謹慎提到老家，很可能的，接上便是一場夫妻大鬧，鬧起來魏先生有什麼好處，最後總是賠禮下臺。

這是她自行提到老家，魏端本料著這又來了個吵架的勢子，便立刻止住了道：「太太，不要把話說遠了，這個錢若不是司長的，二次敵機來了，讓我被炸彈炸死。」

魏太太道：「別賭這個風涼咒了，美國飛機炸日本，炸得他已無招架之功，自己都吃不消，還哪裡有力量炸重慶，我也相信這錢是你們司長的，可是你們和司長跑腿的人，無論什麼事總要揩上一點油。」

魏端本道：「假如是司長那裡有一筆收入，經過我的手，可以揩油，假如司長有票東西由我代買，我也可以揩油，現在是司長要我代匯一筆款子出去，連匯水多少，銀行都在收據上寫得清清楚楚，我怎麼可以揩油。」

魏太太對於他這種解釋，不承認，也不加以駁回，就是這樣頭枕在丈夫肩上半睡半不睡地坐著，魏先生還握著夫人的手呢，她的手放在先生懷裡，也不移動了。

魏端本唉了一聲道：「接連地熬了這許多夜，不是打牌，就是看戲，大概實在也是疲倦了，就說不花錢，這樣的糟蹋身體又是何苦。佩芝，你倦了，你就睡吧。」說著，輕輕地搖撼著她的身體。

她口裡咿唔著道：「你和我把被鋪好吧，我實在是倦了，把枕頭和我疊高一點。」她說著，更顯得睡意朦朧，整個的身子都依靠在魏先生身上。

他兩手托著魏太太的身體，讓她平平地向床上睡下，然後站起來，將枕被整理一番，但魏太太就是這樣橫斜地睡在床上，阻礙了他這項工作。

魏端本搖撼著她道：「床鋪好了，你起來脫衣服吧。」

她是側了身子，縮著腿睡在床中間的，這就把身體仰過來，兩隻腳垂在床沿下面，仰著臉，閉著雙眼，簇擁了兩叢長睫毛。

魏先生覺得太太年輕貌美，而且十分天真的，自己不能多掙幾個錢，讓她過著舒服日子，這是讓她受著委屈的，尤其是自己原來娶有太太，未免讓這位夫人屈居第二位。憑良心說，這也應該好好地安慰她才是。

正這樣沉吟著，見太太半抬起一隻手來，放到胸前，慢慢的移到大襟上面，去摸紐扣，只摸到紐扣邊，將三個手指頭撥了兩撥，又緩緩地落下來垂直了。

魏端本望了她笑道：「你看軟綿綿的樣子，連脫衣服的力氣都沒有了。喂！佩芝，脫衣服呀。」

魏太太鼻子裡哼了一聲，卻是沒有動。魏端本俯下身子去，兩手搖了兩搖她的身體，對了她的耳朵，輕輕叫了聲佩芝。

魏太太依然咿唔著道：「我一點力氣沒有，你和我脫衣服吧。」

魏端本站起來對她看看，又搖了兩搖頭道：「這簡直是個小孩子了。」但是他雖這樣地說了，卻不願違反了太太的命令，把房門關上，把皮包放在枕頭底下。太太不是說把枕頭疊高一點嗎？就把皮包塞在枕頭下面，魏先生到了這時，忘了太太的一切驕傲與荒謬，同情她是一個弱者了。

次日早上，還是魏端本先起床，在太太睡的枕頭下面輕輕地抽出皮包來，卻見皮包外面散亂著幾十張鈔票，由枕頭下散亂到被裡，散亂到太太的燙髮下面，散亂到太太的床角上。

他倒是吃一驚，怎麼鈔票都散亂出許多來了，立該把皮包打開來，將全數鈔票點數了一番，還好，共差兩萬元，這倒是自己同意了太太的要求的，她並沒有過分地拿去，於是將床上散亂的票子一齊歸理起來，理成兩疊，給太太塞在枕頭下面。

太太睡得很熟，也就不必去驚動她，將皮包放在桌上，到隔壁屋子裡去洗漱口喝茶吃燒餅，準備把這件事情做完，就去和司長匯款了。

就在這時，一個勤務匆匆地跑了進來，見著他道：「魏先生，司長要到青木關去一趟，叫你同去，他的汽車就在馬路口上等著，他說託你匯的款子不必匯了，明天再說吧。」

魏端本聽說司長在馬路口上等著，這可不敢怠慢，手裡拿了個燒餅啃著，走到臥室裡去，打算叫醒太太，太太已是睜著眼躺在枕頭上了。她已經聽到勤務的話了，因道：「司長等著你，你就走吧，你還耽誤什麼？」

魏端本道：「我交代你一句話。這皮包你和我好好看著，我的太太，那錢可不能再動。」

魏太太皺了眉道：「你不放心，乾脆把皮包拿去。」

他還想說什麼，勤務又在那隔壁屋子裡，連叫了幾聲魏先生。他向太太點點頭，扭身就出去了。

魏先生留下這麼一筆款子在家裡，倒讓魏太太為了難，這是他和司長匯出去的款子，必須好好保存，而且還不便把款子放在箱子裡，讓自己出去。因為鑰匙是自己帶著的，把鑰匙帶出去了，他回來就拿不到款子，這沒有什麼辦法，只有在家裡守著這個皮包了。

她想到昨日買了二兩金子，又在魏先生手上先後拿得三萬法幣，這二十四小時以內，生活是過得很舒服的，今天在家裡看看小說，買點兒好菜，用一頓好午飯吃，這享受也不壞。

她主意拿定了，起床，洗過臉，漱過口，且不忙用胭脂化妝，先叫楊嫂抱著小的男孩子渝兒去買下江麵館的小籠包子，大女孩子娟娟就讓她送到屋子裡來自己帶著。

這孩子的衣服又是弄得亂七八糟，穿一件中國紅花布長夾襖，卻罩在西式童裝上，那小孩的頭髮又是兩天不曾梳理，乾燥蓬亂，散了滿頭。

早上起來，小孩子就要吃，又沒有好的吃，左手拿了半截冷油條，右手拿了一片切的紅苕，眼眵鼻涕殼子全已在小臉上。魏太太將她的衣服扯了一扯，瞪著眼道：「要命鬼，睜開眼睛，就只曉得要吃。兩天沒有管你，又不像人了。」

小娟娟看到媽媽罵她，把油條和紅苕都丟了，兩隻手在衣服上慢慢擦著，轉了兩個小眼珠望著媽媽。

魏太太咬著牙笑了，搖搖頭道：「我的天，你那手上的油全擦在衣服上了，真是要命。」

小娟娟呆了，兩手伸開了十指，也不知道怎麼是好。

魏太太原是要給孩子兩巴掌，看到她這種怪可憐的樣子，嘆了口氣，在桌子抽屜裡，抓了一把字紙，就和娟娟來擦那隻油手。

把小手上的油都擦乾淨了，魏太太手上捏的那把紙團翹起了一個大紙角，紙角楷書字寫得端端正正。她心裡一驚，這不要是孩子爸爸的公事吧？立刻把捏成紙團的字紙清理出來一看，不由得連叫幾聲糟了。

這其中除了有兩件公事而外，還有一張機關裡和一家公司寫的合同，一切都已謄寫清楚就差了簽字蓋章，這正是魏端本要拿去給公司負責人蓋章的。這時，滿合同全是大一塊小一塊的油跡，而且還折出了許多皺紋。

她把這些字紙拿在手上看了看，絲毫沒有主意，只得向抽屜一塞，把抽屜關上，來個眼不見為淨，原來是想和娟娟洗個臉，換換衣服的，心想，今天魏端本回來，少不得一場吵鬧。

娟娟見媽不睬她了，又見原來拿的那片紅苕還在地上，這就彎腰去撿了起來。魏太太搶上前，把那紅苕片奪過去丟了，捏著拳頭，在娟娟背上連捶了三四下，罵道：「你還饞啦，幾輩子沒有吃過東西。」

娟娟讓媽媽監督著，早就憋不住要哭，這可一觸即發，哇哇地放聲大哭。

魏太太道：「你還哭，都是為你，我惹下禍事了。」

正說著，楊嫂左手抱著孩子，右手捧了一隻碗進來，便道：「大小姐，不要哭了，吃包子。」

魏太太道：「你就只知道給她吃，你看孩子髒成什麼樣子了，短衣服套著長衣服，中不中西不西，讓人看見了笑話。」

楊嫂道：「我要做飯，要洗衣服，還要上街買東西，兩個娃兒，跟一個，抱一個，我朗個忙得過來？」說著，把那只碗便放在桌上，揭起蓋在碗上的那個碟子，露出熱氣騰騰的一碗小包子。

魏太太早晨起床之後，最感到腸胃空虛，立刻將兩個指頭鉗了只包子送到嘴裡咀嚼著。

娟娟雖不大聲哭了，鼻子還是息率息率地響，楊嫂抱在手上的小男孩，指著包子碗，連叫我要吃，我要吃。魏太太就抓了一把小包子，放在原來蓋碗的碟子裡，將碟子交給楊嫂道：「拿去吧，給他兩個人吃。吃過之後，無論如何給他們洗把臉，換換衣服，你帶不過兩個孩子，我們分開辦理，你洗一個，我帶一個。」

楊嫂很知道這女主人的脾氣，看見孩子，就嫌孩子髒，不看見孩子，她也絕不會想起的，端了那碟包子，帶了兩個孩子走了。

魏太太叫楊嫂拿筷子來，她也沒有聽見，魏太太且先用指頭鉗了包子吃，直把整碗的包子一口氣吃盡，她沒有將筷子拿來，魏太太也就不問了。

起床後的那盆洗臉水浸著手巾，還放在五屜桌上，她起身洗了把手，在鏡子裡看到臉子黃黃的，才想起忘了化妝一件大事。

魏太太的人生哲學，是得馬虎處且馬虎。只有一件事是例外，每天一次化妝，到了下午要出去，照照鏡子胭脂粉已脫落大半了，這就必須重新化妝一次，所以她這時吃飽了早點，就立刻要辦理這件事，將臉子裝扮得勻了，頭髮也梳理得清楚，這上午就可說沒有了事。

平常有這個悠閒的時候，少不得到街上去轉兩個圈子，買點兒零碎食物，今天為了皮包裡十來萬塊錢，心裡倒有點不自在似的，要出門非得買點東西不可，而錢又是不能動的，有錢不能用，也就懶於上街了，床頭邊堆了十來本新舊小說，這就掏起一本來，橫躺在床上翻弄著，隨手一翻，就是一段描寫戀愛熱烈的場面，翻過之後，就繼續地向下看去。

楊嫂可就在床頭打攪了。她道：「今天還沒有買菜，上午吃啥子？」

魏太太看著書，鼻子裡隨便哼了一聲，楊嫂又道：「上午吃啥菜？」

魏太太不耐煩了，將橫躺在床上的腳一頓道：「哎呀！人家一看書就細亂，囉！在我這衣服袋裡掏三千塊錢去買，把晚上的都辦了。」說著，將手摸摸小衣襟。

這位楊嫂很知道女主人的脾氣，見她臉朝著書頁，又已看入了神，是不必多問話的，就彎著腰在魏太太衣袋裡摸出一把鈔票，點清了三千元留下，其餘的依然給她塞回衣袋裡去，因道：「太太，我去買菜，只能帶一個娃兒咯，留下哪一個？」

魏太太依然是眼睛對著書頁，答道：「你把娟娟帶去，她會走路的，把小渝兒鞋子脫了，放在床上玩。請你費點神，把娟娟換一件衣服。臉盆手巾在這桌上，拿去給她擦把臉，上街也別弄得小孩子像叫化子一樣。行不行？」

她說是說了，但沒有監督楊嫂去執行，兩隻眼睛依然是對了小說書上注視著。她看了幾頁書，覺得有小孩子在腳邊爬動，抬起頭來看時，小渝兒並沒有脫鞋子，還拿了帶泥腿的板凳在枕頭邊當馬騎呢。

魏太太說了句真糟糕，她也沒有起身，因為這段小說正說到男女兩主角已有戀愛九分成熟的機會，她急於要看這個結果是不是很圓滿的，就分不開身來了。

約莫是半小時，有人在門外問道：「魏太太在家嗎？」她聽出了這聲音是胡太太，立刻答應道：「我在家呢。」她同時想到小渝兒沒有脫鞋，還帶了一隻小馬在床上，這就把人和馬一齊抱下床來，胡太太是熟人，也就走進屋子來了。

魏太太一看自己床單子上皺得像鹹菜團似的，那大大小小的黑泥腳印更是不必說，便笑道：「你看看我們家裡弄成什麼樣子了，和你那精緻的小洋房一打比，那真是天差地遠。」

胡太太笑道：「這也是你的好處，一切事情不煩心，總是保持了你的青春年少，我是柴米油鹽什麼事都要管，這還罷了，我們那位胡先生還只是不滿意，總說我花錢太多，今天上午，又大大地吹了一場。」說著，把手上的那個皮包放在桌上，不用主人相請，兩手按住膝蓋，坐在桌邊那張獨不被東西佔領的椅子長長地嘆了口氣。

魏太太看她滿臉的脂粉卻掩不住怒容，她說是和丈夫生了氣，那必是真的。胡太太本是張長圓臉，但因為長得很胖的緣故，兩腮下面的肉向外鼓了起來，幾乎把臉變成四方的了。這時帶了怒容，只覺兩塊腮肉更向下沉著，她兩隻青果型的眼睛，本是單眼皮，今天兩條眉毛不曾畫，眉角短了許多，而眼睛四周還帶了一圈兒微微的紅暈，這和平常那洋娃娃似的歡喜面孔可差得多了，便一面收拾著床鋪和屋子，一面問道：

「我知道，你胡先生的經濟全部交給你管，你還有什麼帶不過去的。」

胡太太搖了兩搖頭，又嘆了口氣道：**「他把全部的經濟交給我，不把他那顆心交給我，那有什麼用呢？」**

她說著，把桌上的皮包取過來，打開皮包，取出一盒子煙來。

她本來和魏太太一樣，不打牌是不吸紙煙的，魏太太看到她這時拿著煙盒，趕快取過一盒火柴遞上，可是這東西，她今天也預備得有，嘴角上銜著紙煙，立刻又在皮包裡取出火柴盒來擦著火柴，將煙點著了。

女人平常不大吸煙，忽然自動地吸起煙來，那必是心裡極不安定的時候，魏太太自己就是這樣，料著胡太太必是這樣，這就向她笑道：「你這話必定有所為而發吧？」

她說這話時，已把另一張椅子上的衣服襪子之類很快地收拾乾淨，將那椅子移得和胡太太相併了，然後坐下。

胡太太右手按了手皮包，放在膝蓋上，左手兩個指頭夾了煙捲，放在紅嘴唇裡吸著，一支箭似的，噴出一口煙來，先淡笑了一笑，接著又嘆上一口氣。因道：「你看我們這位胡先生，這樣大的年紀，又是這抗戰年頭，他竟是糊塗透頂，還要在外面和那些當暗娼的女人胡混，花錢我不在乎，一個有身分的人這樣胡鬧，不但是有辱人格，若沾染了一身毛病，那不是個大笑話？」她說著話，又噴出一口煙。

魏太太道：「我倒是聽到人說，重慶有暗娼，晚上在校場口一帶拉人，那個地方，你們胡先生也肯去，那怪不得你生氣。」

胡太太卻不由得笑了，因搖搖頭道：「倒不是那一類的暗娼，我說的是一種下流女人，冒充學生，冒充職業婦女，朝三暮四，在外面交男朋友。」

魏太太聽了這話，心裡就明白了，胡先生是在外面交女朋友，並不是嫖暗娼，因道：「你得有充分的證據嗎？」

胡太太道：「那一點假不了，沒有充分的證據，我何至於氣得這個樣子？囉！我這裡就有一封信。」說著，她手是顫巍巍地伸到懷裡去摸索著，在懷裡摸出一封粉紅色的洋信封，交給魏太太。

她接過來時，覺著那封信還是溫暖的，分明是揣在胡太太貼肉小衣口袋裡的，見那信封上是鋼筆寫的字，因望了她笑道：「我可以看嗎？」說著，把這信封顛了兩顛。

胡太太道：「我正是要你看。」

魏太太抽出裡面一張洋信紙來，上面還有鋼筆寫的字，筆劃雖很純熟，可是筆力很弱，當然是位女人的手筆，信上這樣寫：

敬：

昨晚由電影院回寓，在窄小破舊的樓上，孤獨地對了一盞電燈，我加倍地感到寂寞。窗子外正飛過幾點雨，那沒有玻璃的窗户，糊著薄紙，漏了不少窟窿。在那窟窿裡送進一陣陣的寒風，那是格外的淒涼，回想到你我在一起的時候，你給予我的溫暖，徒然讓我增加感觸，我不由得掉下幾點淚。

我是個薄命的女人，二十多歲，讓我喪失了他，成了一隻孤雁。家鄉在淪陷區，正成了既無叔伯，終鮮兄弟的那個悲慘境遇。白天，有那吃不飽肚的工作，讓我鬼混一天，到了晚上，我一個少年孀婦向哪裡去？幸遇到了你，隨時給予我許多幫助，我是感激的，可是我有點不知足，這只能解決物質上我眼前一些困難，我在社會上，依然是孤獨，淒涼，悲慘的呀。

自然，你會想到這一點的，你是常到這小樓上來溫暖我。可是，第一，我怕呀，人言可畏呀。第二，這始終還是片刻的溫暖而已，你既然同情我，愛我，你就得救我到底。我今天在你當面，幾次想把我的心事說出來，怯懦的我又忍住了。回寓之後，形單影隻，風淒雨苦，受到這分淒涼，我不能再忍了，我不能不說了。我伸出了待救的手，你快救我呀，你有約會，不必寫信，還是打電話吧，快得多呀。

最後，我告訴你，我永久是屬於你的，你能救我，我也只要你救，快回芳上。

音吧！

魏太太把信看過，依然塞進信封裡，交回給胡太太，因道：「這是個什麼樣的女人，照信上說的，是個有工作的寡婦，信倒寫得相當流利。」

胡太太將那信捏在手上，還是顫巍巍地塞到長衣懷裡去，因道：「這女人是老胡的舊部下，他根本混蛋，上司可以和女職員做這下流的事嗎？誰還敢出來當女職員呢。不過這個賤女人原也不是好東西，到處找男人，她丈夫大概就是為了她胡鬧氣死的，你看看這信，她說她永遠是老胡的，她願意做老胡一個外室，這是鬼話，老胡是個什麼美男子，已是四十多歲的人了，他有什麼地位，一個簡任職公務員而已，她就是想騙老胡幾個錢，我真氣死了，太欺侮人。」說著嗓子一哽，落下兩行淚。但她也不示弱，立刻將手絹擦乾眼淚。她又取出紙煙來吸。

魏太太笑道：「既然你知道她是個騙局，你就不必生氣了，你是怎樣發現這封信的呢？」

胡太太道：「我早就知道有這件事了，我質問老胡，他總是絕口否認，還說我吃飛醋。有一次，他和這下流女人同去看話劇，讓我知道了，我要到戲館子裡去截他，不幸走漏了風聲，讓他們逃走了，因此，我也更進一步，隨時隨地找他們的漏洞。他們通信地點是在機關裡，機關裡我不能去，他們覺得是保險的，可是我也有我的辦法，告訴我那個大女孩子，常常假裝到機關裡去玩，教她暗下留意她爸爸私人來往的信件，只要像是女人筆跡的信封，就偷了拿回來給我看，總共只試驗三次，就把這封信抄到了。」

魏太太笑道：「你大小姐今年多大？」

胡太太笑道：「十四歲了，她什麼不曉得。她先偷得那桌子抽屜的鑰匙，藏在身上。那鑰匙本有兩把，老胡掉了一把，他並不介意，照常地鎖，他就沒想到別人會開。」

魏太太笑道：「我還要問，你大小姐有什麼法子在她爸爸當面去開抽屜的鎖呢？」

胡太太聽到這裡，臉上有了得意之色，眉毛揚起來笑道：「這孩子就是這樣得人疼愛，她陪著她爸爸下了班了，重新由大門外走了回去，對勤務說，丟了手絹在辦公室裡，人家當然讓她去找。自然，她不能每次都說丟了手絹，她總可借了別的緣故，一人再回辦公室去。這次找到了贓物，她就是由找手絹找出來的。

「你想，我看到這封信，就是大肚子彌陀佛我也忍耐不下去吧。信是昨日下午得著的，偏是昨晚上他到一點鐘才回家來，這還不是溫暖那個下賤女人去了嘛？昨晚夜深了我不便和他交涉，今早起來，我把這裡的話質問他，他還咬口不認，我掏出信來，當面念給他聽。」

魏太太搶著問道：「那就沒有可抵賴的了。」

胡太太鼻子裡哼了一聲道：「就是這樣令人可恨，他若承認了，我只要他和那下流女人斷絕關係，我也不咎既往，和平解決，你猜怎麼樣？他比我還強硬，他說這是我捏造的信，伸過手來，要把信搶了去。我真急了，扯著他的衣服，要和他講理，他一掌把我推開，帽子也不戴，就跑出門去了。他料著我不敢到機關裡去找他，先避開我。其實，我怕什麼？哪裡也敢去。打破了他的飯碗，那是活該。我有辦法，我不依靠他當個窮公務員來養活我，等他回來再辦交涉不遲。隔壁趙先生和他同事，負責把他找回來答覆我一個解決辦法，我也只好饒了他這一上午，反正他飛不了。可是我一個人坐在家裡，越想越悶，越悶越氣，鄰居們叫我出來走走，我想那也好。對於這種丈夫，犯不上為他氣壞了身體，我是得樂且樂。」

正說到這裡，楊嫂送著娟娟進來了，她身上的衣服雖然還是短的套著長的，可是小臉蛋已經洗乾淨了，便是頭上的頭髮也梳清楚了。

胡太太拉著她的小手，拖到懷裡，摸了她的童髮道：「孩子，你的命運好，得著一個疼你的爸爸。」

魏太太道：「她爸爸疼她，那也是一句話罷了，為什麼家裡不多雇一個人專帶孩子，兩個孩子全弄得這樣拖一片掛一片。」

楊嫂聽了這個話風，流彈有射到自己頭上的可能，便抱起小渝兒要走。

魏太太笑著嘆口氣道：「唉！提到小孩子髒，你就趕快要走。這不怨你，我怪你也沒用，胡太太在這裡吃飯，快去預備，兩個孩子都留在這裡吧。」

胡太太道：「不，我請你出去吃頓小館。」

魏太太道：「你還和我客氣什麼，我的家境你知道，我也不會有什麼盛大的招待，不過在我這裡吃飯，我們可以多談一點。」

胡太太今天的情緒，需要的就是談，便道：「那也好。」說著，點了兩點頭，這樣，兩位太太就更是親密地向下談。

最後，胡太太為了集思廣益起見，也就向魏太太請教，要怎樣才能夠得著勝利？

魏太太笑道：「你問我這些，那我的見解比你就差得遠了，不過隔壁陶太太倒是御夫有術的人，她隨便老陶幾日幾夜不歸，她向來不問一聲到哪裡去了。她說，做太太的，千萬不和先生吵，越吵感情越壞，這話當然有理，可是我這個脾氣就不容易辦到，火氣上來了，無論是誰，我也不能退讓。」

胡太太又在手皮包裡取出紙煙來吸著，右手靠了椅子背，微彎過來，夾著口裡的紙煙。偏著頭細細地沉思，噴出一口煙來，然後搖搖頭道：

「陶太太的話，要附帶條件，看對什麼人說話。男人十有八九是欺軟怕硬，做太太的越退讓，他就越向頭上爬。對先生退讓一點，那也罷了，反正是夫妻，可是他一到另有了女人，兩個人一幫，你退讓，他先把那女人弄進門，你再退讓，那個女人趁風而上，就奪了我們的位置，你三退讓，乾脆，姨太太當家，把正太太打入冷宮，這社會上寵妾滅妻的事就多著呢。抗戰八年來，許多男人離開了家庭，誰都在外面停妻再娶。分明是軋姘頭討小老婆，社會上還起了一個好聽的名詞，說是什麼抗戰夫人，那好了，在家裡的太太倒反是不抗戰的，將來勝利了，你說在那寒窯受苦的王寶釧一流人物，也當退讓嗎？」

魏太太聽了這話，立刻心裡拴上了幾個疙瘩，一陣紅暈飛上臉腮，但她這個抗戰夫人的身分，是很少人知道的，胡太太並非老友，更不知道。

她強自鎮定著，故意放出笑容道：「可是平心說，那些抗戰夫人是無罪的，她們根本是受騙，那個署名芳字的女人，她和胡先生來往，不能算是抗戰夫人，你不就在重慶一同抗戰嗎？」

胡太太哼的一聲道：「我馬上就要那個賤女人好看，她還想達到那個目的嗎？可是我要照陶太太那個說法，退讓一下，那她有什麼不向這條路上走的呢？所以我絕不能有一毫妥協的意思，就算我現時在淪陷區，老胡討個小老婆，我也要不能饒恕的，**什麼抗戰不抗戰，男子有第二個女人，總是小老婆。**」

胡太太是自己發牢騷，可是魏太太聽了，就字字刺在心上了。

胡太太自發著她自己的牢騷，自說著她傷心的故事，她絕不想到這些話對於魏太太會有什麼刺激的，她看到魏太太默然的樣子，便道：「老魏，你對於我這番話有什麼感觸嗎？」

魏太太搖著頭，乾脆答覆兩個字，「沒有」。可是她說完這兩個字之後，自己也感覺不妥，又立刻更正著笑道：「感觸自然也是有的，可是那不過是聽評書掉淚，替古人擔憂罷了。」

胡太太臉上的淚痕還不曾完全消失，這就笑道：「不要替我擔憂，我不會失敗的，除非他姓胡的不想活著，若是他還想做人，他沒有什麼法子可以逃出我的天羅地網。」

魏太太點點頭道：「我也相信你是有辦法的，不過你也有一點失策，你讓你大小姐和你當間諜，你成功了，胡先生失敗了，他想起這事敗在大小姐手上，他能夠不恨在心嗎？這可在他父女之間添上一道裂痕。」

胡太太將頭一擺道：「那沒關係，我的孩子得由我一手教養成功，不靠他們那個無用的爸爸。說起這件事，我倒是贊成隔壁陶太太的，你看，陶伯笙忙得烏煙瘴氣，孩子們教養的事，他一點也不辦，倒是陶太太上心，肯悄悄地拿出金鐲子來押款接濟小孩子，現在買金子鬧得昏天黑地的日子，這倒不是一件易事。小孩子還是靠母教，於今做父親的人，幾個會顧慮到兒女身上。你叫楊嫂去看看她，她在家裡做什麼？也把她找來談談吧？」

魏太太道：「好的，你稍坐一會，我去請陶太太一趟，若是找得著人的話，就在我家摸八圈吧。」

胡太太笑道：「我無所謂，反正我取的是攻勢，今天解決也好，明天解決也好，我不怕老胡會逃出我的手掌心。」

魏太太帶了笑容，走到陶家，見陶太太屋子裡坐著一位青年女客，裝束是相當的摩登，只是臉子黃黃的，略帶了些脂粉痕，似乎是在臉上擦過眼淚的，因為她眼圈兒上還是紅紅的，魏太太說了句有客，將身子縮回來。

陶太太道：「你只管進來吧，這是我們同鄉張太太。」

魏太太走了進去，那張太太站起來點著頭，勉強帶了三分笑容。

陶太太道：「看你匆匆地走來，好像有什麼事找我的樣子，對嗎？」

魏太太道：「胡太太在鬧家務，現時在我家裡，我要你陪她去談談，你家裡有客，只好算了。」說著轉身正待要走。

那位張太太已把椅子背上的大衣提起，搭在手臂上，她向陶太太點個頭道：「我的話說到這裡為止，諸事拜託了。陶先生回來了，務必請他到我那裡去一趟，我在重慶沒有靠得住的人可託，你是我親同鄉，你們不能見事不救呀。」說著，眼圈兒又是一紅，最後那句話，她是哽咽住了，差點兒要哭了出來。

陶太太向前握了她的手道：「你放心吧，我們盡力和你幫忙，事已至此，著急也是無用，張先生一定會想出一個解決的辦法來的。」

那張太太無精打采的，向二人點點頭，輕輕說句再見，就走了。

魏太太道：「我看這樣子，又是鬧家務的事吧？」

陶太太道：「誰說不是？唉！這年頭這樣的事就多了。」

魏太太搖搖頭道：「這抗戰生活，把人的脾氣都逼出來了，夫妻之間總是鬧彆扭。」

陶太太道：「他們夫妻兩個，倒是很和氣的。」

魏太太道：「既是很和氣的，怎麼還會鬧家務？」

陶太太道：「唉！她是一位抗戰夫人，前兩天，那位在家鄉的淪陷夫人追到重慶來了，人家總還算好，不肯冒昧地找上門來，怕有什麼錯誤，先住在旅館裡，把張先生由機關裡找了去。張先生也是不善於處理，沒有把人家安頓得好，不知是哪位缺德的朋友，和她出了一條妙計，寫了一段啟事在報上登著，這啟事絲毫沒有攻擊張先生和抗戰夫人的意思，只是說她在淪陷區六年，受盡了苦，現在已帶了兩個孩子平安到了重慶，和外子張某人聚首，等著把家安頓了，當和外子張某人分別拜訪親友。

「這麼一來，我們這位同鄉的何小姐，可就撕破了面子了，她向來打著正牌兒張太太的旗號在社會上交際，而且常常還奔走婦女運動，於今又搬出一個張太太來，還有兩個孩子為證。你看，這幕揭開，凡是張先生的友好，誰人不知？這位何小姐氣就大了，要張先生也登報啟事，否認有這麼一個淪陷夫人。

「張先生怎麼敢呢？而且何小姐也根本知道人家有原配在故鄉的。原以為一個在淪陷區，一個在自由區，目前總不會碰頭，將來抗戰結束了，她和張先生遠走他方，躲開那位淪陷夫人。不想人家來得更快，現在就來了，而且在報上正式宣布身分，她根本裝著不知道有一位抗戰夫人，連事實都抹煞了，這讓何小姐真不知道用什麼手法來招架。」

魏太太聽到抗戰夫人這個名詞，心裡已是不快活，再經她報告那位淪陷夫人站的腳跟之穩，用的手腕之辣，可讓她聯想到將來命運的惡劣。

陶太太見她呆呆地站在屋子中間，便道：「走吧，不是胡太太在等著我嗎？」

魏太太道：「你看到胡太太，不要提剛才這位張太太的事。」

陶太太道：「她和張先生認識嗎？」

魏太太道：「她家不正也在鬧這同樣的事嗎？她的胡先生也在外面談愛情呢。」

陶太太道：「原來她是為這個事鬧家務，女人的心是太軟了，像我們這位同鄉何小姐，明知道張先生有太太有孩子，被張先生用一點手腕就嫁了他了，胡先生家裡發生了問題，又不知道是哪一位心軟的女人上了當。」

魏太太道：「你倒是同情抗戰夫人的。」

陶太太道：「女人反正是站在吃虧的一方面，淪陷夫人也好，抗戰夫人也好，都是可以同情的。」魏太太昂起頭來，長長地嘆了一口氣。

陶太太聽她這樣嘆氣，又看她臉色紅紅的，她忽然猛省，陶伯笙曾說過，她和魏端本是在逃難期間結合的，並沒有正式結婚，兩個人的家庭向來不告訴人，誰也覺得裡面大有原因，現在看到她對於抗戰夫人的消息這樣地感著不安，也就猜著必有相當關聯。越說得多，是讓她心裡越難受，便掉轉話風道：「胡太太在你家等著，想必是找牌腳，可惜老陶出去得早一點。要不然，你兩個人現成，再湊一角就成了。走，我看胡太太去。」說著，她倒是在前面走。

魏太太的心裡，說不出來有一種什麼不痛快之處，帶著沉重的腳步，跟著陶太太走回家來。

胡太太正皺著眉坐了吸煙呢，因道：「你們談起什麼古今大事了，怎麼談這樣的久？老魏，你皺了眉頭幹什麼？」

魏太太走進門就被人家這樣地盤問著，也不曾加以考慮，便答道：「陶太太家裡來一位女朋友也在鬧家務，我倒聽了和她怪難受的。」

胡太太道：「免不了又是丈夫在外面作怪。」

魏太太答覆出來了，被她這一問，覺得與胡太太的家務正相反，那位張太太的立場，是和胡太太相對立的，說出來了，她未必同情，便笑道：「反正就是這麼回事，說出來了，不過是添你的煩惱而已。」

胡太太鼻子裡哼上了一聲，擺一擺頭道：「我才犯不上煩惱呢，我成竹在胸，非把那個下流女人驅逐出境不可。」她坐了說著，兩個手指夾住煙捲，將桌沿撐住在手肘拐，說完之後，把煙捲放到嘴裡吸上一口，噴出一口煙來。

她雖是對了女友說話，可是她板住臉子，好像她指的那女人就在當面，她要使出一點威風來，陶太太笑道：「怎麼回事，我還摸不清楚哩。」

胡太太將旁邊的椅子拍了兩拍，笑道：「你看我氣糊塗了，你進了門，我都沒有站起身來讓座，這裡坐下吧，讓我慢慢地告訴你。你對於先生，是個有辦法的人，我特意請你來領教呢。」

陶太太坐下了，她也不須人家再問，又把她對魏太太所說的故事，重新敘述了一遍。她說話之間，至少十句一聲下流女人，她說：「下流女人實在也沒有人格，哪裡找不到男人，卻要找人家有太太的人，就算成功了，也不過是姨太太，做女人的人，為什麼甘心做姨太太？」

魏太太聽了這些話，真有些刺耳，可又不便從中加以辯白，只好笑道：「你們談吧，我幫著楊嫂做飯去。」說著，她就走了。

一小時後，魏太太把飯菜做好了，請兩位太太到隔壁屋子裡去吃飯。胡太太還是在罵著下流女人和姨太太，魏太太心裡想著，這是個醉鬼，越胡越亂，也就不敢多說引逗話了。

飯後，胡太太自動地要請兩位聽夜戲，而且自告奮勇，這時就去買票，兩位太太看出她有負氣找娛樂的意味，自也不便違拂*。

胡太太走了，陶太太道：「這位太太，大概是氣昏了，頗有些前言不符後語，她說饒了胡先生一上午，下午再和他辦交涉，可是看她這樣子，不到夜深她不打算回去，那是怎麼回事？」

魏太太道：「誰又知道呢？我們聽她的報告，那都是片面之詞呀。我聽人說，她和胡先生也不是原配，她左一句姨太太右一句姨太太，我疑心她或者是罵著自己。」

陶太太抿嘴笑著，微微點了兩點頭。魏太太心中大喜，笑問道：「你認識她在我先，你知道她是和胡先生怎麼結合的嗎？」

陶太太笑道：「反正她不是胡先生的原配太太……」她這句話不曾說完，他們家劉嫂匆匆地跑了來道：「太太，快回去吧，那位張太太和張先生一路來了。」

陶太太說句回頭見，就走了。魏太太獨坐在屋裡，想著今日的事，又回想著，原是隨便猜著說胡太太不是原配，並無證據，不過因為她和胡先生的年齡差到十歲，又一個是廣東人，一個是山西人，覺得有些不自然而已，不想她真不是原配，那麼，她為什麼說人家姨太太？於今像我這樣同命運的女人，大概不少。

她想著想著，又想到那位張太太，倒是怪可同情的，想到這裡，再也忍耐不住，就把那裝了錢的皮包鎖在箱子裡，放心到陶家來聽新聞。

這時陶伯笙那屋子裡，張太太和一個穿西服的人坐著和陶太太談話。

魏太太剛走到門口，那張太太首先站起來，點著頭道：「請到屋裡坐坐吧。」

魏太太走進去了，陶太太簡單介紹著，卻沒有說明她和張太太有何等的關係。

張先生卻認為是陶太太的好友，被請來做調人的，便向她點了個頭道：「魏太太，這件事的發生是出於我意料的，我本人敢起誓，絕無惡意，事已至此，我有什麼辦法，只要我擔負得起的，我無不照辦。」

他說了這麼一個囫圇方案，魏太太完全莫名其妙，只微笑笑。

張太太倒是看出了她不懂，她是願意多有些人助威的，也就含混地願意把魏太太拉為調人，她挺著腰子在椅子上坐著，將她的一張瓜子臉兒繃得緊緊的。

她有一雙清秀明亮的眼睛，疊著雙眼皮，但當她繃著臉子的時候，她眼皮垂了下來，是充分地顯示著內心的煩悶與憤怒。

她身穿翠藍布罩衫，是八成新的，但胸面前隱隱地畫上許多痕跡，可猜著那全是淚痕，她肋下紐袢上掖著一條花綢手絹，拖得長長的，這也可見到她是不時地扯下手絹來擦眼淚的。

魏太太正端相了她，她卻感到了魏太太的注意，因道：「魏太太，你想我們年輕婦女，都要的是個面子，四五年以來，相識的人，誰不知道我嫁了姓張的，誰不叫我一聲張太太，現在報上這樣大登啟事，把我認為什麼人？難道我姓何的，是姓張的姘頭？」

張先生坐在裡面椅子上，算是在她身後，看不到她的臉子，當她說的時候，他也是低了頭，只管用兩手輪流去摸西服領子。

他大概是四十上下年紀了。頭頂上有三分之一的地方已經謝頂，黃頭皮子光著發亮，後腦雖也蓄著分髮，但已稀薄得很了。他鼻子上架了一副大框眼鏡，長圓的臉子，上半部反映著酒糟色，下半部一大圈黑鬍樁子，由下巴長到兩耳邊。

這個人並不算什麼美男子，試看張太太那細高條兒，清秀的面孔，穿上清淡的衣服，實在可愛，為什麼嫁這麼一個中年以上的人做抗戰夫人呢？她頃刻之間在雙方觀察下，發生了這點感想。

那張先生卻不肯接受姘頭這句話，便站起來道：「你何必這樣糟蹋自己，無論怎麼著，我們也是眷屬關係吧？」

張太太也站起來，將手指著他道：「二位聽聽，他現在改口了，不說我是太太，說我是眷屬。我早請教過了律師，眷屬？你就說我是姨太太。你姓張的有什麼了不起，叫我作姨太太，你的心變得真快呀，你害苦了我了，我一輩子沒臉見人。你要知道，我是受過教育的人啦，我真冤屈死了。」

她越說越傷心，早是流著淚，說到最後一句，可就哇的一聲哭了起來了。

張先生紅著臉道：「這不像話，這是人家陶太太家裡，怎麼可以在人家家裡哭？」

張太太扯下紐袢上的手絹，擦著眼淚道：「人家誰像你鐵打心腸，都是同情我的。」那張先生本來理屈，見抗戰夫人一哭，更沒有了法子，拿起放在几上的帽子，就有要走的樣子。

張太太伸開手來，將門攔著，瞪了眼道：「你沒有把條件談好，你不能走。」

張先生道：「你並不和我談判，你和我鬧，我有什麼法子呢？」

陶太太也站起來，帶笑攔著道：「張先生，你寬坐一會，讓我們來勸解勸解吧。憑良心說，何小姐是受著一點委屈的，怎麼著，你們也共過這幾年的患難，總要大家想個委曲求全的辦法。」

張先生聽說，便把拿起來了的帽子復又放下，向陶太太深深地點了兩點頭，表示著對她的話是非常之贊同。笑道：「誰不是這樣的說呢？報上這段啟事，事先我是絕不知道，既然登出來了，那是無可挽回的事。」

張太太道：「怎麼無可挽回？你不會登一段更正的啟事嗎？」

張先生並不答覆她的話，卻向陶太太道：「你看她這樣說話，教我怎麼做得到，這本來是事實，我若登啟事，豈不是自己給人家把柄，拿出犯罪的證據嗎？」

張太太掉轉臉來，向他一頓腳道：「你太偏心了，你怕事，你怕犯罪，就不該和我結婚，你非登啟事更正不可，你若不登啟事，我就到法院裡去告你重婚，你欺騙我逃難的女子。」

張先生紅著臉坐下了，將那呢帽拿在手上盤弄，低頭不作聲。

張太太道：「你裝聾作啞，那不成！我的親戚朋友現在都曉得你原來有老婆的了，我現在成了什麼人，你必得在報上給我挽回這個面子，你你你……」越說越急，接連地說了幾個你字，還交代不出下文來。

張先生道：「你不要逼我，我辦不到的事，你逼死我也是枉然，我曾對你說了，大家委曲求全一點，那啟事你只當沒有看到就是了。」說時，還是低了頭弄帽子。

張太太也急了，站在椅子邊，將那椅靠拿著，來回地搖撼了幾下，搖得椅子腳碰地，叮噹有聲。

她瞪了眼道：「你這是什麼話？我只當沒有看到？就算我當沒有看到，我那些親戚朋友也肯當沒有看到嗎？人家現在都說我是你姓張的姨太太，我不能受這個侮辱。」

陶太太向前，將她拉著在床沿上坐下，這和張先生就相隔得遠了，中間還有一張四方桌子呢。

陶太太也挨了她坐下，笑道：「這是你自己多心，誰敢說你是姨太太呢？你和張先生在重慶住了這多年，誰不知道你是張太太？你和張先生結婚的時候，你是一個人，他也是一個人，怎麼會是姨太太？誰說這話，給他兩個耳光。」

魏太太坐在靠房門的一張方凳上，聽了這話，讓她太興奮了，突然站起來，鼓著掌，高喊了兩個字：「對了！」

張先生坐在桌子那邊，這算有了說話的機會了，便道：「我也是這樣說，我覺得彼此不相犯，各過各的日子，名稱上並不會發生問題，反正生活費，我決計負擔。」

張太太道：「好漂亮話！你這個造孽的公務員，每月有多少錢讓你負擔這個生活，那個生活。」

陶太太笑道：「我的太太，你別起急，有話慢慢地商量。若是像你這樣，張先生一開口，你就駁他個體無完膚，這話怎麼說得攏？這幾年來你們很和睦的，絕不能因為出了這麼一個岔就決裂了。張先生的意思，完全還是將就著你，向妥協的路上走。」

張太太坐在床沿上，兩腳一頓道：「他將就著我嗎？這一個星期，每日他都是回家來打個轉身就走了，好像凳子上有釘子會扎了他的屁股。我原來也還忍讓著，隨他去打這個圓場，他反正是硬不起腰桿子來的人，開一隻眼閉一隻眼，暫且不必把這事揭開來鬧。可是自這啟事登出來之後，他索性兩天不露面。這分明是他有意甩開我，甩開我就甩開我，只要他三天之內，不在報上登出啟事來，我就告他騙婚重婚。」

陶太太插一句話，問道：「你那啟事，要怎樣的登法呢？」

張太太道：「我要他說明某年某月某日和我在重慶結婚。他不登也可以，我來登，只要他在原稿上蓋個章簽個字。」

陶太太微笑了笑，卻沒作聲。

張先生覺得做調人的也不贊同了，自己更有理，便道：「陶太太你看，這不是讓我作繭自縛嗎？」

張太太道：「怎麼人家可以登啟事，我就不能登啟事？」

張先生苦笑道：「你要這樣說，我有什麼法子？你能說登這樣的啟事，不要一點根據嗎？你這樣辦，不見得於你有利的，你拿不出根據來，你也是作繭自縛。」

張太太道：「好，你居然說出這樣的話來，你這狼心狗肺的東西。」

張先生紅了臉道：「你罵得這樣狠毒，我怎麼會是狼心狗肺？」

張太太道：「我怎麼會拿不出根據來？你說你說。」說著，挺胸站了起來。

張先生再無法忍受了，一拍桌子，站起來道：「我說，我說，我和你沒有正式結婚，我家裡有太太，你根本知道，你有什麼證據告我重婚。我們不過是和姦而已。」

他說著，拿起帽子，奪門而出。走出房門的時候，和魏太太挨身而過，幾乎把魏太太撞倒，張太太連叫你別走，但是他哪裡聽見，他頭也不回地去遠了。

張太太側身向床上一倒，放聲大哭。

陶太太和魏太太都向前極力地勸解著，她方才坐起來，擦著眼淚道：「你看這個姓張的，是多麼狠的心，他說和我沒有正式結婚倒也罷了，他竟是說和我通姦，幸而你兩位全是知道我的，若在別地方這樣說了，我還有臉做人嗎？」說著，又流下淚來。

陶太太道：「你不要光說眼前，你也當記一記這幾年來他待你的好處。」

張太太道：「那全是騙我的，他曾說了，抗戰結束，改名換姓，帶我遠走高飛，永不回老家。現在抗戰還沒有結束呢，他家裡女人來了，就翻了臉了。大後方像我這樣受騙的女人就多了，我一定要和姓張的鬧到底，就算是抗戰夫人吧，也讓人家知道抗戰夫人絕不是好惹的。」

魏太太眼看這幕戲，又聽了許多刺耳之言，心裡也不亞於張太太那分難受，只是呆住了聽陶張兩人一勸一訴，還是楊嫂來叫，胡太太買戲票子來了，方才懶洋洋地回家去。

胡太太說是買戲票子來了，魏太太相信是真的有戲可看，回家見著她的面，就笑道：「你買了幾張票？也許要去的，不止我和陶太太。」

胡太太先是瞇著眼睛一笑，然後抓住她的手笑道：「不聽戲了，我們過南岸去梭它半天。」

魏太太道：「不錯，羅致明家裡有個局面，你怎麼知道的？」

胡太太道：「也許無巧不成書，我去買戲票，順便到商場裡去買兩條應用的手帕，就遇到了朱四奶奶。她說，她答應了羅太太的約會今天到南岸去賭一場，叫我務必參加。」

魏太太道：「朱四奶奶？這是重慶市上一個有名的人物，常聽到人說，她坐了小汽車到郊外去趕賭場，人家可是大手筆，我們這小局面，她也願意參加嗎？」

胡太太笑道：「我就是這樣子問過她的，她說，誰也想在賭場上贏錢，大小有什麼關係，無非是消遣而已。我想，這個人我們有聯絡的必要，你也去一個好不好？」

魏太太笑道：「我怎麼攀交得上呢？你是知道的，那種大場面我沒有本錢參加。」

胡太太道：「羅家邀的角，還不是我們這批熟人？我想，也不會是什麼大賭。」

魏太太站起沉吟了一會子，看看床頭邊那兩口箱子，她聯想到那小箱子裡還有魏先生留在家裡的十五萬元，雖然這裡只有兩萬元屬於自己的，但暫時帶著去充充賭本，壯壯面子，並沒有關係，反正自己立定主意，限定那兩萬元去輸，輸過了額就不賭，這十三萬元還可以帶回來。

胡太太看她出神的樣子，便笑道：「那沒有關係，你若本錢不夠，我可以補充你兩萬元。」

魏太太道：「錢我倒是有。不過……」她說時，站在屋子中間，提起一隻腳來，將腳尖在地面上顛動著。

胡太太道：「有錢就好辦，你還考慮什麼？走走，我們就動身。」

魏太太道：「你還是一個人去吧。」她說時，臉上帶了幾分笑意。

胡太太道：「不要考慮了，魏先生回來了，你就是說我邀你出去的。」

魏太太道：「他管不著我。」

胡太太道：「既是這麼著，我們就走吧。」說著，抓住魏太太的袖子，扯了幾下。

魏太太笑道：「我就是這樣走嗎？也得洗把臉吧？」

胡太太聽她這樣一說，分明是她答應走了，便笑道：「我也得洗把臉，不能把這個哭喪著的臉到人家去。」

魏太太借著這個緣故，就叫楊嫂打水。她洗過臉，化過妝，把箱子裡裝的十幾萬元鈔票都盛在手皮包裡。

胡太太看到她收鈔票，便笑道：「哦！原來你本錢這樣充足，裝什麼窘，還說攀交不上呢。」

魏太太笑道：「這不是我的錢。」

胡太太道：「先生的錢，還不就是太太的錢嘛？走吧。」說時，拉了魏太太的袖子就往外面拉出去。

到了大門外，魏太太自不會有什麼考慮，一小時又半以後，經過渡輪和滑竿的載運，就到了羅致明家了。

羅家倒是一幢瓦蓋的小洋房，三明一暗的，還有一間小客廳呢，客廳裡男男女女，已坐著五六位，范寶華也在座。其中一位女客，穿著淺灰嗶嘰袍子，手指上戴了一枚亮晶晶的鑽石戒指，那可以知道就是朱四奶奶了。

羅致明夫婦看到又來了兩位女賓，這個大賭的局面就算告成，格外忙著起勁。

胡太太表示她和朱四奶奶很熟，已是搶先給魏太太介紹。這位朱四奶奶雖然裝束摩登，臉子並不漂亮，額頭向前突出，眼睛向裡凹下，小嘴唇上，頂了個蒜瓣鼻子。儘管她皮膚雪白細嫩，並不能給予人一個愛好*的印象。

也許她自己有這樣一點自知之明，對於青年婦女而又長得漂亮的，是十分地歡喜，立刻走向前和魏太太拉著手笑道：「我怎麼稱呼呢？還是太太相稱？還是小姐相稱呢？你這樣年輕，應該是小姐相稱為宜呢。」

胡太太笑道：「她姓田，你就叫她田小姐吧。」

朱四奶奶將身子一扭，笑著來個表演話劇的姿勢，點了頭道：「哦！田小姐，田小姐我們好像是在哪裡見過，也許是哪個舞廳吧。」

魏太太笑道：「我不會跳舞。」

朱四奶奶偏著頭想了一想，因道：「反正我們是在哪裡見過吧。」說著，她果然就像彼此交情很深似的，於是拉著魏太太的手，同在旁邊一張籐製的長椅子上坐下。

羅致明點點人數，已有八位之多，便站在屋子中間，向四處點著八方頭，笑道：「現在就入場嗎？一切都預備好了。」

胡太太笑道：「忙什麼？我們來了，茶還沒有喝下去一杯呢。」

羅致明道：「這有點原因，因為四奶奶在今天九點鐘以前必須回到重慶，同時范先生他也要早點回去。」

四奶奶笑道：「可別以我的行動為轉移呀，我不過是臨時參戰，我希望我走了，各位還繼續地向下打。」

這位主婦羅太太打扮成個乾淨俐落的樣子，穿件白色沿邊的黑綢袍子，兩隻手洗得白淨淨的，手裡捧著一面洋瓷托盤，裡面堆疊著大小成捆的鈔票，只看她長圓的瓜子臉上，兩隻溜轉的眼睛，一笑酒窩兒一掀，眼珠隨了一動，表示著她精明強幹的樣子。

魏太太笑道：「哎呀！羅太太預備的資本不少。」

她道：「全是些小額票子，有什麼了不起，因為有好幾位提議，今天我們打小一點，卻又不妨熱鬧一點，所以我們多預備一些鈔票。」她們這樣問答著。男女客人都已起身。

羅家的賭場就在這小客廳隔壁，似乎是向來就有準備的，四方的一間小屋子，正中擺了一張小圓桌，圓桌上厚厚的鋪著棕毯。兩方有玻璃窗的地方，在玻璃上都擋上了一層白的薄綢，圍著桌子的木椅子全都墊了細軟的東西。

在重慶的抗戰生活，中產之家根本沒有細軟的座位，桌椅也不少是竹製品，更談不上什麼桌毯和椅墊了，今天羅家這份排場，顯著有些特別，大家隨便地坐下，羅致明就拿了兩盒嶄新的撲克牌，放在桌毯中心。

羅太太像做主人的樣子，坐在圓桌面下方。魏太太、胡太太、朱四奶奶一順兒向上坐著，都在桌子的左邊，此外便是男客。除一個范寶華之外，是趙經理、朱經理、吳科長。

這位吳科長，是客人中最豪華的一位，三十多歲，穿一套真正來自英國皇家公司的西裝。灰色細呢上略略反出一道紫光。他像奶奶似的手指上戴了一枚亮晶晶的鑽石戒指，富貴之氣逼人。魏太太心裡立刻發生了個感想，在這桌上，恐怕要算自己的身分最窮，今天和這些人賭錢必須穩紮穩打。這些人的錢都是發國難財來的，贏他們幾文，那是天理良心。贏不到也不要緊，千萬可別財趕大伴，讓他們贏了去。他們贏了我的錢，還不夠他們打發小費的呢。

這樣想著，自己就沒有作聲，悄悄地坐在主婦旁邊。

羅太太道：「我們要扳坐嗎？」說時，她拿了一副撲克牌在手上盤弄著，她眼望了大家，帶著三分微笑。

朱四奶奶道：「我們打小牌，無非是消遣而已，誰也不必把這個過分地認真。現在我們男女分座，各占一邊，這就很好。各位，不會疑心我們娘子軍勾結一致嗎？」她說著話，把嘴唇裡兩排雪白的牙齒笑著露出，眼珠向大家一拋。

這幾位男客同聲笑著說不敢不敢。吳科長便道：「男女分座，這樣就好，我們尊重四奶奶的高見。」

這樣說著，又讓魏太太心裡想著，人家都說朱四奶奶交際很廣，是個文明過分的人。現在看來，在賭場上還要講過男女分座，也不是相傳的那些謠言了，於是對四奶奶又添加了幾分好感。

主婦這時已向大家徵求得同意，起碼一千元進牌，五萬元一底，而且好幾人聲明著，這只是大家在一處玩玩，不必打大的。魏太太心中估計，這已和自己平常小賭大了一半，可能輸個十萬八萬的，非打得穩不可，在這桌上，只有一小半人的性格是熟的，在最先的半小時內，只可作個觀場的性質，千萬得忍住了，不可鬆手。

她這樣地想著，在二十分鐘內已把這些男賓的態度看出來了，那位吳科長完全是個大資本家的作風，無論有牌無牌，總得跟進，除非牌過於惡劣，不肯將牌扔下，至於手上有牌，只要是個對子，他就肯出到一萬兩萬的來打擊人。倘能抓著好牌，贏他的錢那是很容易的。宋經理是個穩紥穩打的人，還看不出他的路數，趙經理卻喜投機，女客方面，只有朱四奶奶是生手，看到賭錢倒是遊戲出之。

有了這樣的看法，魏太太也就開始下注子和人比個高下了。

接著這半小時就贏了七八萬，其中兩次，都是贏著吳科長的。最後一次，他僅僅只有一個對子，就出著兩萬元，魏太太卻是三個九，她為了謹慎起見，並不在吳科長出錢之後，予以反擊。

當她攤出牌來之後，朱四奶奶笑道：「魏太太，你為什麼不梭？」她道：「吳科長桌上亮出來的四張牌六七九十，假如他手上暗張是個八，我可碰了釘子了。」

朱四奶奶搖著頭道：「吳科長面前，大概有八九萬元，他若是個順子，他肯和你客氣？他就梭了。」

魏太太笑道：「我還是穩紮穩打吧。」她這樣說著，這件事自然也就算揭了過去。可是在牌桌上的戰友，也就認識她是一種什麼戰術。

又是牌轉兩周，吳科長牌面子上有兩張八，暗張是個A。他已經把面前八九萬元輸得只剩三萬上下了。他起到最後那張八，並沒有考慮，把面前的鈔票向桌中心推著，叫了一聲梭。

魏太太面前明張，是一張K，一張九，暗張也是個九。根據吳科長的作風，料著不會是三個頭。她自己是準贏了他的。不過後面還有兩張牌沒有來。知道他還會取得什麼。面前已是將贏得十幾萬元的鈔票，這很夠了。等這一小時過去，將這大批現鈔納進皮包，只把些零鈔應付局面，今天就算沒有白來。

她想著是對的，把牌扔了，下家是胡太太，倒是跟進散牌的人，將一張明牌向她面前一丟，可不就是一張九嗎？魏太太兩腳在地上齊齊一頓，嗐了一聲，結果，吳科長還是兩張八和一個A，並沒有進得好牌，胡太太卻以一對十贏了他的錢。

朱四奶奶將手拍了魏太太的肩膀道：「你也太把穩了，這桌上你的牌風很好，你這樣打，不但是錯過機會，而且會把手打閉了的。」

魏太太笑道：「我這個作風也許是不對，但是冒險的時候就少得多了。」

她嘴裡是這樣的說了，可是心裡卻未嘗不後悔，**她轉一個念頭，趁著今天的牌風很好，在座的全是財神，撈他們幾個國難財有何不可。**

正在這樣想著，那位吳科長已是在口袋裡一掏，掏出一疊五元一張的美鈔，向面前一放，還用帶著鑽石戒指的手在鈔票上拍了兩拍，笑道：「美鈔怎樣的演算法？」

羅太太笑道：「我們可沒有美鈔奉陪，吳科長先換了法幣去用，好不好？用什麼價錢換出來，你再用什麼價錢收回去。」

吳科長在身上掏出一隻扁平的賽銀盒子和一隻打火機，從容地打開盒子取了紙煙銜著，將打火機亮著火，吸著紙煙，同時，把開了蓋的紙煙盒子托在手上，向滿桌的男女賭友敬著紙煙，表示著他那份悠閒。

魏太太倒是接受了他一支煙，自擦了火柴吸著，覺得那煙吸到口裡香噴噴的，甜津津的，這絕不是重慶市上的土製煙，心裡立刻也就想著，這小子絕對有錢，贏他幾張美鈔，在他是毫無所謂的。

她心裡有個這麼一個念頭，機會不久也就來了。有一副牌，吳科長面前攤開了四張紅桃子同花，牌點子是四六八Q，他卻擲出了四張美鈔，共計二十元。他微笑道：「就算四萬吧。」

魏太太看看，這除了他是同花，配合那張暗牌，最大不過是一對Q，實在不足為懼，照著他那專用大注子嚇人的脾氣，就可以贏他這注美鈔，自己正有一對老K呢。她輪著班次，卻在朱四奶奶的下手，而朱四奶奶面前擺了一對明張十，她卻說聲梭了，把面前一堆鈔票推出去，約莫是六七萬元。

魏太太見已有一個人捉機，就沒有作聲，而吳科長並不退讓，問道：「四奶奶，你那是多少錢？」

四奶奶笑道：「你還要看我的牌嗎？」

吳科長笑道：「至多我再出十元美金，我當然要看。」

四奶奶笑道：「那也好，我們來個君子協定，我也出三十元美金，免得點這一堆法幣，各位同意不同意？」

大家要看看他兩人賭美金的熱鬧，並不嫌破壞法規，都說可以可以。

四奶奶果然打開懷裡手皮包，取出三張十元美金，向桌心裡一扔，把原來的法幣收回，吳科長更不示弱，又取了兩張五元美鈔，加到注上。

四奶奶把桌上那張暗牌翻過來，猛可地向桌毯上一擲，笑道：「三個十，我認定你是同花，碰了這個釘子了。」

吳科長也不亮牌，將明暗牌收成一疊，抓了牌角，當了扇子搖，向四奶奶揮著道：「你真有三個十！你拿錢。」

四奶奶點著頭，笑著說聲對不起，將美鈔和其他的法幣賭注，兩手掃著，一齊歸攏到桌前，將自己三十元美鈔提出，拿著向大家照照，笑道：「這算是奧賽的，原來代表我面前法幣梭哈的，我收回了。」說著，她將三十元美金收回了皮包。

魏太太看著，心想，吳科長果然只是拿一對投機的，若不是四奶奶有三個十，自己可贏得那三十元美金了。這時，桌上有了兩家在拿美金來賭，也正是都戴了鑽石戒指的，現在不但是可注意吳科長，也可注意四奶奶，她已是十萬以上的贏家了。

由此時起，她就和朱吳二人很碰過兩回，每次也贏個萬兒八千的。有次朱四奶奶明張一對四，一個A，出三萬元。魏太太明暗九十兩對，照樣出錢，范寶華明張只是兩個老K卻梭了，看那數目，不到五萬，朱四奶奶已跟進，魏太太有兩對，勢成騎虎，也不能犧牲那四萬元，也只好跟進。第五張牌攤出的結果，范寶華是三個老K，他贏了。

不久，吳科長以一對七的明張，和范寶華的一對九明張比上，又是各出三萬元。魏太太是老K明暗張各一，一張J，一張A，自然跟進，到了第五張，明張又有了一對A。這樣的兩大對，有什麼不下注？把桌前的五六萬元全梭。

她見范吳二位始終還是明張七九各一對，他們的牌絕不會大於自己，因為他們的暗張若是七或九，各配成三個頭的話，早就該梭了，至少也出了大注了，尤其是吳科長，沒有什麼牌也下大注，他若有三張七，絕忍不住而只出三萬元，那麼這牌贏定了。

可是事實不然，范寶華在吳科長上手出了注看牌。吳科長把起手的一張暗牌翻過來亮一亮，就是一張七。笑道：「這很顯然，范先生以明張一對九，敢看魏太太明張一對

A和一個老K，一個J，必是三個九，我派司了。」

范寶華笑道：「可不就是三個九。」說著，把那張暗牌翻過去，笑問道：「魏太太，你是三個愛斯嗎？」

她見范寶華肯出錢，心裡先在碰跳，及至那張九翻出來，她的臉就紅了，將四張明牌和那張暗牌和在一處，向大牌堆裡一塞，鼻子裡哼了一聲搖搖頭道：「又碰釘子。」說畢，回轉頭來向胡太太道：「你看，這牌面取得多麼好看，那個愛斯，竟是催命符呢。」

胡太太道：「那難怪你，這樣好的牌，我也是會梭的，你沒有打錯。」

魏太太雖輸了錢，倒也得些精神上的鼓勵，更不示弱，最先拿出來的五萬元法幣已是輸光了，於是把皮包打開又取出五萬元來。

她原來的打算是穩紮穩打，在屢次失敗之下，覺得穩打是不容易把錢贏回來的，於是得著機會，投了兩次機，恰是這兩回又碰到了趙經理范寶華有牌，全被人家捉住了，五萬元不曾戰得十個回合，又已輸光。

魏太太心裡明白，這個禍事惹得不小，那帶來的十五萬元，有十三萬元是丈夫和司長匯款的款子，絕移動不得，於今既是用了一半，回得家去，反正是無法交代，索性把最後的五萬元也拿出一拚。再也不想贏人家的美金了，只要贏回原來的十萬元就行；贏不了十萬，贏回八萬也好，否則絲毫補救的辦法沒有，只有回家和魏端本大吵一頓了。

就是拚了大吵，自己實在也是短情短理，**不把這筆賭本撈回來，那實在是無面目見**

丈夫的，一不做，二不休，不賭毫無辦法，而且牌並沒有終場，自己表示輸不起了下場，對於今天新認識的朱四奶奶是個失面子的事。

她一面心裡想著，一面打牌。兩牌沒有好牌，派司以後，也沒有動聲色，只是感覺到面孔和耳朵全在發燒。這其間在桌旁邊茶几上取了紙煙碟子裡的一支紙煙吸著，又叫旁邊伺候的老媽子斟了一杯熱茶來喝，混到了發第四牌的時候，起手明暗張得了一對A，這絕沒有不進牌之理，於是打開懷裡的皮包，取出剩餘的五萬元，放在面前，提出三千元進牌。

這一牌，全桌沒有進得好牌的，八個人，五個人派司，只有兩個人和魏太太賭，就憑了兩張A贏得七八千元。這雖是小勝，倒給予了她一點轉機，自己並也想著，對於最後這批本錢必須好好處理，又恢復到穩紮穩打的戰術。

這五萬元果然是經賭，直賭到第三個小時方才輸光，最後一牌，還是為碰釘子輸的。她突然由座位上站起來，兩手扶了桌沿，搖搖頭道：「不行，我的賭風十分地惡劣，我要休息一下了。」說著她離開了賭場，走到隔壁小客室裡，在傍沙發式的籐椅子上坐下。

那只手提皮包，她原是始終抱在懷裡的，這時，趁著客室裡無人，打開來看了一看，裡面空空的，原來成捲的鈔票全沒有了。

其實她不必看，也知道皮包裡是空了的，但必須這樣看一下，才能證實不是做一個噩夢。她無精打采地，兩手緩緩將手皮包合上，依然聽到皮包合口的兩個連環白銅拗紐嘎吒一響，這是像平常關著大批鈔票的響聲一樣。

她將皮包放在懷裡摟著，人靠住椅子背坐了，右手按住皮包，左手抬起來，慢慢地撫摸著自己的頭髮。她由耳根的發燒，感覺到心裡也在發燒。

她想著想著，將左手連連的拍著空皮包，將牙齒緊緊地咬了下嘴唇皮，微微地搖著頭，心想：自己分明知道這十五萬元是分文不能移動的錢，而且也決定了今天不出門，偏偏遇到胡太太拉到這地方來，越是怕輸，越是輸得慘，這款子在明日上午，魏端本一定要和司長匯出去的，回家去，告訴把錢輸光了，不會逼得他投河嗎？

今天真不該來。她想著，兩腳同時在地面上一頓。恰好在這個時候，胡太太也來了，她走到她身邊，彎了腰低聲問道：「怎麼樣？你不來了？」

魏太太搖了兩搖頭道：「不能來了，我整整輸了十五萬元，連回去的轎子錢都沒有了。真慘！」說著，微微地一笑。

胡太太知道這一笑，是含著有兩行眼淚在內的，她來，是自己拉來的，不能不負點道義上的責任，也就怔怔地站著，交代不出話來。

魏太太是常常賭錢的人，輸贏十萬元上下也很平常，自然，由民國三十三年到民國三十四年，這一階段裡，十萬元還不是小公務員家庭的小開支，但魏太太贏了，是狂花兩天，家庭並沒有補益，輸了呢，欠朋友一部分，家裡拉一部分虧空，也每次搪塞過去，只有這次不同，現花花地拿出十五萬元鈔票來輸光了，而這鈔票，又是與魏先生飯碗有關的款子。回家去魏端本要這筆錢，把什麼交給他？

縱然可以和他橫吵，若是連累他在上司面前失去信用，可能會被免職，那就了不得了，何況魏太太今日只是一時心動，要見識見識這位交際明星朱四奶奶。這回來賭輸，那是冤枉的，因此她在掃興之下，特別地懊悔。

胡太太站在她面前，在無可安慰之下，默默地相對著。

魏太太覺得兩腮發燒，兩手肘拐，撐了懷裡的皮包，然後十指向上，分叉著，托了自己的下巴和臉腮，眼光向當面的平地望著。忽然一抬眼皮，看到胡太太站在面前，兩手環抱在胸前，微笑道：「你以為我心裡很是懊喪嗎？」

胡太太道：「賭錢原是有輸有贏的，不過你今天並沒有興致來賭的。」

魏太太沒說什麼，只是微微地笑著。

胡太太笑道：「他們還打算繼續半小時，你若是願意再來的話，我可以和你充兩萬元本錢，你的意思怎麼樣？也許可以弄回幾萬元來。」

魏太太靜靜地想著，又伸起兩隻手來，分叉著托住了兩腮，兩隻眼睛又呆看了面前那塊平地。

胡太太道：「你還有什麼考慮的？輸了，我們就盡這兩萬元輸，輸光了也就算了，贏了，也許可以把本錢撈回幾個來，你的意思如何？」

魏太太突然站起來，拿著皮包，將手一拍，笑道：「好吧。我再花掉這兩萬元。」

胡太太就打開皮包提出兩萬元交給魏太太，於是兩個人故意帶著笑容，走入賭場。

五　不義之財

女太太的行動，在場的男賓自不便過問。魏太太坐下來，先小賭了兩牌，也贏了幾個錢，後來手上拿到K十兩對，覺得是個贏錢的機會，把桌前的鈔票向桌子中心一推，說聲梭了，可是這又碰了個釘子，范寶華拿了三個五，笑嘻嘻地說了聲三五牌香煙，把魏太太的錢全數掃收了。

魏太太向胡太太苦笑了一笑，因道：「你看，又完了，這回可該停止了。」說著，站了起來道：「我告退了，我今天手氣太閉。」

范寶華看到她這次輸得太多，倒是很同情的，便笑道：「大概還有十來分鐘你何不打完？我這裡分一筆款子去充賭本，好不好？」

魏太太已離開座位了，點著頭道：「謝謝，我皮包裡還有錢呢，算了，不賭了。」說著，坐到旁邊椅子上去靜靜地等著。

十幾分鐘後，撲克牌散場了。朱四奶奶首先發言道：「我要走了，哪位和我一路過江去？」

魏太太道：「我陪四奶奶走，羅太太，有滑竿嗎？」

主婦正收拾著桌子呢，便笑道：「忙什麼的？在我這裡吃了晚飯走。」

魏太太道：「不，我回去還有事，兩個孩子也盼望著我呢。」

范寶華、胡太太都隨著說要走。主人知道，賭友對於頭家的招待，那是不會客氣的，這四位既是要走，就不強留，雇了四乘滑竿，將一男三女送到江邊。

過了江，胡太太四奶奶都找著代步，趕快地回家。

魏太太和范先生遲到一步，恰好輪渡碼頭上的轎子都沒有了。魏太太走上江邊碼頭，已爬了二百多層石坡，站著只是喘氣。她一路沒有作聲，只是隨了人走，好像彼此都不認識似的。

這時范寶華道：「魏太太回家嗎？我給你找車子去，今天這碼頭上竟會沒有了轎子，也沒有了車子。」

魏太太道：「沒有關係，我在街上還要買點東西，回頭趕公共汽車吧。」說時，向范寶華看看，見他夾著一個大皮包，因笑道：「范先生今日滿載而歸。」

他道：「沒有贏什麼，不過六七萬元。」

魏太太心裡有這麼一句話想說出來：范先生，我想和你借十二萬元可以嗎？可是這話到了舌尖上要說出來，卻又忍回去了，默然地跟著走了一截路。

這裡到范寶華的寫字間不遠，他隨便地客氣著道：「魏太太，到我號上去休息一下嗎？」

魏太太道：「對了，這裡到你寫字間不遠，好的，我到你那裡去借個電話打一下。」

范寶華也沒猜著她有什麼意思，引著她向自己寫字間裡走。

這已是晚上九點鐘了，這樓下的貿易公司，職員早已下了班，櫃檯裡面只有兩盞垂下來的小電燈亮著。上樓梯的地方，倒是大電燈通亮，還有人上下。

范寶華一面上樓梯，一面伸手到褲子插袋裡去掏鑰匙，口裡一面笑道：「我那個看門的聽差恐怕早已溜開了。」接著，走到他寫字間門口，果然是門關閉上了。

他掏出一把大鑰匙，將門鎖開著，推了門。將門框上的電門子扭著了電燈，笑道：「魏太太，請到裡面稍坐片刻，我去找開水去。」說著，扭身就走。當他走的時候，腳下噹的一聲響。魏太太只管說著不要客氣，他也沒有聽見。

她低頭看那發響的所在，是幾根五色絲線，拴著幾把白銅鑰匙，魏太太想起來了，前天到這裡來，看到范先生用這把鑰匙開那裝著鈔票的抽斗，這正是他的，於是將鑰匙代為拾起，走進屋子去。

屋子裡空洞洞的，連寫字臺上的文具都已收拾起來，只有一盞未亮的檯燈，獨立在桌子角上。魏太太願意屋子裡亮些，把檯燈代扭著了，且架腿坐在旁邊沙發上。

但等了好幾分鐘范寶華並不見來，心裡也就想著，他來了，怎樣開口向他借錢呢？看他那樣子，倒是表示同情的，在賭桌上就答應借賭本給我，現在正式和他借錢，他應該不會推諉。今天不借一筆錢，回家休想過太平日子，只是自己要借的是十五萬，至少是十二萬元，他不嫌多麼？

照說，他那桌子抽斗裡，就放有一二十萬現鈔，他是毫無困難可以拿出來的，他是個發國難財的商人，這全是不義之財。

想到這裡，就不免對了那寫字臺的各個抽斗望著。手上拿了開抽斗的鑰匙呢，她托著鑰匙在手心上掂了兩掂，偏頭聽聽門外那條過道，並沒有腳步聲，於是站起身來，扶著門探頭向外看看，那走道上空洞洞的，只有屋頂上那不大亮的燈光，照著走廊裡黃昏昏的。

魏太太咳嗽了兩聲，也沒有人理會。她心裡一動，鑰匙會落在我手上，這是個好機會呀，但立刻覺得有些害怕，莫名其妙地，隨手把這房門關上了。

關上門之後，對那桌子抽斗注視一下，咬著牙齒，微微點了兩點頭，看看手心，那開抽斗的鑰匙還在手上呢，突然的身子一聳，跑了過去，在抽斗鎖眼裡，伸進鑰匙，把鎖簧打開了。

她打開抽斗來，一點沒有錯誤，**正是范寶華放現鈔的所在，那裡面大一捆小一捆的鈔票，全是比得齊齊地疊著。**

她挑了兩捆票額大，捆子小的在手，趕快揣進懷裡，然後再把抽斗鎖著。鑰匙捏在手心裡，搶到沙發邊，緩緩地坐下，遠遠的離開了這寫字臺，可是聽聽門外的走道，依然沒有腳步聲。在衣服裡面，覺得這顆心怦怦地亂跳，似乎外面這件花綢袍子都被這心房所衝動。

坐了一會，起身將房門打開，探頭向外看看，走道上還是沒人，她手扶了門，出了一會神，心想，這姓范的怎麼回事？把我引進他屋子裡，他竟是一去無蹤影了。他莫非不存什麼好心？至少也是太沒有禮貌，**一不做二不休，那抽斗裡還有幾捆鈔票，我都給**

它拿過來。

這回透著膽子大些了，二次關上了門，再去把抽斗打開，裡面共是大小三捆鈔票，把兩捆大的，先塞在桌子下的字紙簍裡，那捆小的，揣到身上短大衣插袋裡，立刻關上抽斗，並不加鎖。鑰匙由鎖眼裡拔出來，也放進衣袋裡。

她回到沙發椅子上坐著，覺得手和腳有些抖顫，靠了沙發背坐著，微閉了一下眼睛，但還沒有一分鐘，她又跳起來了。先打開放在沙發上的手提包，然後將桌下字紙簍提出，將那兩大捆鈔票，向皮包裡塞著。

無奈皮包口小，鈔票捆子大，塞不進去。她急忙中，將牙齒把捆鈔票的繩子咬著，頭一陣亂擺，繩子咬斷，於是把兩捆鈔票抖散了，亂塞進皮包裡去，那斷繩子隨手一扔，扔在沙發角上。鈔票雖是塞到皮包裡去了，可是票子超過了皮包的容量，關著口子，竟是合不攏來，她將皮包扁放在桌上，兩手按著，使勁一合，才算關上。

她低頭看看地下，還有幾張零碎票子，彎著腰把票子拾起，亂塞在大衣袋裡。將皮包摟在懷裡，坐在沙發上凝神一下，凝神之間，她首先覺得全身都在發抖，其次是看到摟著的這個皮包，鼓起了大肚瓤子，可以分外引人注意。

到最後她看到房門是關的，檯燈是亮的，立刻站起來，將房門洞開著，又把檯燈扭熄了。二次坐下，又凝神在屋子四周看著，檢查檢查自己有什麼漏洞沒有？

兩三分鐘之後，她覺得一切照常，並沒有什麼痕跡，於是牽了牽大衣衣襟，將皮包夾在肋下，靜等著范寶華回來，可是奇怪得很，他始終沒有回來。

魏太太突然兩腳一頓，站了起來，自言自語地道：「走吧，我還等什麼？」於是拉開房門人向外倒退出去，順手將房門帶上。

她回轉身來，正要離去的時候，范寶華由走廊那頭來了，後面跟著一個聽差，將個茶托子，托著一把瓷咖啡壺和幾個杯碟。

他老遠地一鞠躬道：「魏太太，真是對不起，遇到了這三層樓上幾位同寓的，一定拉著喝咖啡，我簡直分不開身來，現在也要了半壺來請魏太太。」

她見了老范，說不出心裡是種什麼滋味，只覺得周身像篩糠似地抖著，咬緊了牙齒，深深地向主人回敬著點了個頭，笑道：「對不起，太晚了，我……」她極力地只掙扎著說出兩句話來，到了第三句我家孩子等著的時候，她就說不出來了。

范寶華看到，這二層樓上一點聲音沒有，而且天花板上的電燈也並不怎樣的亮，再看看魏太太臉腮上通紅，眼光有些發呆，自己忽然省悟過來，這究竟不是賭博場上，有那些男女同座，這個年輕漂亮的少婦怎好讓位孤單的男子留在房裡喝咖啡，便點了頭笑道：「那我也不強留了。」

魏太太緊緊地夾住了肋下那個皮包，又向主人一鞠躬。

范寶華道：「我去和你雇一輛車吧。」

她走了一截路，又回轉身來鞠了個躬，口裡道著謝謝，腳步並不肯停止，皮鞋走著樓板咚咚地響，一直就走下樓了。她到了大街上，這顆心還是亂蹦亂跳，自己直覺得六神無主。

看到路旁有人力車子，也不講價錢了，徑直地坐了上去，告訴車夫拉到什麼地方，腳頓了車踏板，連催著說走，同時，就在大衣袋裡掏出幾張鈔票來。

那車夫見這位太太這樣走得要緊，正站在車子邊，想要個高價，見她掏出了幾張鈔票，便問道：「太太，你把好多嗎？都是上坡路。」

魏太太把那鈔票塞在車夫手上，又繼續地在大衣袋裡掏出兩張來塞過去，因道：「你去看吧，反正不少。」

車夫看那鈔票，全是二十元的關金*，心想，這是個有神經病的，占點便宜算了，不要找麻煩，他倒是順了魏太太的心，很快地，把她拉到了家門口。

魏太太跳下車來，又在衣袋裡掏出幾張鈔票，扔在腳踏板上，手一指道：「車錢在這裡，收了去。」說完，她扭身就要走進家去，可是她突然地發生了一點恐慌，這樣子走回家去，好像有點不妥，回轉身來，又向街上走。

她這回走著，並沒有什麼目的，偶然地選擇了個方向，卻走進一爿紙煙店，及至靠近人家的櫃檯，才感覺到在平常，自己是不吸煙的，既然進來了，倒不便空手走出去，就掏出錢來，買了兩盒上等紙煙，買過煙之後，神志略微安定了一點，看到街對面糕餅店裡電燈通亮，這就走了進去，站在貨架子邊注視著。

走過來一個店夥問道：「要買點什麼呢？」

魏太太望了架子上擺著的兩層罐頭，懸起一隻站著的皮鞋尖連連地顛動著，做個沉吟的樣子，應聲答道：「什麼都可以。」

店夥望了她的臉色道：「什麼都可以？是說這些罐頭嗎？」

魏太太連連的搖著頭道：「不，我要買點糖果給孩子吃。」

店夥道：「囉！糖果在那邊玻璃罐子裡。」他說著還用手指了一指。

魏太太隨了他的手看去，見店堂中一架玻璃櫃子上擺了兩列玻璃罐子，約莫有十六七具，於是靠了櫃子站著，望了那些糖罐子，自言自語地道：「買哪一種呢？」

店夥隨著走過來，對她微笑了一笑。

她倒是醒悟過來了，便指著前面的幾隻罐子道：「什錦的和我稱半斤吧。」

那店夥依著她的話將糖果稱過包紮上了，交給了她。

她拿了就走。店夥道：「這位太太，你還沒有給錢呢。」說著，他搶行了一步，站在魏太太面前。

她哦了一聲道：「對不起，我心裡有一點事。多少錢？」

店夥道：「二千四百元。」

魏太太道：「倒是不貴。」於是在大衣袋裡一摸，掏出一大把鈔票，放在玻璃櫃上，然後一張一張地清理著，清出二十四張關金，將手一推道：「拿去。」說畢，把其餘的票子一把抓著，向大衣袋裡一塞。

店夥笑道：「多了多了，你這是二拾元關金，六張就夠了。」

魏太太哦呀了一聲道：「你看我當了五元一張的關金用了，費心費心。」於是提出六張關金付了帳，將其餘的再揣上，慢慢地走出這家店門，站在屋簷下，靜止了約莫三五分鐘，心裡這就想著，怎麼回事？我一點知覺都沒有了嗎？自己必得鎮定一點，回家去若還是這樣神魂顛倒的，那必會讓魏端本看出馬腳來的，於是扶了一扶大衣的領，把肋下的皮包夾緊了一點，放從容了步子，向家裡走了去。

到了門口，首先將手掌試了一試自己的臉腮，倒還不是先前那樣燒熱著的，這就更從容一點地走著。

遇到店夥，還多餘地笑著和人家一點頭，穿過那雜貨店，到了後進吊樓第一間屋子門口時，看到屋子裡電燈亮著呢，知道是丈夫回來了，這就先笑道：「端本，你早回來啦，我是兩點多快到三點才出去的。」說著，將門一推，向裡看時，並沒有人。

再回到自己臥室裡，門是敞開著的，兩個小孩在床上翻斤斗玩，楊嫂靠了桌子角斜坐著，手裡托了一把西瓜子，在嗑著消遣呢。

魏太太問道：「先生還沒有回來嗎？」

楊嫂道：「還沒有回來。」

她笑道：「謝天謝地，我又乾了一身汗。」說著將皮包放在桌上，接著來脫大衣，但大衣只脫到一半的程度，她忽然想到周身口袋裡全是鈔票，這讓楊嫂看到了，那又是不妥。這一轉念，又把大衣重新穿起，因道：「你到灶房裡去，給我燒點水來吧，小孩子你也帶去，我這裡有糖給他們吃。」

說到糖，四周一看，並沒有糖果紙包，站著偏頭想了一想，因道：「楊嫂，你沒有看到我帶了一個紙包回來嗎？」

楊嫂道：「你是空著手回來的。」

魏太太道：「真是笑話，我買了半天的糖果，結果是空著兩手回來的，大概是在櫃檯子邊數錢的時候，只管清理票子，我把糖果包子倒反是留在鋪子裡了。這好辦，你帶兩個孩子去買些吃的，我老遠地跑回來心裡慌得很，讓我靜靜地坐一會，不是心慌，不過是走亂了。囉！你這裡拿錢去。」說著，又在大衣袋裡掏了票子交給楊嫂。

楊嫂有她的經驗，知道這是女主人贏了錢的結果，給兩個孩子穿上鞋子，立刻帶了他們去買糖吃。

魏太太始終是穿了夾大衣站在屋子裡，這才將房門關上，先把揣在身上的那三捆鈔票拿出來，托在手上看看，這都是五百元一張，或關金二十元的，匆匆地點了一點，每捆五萬，已是十五萬元了，先把這個送到箱子裡去關上，然後打開皮包，將那些亂票子全倒在床上。

看時這裡有百元的，二百元的，四百元的，也有五十元的，先把四百元的清理出來，有兩萬多，且把它捆好，放在抽斗裡。再看零票子，還有一大堆，繼續地清理下去，恐怕需要一小時，那時候丈夫就回來了，於是在抽斗裡找出個舊枕頭套子，把鈔票當了枕頭瓤子，全給它塞了進去，隨著掀開床頭被褥，塞在褥子底下。

看看床上並沒有零碎票子了，這才站起身，要把大衣脫下來，想到大衣袋裡還有錢時，伸手掏著，那鈔票是鹹菜似的，成團地結在一處，她也不看鈔票了，身子斜靠了床頭欄桿坐著，將一隻手撫摸了自己的臉腮，她說不出來是怎麼的疲倦，身子軟癱了，偏著頭對了屋子正中懸的電燈出神。

房門一推，魏端本走了進來了，他兩手抄著大衣領子，要扒著脫下來，看到太太穿了大衣，靠了床欄桿坐著，咦了一聲。

魏太太隨著這聲咦，站了起來。

魏端本兩手插在大衣袋裡問道：「什麼？這樣夜深，你還打算出去？」

魏太太搶上前兩步，靠了丈夫站住，握了丈夫的手道：「你這時候才回來，我早就盼望著你了。」

魏端本握了她的手，覺得她的十個指頭陰涼，於是望了她的臉色道：「怎麼回事？你臉上發灰，你打擺子嗎*？」

魏太太道：「我也不知道，只覺全身發麻冷，所以我把大衣穿起來了。」

魏端本道：「果然是打擺子，你看，你周身在發抖，你為什麼不睡覺？」

魏太太道：「我等你回來呀，你今天跑了一天，你那錢……」

魏端本道：「你若是用了一部分的話，就算用了吧，我另外去想法子。」

魏太太露著白牙齒，向他做了一個不自然的微笑，發灰的臉上，皮膚牽動了一下，因搖搖頭道：「我怎麼敢用？十五萬元，原封沒動，都在箱子裡。」

魏端本道：「那好極了，你就躺下吧。」說著，兩手微摟了她的身體，要向床上送去，她搖搖頭道：「我不要睡，我也睡不著。」

魏端本道：「你不睡，你看身子只管抖，病勢來得很凶呢。」

坐下去。

魏太太道：「我我我是在發抖抖嗎？」她說到這句話，身子倒退了幾步，向床沿上坐下去。

魏端本扶著她道：「你不要胡鬧，有了病，就應當躺下去，勉強掙扎著，那是無用的。不但是無用，可能的，你的病反是為了這分掙扎加重起來。你躺下吧。」說著，就來扯開疊著的被子。

魏太太推了他的手道：「端本，你不要管我，我睡不著，我沒有什麼病，我心裡有事。」

魏端本突然地站著離開了她，望了她的臉道：「你心裡有事？**你把我那十五萬元全輸了？**」

魏太太兩手同搖著道：「沒有沒有，一百個沒有。不信，你打開箱子來看看，你的錢全在那裡。」

魏端本雖是聽她這樣說了，可是看她兩隻眼珠發直，好像哭出來，尤其是說話的時候，嘴唇皮只管顫動著，實在是一種恐懼焦慮的樣子。她說錢在箱子裡沒有動，那不能相信，好在兩隻舊箱子，一疊的放在床頭邊兩屜小桌上，並不難尋找，於是走過去，掀開面上那只未曾按上搭扣的小箱子。

他這一掀開蓋，他更覺著奇怪，三疊橡皮筋捆著的鈔票，齊齊地放在衣服面上。雖交錢給太太的時候，票子是沒有捆著的，但票子的堆頭卻差不多，**錢果然是不曾動，那麼，她為什麼一提到款子，就覺慌得那個樣子？**

手扶了箱子蓋，望著太太道：「你不但是有病，你果然心裡有事，你怎麼了？你說，可別悶在心裡，弄出什麼禍事來呀！」

這句禍事，正在魏太太驚慌的心上刺上了一刀，她哇哇地大哭起來，歪倒在床上了。

魏端本站在屋子中間，看到她這情形，倒是呆了，站著有四五分鐘之久，這才笑道：「這是哪裡說起，什麼也不為，你竟是好好地哭起來了。」

魏太太哭了一陣子，在肋下抽出手絹來揉擦著眼睛，手扶了床欄桿，慢慢地坐了起來，又斜靠了欄桿半躺著，垂了頭，眼圈兒紅紅的，一聲不言語。

魏端本道：「你真是怪了，什麼也不為，你無端地就是這樣傷心。你若是受了人家的委屈的話，你告訴我，我可以和你做主。」

魏太太道：「我沒有受什麼人的委屈，我也不要你做什麼主，我心裡有點事，想著就難過，你暫時不必問，將來你會知道的。總而言之一句話，賭錢不是好事，以後你不干涉我，我也不賭了。」

魏端本道：「看你這樣子，錢都在，並沒有輸錢，絕不是為錢的事。是了，」說著，兩手一拍道：「我明白了，必定是在賭博場上和人衝突起來了，我也就是為了這一點，不願你賭錢。其實輸幾個錢，沒有關係，那損失是補得起來的，可是在賭場上和人失了和氣，那就能夠為這點小事把多年的友誼喪失了。不要傷心了，和人爭吵幾句，無論是誰有理誰無理，無非賭博技術上的出入，或者一小筆款子的賠賺，這不是偷，不是搶，與人格無關。」

魏太太聽到這裡，她就站起來，亂搖著手道：「不要說了，不要說了，請你不要提到我這件事。」

魏端本看她這樣著急，也猜想到是欠下了賭博錢沒有給，若是只管追問，可能把這個責任引到自己身上來，便含著笑道：「好吧，我不問了，你也不必難過了，還不算十分晚，我們一路出去消夜吧。」

魏太太將手托了頭，微微地擺了兩下。魏先生原是一句敷衍收場的話，太太不說什麼，也就不再提了，自己到隔壁屋子裡去收拾收拾文件，拿了一支煙吸著，正出神想著太太這一番的委屈傷心，自何而來呢。

太太手上托著一把熱手巾，連擦著臉，走進屋子來，笑道：「大概你今天得了司長的獎賞，很高興，約我去吃消夜。這是難得的事，不能掃你的興致，我陪你去吧。」

魏端本看她的眼圈，雖然是紅紅的，可是臉上的淚痕已經擦抹乾淨了，便站起來道：「不管是不是得著獎賞，反正吃頓消夜的錢，那還毫無問題。我們這就走吧。」

魏太太向他做個媚笑，左手托了手巾把，右手將掌心在臉腮上連連的撲了幾下，因道：「我還得去抹點兒粉。」

魏先生笑道：「好的好的，我等你十分鐘。」

魏太太道：「你等著，我很快地就會來。」她說著，走到門邊手扶了門框子，回轉頭來，向魏先生又笑了一笑。

魏先生雖覺得太太這些姿態都是故意做出來的，可是她究竟是用心良苦，也就隨了笑道：「無論多少時候，我都是恭候台光的，難得你捧我這個場。」

魏太太見丈夫這樣高興，倒在心裡發生了慚愧，覺得丈夫心裡空空洞洞，比自己是高明得多了。她匆匆地化妝完畢，就把箱子鎖了，房門也鎖了，然後和魏先生一路出門來消夜。

因為在重慶大街上開店的商家，一半是下江人。所以在街市上的燈光下，頗有些具體而微的上海景象。像消夜店之類，要做看戲跳舞，男女的生意，直到十二點鐘以後，兀自電燈通亮，賓客滿堂。

魏端本也是要為太太消愁解悶，挽了太太一隻手膀子，走過兩條大街，直奔民族路。這裡有掛著三六九招牌的兩家點心店，是相當有名的，魏先生笑問道：「我隨著你的意思，你願意到哪一家呢？」

魏太太笑道：「依著我的意思，還是向那冷靜一點的鋪子裡去好，你看這兩家三六九，店裡電燈雪亮，像白天一樣。」

魏先生道：「你這是什麼意思。」他站住腳，對太太臉上望著。

她又是在嗓子眼裡格格一笑，頭一扭道：「遇見了熟人不大好，可是，也沒有什麼不大好。」

魏端本道：「這是怎麼個說法？」

魏太太道：「我們一向都說窮公務員，現在夫妻雙雙到點心店來消夜，人家不會疑心我們有了錢了嗎？」

魏端本哈哈地笑道：「你把窮公務員罵苦了，不發財就不能吃三六九嗎？」

在他的一陣狂笑中，就挽了她的手趕快向前走，魏太太是來不及再有什麼考慮，就隨他走進了點心店。

這家鋪子，是長方形的，在店堂的櫃檯以後，一路擺了兩列火車間的座位，這兩列座位，全坐滿了人。夫婦倆順著向裡走，店夥向前招待著，連說樓上有座，把他們引到樓上。

魏太太剛是踏遍了樓梯，站在樓口上就怔了一怔，正面一副座頭上，兩個人迎面站了起來，一個是陶伯笙，一個是范寶華。

但魏端本是緊隨她身後也站在樓口，魏太太回頭看了看，便又向范陶二人點了個頭，笑道：「二位也到這樣遠的地方來消夜。」

陶伯笙知道魏端本不認識范寶華的，這就帶了笑容給他們介紹著。

魏太太就覺自己也認識范寶華，在丈夫面前是不大好交代的，便道：「范經理是常到陶先生家裡去的，經營了很多的商業。」

魏端本一看就明白，這必然是太太的賭友，追問著也不見光彩，就笑著點頭道：「久仰久仰。」

陶伯笙將座頭的椅子移了一下，因道：「一處坐好嗎？都不是外人。」

魏太太想起兩小時以前在范先生寫字間裡的事，她的心房又在亂跳。

她的眼光，早在初見他的一剎那，把他的臉色很迅速地觀察過了，覺得他一切自然，並沒有什麼特別之處，她也就立刻猜想著，姓范的必定不曉得落了鑰匙，也就根本不知道抽斗被人打開了，不過在自己臉腮上又似乎是紅潮湧起，這種臉色是不能讓老范看見的，他看到就要疑心了，於是點著頭道：「不必客氣，各便吧。」她說著，首先離開了這副座頭，向樓後面走。

魏端本倒還是和范陶兩人周旋了幾句，方才走過來。兩人挑了靠牆角的一副座頭，魏太太還是挑了一個背朝老范的座位坐著。

魏端本是敷衍太太到底，問她吃這樣吃那樣，魏太太今天卻是有些反常，三六九的東西往常是樣樣的都愛吃，今天卻什麼都不想吃，只要了一碗餛飩。

魏端本和她要了一碟炸春捲，勉強地要她吃，她將筷子夾著，在餛飩湯裡浸浸，送到嘴裡，用四個門牙輕輕地咬著春捲頭，緩緩地咀嚼，算是吃下去了一枚。放下筷子來，比得齊齊地，手撐在桌子上，托了臉，只是搖搖頭。

魏端本笑道：「怎麼著，你心裡還拴著一個疙瘩啦。」他端著麵碗，手扶定了筷子，向太太臉上望著。

魏太太道：「算了吧，我們回去吧。我身上疲倦得很。」

魏端本又向太太臉上看看，只好把麵吃完了，掏出錢來要會點心帳，那時，陶伯笙范寶華兩個人面前，擺著四個酒菜碟子正在帶笑對酌，看到他們要走，便一同地站了起來，陶伯笙道：「我本來要約魏先生喝兩盅，你和太太一路我就不勉強了。你請吧。你的帳，范先生已經代會了。」

魏先生哦了一聲道：「那怎麼敢當？」

范寶華搖搖手道：「不必客氣，這個地方，我非常之熟，魏先生要付帳也付不了的，這回不算，改日我再來專約。」

魏端本還要謙遜，茶房走過去，向魏端本一點頭，笑道：「范經理早已把錢存櫃了。」

魏端本手上拿著會帳的鈔票，倒是十分地躊躇。

魏太太穿上夾大衣，兩手不住地抄著衣襟，眼光向范寶華射去，見他滿面是笑容，心裡卻不住地暗叫著慚愧，也只有笑著向人家點頭。

陶伯笙走了過來，握著魏端本的手搖撼了幾下，悄悄地笑著道：「沒關係，你就叨擾著他吧，他這次金子足足地掙下了四五百萬，這算是金子屎金子尿裡剩下的喜酒。」

范寶華在那邊站著，雖沒有聽到他說什麼話，可是在他的笑容上，已看出來了他是什麼報告，便點著頭道：「魏先生，你聽他的報告沒有錯，讓我們交個朋友，就不必客氣了。」

魏太太看了他這番報告，就越發地表示著好感，因道：「好吧。我們就叨擾了吧，下次我們再回請。」

魏端本雖是有幾分不願意，太太已經說出來了，也就只好走過來和范寶華握手道謝而去。魏太太卻是由心裡反映到臉上來，必須和人家充分地道歉，在慚愧的羞態上放出了幾分笑容，站著向范寶華深深一鞠躬，臨走還補了句改日再見。

他夫婦倆走了。陶范兩人繼續對酌。

范寶華端著杯子抿了酒，頭偏了右，向一邊擺著，做個許可的樣子，因道：「這位魏先生儀態也還過得去，他在機關裡幹的什麼職務？」

陶伯笙道：「總務科裡當名小職員罷了。」

范寶華道：「太太喜歡賭錢而且十賭九輸，他供給得起嗎？」

陶伯笙道：「當然是供給不起，可是太太長得相當漂亮，他不能不勉力報效，這位太太還是好個面子，走出來，穿的戴的，總希望不落人後，把這位魏先生真壓迫死了。」

范寶華道：「他太太常在外面賭一身虧空，他不說話嗎？」

陶伯笙唉了一聲道：「他還敢說太太，只求太太不說他就夠了，只要是有點事不順心，太太就哭著鬧著和他要離婚。我雖是常和魏太太同桌賭錢，我看到她輸空了手和丈夫要錢的時候，我就對魏先生十分同情，也就警戒著自己，再不和她賭了，可是到了場面上，我又不好意思拒絕她。有時實在因缺少腳色，歡迎她湊一角。憑良心說，我倒是願她贏一點，免得她回家，除了這位小公務員的負擔而外，又得增加他精神上的壓迫。」

范寶華放下酒杯，手拍了桌沿道：「女人若是漂亮一點，就有這麼些個彩頭。男人到了這種關鍵下，只有自抬身價，你瞧不起我，我還瞧不起你呢。你看我對付袁三怎麼樣？你要走，你就走，沒有袁三，我姓范的照樣做生意，照樣過日子快活。」

陶伯笙瞇了眼向他笑道：「還照樣的發財。」

范寶華笑道：「老陶，不是我批評你不值錢，你這個人是鼠目寸光，像我做這點黃貨，掙個幾百萬元，算得了什麼。你沒有看到人家大金磚往家裡搬。」說著，他左手端了杯子，抿上一口酒。右手拿了筷子夾了碟子裡一塊白切雞向嘴裡一塞，搖了頭咀嚼著，似乎他對於那金磚落在別人手上，很有些不平。

陶伯笙道：「要金磚，你還不容易嘛？你再搜羅一批款子到農村去買批期貨，有錢，難道他們還不賣給你？」

說到買金子，這就引起了老范莫大的興趣，自把小酒壺拿過，向酒杯子裡滿滿地斟上一杯，端起來先喝了大半杯。然後放下杯了，兩手按了桌沿，身子向前伸著，以便對面人把話聽得更清楚些。

他低聲道：「說到買期貨，這事可要大費手腳，我們究竟消息欠靈通一點，人家出一萬五的價錢，買的十一月份的期貨，都到了手了。硬碰硬的現貨，無論拿到哪裡去賣，每兩淨賺兩萬多。一塊金磚，撈他八九百萬，三個多月工夫，買期貨的人真是發財通了天，現在不行了，銀行裡人，比我們鬼得多，期貨是照樣的賣，他老對你說印度金子沒到，把大批的款子給你凍結了，不退款，又不交貨，這金子的損失，那真是可觀。有人真拿幾千萬去買期貨的，去年十二月份的期貨，現在還沒有消息，一個月損失金子幾百萬，就是金子到了手，可能已賺不到錢，若是再拖兩個月就蝕本了，所以這件事應當考慮。」

陶伯笙道：「這樣一說，做黃金儲蓄也靠不住了，到期人家不兌現，那怎麼辦呢？」

范寶華端著杯子喝了一口酒，頸脖子一伸，將酒咽了下去，然後把頭搖成了半個小圈，笑道：「不然，你要知道，黃金儲蓄是國家對人民一種信用借款，像發公債一樣，到期不給人金子，等於發公債不還本付息。這回上了當，以後誰還信任政府；至於買黃金期貨，那就不然了。你和國家銀行做的是一種買賣，雖然定了那月交貨，人家說聲貨沒有到，在現時交通困難情形之下，飛機要飛過駝峰，才把金子運來。遲到兩三個月，實在不能說是喪失信用。

「不過就是這樣，國家銀行對於人家定購的期貨，遲早也總是要交的。做買賣也要顧全信用。尤其是國家，銀行做的買賣，更要顧全信用。這就看你是不是有那豐厚的資本，凍結了大批款子不在乎？而且還有一層，黃金儲蓄券拿到商業銀行裡去抵押，票額小，人家容易消化，期限也明確的規定。人家算得出來，什麼時候可以兌現。黃金期貨正相反，一張定單，可能是二百兩，也可能是二千兩，小商業銀行，誰能幾千萬的借給人？另外還有一層，買期貨也容易讓人注意。不是有錢的人，怎能論百兩的買金子。黃金儲蓄名字就好聽，總叫儲蓄吧？儲蓄可是美德，而且一兩就可儲蓄，人家也不會說你是發了財。」

他一大串的說法，陶伯笙是聽他說得頭頭是道，手扶了杯子，望了他出神，等他說完了，才端起杯子來，喝了口酒。然後放下杯子，向他伸了一大拇指道：「老兄對於運用資本上，實在有辦法，佩服之至。定單是拿到手了，你還有什麼辦法沒有？」

范寶華頭一昂，張了口道：「當然，我得運用它。老兄，四百萬元，在今天不是小數目，我不能讓它凍結半年，就以大一分算，一個月是四十萬元的子金。不算複利，四六也就二百四十萬，那還吃得消嘛？老兄，今天來請你吃這頓消夜，我是不懷好意的，還得請你和我幫忙。老李我是今晚上找不到他，不然，我也會找了他一路來談談。」

陶伯笙拍了胸道：「姓陶的沒有什麼能耐，論起跑腿，我是比什麼人都能賣力，你說，要我們怎樣跑腿？」

范寶華提起酒壺來，向陶伯笙杯子裡斟著酒，笑道：「先喝，回頭我告訴你我的新辦法。」

陶伯笙端起酒杯來，一飲而盡。老范再將酒給他滿上，於是收回壺來，自己斟著。他放下壺，提起面前一隻筷子，橫了過來比著，笑道：「這二百兩定單，我們還有點失策，該分開來做四個戶頭，或者做兩個戶頭就好了，因為票額小，運用起來靈便一些，不過既然成了定局，也不去管他了。今天下午，我已和兩家商業銀行接過頭，把這定單押出去。」

說著，他將那筷子放下，做個押出去的樣子，塞到碟子沿底下，接著笑道：

「在電話裡，還沒有把詳細數目說清。大概一家答應我押四百萬，那是照了金字票額說的，這我就不幹，有兩百兩金子，我怕換不到四百萬元，一家答應我押五百萬，利息沒有什麼分別，都是十二分，無論是五百或六百萬，我把這筆款子拿回來。」

說著，他把面前另一隻筷子又橫了提著，送到陶伯笙面前，笑道：「那我就拜託你了。趁著國家銀行還沒有提高黃金官價，再去儲蓄一批黃金，至少要超過二百兩。」

說著，他伸平了手掌，翻上一下，笑道：「這樣翻他一個身，我就有四百兩了，若是時間來得及，我再押一次，再儲蓄一次，那就是說，我用四百萬元的本錢，買進六七百兩黃金。現在的黃金市價四萬多一兩，說話就要漲過五萬。五七三千五百萬，半年之後，我還掉銀行一千六百萬的本息，再除掉原來的四百萬本錢，怎麼著，我也撈他一千五百萬。這是說金價這樣平穩的話。憑著現在的通貨膨脹，五萬的市價，怎麼又穩得住？也許運氣好，可能賺他二三千萬。」

陶伯笙道：「有人估計，半年後，黃金會漲到十萬大關。」

范寶華笑道：「老實不客氣，那我就要賺他三千萬了。」

陶伯笙也忘了姓范的還有四百兩黃金是幻想中的事，好像他這就儲蓄了六百兩黃金，而金價已到了十萬。

他陶醉了，猛然站起，伸著手出來，范寶華也猛可地站起，將他手握住，搖撼了幾下，笑道：「諸事還得你和老李幫忙，假如一切都是順利進行的話，將來我們回到南京，找一個好門面，開他一爿百貨店，以後規規矩矩的做生意，下半輩子也許可以過了。」

兩人很神氣地握著手說了一會，然後坐下。

陶伯笙道：「朋友，彼此幫忙，朋友也願意朋友發財。」說著，笑了一笑，因道：「別的事罷了，將來勝利了，也許要和你借點回家的川資。」

范寶華將手一拍胸道：「沒有問題，你若不放心，我先付你一筆款子，你拿去放比期，不過要附帶一個條件，你可不能拿這個去梭哈。」

陶伯笙道：「你可別看我喜歡賭，遇到做正事的時候，我可絲毫不亂，而且幹得還非常地起勁。」

范寶華道：「這個我也知道，不過勝利究竟哪一天能夠實現，現在還很難說。現在報上登著要德國和日本無條件投降，這不很難嗎？我們不要管這些，還是照著大後方的生意經去做，再說天下哪裡不是一樣穿衣吃飯，就是勝利了，只要有辦法掙錢，我們又何必忙著回去。」

陶伯笙道：「你太太在老家，你也不忙著去看看嗎？」

范寶華道：「你真呆，到了勝利了，那個時候，交通工具便利，不會把太太接來嗎？只要有錢，何愁沒有太太？我現在全副精神都在這六百兩問題上。這事辦到，什麼也都辦到了。」說著，他把筷子收回，撥弄著碟子裡的滷菜，手扶了酒杯子，偏著頭在沉吟著。

陶伯笙舉了一舉杯子，笑道：「喝！老兄。只要你有本錢，一切跑腿的事都交給我承辦，你就不必發愁了。」

范寶華端著酒杯子喝了一口酒，笑道：「我另想起一件事。今天魏太太和我南岸賭錢，輸了一二十萬。這件事，你知道嗎？」

陶伯笙道：「晚上我沒在家裡見著她，不知道。大概又向你借了錢了。我可以代你和她要。」

范寶華道：「倒沒有和我借錢，不過回來的時候，她和我同船過江，還到我寫字間裡去坐了一會。她好像是想和我借錢，沒有好意思開口，一到公司二樓，我就讓人家拉上三層樓喝咖啡，把她一人丟在寫字間裡，我回房來，她就走了。原來我是很抱歉，想著她回家讓丈夫查出帳來了，一定是難堪的，該多少借給她幾文，不過剛才看到他夫妻雙雙出來消夜，大概沒有問題了。」

陶伯笙一拍桌沿道：「怪不得，她向來是很少和丈夫出來同玩的，今天必是交不出帳來，敷衍敷衍先生。她的家境並不好，她這樣好賭，實在是不對，一個人不要有了嗜好，有了嗜好，那是誤事的。」

范寶華緩緩地喝酒吃菜，臉上沉吟著，好久沒有說話。

陶伯笙道：「酒夠了，吃碗麵，我們散手吧。明天早起，你趕快到銀行裡去辦款子，昨天一號，金價沒有漲。也許這個月十五號要漲，你還打算翻一個身的話，也就沒有什麼時候了。」

范寶華點頭說是，停了酒，要了兩碗麵來吃著。放下碗，快要走了，他拿著茶房打來的手巾把子擦著臉，帶了笑道：「老陶，你看魏太太和袁三比起來，哪個好？」

這句話，問在意外，陶伯笙倒笑著答覆不出來。

范寶華是個市井人物，口裡說話向來是沒有約束的。他忽然把魏太太和袁三小姐對比起來，倒讓陶伯笙受了窘，這應該用什麼話去答覆呢？可是轉念一想，他這個人是什麼話都說得出口的，也不必認為有什麼意思，他笑道：「這不能相提並論了，袁小姐是個交際人物，魏太太是摩登太太。」

范寶華一搖頭道：「不對，我說的是哪個長得好看，而且哪個性情好？」

陶伯笙笑道：「大概是魏太太的本質長得好些，袁小姐化妝在行些。」

老范笑嘻嘻地將兩隻手互相搓著，隨著將肩膀扛了兩下，卻有句話想要說出來。

陶伯笙道：「在飯館子裡別說笑話了，你已有三分酒意，早點兒回家睡覺，明天早起，好跑銀行。」

范寶華將手拍了他兩下肩膀，笑道：「言之有理，有**了錢，什麼事都能稱心如意。**」他說著話，帶了三分酒意，便回寓所去睡覺。

范老闆還是和袁三小姐租下的一所上海式弄堂洋樓，他住在面臨天井的一間樓房上，玻璃窗戶掩上了翠藍色的綢幔，讓屋子裡陰沉沉的，睡得是很香甜的。

他一覺醒來，在床上翻了個身，見藍綢帷幔縫裡透進一絲絲的銀色陽光，他立刻推著被坐了起來。

他家那個伺候袁三的吳嫂，還依然留職未去，在他床面前便櫃上放著一疊報紙，他首先一件事是取過報來看。看報的首先一件事，就是查看黃金行市。

今天的黃金新聞，卻是格外地刺人視線，版面上題著初號大字，乃是金價破五萬大關。他突然由床沿上向下一跳，口裡喊著道：「糟了糟了，昨天下午怎麼沒有聽到這段消息呢？」

那吳嫂在門外聽到，搶了進來問道：「啥子事？我哪裡都沒有去咯。」

這位吳嫂，二十多歲，雖是黑黑的皮膚，倒是五官端正，身穿一件沒有皺紋的陰丹士林罩衫，窄窄的長袖子，頭上一把黑髮，腦後剪著半月形，鬢邊還壓住了一朵紅色碧桃花。衣服底下，還露著肉色川絲襪子和紫色皮鞋呢。

重慶型的老媽子，大致和這差不多，但一色新制，卻不如吳嫂，尤其是她右手無名指上戴上了金戒指，卻實不多見。范寶華除了用過男廚子，挑水和燒飯，其他的瑣碎事務都交給了吳嫂，所以他有一點動作，吳嫂就應聲而至。

他踏著拖鞋，手上還拿著報紙呢，吳嫂站著面前，笑了問道：「香煙沒得了？我去買，要不要得？」說著，在床頭衣架上，將他一件毛巾布睡衣取過來，兩手提著衣領，要向他身上披去。

他搖搖手道：「趕快給我預備茶水，我穿好衣服，要到銀行裡去。」說著，自提了衣架上的襯衫，向短汗衫上加著。

吳嫂且不去預備茶水，站在一邊，斜了眼珠望著他。笑道：「你又打算去買金子，這回買得了金子，你要分一點金子邊把我咯。」

范寶華笑道：「好的，只要我金子買到手，我一定再送你一隻金戒指。」

吳嫂將嘴一撇道：「你一買金子幾百兩，送我一隻小戒指？」

范寶華哈哈大笑著仰起頭來。吳嫂也不知道是什麼意思，只是站定了斜著眼望了他。

范寶華笑道：「去吧，去和我打洗臉水吧。穿的是衣服，吃的是白米飯，要金子有什麼用？」

吳嫂道：「有了金子，怕扯不到布做衣服？怕買不到米燒飯？中央銀行排隊買金子的，比買平價布的多得多，別個都是瘋子？」

老范穿好了襯衫，伸手拍拍她的肩膀，笑道：「你明白這個，那就很好。你也不能無功受祿，你多多給我留心，看到有漂亮姑娘給我介紹一個，我一高興，不但是送你金首飾，我可以把整條金子送你。」

吳嫂站著發笑，還想說什麼，范寶華道：「我老實告訴你，金子今天又漲價了，我趕快去買一批進來，你不要耽誤我的工夫。」說著，連連將手揮了兩下。

吳嫂聽了這話，便只好走開了。

范寶華一面穿上西服，一面看報，匆匆地漱洗完了，將買得的黃金儲蓄券收在皮包裡，夾了皮包，戴上帽子，立刻就上街向萬利銀行裡來。

這家銀行就是他說的願意借他五百萬的一家，這是久做來往的銀行了，他用不著客氣，就夾了皮包徑直地奔向經理室，站在門外，叫了一聲何經理。

那何經理伸頭一看，看到了是他，立刻起身相迎，笑道：「我一猜你今天就會來，果然不錯。」說著，把他引進了經理室，隨手將門關上，拉著他的手，同在沙發上坐下。

他眼光可射住了范先生的皮包，笑道：「你是不是要做黃金儲蓄抵押？」

范寶華笑道：「今天什麼行市？」

何經理拿著一聽紙煙，向他面前送著，笑道：「來支煙提提神吧，今天五萬四了，你掙多了。」說著，哈哈大笑。

范寶華口裡銜著紙煙，將皮包打開，取出了那張儲蓄單交給何經理，笑道：「照著今日的市價，這該值一千零八十萬了，照著我們的交情，你不能抵押六百萬給我嗎？」

何經理自是透頂的內行，他將定單的日期看了一看，放在他的寫字臺上，將算盤角來壓著，也取了一支煙點著，架了腿和他坐在一張沙發上，笑道：

「若照你這樣的演算法，你不是賺國家的錢，你是賺我們的錢了。你要知道，這定單上面，雖寫明了是黃金二百兩，可是這金子也許已經到了加爾喀答，也許還在美國，直到六個月後，那才是你的金子呀，那才值一千零八十萬呀。」

范寶華道：「六個月後，還只值一千零八十萬嗎？管他呢，反正我也不賣給你。老兄，你要知道，我四百萬買來的黃金儲蓄單押你六百萬元，好像我就先賺了你貴銀行二百萬，可是你不想想，並非白借嘛？我得按月付給你的子金啦。你放我大一分的話，六個月是三百六十萬子金，這還是不算複利的話，若算複利……」

何經理突然站起來，輕輕的拍了他兩下肩膀，笑道：「不要算這些纏夾不清的帳了，銀行裡的錢，都這樣的做黃金定單押款，他不會直接向國家銀行做黃金儲蓄？你有你的算盤，銀行有銀行的算盤，所以借出去的款子，必須比定單原價矮一點才會合算，你說不賣給銀行，銀行一般地也不想買你的儲蓄單，這定單不過是信用的一種保障。我們是老朋友，不能照平常來往算，我可以和你做這個數目。」

說著，他伸出右手的巴掌，勾去了大拇指和食指。

范寶華突然站起來，望了他道：「何經理，你這還是看在朋友的交情上說話嘛？昨日我和你打電話，你答應了我五百萬，怎麼現在變為了三百萬呢？」

何經理且不答覆他這個問題，走回他辦公室的寫字臺邊，將桌面上的東西一樣樣地向前推移著，拿起了那張定單看了看，依然放下，將算盤角壓著，然後坐到寫字椅子上去，將背靠了椅子背，仰了臉望著范寶華道：

「范先生，你沒有知道這兩天銀根很緊的嗎？重慶市上的鈔票都為了黃金吸收著回籠了，你若不信，不妨到別家銀行裡去打聽打聽。倒茶來！」

他說到這裡，突然地將話鋒回轉，將眼望了經理室的門外，改著叫茶房倒茶。

范寶華常向商業銀行跑，這些銀行家的作風有什麼不明白的。市面上只有銀行吃來往戶頭，哪有戶頭吃銀行之理。他偷眼看那何經理穿著一件陰丹士林長衫，光著個和尚頭，雖是白胖的長圓面孔，臉色始終是沉著的，在他高鼻子尖上，彷彿發生一點浮光，只有這上面，透露出他是個有計劃的人。

他招呼了茶房倒茶，正好桌子上的電話鈴響，他拿起了聽筒，也沒有互通姓名，就知道了對方是誰，因道：「日拆四元，大行大市，我也沒有辦法。老兄，我勸你少買點期貨吧，大批的頭寸至少凍結三四個月。哦！不是買金子，不管了，我給你八百到一千萬，支票我立刻開出，準趕得上今日中午的交換。好，回頭見。」

說著，他放下了電話聽筒兩手左右一揚，將肩膀扛了一下，笑道：「你看，這是真的吧？我們同業來往，日拆就是四元，放你十分利息，能說不是交情嗎？」

茶房已是給賓主倒了茶了。何經理將右手的食指勾住了茶杯的把子端了起來，看了看茶的顏色，又放到茶碟子裡去，看看放在桌上的那張儲蓄單，他微笑了一笑，沒有作聲。

范寶華道：「時間是要緊的，我不能和你盡麻煩，就是電話裡那個數目如何？」

何經理端著茶杯喝了口茶，微笑了一笑，沒有作聲。

這就有個穿西服的人走了進來了。那人三十來歲，嘴上養了一撮小鬍子，分髮梳得烏亮，小口袋上，露出一截金錶鏈子，手上捧了幾張表單送到屋子裡來。

范寶華起身笑道：「金襄理忙得很。」

金襄理道：「天天都是這樣，無所謂忙，也無所謂不忙。范先生定了多少兩？」

他指著桌上那張定單道：「都在這裡了，我要向貴行抵押點款子，你們貴經理就只肯出三百萬元。」

金襄理笑道：「這個戲法，人人會變，定了一批，押借一批款子，再翻一批，本套本，已經可以了，老兄還想在這上面翻個身嗎？」

他說著話，把表單送到經理面前去。於是何經理在看表單，襄理閒著站在一邊等回話，取出了一支紙煙來抽。范寶華沒有了說話的機會，只好搭訕著也吸煙。

這時，桌上電話鈴又響了。金襄理代接著電話，他道：「哦，五萬八了，回頭再來個電話吧。」

何經理看著表單，對他昂了一下頭，問了兩個字：「金價？」

金襄理道：「扒進的多，還是繼續地看漲。」

這個消息讓范寶華聽了精神一振，呆站著望了金何二人。等何經理放下了表單，這就向他拱了一拱手道：「幫幫忙吧，金子這樣漲，說不定中央銀行又有什麼玩意，就是照常地肯做黃金儲蓄，恐怕也會擠破了腦袋了。」

何經理笑道：「我說的話當然算話。」說著，向金襄理望著，低聲問道：「今天上午的頭寸怎麼樣？」

范寶華一見，就知道這是一種做作，雖然不便說什麼，眉頭先皺了起來。

那金襄理卻含了笑道：「連剛才經理答應的一千萬，今日上午將有二千八百萬付出去了，恐怕不怎麼足。」

何經理取過煙聽子來，近一步向范寶華面前進著煙，笑道：「這樣吧，你少用幾天吧，我照同業往來……」

范寶華正由煙聽子裡取出一支煙來，要向口邊放去，這就吃一驚的樣子，猛可地將煙支放回煙聽子裡，翻了眼望著道：「何經理說是拆息四元？那是要我十二分了？」

何經理道：「今天頭寸緊一點，我得在別的地方調給你，所以我勸你少用幾天，我們給人家的拆息，不也是四元嗎？」

范寶華道：「既然還要你們到別處去調頭寸給我，那就太周折了。」他說著話，臉色也沉下來了，自行把那張黃金儲蓄單取了回來，打開皮包來收著。向金何二人點了個頭道：「再見吧，我再去另想辦法好了。」

金何二人見他立刻變了態度，也不好說什麼，正不知道用什麼話來應付這個僵局，范寶華紅著臉走出去了，二人對著只苦笑了一笑。

他們這個作風，也原非只對付姓范的一個人，可是范寶華憑了和這萬利銀行做了兩三年來往，自覺用二百兩黃金儲蓄單押借五百萬元並非過分。不想談過之後，五百萬元變到三百萬元，由利息大一分，又變到拆息每日四元，實際上是十二分到十三分，最後，他們索性說是由別處調頭寸來應付，日期還要改短。一步逼著一步，那簡直是說不借了。

他一頭怒火走出了萬利銀行，並沒有什麼考慮，徑直地就來找第二家熟人千益銀行。

這家銀行規模比較大，遠在抗戰以前就有了聲譽。抗戰之後，重慶分行事實上變成了總行，像這一類的小游擊商人，根本是談不到共來往的，可是他們的營業主任莫子齊是范寶華的好友，曾共同做了幾回百貨生意。

這批生意就有這裡朱經理如夫人的股款在內，因為這位如夫人和莫主任頗有點親戚的關係，如夫人做生意，向來是託莫主任轉手的，根據了這條內線，如夫人曾和朱經理說過，不要忘記了范老闆的好處，若是范老闆在銀行裡做點小數目的透支，應該答應人家。

朱經理雖是瞧不起那小生意，可是這如夫人說的話卻相當有理，因之范寶華在千益銀行開個戶頭，來往上頗給予了他不少的便利。不過在范老闆卻有層拘束，他不能直接和朱經理辦交涉，每次來了，都是和莫子齊談判，他對陶伯笙說另一家銀行答應借四百萬，那也就是莫子齊代為答應的。

這時他一口氣跑到千益銀行，就在櫃檯外面，高抬著手，向裡面招了兩招。這莫主任正在營業部靠裡的一張寫字臺上看傳票蓋圖章，抬頭看到他，也招了兩招。范寶華繞著櫃檯，走到營業部後的小客室裡去。

莫子齊推著屏門走了進來，笑道：「我猜你早該來了，金子五萬八了。」

范寶華左手夾了皮包，右手伸出來和他握著笑道：「拜託拜託，請多幫忙。」

莫子齊在身上掏著紙煙盒，向范先生敬著煙，臉上帶了微笑，且不說話。

范寶華拉了拉他的手，一同在沙發上坐下，笑道：「怎麼樣？電話裡約好的數目，沒有問題嗎？」

一提到了正式借錢，莫子齊的笑容就收起來了，因道：「在電話裡，我沒有答應你的數目呀，那是你一廂情願這樣說的。」

正好茶房將玻璃杯子送著敬客的茶，放在沙發前的茶几上。莫子齊就掉過臉來，對茶房望著，把臉色沉下去。手指了玻璃杯子道：「你怎麼用不開的水泡茶，茶葉都漂在水面上了。」

茶房彎著腰把兩杯茶拿走了。這位莫主任的臉色，兀自不曾回復來過。

范寶華點了一支煙，沉默著吸了幾下紙煙，見莫子齊兀自不曾開口，便先放出了笑容道：「怎麼樣？能放我多少款子。」

莫主任道：「這事我不能做主答覆，恐怕沒有多大的數目。這些日子，我們的業務緊縮，不大放款。」

他說著，將嘴角上的煙捲取下，大指和食指夾著，無名指只管在煙支上彈著，將煙灰彈到茶几上的煙灰碟子裡去。眼光也呆望在煙支上，那臉色是不用提了，更是沒有了一點笑容。

范寶華道：「老兄你何必對我這樣冷淡啦，在重慶市上混著，誰也有找誰幫忙的時候呀。過去我們總也有點交情吧？」

莫子齊這才回轉臉來笑道：「我在行裡的地位，你還有什麼不知道的。你坐一會，我去和經理商量商量。」為了表示親切起見，他還在范寶華肩上輕輕拍了兩下才行走去。

范寶華坐在沙發上，只是掏出紙盒盒子和打火機來，用吸紙煙的動作來消磨時間。

莫主任去的時間不算久，老范只吸完了這支煙，他就回到小客室裡來了，笑著點頭道：「朱經理說請你去談談。」

范寶華拿了皮包，就隨了他走到經理室來。

這千益銀行究竟是規模宏大的，經理室也講究得多，一張紫漆寬大的寫字臺，在屋子中間擺著。朱經理坐在綠絨的寫字轉椅上，背靠了椅子背，半昂著頭，口銜了一支雪茄，身子微微地顛動著。

看到了范寶華走進屋子來，他站起來也不離開位子，伸出手來，將手指尖和他握了一握，然後指著桌子邊一把椅子讓他坐下。

他坐下來之後，不免先說兩句應酬話，因道：「朱經理公忙，我又來打攪。」

主人將寫字臺上放的一些文件，向玻璃板角上移了一移，半斜了身子向客人望著，隨把椅子轉過，背還是向後靠著，表示了他那份舒適的樣子。然後笑答道：「幹銀行經理不一天到晚就是看帳目、打電話、會客、蓋圖章幾件事嗎？」

這時，茶房進房來，敬過了一遍茶煙，賓主默然了一會。

范寶華先向主人放出三分笑容，然後和緩了聲音問道：「剛才莫主任和朱經理提到放款的事嗎？」

朱經理將眉毛微皺了一皺，然後笑道：「哎呀！這兩個星期讓國家銀行辦理黃金儲蓄，法幣回籠，銀根弄得奇緊。我們為了做穩些，只好把放款緊縮了。」

范寶華道：「我不是辦理平常借款，就拿黃金儲蓄券作押。這是十分硬的抵押品。」他說著，將皮包在懷裡打開來，就取出了那張黃金儲蓄單遞給了朱經理，笑道：

「請看，這還有什麼靠不住的嗎？」

朱經理拿著這定單，很隨便地看了看，點點頭笑道：「最近做的，范先生的意思，是想調到了頭寸，再到中央銀行去辦理一筆黃金儲蓄？這種辦法，做的人就多了。」說著，隨便將這張定單放在玻璃板上。

范寶華道：「可以拿這個押點款子嗎？」

朱經理微笑道：「要做儲蓄押款的話，恐怕哪家商業銀行都要擠破大門，這也只好在交情上談點通融辦法罷了。」

范寶華聽他所說，已有通融的意思，便笑道：「朱經理多幫忙吧，能放我們多少款子呢？」

朱經理道：「范先生的事，我們不放也要放，就是一百萬吧。」

范寶華不由得將身子向上一升，瞪了眼道：「這四百萬元的黃金儲蓄單，只押一百萬？照市價，二百兩金子，值一千多萬了。」

朱經理微笑道：「不錯的，值一千多萬。可是范先生沒想到這是六個月後才兌現的定單，不是條子。六個月是否能兌現，這固然是問題，就算我們信任政府吧，誰又能說六個月後的金價如何？銀行裡若大做黃金儲蓄定單的押款，他不會直接去做黃金儲蓄嗎？」

范寶華笑著搖搖頭：「這話不能那樣說，直接黃金儲蓄只是幾釐息，定單押款，不是可以收到大一分的子金嗎？」他這樣說著，以為把朱經理的嘴堵住了。

朱經理卻哈哈一笑道：「大一分？那還不行吧？這幾天的放款，我們至少是十二分，范先生你的作風我知道，乃是把押得的錢再去買黃金儲蓄，這個辦法不大妥當，就算六個月後的金價還保持現在的市價，你把利息和複利算起來，兌現之後並不賺錢。我勸你不要做。」

他說話時，臉上始終帶了三分淡笑。

范寶華道：「不能多借一點嗎？」

朱經理搖搖頭道：「不行！這幾天我們的頭寸相當地緊。」

范寶華看了他這副冷淡的樣子，口風又是那樣的緊，料著毫無辦法，這就把那張定單收回，站起來點了頭道：「若是這樣的演算法，這款子我的確不必借了。」

朱經理也站起來和他握了一握手，笑道：「的確可以考量。」說著話，算是送客的樣子，只走了半步，移出寫字臺的桌子角，這就不動了。

范寶華滿肚子不高興，禁不住也把臉色沉了下來。

到了外面小客室裡，莫子齊又到營業部辦公去了，也不去驚動他。他將皮包打開，把定單放進去，夾了就向外走出了銀行門口，回頭對這四層樓的行址看了一眼，心裡想道：「你們也太勢利了，我看看你們會發財靠了天嗎？」

他在心裡十分不愉快的情緒中，在千益銀行門口未免呆站了五六分鐘，最後他卻一口氣奔向中國銀行。

中國銀行是出立黃金儲蓄券的次一據點。在他的理想中，是比中央銀行的生意應該輕鬆一些的。及至到了中國銀行門口一看，早見人陣拖了一條長蛇，由門口吐了出來，沿著那大樓的牆根，拖過了幾十家鋪面。

老范點了點頭，帶了幾分微笑看著他們。夾著一隻皮包，走進了大門，這卻讓他感到新奇，和中央銀行定黃金的人，又是另外一個局面。那買黃金人擺下的陣線，是進大門口之後，並不是繞了圈子走向櫃檯，而是拉了一根曲線，走上樓梯。在樓梯上，人排了雙行，一排人臉朝上，一排人臉朝下，分明是個來回線。

范寶華要看這條線是怎麼拖長的，也就順著路線走上樓去。

上了二層樓，陣線還徑直地向前，又踏上了三層樓，到了三層樓，人陣在樓廊的四方欄桿邊繞了個圈子，然後再把陣頭向樓下走。

這些做黃金儲蓄的人，似乎有了豐富的經驗，有帶溫水瓶的，有帶乾糧袋的。下到了二層樓，這是來得相當早的人了。已把跑警報時候帶的防空凳子*放在樓板上，端正地坐著。老范想著，他們倒是會廢物利用。

下了二層樓，這更是長蛇陣的陣頭。這些人必然是半夜裡就到中國銀行門口來等著，才能夠站到這個地方來。為了買黃金，這些人真夠吃苦的，不用說，是熬了一個整夜了。

他這樣地想著，對陣頭上的人看了一看，倒覺得是自己過慮，人家腳下都放著一個小鋪蓋捲兒，這正是春深的日子，四川的氣候又特別暖和，有一條小褥子就可以睡得很舒服，這個辦法倒是很對的，乾脆就在中國銀行屋簷下睡著，比一大早的摸到這裡來總自在些。

為了讚許這些人的計畫，臉上就帶了三分微笑，旁邊黃金長蛇陣中有人叫道：「范先生，你沒有排上隊嗎？」

范寶華向他看時，有個穿灰布長衫的小鬍子，白胖的長臉，鼻子上帶些酒糟暈，禿著一個和尚頭，腳下放了個長圓的藍布鋪蓋捲兒。他怔了一怔，不知他是誰。

他笑道：「范先生，你不認識我嗎？我和李步祥住在一塊的。」

范寶華想起了他是那個堆疊裡的陳夥計，便笑道：「哦！陳先生，不錯嘛，排班排到這個地方，你一定買得上。」

陳夥計嘆了一口氣，搖搖頭笑道：「人為財死，實不相瞞，昨晚上八點多鐘，吃過晚飯我就來了。我以為我總是很早的，哪曉得在我前面就有四五十個人。我帶了鋪蓋捲，就在銀行左隔壁一家雜貨鋪屋簷下，攤開了小褥子，靠了人家的鋪門半坐半睡，熬到天亮。今天早上，霧氣很大，變成了毛毛雨，灑得我滿身透濕。」說著，手牽了兩下灰布長衫，笑道：「這原來都是濕的，現時在我身上都陰乾了。」

范寶華笑道：「你真是老內行，還知道帶了鋪蓋捲來。」

陳夥計笑道：「又一個實不相瞞，我排班定黃金儲蓄單，今天已是第四次了。」

范寶華笑道：「你真有辦法，買得多少兩了？」

陳夥計笑道：「我自己哪有這多錢，全是給人家買的。」說著，手抓了老范的手，將嘴伸到他耳朵邊，向他低聲道：「范先生，你難道不知道嗎？金子本來在一號就要漲價的，因為走漏了消息，有人大大的玩花樣，因此又延期了，可是黑市和官價相差得太多，國家銀行不能不調整。**只要有錢有機會，我們就當搶進，弄一文是一文，弄一兩是一兩。**」

范寶華笑道：「你是哪裡得來的這些消息？」

陳夥計笑道：「這消息誰不知道？」說著，將嘴對擺陣勢的人一努，接著道：「他們的消息多著呢。」

范寶華對這人陣看著，見那些人的臉上全是含著笑容的，兩道眉毛不住閃動，心裡這就想著，消息傳得這樣普遍，就是官價不會提高，黑市也會提高的，於是在樓下轉了個圈子，就二次再跑到萬利銀行來。

他在路上走的時候，就有了一肚子的話，預備見到了何經理自行轉圜。不料走進經理室的門，這啞謎就讓人揭破了。他由寫字椅子上站起來，兩手按了桌沿站定，睜了眼望著他，然後笑道：「我猜你一定要回來的，老兄，我告訴你一個驚人的消息。金價黑市一度接近六萬大關。」

范寶華夾著肋下那個皮包，站著呆了一呆，因道：「你怎麼知道我會再來呢？」

何經理笑道：「金子這樣波動，不是商業銀行買進，還會是些小戶頭弄起來的不成？這樣，當然銀根緊起來，而老兄這樣拿黃金儲蓄單去押款的人，絕不止十個八個。大家都曉得這樣掉花槍，難道做銀行的人，他就不曉得掉這個花槍嗎？他有那些頭寸押你的定單，他們自己不會去直接做黃金儲蓄嗎？除了我們三分買賣，七分交情，誰肯拿給人家押儲蓄單。因此，我就料著老兄到別家銀行去做押款決計不能如意成功，來支煙吧。」

他說到這裡，突然把話一轉，轉到應酬上去。把桌子上的賽銀紙煙盒托住，走出位子送到范寶華面前來。

范寶華夾著那個皮包，還怔怔地站著，在聽何經理的話呢，見他把紙煙盒送過來，這才先取了一支煙在手，然後把皮包放下來，將那支煙在寫字臺上連連頓了幾下，然後在身上掏出打火機來，緩緩地動作著，斜靠了何經理的寫字臺，把紙煙點著。

他很帶勁地將打火機蓋子蓋著，向上一抛，然後伸手接住，另一隻手，兩個指頭夾住紙煙放到嘴唇裡，抿著吸了一口，一支箭似的噴了出來。接著搖了兩搖頭道：「我算失敗了。」

何經理坐在寫字椅子上，望了他微笑道：「范先生你沒有什麼失敗呀，你拿兩萬元買一兩金子，現在是六萬元的黑市，你賺多了。你還要押款再做一筆呢，你打算盤打到我們頭上來了。嘻嘻！」

他說到這裡，露著門牙聳著嘴上的一撮鬍椿子笑了起來，笑的聲音雖然不大，只憑他眼角上復射出一叢魚尾紋來，就知道笑聲裡藏有許多文章。便問道：「何經理原來答應我的四百萬，大概也有點變化了吧？」

何經理伸著手，將寫字臺上的墨水瓶，鋼筆插，墨水匣子，毛筆架子，陸續地移了一移，又聳著嘴唇上的鬍樁子嘿嘿地笑了一下。

他只向客人望著，並不說什麼。范寶華捏了拳頭將他寫字臺一捶，沉了臉色道：「我看破了，何經理，你若是借四百萬元給我，我出十二分的利息。雖是利息重一點，我先借來用兩個月再說，等我把頭寸調齊了……」

何經理點點頭笑道：「對的，你還是早還了銀行的好，子金是那樣的重，若是等了儲蓄券滿期兌了金子還款，六個月的複利算起來，也就夠五萬多一兩的了。」說著，一打桌上的叫人鈴，聽差進來了。

何經理一揮手道：「把劉主任請來。」聽差出去，劉主任進來了。

他是個穿西服的浮滑少年，只看他那頭髮梳得油光滑亮，就可以知道他五臟裡面缺少誠實兩個字。

何經理沉重著臉色問他道：「我們上午還可以調動多少頭寸？」

這劉主任尖削的白皮臉子上，發出幾分不自然的微笑，彎著腰做個報告的樣子道：「上午沒有什麼頭寸可以調動的了。」

何經理道：「想法子給范先生調動三百萬吧，我已經答應人家了。」

劉主任在他那不帶框的金絲眼鏡裡，很快地掃了范寶華一眼，然後出去了。

老范道：「何先生，你不是答應四百萬嗎？」

何經理道：「就是三百萬我也很費張羅呢。」

范寶華坐在寫字臺對面椅子上，兩手抱在懷裡沉著臉子，呆望了他的皮鞋尖，心裡想說句不借了，可是轉念想到三百萬元還可以儲蓄一百五十兩黃金，這個機會不可犧牲。有什麼條件還是屈服了吧。

他這樣地想著，那兩塊繃緊了的臉腮，卻又慢慢地輕鬆下來，向何經理笑道：「人為財死，我一切屈服了。你就把表格拿出來，讓我先填寫吧。老實說，我還希望得著你的支票，下午好去託人排班定貨。」

何經理見他已接受了一切條件，便笑道：「范兄，我們買賣是買賣，交情是交情，這三百萬元，你若是決定做黃金儲蓄的話，我可以幫你一點小忙，我和你代辦，明天下午手續辦全，後天下午，你到我手上來拿一百五十兩的黃金定單。」

范寶華望了他道：「這話是真？」

何經理道：「我和人家代辦的就多了。」

范寶華道：「既是可以代辦，上次為什麼不給我代辦呢？」

何經理想了一想，笑道：「上次是我們替人家辦得太多了。」

范寶華拱拱手道：「貴行若能和我代辦，那我省事多了。感激之至。」

正說到這裡，那位劉主任已送了三張精緻的表格，放到沙發椅子面前的茶几上。他拿過來看看，絲毫不加考慮，在身上拿出自來水筆，就在上面去填寫。

何經理向他一擺手。笑道：「我們老朋友，不須這些手續，你把那二百兩的黃金儲蓄單拿來，我們開一張收條給你就是。到期，你拿收條來取回定單，什麼痕跡都沒有，豈不甚好？」

范寶華道：「那押款的本息怎麼寫法呢？」

何經理道：「你不必問，反正我有辦法就是了。」

范寶華到了這時，一切也就聽銀行家的擺弄，打開皮包，將那張黃金定單送到經理的寫字臺上。

何經理看了一看，並沒有錯誤，便站起來笑道：「你等一等，我親自去催他們把手續辦好。」說著，拿了那黃金定單走了。

范寶華自也有他的計畫，明知他是出去說什麼話了，也不理會。

約莫是六七分鐘，何經理回來了，笑著點點頭道：「正在辦，馬上就送來，再來一支煙吧。」他又送著煙盒子，敬了一遍煙。

閒談了幾句，那位劉主任進來了，手拿著兩張單據送呈給何經理。他看過了，蓋過了章，先遞一張支票給范寶華，笑道：「這是三百萬元，你若是交給我們代辦的話，我們再開張收據給你。囉！這是那黃金儲蓄單的收據。」說著，又遞一張單子過來。

范寶華接著看時，上寫：「茲收到范記名下黃金儲蓄單一紙，計黃金二百兩。抵押國幣三百三十六萬元，一月到期，無息還款取件。逾期另換收據。否則按日折算。另行寫的是年月日。」

范寶華看完了，笑道：「這幾個字的條件未免太苛刻一點，這樣算，第二個月，我這張定單就快押死了。」

何經理笑道：「我們對外都是這樣寫，老兄也不能例外，反正你也不能老押著，背上那重大的子金。」

范寶華將巴掌在沙發上拍了一下，點著頭道：「好，一切依從你便了。」說著，把那三百萬元支票交回給何經理。他倒是把手續辦得清楚，立刻寫了一張收到三百萬元的收據。

范寶華奔忙了一上午，算告了一個段落，先回到寫字間裡去看看，以便料理一點生意上的事。到了屋子裡，見陶伯笙李步祥同坐在屋子裡等著。便笑道：「幸而是二位同來，若是一個人可惹著重大的嫌疑了。」

他說著，將皮包放到寫字臺抽屜裡。人坐到寫字椅上，兩隻腳抬起來，架在寫字臺上，嘆了一口氣道：「這些錢鬼子做事，真讓人哭笑不得，氣死我了。」

陶伯笙問時，他把今日跑兩家銀行的經過說了一遍。

陶伯笙微笑道：「這槍花很簡單，**萬利銀行算是用一百五十兩黃金，換了你二百兩黃金。**」

范寶華道：「可不就是這樣！反正我把三百五十兩黃金拿到手，將來期滿兌現，絕不止七百三十六萬元。」

李步祥坐在寫字臺邊的小椅子上，笑道：「這一陣子，走到哪裡，也是聽到人談黃金。不要又談這個了。我插句問一問吧。范先生剛才說我們會惹重大的嫌疑，這話怎麼講？」

范寶華放下寫字臺上的兩隻腳將桌子抽屜打開來，伸手在裡面拍了兩下，因道：

「我這裡放了一抽屜的鈔票，前兩天被竊了，席捲一空，一張都沒有了。」

陶伯笙道：「是嗎？你這屋子是相當謹慎的。」他說著，對屋子周圍看了一看。

范寶華道：「這個賊是居心害我，先把我的鑰匙偷去了，再混進我的屋子來開抽屜，這個人我倒猜了個四五成，只是我一點根據沒有，不敢說出來。我姓范的也不是好惹的，將來不犯到我的手上便罷，若是犯到了我手上，我叫他吃不了，兜著走。」說著，他冷笑了一聲。

陶李二人對望了一下，沒說什麼。

范寶華笑道：「你二位可別多心，我不能那樣不知好歹，會疑心我的朋友，充其量不過是二三十萬元，我們誰沒有見過。」

陶伯笙一縮頸脖子，伸了一伸舌頭，笑道：「今天幸而我是邀著李老闆同來的。這個我倒有點奇怪。我看見過的，你那開抽屜的鑰匙都揣在身上口袋裡的，誰有那本領在你身上把鑰匙掏了去？」

范寶華道：「我也就是這樣想，錢是小事，二三十萬元，我還不在乎，不過這個梁上君子有本領在我口袋裡把鑰匙掏了去，又知道我這抽屜裡有錢，這是個奇蹟。為了好奇，我自己免不了當一次福爾摩斯，要把這案子查出來。」

陶伯笙道：「在你丟錢的前一兩天，和什麼人在一處混過？」

范寶華搖搖手道：「這事不能再向下說了，再向下說，我自己就不好破案了。」

李步祥聽了，不住地用手摸著下巴頦，瞇了眼睛微笑。

范寶華道：「你笑什麼？你知道這小偷是誰？」

李步祥道：「我說的不是你丟錢的事，我覺得你要做福爾摩斯，有點兒自負，你若是那樣會猜破人家的心事，怎麼萬利銀行給你儲蓄黃金一百五十兩，你倒把二百兩黃金單據就換給了人家呢？而且每個月還出人家十二分利息呢。你一個月到期，把那張黃金儲蓄單取了出來，還不過是損三十六萬元的子金。你若是拖延得久了，那就是把二百兩黃金變成一百五十兩黃金了。人家做生意，本上翻本，利上加利，可是到了你這裡儲蓄黃金，好像就不是這個情形。」

他一面說著，一面摸著臉。好像說出來有點尷尬，又好像很是有理由，慢慢吞吞地把這話說完。

范寶華坐在寫字臺邊，手裡盤弄著賽銀的紙煙盒子，靜靜地把話聽了下去，等著李步祥把話說完，他還繼續地將紙煙盒子盤弄著，低頭沉思著約莫是四五分鐘，然後伸手一拍桌子道：「我不能失敗，我得繼續的幹。老陶，你得幫我一點忙。」

陶伯笙望了他道：「我幫你的忙？我有什麼法子呢？我也只能和你站站班而已。」

范寶華搖了兩搖頭道：「我不要你排班，不過我還得借重你兩條腿，希望多和我跑跑路。」說時，手裡盤弄著紙煙盒，又低頭沉思了幾分鐘，將手一拍桌子，昂了頭道：「我告訴你吧，我還有一批鋼鐵零件和幾桶洋釘子，始終捨不得賣掉，現在可以出手了，你想法子給我賣了它，好不好？」

說著，他打開皮包在裡面翻出了一張單子，向寫字臺上一放，因道：「你拿去看看，就是這些東西，我希望能換筆現錢。拿到了錢，我就再定它一票黃金，把那三百萬元也給還了。」

陶伯笙將紙單拿到手上仔細看了一看，點著頭道：「這很可以換一筆錢，不過兜攬著搶賣出去……」

范寶華又拍了一下桌子道：「我就是要搶賣出去，喂！李步祥，你想不想發個小財？你若想發小財，你也幫著我跑跑腿。照行市論，大概賣八百萬，我把利息看輕一點，就是七百多萬，我也賣了。我有買進他一千兩金子的雄心。」

說著，他豎起右手，伸出了食指，筆直的指著屋頂，而且把指頭搖撼了幾下。

他又道：「換句話說，我最多只望有八百萬到手，假如超出了八百萬的話，那就是你二位的了，希望你們二位努力。」說著，將手指點了他兩人幾下。

李步祥笑著將胖臉上的肌肉顫動了幾下，望了老范道：「不開玩笑？」

范寶華道：「我要開玩笑，也不能拿老朋友開玩笑呀，做投機生意，當然是六親不認，可是到了邀伴合夥，這就不能不給人家一點好處。」

李步祥伸手摸摸禿頭，向陶伯笙道：「老陶，這不失是個發小財機會，假如賣出了八百萬，二一添作五，我們拿了錢……」

范寶華不等他說完，接著道：「每人再做幾兩黃金儲蓄。」

陶伯笙站了起來，拍著李步祥的肩膀道：「老李，事不宜遲。我們這就去跑。」

李步祥站了起來，向范寶華道：「我們有了消息，就回你的信，可是你一出了寫字間，滿重慶亂跑，我們到哪裡去找你？」

范寶華道：「你也不要太樂觀了，上千萬元的買賣，哪裡一跑就成功。」

李步祥道：「那不管，反正我們拼命地去跑。無論如何，今天晚上到你家裡去回信。」說著，帶了滿臉的笑容，挽著陶伯笙的手走了。

范寶華對於這兩人的出馬，並沒有寄予多大的希望，自己還是照樣地出去兜攬，到了晚上九點鐘，才夾了皮包回家。

推開大門，就看到樓下客室裡燈火通明，聽到吳嫂笑道：「范先生不在家，我就能做主，他這個家，沒得我硬是不行，啥子事我都摸得很對頭。」

進去看時，見正中桌子上擺了酒菜，陶李兩人對坐著在對酌，吳嫂坐在旁邊椅子上，看了他們發笑。

范寶華站在當門笑道：「好哇！我不在家，你們就吃上我了。」

吳嫂走過來，接著他的皮包，笑道：「陶先生說，和你把事情辦妥了，你要八百萬，硬是賣到了八百萬。二天，你又可以買四百兩金子了。」

范寶華一高興，伸著兩個指頭，一掏她的臉腮，笑道：「你都曉得這多。」

吳嫂笑道：「聽也聽懂了嘛，你們一天到晚都談金子談美鈔，別個長了耳朵，不管事嘛？」

范寶華看了陶李兩人滿臉笑意，料著事情是圓滿成功，取了帽子脫下大衣，都交給了吳嫂，搓著手坐下來陪客，心裡先按不住一份高興，因道：「哪裡來的這個好主顧？」

陶伯笙道：「這也是踏破鐵鞋無覓處，得來全不費功夫。我回家去，遇到隔壁鄰居魏端本閒談起我為什麼忙，他說，那遇到太撞巧了，他們機關裡正需要買大批洋釘，鋼板鋼條雖不是必需的，也可以收買。他引著我兩人見了他司長，看過了單子，我要價一千萬，他開口就還了個八折，議定看貨商定價錢。而且怕生意做不成，先付了五十萬元定錢。看那樣子，他們以為是個便宜，準可以賣出八百萬。囉！這是那五十萬元支票。」說著，在西服小口袋裡，掏出一張支票交給了范寶華。

他放下了碗筷，將手重重一拍桌子，拍得筷子跳起來。他笑道：「我再接再厲，託萬利銀行再和我買四百兩，這些錢鬼子，見我拿黃金儲蓄券押款，他以為我沒有了錢，再三地刁難我，這回做一點顏色他看看。還有那千益銀行的朱經理，架子大得要命，我也讓他知道我的路數。哈哈！老陶老李來！乾他一杯。」

說著，他拿起桌上的酒壺，斟滿了一杯，對著二人乾了。

第二部
一夕殷勤

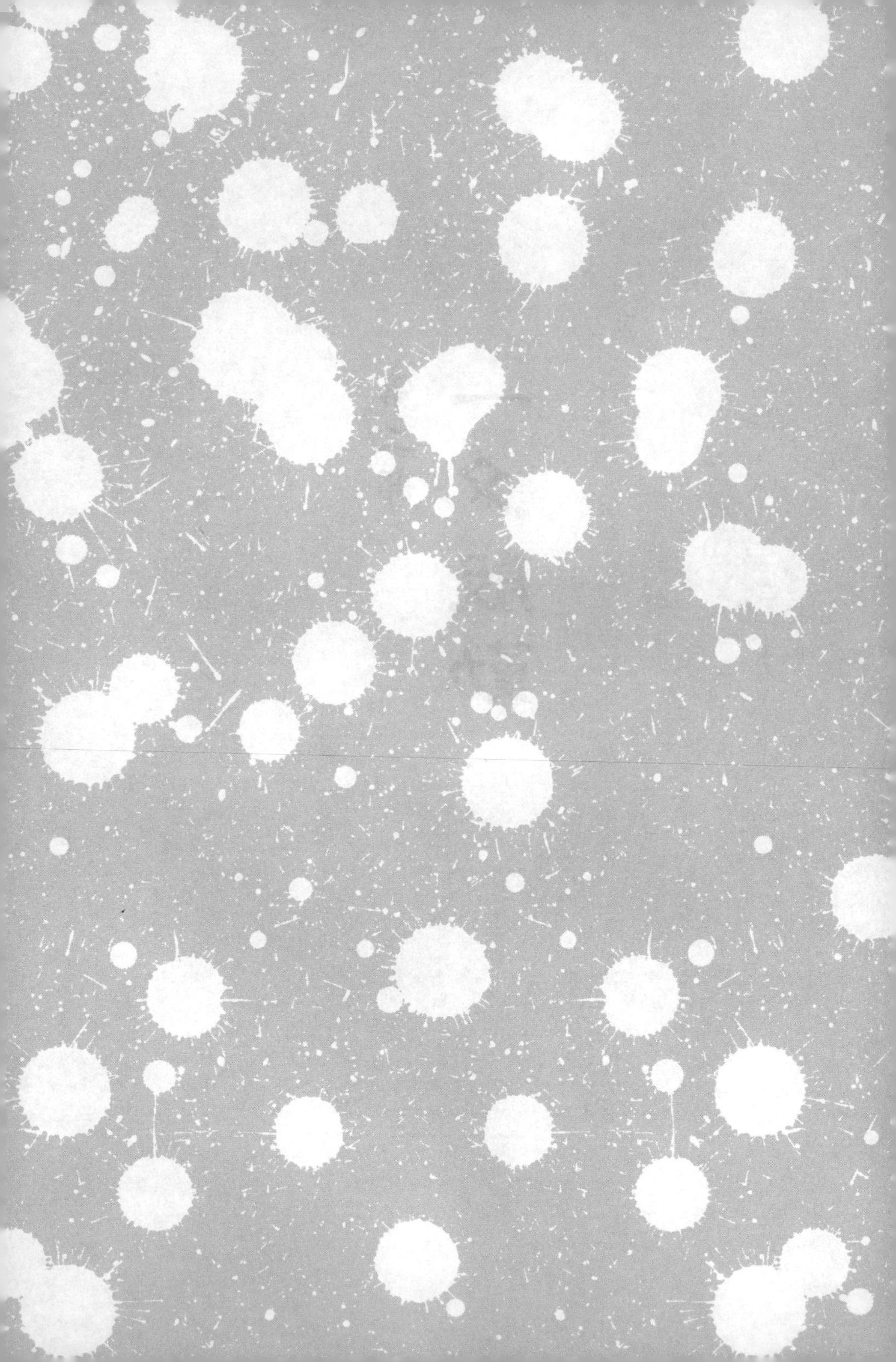

六 釣餌

范寶華這杯酒，是乾得沒有錯誤的。第二日上午八時，由陶伯笙出面做東，請在廣東館子裡吃早點。除范李陶三位，還有魏端本和他的科長孟希禮。他二人是最後到的，魏端本介紹著一一和孟科長相見。

他穿了一套西康草綠色呢的中山服，胸襟前掛了機關的證章，頭上的茶色呢帽，邊沿是熨燙得很平，向外伸張著，肋下夾個大皮包，裡面鼓鼓的，一切儀表都表示他是個十足重慶上等公務員的架子，因為窮公務員的衣服全是舊的，不能平直，而腰桿子也微彎了直不起來，腳下十之六七沒有皮鞋，就是有皮鞋，也破舊得不成樣子，只把些黑鞋油像拓麵糊似的，在皮鞋幫子上搽抹著，這雖是表面光亮一點了，可是那破皮鞋的補丁卻是遮蓋不住的，而且鞋子也走了樣了，這位孟科長可不是這樣的人，穿的皮鞋不但是既烏且亮，就是鞋子也緊繃繃的，沒有走一些樣。

范寶華一見他這樣子，就知道對付這位科長不能太簡單，於是敬茶敬煙張羅一陣。那孟科長雖也相當地敷衍，可是坐在小圓桌的上方卻是繃緊了面孔，規規矩矩地說話。

陶伯笙先將生意經的帽子談了一談，說范先生有貨，談到孟科長的機關願意收買，然後再說自己和范先生魏先生都是朋友，願促其成。

那孟科長默然地吸著一支紙煙，靜靜地聽著，先且什麼話都不說，等陶伯笙介紹了一番之後，才淡淡地笑了一笑，接著點點頭道：「的確，鋼鐵材料，我們是想收買一點的，不過我們總也得看看貨。」

陶伯笙道：「那是一定，不過這些東西，都是不好隨身帶著樣品的。吃過點心，不知孟科長有工夫沒有？若是有工夫的話，我們想請孟科長去看看貨。」

孟希禮兩個指頭夾了煙捲，斜放在嘴角上抿著，另一隻手插在他褲子岔袋裡，身子向後仰著，靠了椅子背。他微昂著頭，大有旁若無人之概，那兩隻帶有英氣的眼珠，在掛在臉上的大框眼鏡裡面閃動。

陶伯笙一看這情形，就有點不妙，難道他們犧牲那五十萬元定錢不成？再不然，那五十萬元支票就是一張空頭，那倒是大大地上了他的當了。他心裡這樣地想著，也就接不上話來。

魏端本坐在其間，對於自己科長這副做工卻認為有些蛇腳，昨日得了消息，和司長一報告，他就叫搶著買，現在開始接洽了，為什麼搭起架子來？且不談白白把幾十萬回扣犧牲了，東西沒有買成功，怎麼去交代公事呢？

他立刻轉了好幾個念頭，這就向范寶華帶了笑問道：「我們機關裡買貨，和商家互相來往不同，接洽的人都有他的責任的。你們貨在什麼地方？」

范寶華道：「貨就在城裡，起運都很方便，實不相瞞，我是等了一筆現款用，不能不脫手，其實無論什麼貨，放在家裡是不會吃虧的。」

孟希禮噴出一口煙來，微笑著道：「那必然是買金子。」

范寶華道：「也可以說是替國家把法幣回籠，我是做黃金儲蓄。我這樣做，還是一功兩德，我的物資是賣給國家了，我的法幣可也為國家做了黃金儲蓄了。」

孟科長微笑道：「難道范先生就一點好處都沒有嗎？我是天天都看見的，那些在四行兩局排班做黃金儲蓄的人，一站就是二十四小時，他們真是為了國家嗎？」

魏端本道：「范先生做幾百兩黃金儲蓄的人，何必到銀行裡去排班，他給銀行裡一個電話，銀行就給他代辦了，不必銀行，就是銀樓，也給他代辦了。」

孟科長點點頭道：「好的，范先生有熟銀樓，將來我們打首飾，請代為介紹一下，讓他們少算兩個工錢。」

陶伯笙道：「那太不成問題了。兄弟就可以介紹，那太不成問題了。」說著，自己拍了兩拍胸脯。

那位孟科長又是一陣淡笑，不置可否。

范寶華是個老游擊商人，這種對手，豈止會過一個？當時一面客氣著，請孟魏兩人吃點心，一面向陶伯笙使了一個眼色，然後站了起來道：「兄弟去買一點好紙煙來吧，老陶，老李，請你代我陪客十來分鐘。」說著，就走了。

陶伯笙雖不明白他是什麼用意，反正在他這一丟眼色之下，那是絕不能放著機關裡這兩位出錢人走的，格外是殷勤招待。

果然不到二十分鐘，他就買了兩包美國煙回來了，就拍著陶伯笙肩膀，引到一邊空位上去說了幾句話，順便塞了個紙包到他手上。

陶伯笙笑著點點頭，讓范寶華歸座，卻向孟希禮點了兩點頭，笑道：「孟科長，你請到這邊來，兄弟和你談兩句話。」

他對這事，倒是歡迎的，並沒有說什麼就走了過來。

陶伯笙先不忙敬了他一支紙煙，划了火柴梗，給他點著了，然後兩人抱了方桌子角坐下談話。陶伯笙笑道：「公事公辦，孟科長要看貨才說定交易，這個我們是十分諒解的。不過……」

孟希禮覺得這是硬轉彎的話，頗有點不入耳，將頭一擺道：「陶先生，你不要以為我們付了五十萬元支票的定錢，我們就得無條件成交，我們可是一個電話可以叫銀行止兌的呀，支票是明天的日期，你們還沒有考慮到吧？」他說著，臉上表示淡淡的神氣，噴出一口煙，接著道：「我看，這買賣有點做不成。」

陶伯笙先是怔了一怔，最後他一轉念，不要信他，果然他不願成交，他就不來赴這個約會了，因笑道：「這件事，總希望孟科長幫忙，辦理成功，至於應當怎樣地開寫收據，只要孟科長交代得過去，我們一定照辦。」

孟科長聽了這話，臉上略微泛出了一點笑意，點點頭道：「那自然不能相瞞，現在的公務員都是十分清苦的，誰也不能不在薪水以外找一點補貼，你們打算怎樣開收據，加一成，還是加二成？」說到這裡，他嘴角向上翹著，笑意是更深了。

陶伯笙道：「我不是說了嗎？只要孟科長公事交代得過去，無論加幾成，我們都肯寫。」

孟科長擺了兩擺頭，微笑道：「現在的長官，比我們小職員精靈得多了，休說加二成，加一成也不容易，而況經手的人，也不止兄弟一人。」

陶伯笙在三言兩語之間就很知道他的意思了，便悄悄地將口袋裡那個紙包掏出來，捏在手上，向孟科長中山服的衣袋裡一塞，低聲笑道：「范先生說，他在熟銀樓裡買了一隻最新式樣的鐲子，分量是一兩四錢，沒有再重的了，因為現在的首飾都取的是精巧一路，這點東西，不成敬意，請孟科長帶回去，轉送給太太。」

孟科長哎呀了一聲，身子向上一升，像有點驚訝的樣子。

陶伯笙兩手將孟希禮按住，輕輕地道：「不要客氣，不要客氣，收下就是。」

孟科長的衣袋裡，放下去了一兩多金子，絕沒有不感覺之理，**那重量由他觸覺上反映到臉上來，笑容已是無法忍住，直伸到兩條眉峰尖上。**

陶伯笙依然按住他的身體，點著頭笑道：「請坐請坐，我們還是談談生意經吧。」

孟希禮笑道：「那沒有問題，我們的支票已經開出去了，還有什麼變化嗎？你和我們魏先生是老鄰居，一切都好商量。」

陶伯笙見大事已經成就，將孟科長約回到原來的座位上坐著。

范寶華敬上一支煙來，孟希禮起了身微彎了腰接著，笑道：「不要客氣，不要客氣，我們一見如故，隨便談話，不要受什麼拘束。喂！端本，我們吃了點心，不必回去了，就徑直地陪著范先生去看貨。東西是早晚市價不同，人家既然將貨脫手，我們早點成交，讓人家好調動頭寸去辦正事。」

范寶華聽了這口風，心下就想著，這小子在幾分鐘之內口風就完全不同，沒有什麼不能對付的了，於是也放下滿臉的笑容，和孟魏二人周旋著。

二十分鐘之後，索性價格回扣全做定了，議定了是貨價八百四十萬，收據開九百六十萬，在座的人，算是個個都有了收入，無不起勁。

吃過點心，大家一路去看貨，自然有什麼不好的地方，孟科長也不加挑剔。上午回到機關裡去，就給司長做了一個報告，並在報告後簽呈了意見，說是這些貨物，比市價要便宜百分之三十，機會不可錯過。

司長看過了報告，把孟科長叫到自己單獨的辦公室裡問話。

孟希禮又道：「這價錢還可以抹掉他一點，我們儘管開九百六十萬的支票，也可以要回他九百六十萬的收據，我儘量去交涉，也許可以收回幾十萬現款。」

司長微笑了一笑，並沒有作聲。

孟希禮正著顏色道：「那麼請司長向部長上個簽呈……」

司長搖搖頭道：「不用，部長已給我全權辦理了。下午你就去進行吧，我通知會計科立刻和你開支票。」

孟希禮帶著三分的微笑，向司長鞠了個躬，退出去了。

這日下午，孟魏二人親自出動，把范寶華拋出的三桶洋釘和一些鋼鐵材料抬進了機關，然後再找著陶李二人到范寶華寫字間裡交款。

他們為了拿回扣的便利，在銀行裡換了一張八百萬元的支票，另取得一百六十萬現款，這一百六十萬的現款，是陶伯笙二十五萬，李步祥十五萬，孟希禮帶回一百萬與司長俵分，給了魏端本二十萬。

魏先生對這種分贓辦法雖是不滿，可是權操在司長科長手上，若是不服，可能影響到自己的飯碗，默然的將二十萬元鈔票揣進大皮包，五分高興，五分不高興，走回家去。

到了家裡，徑直地走入臥室，將皮包向桌子上一放，嘆了一口氣道：「為誰辛苦為誰忙？」說著把頭上帽子取下，向床上一扔。在衣口袋裡拿出紙煙盒來，取了一支，在桌上慢慢地頓著。

魏太太是知道他今天出去有油水可撈的，再看到放在桌上的皮包，肚瓤子鼓了起來，分明是裡面有貨，這就立刻找到了火柴盒，擦了一支火柴，站到他面前，給他點上煙，向他瞟了一眼，然後微笑道：「難道你會一點都沒有撈著嗎？」

魏端本噴著一口煙道：「若是一點也撈不到，下次還想我們和司長科長跑腿嗎？我們共總是得一百二十萬回扣，我拿了個零頭，司長和科長坐撈一百萬。這個不算，范寶華還送了老孟一隻金鐲子。」說著，坐了下去，手一拍桌子道：「當小公務員的該死！」

魏太太笑道：「你不要發牢騷，這二十萬元，我不分潤你的，你到拍賣行裡去買套西服穿吧，我新近認識了朱四奶奶，有機會託她另給你找一個好差事。」

魏端本聽了這話，突然站起來，望了她的臉道：「朱四奶奶？你認得她？你在什麼地方認識她的？你居然認識她？」

魏太太被他注視著，又一連串地問著，倒不知道他是什麼意思，笑問道：「這有什麼稀奇嗎？她也並不是院長部長，見不著的大人物。」

魏端本道：「重慶市上有三位女傑，一位是李八奶奶，一位是田專員，還有一位就是朱四奶奶了。**她們是三教九流，什麼人都可以拉得上交情，可是在她一處的人，只有被她利用的，沒有人家利用她之理，那是位危險人物，你和她拉交情，我有點害怕。**你在什麼地方見著她的？」

魏太太笑道：「什麼事這樣大驚小怪？我在羅太太家裡會著她的，她也是很平凡的一位年輕女太太，對人很和氣的，有什麼危險？」

魏端本道：「唯其是小姐太太們看不出她危險，那就是太危險了。你是在跳舞會場上遇到她的？怎麼早不對我說？」

他說著話時，眼睛瞪了多大，取下嘴裡吸的煙支，用手指夾著只管向地面彈灰，另一隻手扶住了桌沿，好像要使出很大的力氣。

魏太太不免將身子向後退了半步，很氣餒的樣子，在嗓子眼裡輕輕地格格了兩聲，笑道：「這有什麼可驚異的嗎？」說著，她右手扶了桌沿，左手撫摩了鬢髮，接著道：「我幾時會跳舞？而且羅太太家裡也沒有舞廳，實對你說了吧，我們在一處打過一場小牌，我也是久聞大名，如雷貫耳，她肯加入我們那個團體打小牌，我還奇怪著呢。」

魏先生聽了這個報告，像是心裡拴著的石頭落下了一塊。又把紙煙送到嘴裡吸了，撐住桌沿的那隻手也提了起來，半環在胸前。因道：

「那倒罷了，你要知道，朱四奶奶肯加入小賭場，那還是她的厲害之處。大賭博場上的人，朱四奶奶能得的巨額支票、鑽石戒指，乃類似這樣東西的，誘惑不到人家，只有小賭場上的太太小姐們還需要這個。她也就可以拿這個收羅人才，**她哪裡是去賭錢，她是一隻獵狗，出來巡獵，像你這樣的人，正是她這獵狗的好獵物。**」

魏太太聽到這裡，自然有幾分明白，但還是裝成不知道，因笑道：「她也是個女人，怕什麼的？」

魏端本道：「正因為大家存了這麼一種思想，以為她是個女人不必怕她，那就被她獵著了。」

魏太太笑道：「你不必擔心害怕，我成了個老太婆了，沒有人要我，你既然怕人家獵了我去，我自此以後，不和朱四奶奶見面就是了。」

魏先生笑道：「我說句勸你的話，你又會覺得不入耳了，**我說賭博場上，不光是輸贏幾個錢的事，小則喪失和氣，大則人命關天，全可以發生。**」

魏太太笑道：「原來你怕我又輸掉你這二十萬元。」說著，伸手拍了兩下皮包，接著道：「我絕不動用你一文，你不是一宣布有二十萬元，我也就宣布不用你一文嗎？」

魏端本道：「既然這樣，我索性和你訂個條約，這二十萬元，我們都不用，趁著現在黃金還沒有加價，我們去儲蓄二兩黃金。你上次儲蓄二兩黃金，還費了那麼大的事，這次我們痛痛快快地，就儲蓄十兩。此外還有一個讓你滿意的地方，就是這定單開你田佩芝的名字。」說著，打開皮包，將那二十萬元鈔票取出，雙手交給太太。

錢遞過去了，他可正了顏色望著她道：「我站在夫妻一條心上，完全信任你，你就再託隔壁老陶，和你去定十兩黃金。可千萬別拿去賭輸了，勝利是一天近似一天了，我們知道在重慶還能住多久，不能不預備一點川資。你若是不信我的話，把二十萬元……」

魏太太不等他說完，將二十萬元鈔票捧著向桌上一拋，板了臉子道：「錢在這裡，我分文未動，你全數拿了回去吧。」說畢，環抱了兩手，坐在方凳上繃著臉子，很是帶了三分怒氣。

魏端本笑著鞠了半個躬，因笑道：「囉！說來了，你就來了，你不要誤會我的意思，我完全對你是一番好意，希望你手上能把握著十兩金子。」

魏太太道：「十兩金子，什麼稀奇？你一輩子都是豆大的眼光。」

魏端本道：「誠然十兩金子在這個金子潮中算不了什麼。可是二兩金子，你不還是很上勁地在儲蓄嗎？」

魏太太道：「那是我……那是我……」她交代不出個所以然來，撲哧一聲地笑了。

魏端本笑道：「不要多說了，多說著又引起彼此的誤會，錢交給你了，我忙了一天，晚飯還沒有下肚，該出去加點油了。」他這樣說著，倒十分地表示大方，拿著帽子戴起就出去了。

魏太太坐在桌子旁邊，不免對那二十萬元鈔票呆呆地望了一陣。最後她站起身來，情不自禁地把那幾小捆鈔票拿了過來，點了兩點數目，就在這時，楊嫂進來了，站在房門口，將身子縮了一縮，笑道：「朗個多鈔票！」

魏太太道：「有什麼了不得？二十萬元罷了，照市價，三兩多金子。」

楊嫂看看主人，並不需要自己避嫌疑，這才緩緩地走到屋子裡，挨了桌子站定，笑道：「現在無論啥子事都談金子，我們在重慶朗個多年，金子屎也沒得一滴滴，改天太太跟我打一場牌嘛，邀個幾千塊錢頭子，我也搞個金箍子戴戴嘛！」

魏太太笑道：「這倒也並不是難事，可是我們家裡亂七八糟，人家公館裡的茅房也比我們的臥室好些，我怎能夠邀人到我們家來打牌？你希望我哪天大贏一場吧，我贏了，乾脆，我就送你一隻戒指得了。」

楊嫂聽說，把她那黃胖的臉子笑得肥肉向下一沉，兩隻眼角同時放射出許多魚尾紋來，將手撫摸著她的鴨屁股短髮，簡直有點不知手足所措的樣子。

魏太太也是小孩子脾氣，看到她這樣的歡喜，索性把話來撩撥她兩句，因將嘴向她身上那件藍布大衫努了一下，笑道：「你這件大褂子也該換了，只要我贏錢，我再送你一件。」

楊嫂笑道：「那還是啥子話說？我做夢都會笑醒來喀。」

她高興得不僅是摸鴨屁股頭髮了，在屋子裡找事做，將桌子上東西清理清理，又將床上被褥牽扯得整齊，心裡是不住的在想法子，這要怎樣的才能夠討得太太的歡喜哩？

她忽然想起一件事來，便笑道：「太太你要買金子，託那個姓范的嗎？他說，魏先生魏太太都是很講交情的，他只請了一回客，你們就介紹他做成了一筆大生意，改天他一定要送禮謝謝。」

魏太太道：「是的，他請我們吃過一頓消夜，先生和他介紹這筆生意，那也不過是機會碰上的罷了。一個大東，就拉八百萬的大生意，天下哪有這樣便宜的事？但是你在哪裡聽到他說這話？」

楊嫂道：「還不是在隔壁陶家碰到他！他還問魏先生魏太太喜歡些啥子，看那樣子，硬是要送禮咯。你不是還欠他兩萬元嗎？你試試，你送還他，他一定不要咯。」

魏太太道：「不是你提起，我倒忘記了。果然的，我明天把這兩萬元送還人家，等我把錢用完了，我又還不起人家了。明天你提醒我一聲，別讓我忘了。」

楊嫂覺得居然在主婦面前做出一些成績，心中自是高興，她更考慮得周到，在魏端本面前，並不再提。

次日早上，魏端本吃過早點辦公去了，她就向主婦笑道：「昨晚上你叫我提醒一聲的事，記得嗎？」

魏太太笑道：「我根本就忘了。」

楊嫂道：「你把錢送去還他吧，他賺了千打千萬，這兩萬元，他好意思收你的嗎？」

魏太太聽了，覺得她這種見解頗為不錯，把那二十萬元鈔票都帶在身上，披上大衣，夾了皮包，就向范寶華寫字間裡來。

他那房門，倒是洞開著，伸頭一張望，就看到老范兩腳架在寫字臺上，人仰在椅子上，兩手捧了報在看。

他似乎已聽到女人的皮鞋跟響，放下報來，抬頭一望，立刻將報摔在地板上跳了起來笑道：「歡迎歡迎！」

魏太太手扶著門，笑問道：「我不打攪你辦公嗎？」

范寶華笑道：「我辦什麼公？守株待兔，無非是等生意人接頭。」

魏太太笑道：「那麼，我是一隻小白兔。」她說著話走了進來。

范寶華笑道：「沒有的話，沒有的話，我說的是生意人，請坐請坐。」

魏太太倒並不坐下，將皮包放在寫字臺上，打開來，取出兩疊鈔票，送到老范面前，笑道：「真對不起，你那兩萬元，我直……」

范寶華不等她說完，將鈔票拿著，依然塞到她手上去，笑道：「這點款子，何足掛齒？這次一票生意，魏先生對我的忙就幫大了。老劉，快倒茶來！」說著，昂了頭向外叫人。

魏太太搖著手道：「你不用招待，我有事，馬上要走。」

范寶華伸著五個指頭，向她一照，笑道：「請你等五分鐘吧，我有一個好消息告訴你。」

魏太太聽說有好消息，而又只要等五分鐘，自然也就等下來了。

魏太太和范寶華雖不能說是好朋友，可是共同賭博的時候很多，也就很熟了。范寶華請她等五分鐘，這交情自然是有，便在寫字臺對面沙發上坐下，笑道：「范先生有什麼事見教嗎？」

范寶華道：「今天下午，朱四奶奶家裡有一個聚會，你知道不知道？」

魏太太已得了丈夫的明示，朱四奶奶是不可接近的人物，聽了這話，未免在臉上微微泛起一陣紅暈，因笑道：「我和她也就是上次在羅太太家裡共過一回場面，我們談不上交情，她不會通知我的。」

范寶華道：「朱四奶奶廣結廣交，什麼人去，她都歡迎。」

魏太太道：「我是個不會應酬的人，無緣無故地到人家家裡去，那也乏味得很。」

說到這裡，男傭工進屋來倒茶。

范寶華按下對客談話，就向那男傭工道：「我託賈先生預備的那批款子，你和我取了來。」男傭工點著頭去了。

范寶華又向魏太太道：「我忘記交代一句話，朱四奶奶公館裡，今天下午這個約會全是女客，不招待男賓。據說是她找到一位好蘇州廚子，許多小姐太太們要試試這蘇州廚子的手藝，她就約了日子，分期招待，今天已是第三批了。招待之前，少不得來點娛樂，大概是兩小時梭哈，魏太太何妨去瞧瞧。」

魏太太笑著搖搖頭。

范寶華笑道：「你拘謹什麼？羅太太她就老早地過江來了。」

魏太太道：「你怎麼知道的？」

范寶華笑道：「她已經在我這裡拿了十五萬元作賭本去了，不然，我怎麼會知道這件事的呢？」

魏太太笑道：「我和羅太太怎能打比？第一，她皮包裡方便，第二，她和朱四奶奶認識。」

范寶華道：「你說的這兩件事，都不成問題。第一，她皮包內並不比你有錢，這個我能做證明。她要是有錢，還會到我這裡來借賭本嗎？第二，她和朱四奶奶認識，難道你和朱四奶奶不認識嗎？」

魏太太正想對這事加以辯駁，那個男傭工卻捧了個大紙包進來，放在寫字臺上。范寶華從從容容地將報紙包打開，裡面卻是大一捆小一捆的鈔票。若每小捆以一萬計，這當然是三四十萬元，甚至還多。

范寶華將這些鈔票略微看了一看，把寫字臺的抽屜打開，將鈔票一捆一捆的向裡送，送完了順便將抽屜關上，在正中抽屜裡摸出一把鑰匙，向空中一拋，然後又接上，卻向男傭工笑道：「幸而我有兩把鑰匙，不然的話，你把那鑰匙落了，現在教我怎辦？」說著，將裝鈔票的抽屜鎖上，鑰匙依然揣到西服褲岔袋裡去。

魏太太聽到范先生提起丟鑰匙的話，心房就是一陣跳動，聯想著自己的臉腮恐怕也會發紅，這就把自己手提皮包開開，低著頭，清理皮包的東西。

范寶華鎖好了抽屜，這就向她笑道：「魏太太，我和你建議，今天可以去參加朱四奶奶的聚會，我知道，在那裡打牌的都不是名手，你這一陣子很少贏錢，今天倒是可以出馬，撈它一筆回來，好在有羅太太在場，你有一個顧問，是不是我說的這情形，你可以向她打聽一下，若是果然不錯，她總也可以做你這個參謀的。據羅太太說，胡太太昨天就在朱四奶奶家裡玩過一場的，不過是三個半小時，足足的贏了四十萬，據說，參加的是百分之百的外行小姐。」

魏太太笑道：「范先生說得那樣容易，好像到朱四奶奶家裡去就有錢撿著似的。」

范寶華道：「這話並非我憑空捏造，你如不信，可去問問胡太太。」

魏太太笑道：「好吧，若是朱四奶奶約到我家頭上來的話，我也不妨去碰碰運氣。這兩萬元，是范先生借給我的錢，我已是拖延了日子了，不必客氣，請收下吧。」說著，將那兩小疊鈔票，還是擺到寫字臺上。

范寶華站著，笑了向她微微一鞠躬，因道：「不錯，是你暫時移用的一點款子，在昨日以前，你還我這筆錢，我不必假客氣，我就收下了。到了今天，這兩萬元的小款，我還要斤斤較量，我這人就太不識好歹。老實說，現在做成一批八百萬元的生意，那是很要花銷一筆用費的。這次我要實得八百萬元，分文不短，就得了八百萬元。事先，我僅僅是請孟科長和魏先生吃了一頓早點，另送了孟科長太太一隻金鐲子，我的花銷實在太小了，這兩萬元也不過是打兩枚金戒指，算不了什麼。我乾折了，怎麼樣？改天我再請魏先生魏太太吃飯。」說著，又抱著拳頭，奉了幾個小揖。

魏太太看他滿臉是笑意，這不但是抽屜裡鈔票公案，他絲毫不見疑，而且很有感謝之意，家裡楊嫂說的話，倒完全是合了拍的，便兩手按了手皮包在寫字臺上，站著望了他笑道：「這倒讓我為了難了，我放下不好，收回去也不好。」

范寶華笑道：「我的話已完全說明白了，還用得著我解釋嗎？你要放下也可以，那我得另添一筆錢，再去買東西送你，你原是好意，這樣一來，是讓我更多的花錢了。」

魏太太向他笑了一笑，也就把那兩疊鈔票再收回到皮包裡去。

范寶華笑道：「魏太太，你若是大獲全勝的話，可別忘了是我的建議。」

魏太太覺得也無其他的話可說，點了個頭，說聲多謝，也就告辭了。

不過范寶華最後這句話，可給予了她的印象很深，彷彿這一到朱四奶奶家裡去，就可以撿上一大筆。自己在馬路上走著，自己想著心事，假使能夠贏他個二三十萬元，把皮包裡的鈔票再翻上一個身，未嘗不是一件好事？心裡這麼一動，這個走路的方向，不知不覺地就走向胡太太家裡去。

到她家還有幾戶人家，迎頭就遇到了羅太太。她一把將魏太太拉著，笑道：「你到哪裡去？」

魏太太笑道：「你今天不是有一個很好的聚會嗎？怎麼到這裡來了？」

羅太太笑道：「果然有個聚會，你怎麼知道的？」

魏太太笑道：「有人約會你，難道說我消息都得不著嗎？」

羅太太笑道：「朱四奶奶也通知了你嗎？那好極了，我們一塊兒去吧。」說時，挽了魏太太的手就走。

魏太太笑道：「人家又沒有約我，我自己走了去算個什麼？」

羅太太道：「沒關係。朱四奶奶廣結廣交，也不在乎你這個人。你就和她一面不識，她也歡迎你去的。你既和她認識，一定她是雙倍的歡迎。」

她一面說著，一面拉了魏太太的手走，魏太太也就情不自禁地跟了她走。

這朱四奶奶的家，雖也在重慶市區，可是她家的環境，卻是在嘉陵江岸邊一個山林區，終年是綠色圍繞著。為了對於空襲的掩護，朱四奶奶住的這座洋樓，用深灰色粉刷著牆壁，將芽黃色的樓廊掩藏在裡面。這芽黃色的樓廊，裡面又是碧綠色的窗櫺和門戶，顏色是非常的調和美麗。

魏羅兩位太太坐了轎子順著一條石板下坡路，向朱公館走來，隔了一片樹林子，在綠樹的樹梢上就可以看到那精緻的樓房。羅太太一指，笑道：「這就是朱四奶奶家裡。」

魏太太就出乎意外地說了一聲這樣好。

到了那門口，一道短圍牆，圍了一方小花圃。一棵胭脂千葉桃花和一棵白色的簇擁的開著。半遮掩了東部走廊。西部卻是十幾棵芭蕉，綠葉陰陰的，遮住半邊屋子。

在重慶住著吊樓的太太，過的是雞窠生活，到胡太太家裡去，看到她那小巧的平式洋房，已覺是天上人間，於今見到這花團錦簇的公館，便立刻想到，有這樣住好洋房的女朋友，為什麼不結交呢？慢說可以求朱四奶奶做點幫助，就是偶然來坐坐，精神也痛快一陣吧？

這樣想時，轎子已在門口停下。

那朱四奶奶很樸素地穿了件藍布罩衫，正伏在樓欄桿上向下望著，立刻招招手笑道：「歡迎歡迎。」

魏太太向樓上點著頭道：「在路上遇到羅太太，說是到府上來，我就跟著來拜訪，不嫌來得冒昧一點嗎？」

朱四奶奶道：「喲！怎麼說這樣客氣的話？接都接不到的。」她說著，扭轉身就迎下樓來。

她歡迎魏太太的程度，遠在歡迎羅太太之上，已首先跑向前來，握著魏太太的手，笑道：「我原是想到請你來的，可是我們交情太淺了，我冒昧地請你來，恐怕碰你的釘子。」

魏太太連說言重。

朱四奶奶著實周旋了一陣，這才去和羅太太說話，一手拉著二位，同走進屋子去。她後面就跟著兩個穿藍罩衫，繫著白圍襟的老媽子。

他們首先走到樓下客廳，裡面有重慶最缺少的絨面沙發，紫檀架子的穿衣鏡以及寸來厚的地毯，其餘重慶可以搜羅得到的陳設，自是應有盡有。在客廳的一邊，上有北平式的雕花木隔扇，在這正中，垂著極長極寬的紅綢帳幔，在那帳幔中間，露著一條縫，可以看到那裡面地板光滑如油，是一座舞廳。

朱四奶奶只是讓兩位站了一站，笑道：「都在樓上，還是上樓去坐吧。」於是又引著兩位女客上樓。

到了樓上，又是陳設華麗的一座客廳，但那佈置，卻專門是給予客人一種便利與舒適。沿了四周的牆，佈置著紫漆皮面沙發。每兩張沙發，間隔著一張茶几，上面陳設著糖果花生仁等乾果碟子。正中一張圓桌，鋪著白綢繡花的桌毯，有兩隻彩花大瓷盤，擺著堆山似的水果。牆上嵌著各式的大小花瓷盤與瓷瓶，全供著各色鮮花。

那鮮花正象徵著在座的女賓，全是二三十歲的摩登女子，花綢的衣服，與脂粉塗滿著的臉，花色花香，和人身上的香氣，在這屋子裡融合到一處。

朱四奶奶一一地介紹著，其中有三位小姐，四位太太，看她們的情形，都也是大家眷屬，魏端本原來所顧慮到的那些問題，完全是神經過敏。魏太太這也就放下那顆不安的心，和太太小姐們在一處談話。

朱四奶奶待客，不但是殷勤，而且是周到。剛坐下，就問是要喝咖啡或是可可？客人點定了，將飲料送上來，又是一道下茶的巧克力糖。

喝完了這道飲料，四奶奶就問是打撲克呢？還是打麻將呢？女賓都說人多，還是梭哈好，於是主人將客人引進另一間屋子裡。這屋子裡設著一張鋪好了花桌毯的圓桌，而且圍了桌子的，全是彈簧椅子。

在重慶打牌，實在也是很少遇到這種場合的。魏太太看了看這排場，根本也就不必謙遜，隨同著女客們一同坐下。朱四奶奶本人卻不加入，只是督率著傭人進出地招待。

魏太太雖是聽了范寶華的話，這是個贏錢的機會，可是竟不敢大意，上場還是抱了個穩紮穩打的戰術，並不下大注。在半小時之後，也就把這些女賭友的情形看出來了。除了兩位年長些的太太比較精明一點，其餘全是胡來，就是穩紮穩打，也贏了四五萬元。自己皮包裡，本就有二十萬元。在她自己的賭博史上，這是賭本充足的一次。兵精糧足，大可放手做去，因此一轉念之下，作風就變了。

小小地贏了兩三次，便值朱公館開飯，停了手了。她們家的飯廳，設在樓下。那裡的桌椅全是漆著乳白色的，兩旁的玻璃櫥，裡面成疊地放著精緻的碗碟瓶罐，不是玻璃的，就是細瓷的，早是光彩奪目。魏太太這又想著，人家這樣有錢，還會幹什麼下流的事嗎？丈夫實在是誣衊人家了。

坐下來之後，每位女賓的面前都是象牙筷子，賽銀的酒杯，此外是全套的細瓷器具。重慶餐館裡的擦杯筷方紙，早改用土紙六七年了，而朱四奶奶家裡卻用的是印有花紋的白粉箋，這樣，她又推想到吃的菜不會不好，果然，那第一道菜，一尺二直徑的大彩花瓷盤裡，什錦拼盤，就覺得有幾樣不識的菜。

其中一位趙太太，兩手交叉著環放在桌上，對盤子注意了一下，笑道：「那長條兒的，是龍鬚菜嗎？」

朱四奶奶微笑道：「這是沒有代用品的。」

趙太太道：「那麼，那切著白片兒的，是鮑魚？」

朱四奶奶道：「對的，我得著也不多，留著以供同好。」

趙太太道：「這太好了，我至少有七八年沒有吃過這東西了。重慶市上，就是那些部長家裡，也未必辦得出這種拼盤出來吧？往後的正菜，應該都是七八年再相逢的珍品吧？」

朱四奶奶微笑道：「這無非是些罐頭罷了，魚翅魚皮可沒有。我叫廚子預備了兩樣海味，一樣是蝦子燒海參，一樣是白扒魷魚，這在重慶市上也很普遍了。」她說時，臉上帶著幾分得意的微笑。

魏太太一看這情形，越覺得朱四奶奶場面偉大，在這種場合，就少說話以免露怯；再說，自己這身衣服，不但和同席的太太小姐比不上，就是人家穿的皮鞋，拿的手絹，也無不比自己高明得多，更不用說人家戴著佩著的珠寶鑽石了。

可是她這樣的自慚形穢，朱四奶奶卻對她特別客氣，不住地把話兜攬，而且斟滿了一杯酒向她高舉道：「歡迎這位新朋友。」

魏太太雖不知道人家為什麼特別垂青，但是絕不能那樣不識抬舉，也就陪著乾了一杯，也就為了主人這樣殷勤，不能不在主人家裡陪著客人盡歡，繼續地喝了幾杯。

飯後，繼續的打梭哈。魏太太有了幾分酒意，又倚恃著皮包裡有二十四五萬元，便放開膽子賭下去，要足足地贏一筆錢。

不想飯後的牌風，與飯前絕對不同，越來大注子拼，越是輸錢。兩小時賭下來，除了將皮包裡的現鈔輸光，而且還要向羅太太移款來賭。

那主人朱四奶奶真是慷慨結交，看到魏太太輸多了，自動地拿了十萬元鈔票，送到她面前笑道：「我們合夥吧，你打下去，這後半截的本錢，由我來擔任了。」

魏太太正覺得一萬五千的和羅太太臨時移動實在受著拘束，有了這大批的接濟，很可以壯膽，便笑道：「合夥不大好，豈不是我站在泥塘裡的人拖四奶奶下水。」

四奶奶她站在桌子邊，在几上的碟子裡取了一塊巧克力糖，從容地剝了紙向嘴裡放著，微笑道：「這幾個錢也太值不得掛齒了，你打下去就是，怎麼算都好，沒關係。」

看她那意思，竟是站在同情的立場上送了十萬元來賭，心裡自是十分感激，但為了表示自己的身分起見，就點點頭道：「好的，回頭再說。」於是拿了這十萬元又賭下去。

賭到六點多鐘約定的時間，已經屆滿，魏太太是前後共輸二十九萬五千元，**最先贏的五萬元算是釣魚的釣餌，把自己的錢全給釣去了**，終算在朱四奶奶這裡繃得個面子，不便要求繼續地賭，而且自己已負了十萬元的債，根本沒有了賭本。看到其他女賓嘻嘻哈哈道謝告辭。

朱四奶奶握著她的手，送到大門口，笑著表示很親熱的樣子，因道：「真是對不起，讓魏太太損失了這樣多的錢。」

魏太太笑道：「沒有什麼，賭錢不總有個輸贏嗎？還有四奶奶那十萬元。」

四奶奶不等她說完，就含笑攔著道：「那太不成問題了，我不是說合夥的嗎？不要再提了，我這裡大概三五天總有一個小局面，魏太太若高興消遣，儘管來。下次，我好好地和你做參謀，也許可以撈本。」說著，握了她的手，搖撼了一陣。

魏太太在女主人的溫暖下，也就帶了笑，告辭出去。是羅太太同她來的，還是羅太太陪著她一路走去。

魏太太夾了她那空空如洗的手提皮包，將那件薄呢大衣歪斜地披在身上。她還是上午出來時候化的妝，在朱四奶奶家裡鏖戰了五六小時，胭脂褪了色，粉也退落了，她的皮膚雖是細白的，這時卻也顯出了黃黃的顏色，她那雙眼睛原是明亮的，現在不免垂下了眼毛，發著枯澀，走路的步子也不整齊，高一步低一步，透著不自然，但她保持緘默，卻是什麼話也不說。

羅太太隨了她後面，很走著一截路，才低聲問道：「魏太太，你輸了多少？」

她打了一個淡哈哈，笑道：「慘了，連上午贏的在內，下午共輸三十五萬。你保了本嗎？」

羅太太道：「還不錯，贏了幾千塊錢。我今天輸不得，是借得范先生的賭本，這錢不能放在手上，我趕緊送還他去吧。」

魏太太道：「他最近做了一筆生意，賺了八九百萬，十來萬元，他太不在乎。」

羅太太道：「他倒是不會催我還錢，不過這錢放在我手上，說不定再賭一場，若是輸了的話，自己又負了一筆債。」

魏太太道：「這話不對，你今天若是輸了，不已經負上一筆債了嗎？」

羅太太笑道：「我猜著今天是可以大贏一筆的，這幾位牌角，的確本領不高明。可是我們兩人的手氣都不好，這也就是時也命也了。」

魏太太輕輕地嘆了口氣，也沒說什麼，到了大街上各自回家。

魏太太到了家，兩個小孩子就把她包圍了。娟娟大一點，能說出她的要求，便扯著母親的後衣襟。叫道：「媽，你有那樣多鈔票，買了些什麼回來給我吃？」

小渝兒更是亂扯著她的大衣擺，叫道：「我要吃糖，我要吃糖！」

魏太太看到這兩個孩子的要求，心裡倒向下一落，將手上的皮包向桌上一丟，將手摸了小渝兒的頭道：「媽媽沒有上街，沒有給你們買吃的。」

楊嫂站在房門口，先對女主人的臉色看了一看，因問道：「啥子都沒有買，兩個娃兒望了好大一天咯。」

魏太太道：「你沒有給他們買一點吃的嗎？」

楊嫂道：「買了兩個燒餅把他們吃，他們等你買好的來吃咯。」

魏太太軟綿綿地在床沿上坐下，微微地嘆了口氣。

楊嫂道：「大概是又輸了吧？」

魏太太道：「這一陣子也不知道是怎麼回事？賭一回輸一回。」

楊嫂好失驚的樣子，瞪了眼望著她道：「郎個說？二十多萬，這半天工夫你都輸光了，十兩金子都送把人家，硬是作孽。」

魏太太紅了臉，站起來道：「沒有沒有，哪會輸這樣多，也不過輸了一兩萬塊錢，先生回來你不要對他說。」

楊嫂道：「我想，你也不能郎個大意，先生費好大的事喲，賺來了二十萬，你連一包花生米子也沒有吃，就別別脫脫輸了，別個賺來的錢，不心痛嗎？先生賺的錢還不就是你的錢。」

魏太太突然站立起來，將桌上的皮包拿了過來，夾在肋下，板了臉道：「不要說了，不要說了。我出去給他們買東西來吃就是了。」說著，就向外走。

剛走到大門口，就遇到魏端本夾了皮包，下班回來。他老遠地帶了笑容道：「佩芝，不要走了，我們一路出去看一場電影。緊張了兩三天，該輕鬆一晚上了。」

魏太太站在屋簷下，躊躇了一會子，她的觸覺很敏銳的，摸到手裡的皮包裡面是空空的，分量是輕飄飄的，不免對丈夫很快地看了一眼。

魏端本道：「你又要去梭哈嗎？今天是本錢充足得很。」說著，他已走近了兩步，低聲笑道：「你可別忘了預備買十兩金子。」

魏太太道：「我去和小孩子買點糖來，錢在家裡收著呢。」

魏端本笑道：「我想你今天也許不會賭，難道真的不為自己生活打算嗎，你快去快回，我等著你回來一路去看電影。」

魏太太不能再說什麼，低著頭走了。

魏太太對於這一場賭，不但覺得輸得太寃，而且對於那二十萬元現鈔，什麼事情沒辦，也非常地懊悔。丈夫是一團高興，要慶祝這二十萬元的意外收穫，哪裡知道已經把它輸得精光？這話怎麼去交代？

上次輸了丈夫一大筆公款，是自己做了一回虧心事，把范寶華的一筆錢偷來補充了，幸是沒人知道，把那場大禍隱瞞過去，**現在卻到哪裡去再找這樣大批的鈔票？**

她心裡這樣想著，兩隻腳不必她指揮，還是向上次找到鈔票的所在走去，她心裡是這樣地想著，今天上午，又看到老范將大批的鈔票塞進那個抽屜，開那抽屜的鑰匙，還藏在內衣袋裡呢。

她走著，將手伸到衣服裡面去，就摸索了幾回。果然，那小衣的口袋裡一串鑰匙依然存在。**她轉了個念頭了，管他呢，再去偷他一次。姓范的這傢伙，發的是國難財。他雖不是偷來的錢，囤積居奇，簡直是搶來的錢，應該是比偷來的錢還要不義，對於這種人，無所用其客氣。**

如此想著，腳步就加快了走。她最後的想法，教她不必有何考慮，徑直地走向范寶華的寫字間來。

這寫字間，是在一所洋房的二層樓，雖是來得相當的熟了，可是到了這洋房的大門口，她自己不知道是什麼原由，卻躊躇起來。在大街上望了那立體式的四層樓洋房，步子就緩下來了。

她心想：這麼大模大樣地走了進去，人家不會疑心這個陌生的女人，到這裡來幹什麼？若是真有人問起來，這是教人無法答覆的。

慢慢地走去，漸漸地畏怯起來，到了這洋房大門口，不由得站著停了一停。

她這麼一停，路旁乘機待發的叫化子，就有一大一小迎了上前，站在身子前後，放出可憐的樣子，發出哼聲哀求著道：「太太，行好吧，賞兩張票子我們花吧，明裡去，暗中來。」

魏太太聽了這話，心中一動，不免向他們看了一眼。問道：「什麼叫暗中來？」大叫花子道：「太太，你是正人君子嗎，正大光明嗎，老天爺暗中保佑你嗎？」

魏太太倒不想這個叫化子還能說出這麼一套話，於是，在身上掏出一張小票子扔給了他們轉身就走了。

她這一陣發脾氣，放開了腳步走，就搶過了洋房的大門，心裡同時想著，這麼一所大樓必定有後門，既是要避人看見，那就是找著後門進去為妙。

她這麼想著，就注意到這洋樓的周圍是否有橫巷。果然，在去這樓房不到十家鋪面的所在，發現了一條橫巷子，由這巷子穿過去更有一條小橫街。她看準了方向，在這條小橫街上向回走。

她估計著還有十來家門戶，就站住腳打量著形勢。這裡卻是一爿極小的裁縫鋪，由那裁縫鋪上，向前看去，似乎半空裡有一幢洋樓的影子，因為天色已經漆黑了，街上電燈反射到空中的光芒，不怎麼的強烈，那些房屋的影子也不怎麼的清楚。

她正在出著神，這裁縫店敞著店門窗戶，在做衣服的案板上，懸下一盞洋鐵圓片兒罩住的電燈泡。在那燈光直照的案板邊，對坐著兩個裁縫，正低頭做衣服。

其中一人，偶然抬頭，在強烈的電光下，看到窗戶外一個女人影子呆呆地站著，倒嚇了一跳，隨著站起來問道：「找哪個？」

這本來也是一句普通的問話，可是魏太太正出了神，被人家突然一問，好像自己什麼漏洞被人捉住了似的，也不答話，轉身就走。

她不走人家也不去怎樣的疑心，她走得這樣地快，更是給予人家一種疑心。那裁縫放下針線，飛奔了出來，看昏黃的燈光下，剛走過去個女子，不知窗戶外站的是不是她，倒不敢冒昧，同時，也怕是主顧，只有站在店門口屋簷下，再問了一句找哪個？

魏太太也省悟過來了，便回頭看了看道：「什麼事大驚小怪，送衣服你們做。」她雖然是解釋著，可是並沒有停住腳，依然繼續地走去。

逕自走著，不覺又走上了大街。她忽然轉了個念頭，丈夫等著去同看電影呢。怎能夠儘管在街上兜圈子？但特意到這裡來了，這洋樓的大門也不進去，那是太放棄機會了。

范寶華這寫字間又不是沒有來過的，進去看看，有什麼要緊，萬一又得著上次那樣的機會，在他抽屜裡再拿走幾十萬元，不但今晚向先生交帳這一關平安地可以過去，也許可以多撈他幾十萬元。

想著，將腳在地面上一頓，表示了前往的決心，於是抄了一抄大衣領子，徑直地走進那洋樓。樓下那個貿易公司自然是早已下班了，順著櫃檯外的盤梯走向二層樓，也並不曾遇到一個人。

站在樓梯口上凝神了一會，覺得心房有點跳動，將手在胸脯上按了一按，自己叮囑了自己道：「怕什麼？這並沒有什麼犯法的事。」同時看看這樓上的夾道，除了一路幾盞電燈亮著，並沒有人影子。

遠遠地看那范寶華的寫字間，房門就是微掩著的，雖然是心房有點跳動，卻又不免暗喜一陣，心想，活該，這還是有個很好機會，若是他和那個聽差全不在屋子裡，房門必是暗鎖了的，縱然有開抽屜的鑰匙，這房門打不開，那也是枉然的。

於是故意放重了步子，走著夾道的樓板一陣亂響。到那房門口站定，用手敲著門道：「范先生在這裡嗎？」

連敲了幾遍，又連喊了幾聲，裡面並沒有人答應，於是手扶了門輕輕向裡推著，伸進頭去看看，雖然屋梁上懸下來的那盞電燈是亮的，可是寫字臺上的桌燈卻沒有光亮，屋子裡空空的，主人不在，工人也不在。

魏太太心裡狂喜。想著：**天下果然有這樣的巧事，讓人打著如意算盤。這一下子，又可把老范放在抽屜裡的鈔票，給他席捲一空**，於是立刻踅身進去，隨手將門掩上。第二個動作，立刻奔向寫字臺，彎身去開那有鈔票的抽屜。

果然，拉了一拉抽屜環扣，不能動，還是鎖著的。這個抽屜是旁邊的第二格，上次就是在這裡有了很大的收穫。今天上午在這屋裡，也是親眼看到范寶華將幾十萬元送了進去，然後鎖著的，於是將手皮包放在桌上，伸手到懷裡去，在小衣口袋裡把鑰匙掏出，但鑰匙拿在手上，卻又不去開鎖，再回到房門口，打開房門來，伸頭向夾道看看。見整條的夾道還是光亮的電燈照著，空無所有，於是縮身回去，將門關上，關了不算，還把門上的插門橫插著。關了門之後，看到屋子四周是白漆粉刷，屋頂上懸下來的電燈照見全屋子雪亮，同時，也就照見她孤零的影子倒在樓板上。

這晝夜不離的影子，誰也不會留意的，這時她回頭看了看影子，好像心裡有點動盪，也就聯想到後牆玻璃窗子是對了洋樓外的，自己在屋子裡走動，那就很可能讓樓下的人會看到樓上的人影。

這屋子的電燈開關就在門角落裡。她順手一轉電門子，屋子裡漆黑了。這給予她一種很大的便利，不但不用得去四周探望，而且那怦怦亂跳的心房也停止不跳了。

過了兩分鐘，這屋子也就有了亮了，這亮不是本屋子裡發生的，乃是後牆的玻璃窗戶放進來的鄰屋燈光。在那稀微的燈光下，可以看到屋子裡的桌椅陳設。

她偏頭聽聽屋子外面並沒有什麼響聲，這就放大了膽，走到寫字臺邊，摸著那第二個抽屜，伸著鑰匙，向鎖眼裡插了去。她這時發現著自己有點恐慌，那鑰匙只管在抽屜板上碰著，怎樣也對不准鎖眼，原來她這兩隻手，又在發抖。

她於是蹲下身子去，左手摸著鎖眼，右手把鑰匙插進去，她聽到鎖眼嘎吒一響，鎖是開了。她便拉著抽屜的搭扣，向外拉出來。抽屜是活動了，只拉出來二三寸，卻拉不動，伸手到裡面去掏摸著，正是裡面放著鈔票太多了，抽屜拉不出來。

但她的行為到了這時，一切是刻不容緩，也絕不能甘休，於是手拉了抽屜搭扣，使勁向外一拉。這抽屜嘩啦一聲響，由裡面直跳了出來，魏太太雖然不大十分看見，但已覺得抽屜裡面的票子有不少已蹦到了樓板上，她趕快地摸索著，全撿起來放到桌子角上。

不想越怕有聲音，越是有聲音，將鈔票捆放下的時候，恰好是將原放的一隻空茶杯子碰倒了，噹的一聲，在寫字臺上滾著，幸是有文具擋住，還不曾落下地去。

她那顆心本就是跳著的，這響聲一起，就教她的心房跳得更厲害，而且周身的肌肉也都隨著在跳動，但她知道這是緊要關頭，絕不能耽誤片刻，一面摸索著，一面打開皮包，將鈔票向裡面塞。皮包塞滿了，在抽屜裡摸著整捆的鈔票，向大衣袋裡揣著。

大衣上兩個大口袋塞得包鼓鼓的，已不能再揣了，伸手向地面的抽屜裡摸索時，還有兩捆鈔票。她心想，哪有這樣多的鈔票，黑屋子裡胡亂地揣著，不要把紙捲兒都收起來了吧？

借著玻璃窗子外放進來的光，還可以看到寫字臺上的桌燈。她摸著拉鍊，將電燈亮著，先看拉開的抽屜，裡面果然還有兩捆鈔票，再在大衣袋裡掏出成捆的東西來看，還是鈔票。她心裡想著：今天這筆收穫比上次的還要多，怕不有四五十萬。這真可以說是發個小財。

她一喜之下，將抽屜裡兩捆鈔票也勉強的塞在大衣袋裡，這也來不及去上好那抽屜了，將裝滿了鈔票的皮包夾在肋下，隨手熄了電燈，打開房門，就向外走。

她開這門的時候，表示著鎮定，還是緩緩地將門拉著，自己心裡也就想著：這總算人不知鬼不覺，又撈了……

門拉得大半開了，卻有個男子的人影，端端正正在房門口擋住。

她嚇得身子向裡一縮，那人可隨著進來了。他第一個動作是隨手掩上了門，第二個動作，卻把電門子開了，亮著屋頂懸掛的那盞大電燈。魏太太看清楚了，**那正是這屋子和鈔票的主人范寶華**。

他口角上銜著一支香煙，兩手插在西服褲岔袋裡，將背靠了房門，不住地微笑，他的眼光先注視著那漲得像豬肚子似的皮包。再看撐出身外的魏太太大衣袋。

魏太太的臉都紅破了，呆了兩隻眼睛向他望著，一步步向後退，退得靠住了寫字臺。她兩行眼淚要在眼睛裡流出來但沒有流出，那眼淚水只在眼眶蕩漾著，范寶華看了她這份為難的樣子，倒並不見逼，將兩隻肩膀扛了兩下，臉上還是放出笑容，口角上的煙捲從容地冒著一縷輕煙。

魏太太看這樣子，絕對跑不出去，便抖顫了聲音，先叫了句范先生。

他依然微笑著點點頭，看去並無惡意。她於是鞠了個躬道：「范先生，我真對不起你，這事做得太不夠朋友了，不過我也實在是出於不得已。」

她一面說著，一面抖顫，那大衣袋裡塞不下的一捆鈔票，在寫字臺角上一擠，擠出大半截，更由於她過分的抖顫，那捆鈔票就落在了地板上。

魏太太彎腰撿了，放在寫字臺上，望了范寶華道：「范先生，你的錢我分文未動，你都收了回去，你放我走吧，我將來報你的大恩大德。」

她說著，她要哭，她又不敢，只是周身發抖，肋下的皮包也夾不住了，又落在地板上。

范寶華將右手取出了嘴裡的紙煙，指著皮包道：「撿起來，有話慢慢說。」

魏太太眼望了他，半蹲著身子，伸手把那皮包拉起，然後打開皮包來，將鈔票捆掏出，要放在桌上，范寶華把紙煙扔到痰盂裡去，搖著手道：「不忙拿出來，我問你，你是不是在朱四奶奶家裡賭輸了，又到我這裡來打主意去塞你的漏洞？」

魏太太手裡捧了皮包，低著頭道：「是的，我是聽你的話，想去贏一筆錢，不想是大大的輸了。」

范寶華兩手插在褲子袋裡，走過來兩步，問道：「你輸了多少？」

她道：「輸了二十萬。」

他哈哈笑道：「怪不得你又要耍我一手，你把你丈夫昨天弄得的一筆錢整個送掉，他白落一個貪污的名聲了，**賭實在不是一件好事。你不賭錢，這麼一個漂亮的青年太太，何至於來做賊呢？**」

魏太太聽到做賊兩個字，一陣心酸，那眼淚再也忍不住，雙雙地由臉腮上直掛下來。

范寶華笑道：「這是沒有辦法的事，這錢讓你拿出這幢洋房，那錢就是你的了，鈔票上我並沒有做什麼記號，我不敢說你那天衣袋裡皮包裡的錢是我的，**現在人贓俱獲，你沒什麼可以狡辯的，你得承認偷了我的錢。**」

魏太太流著淚道：「我承認，請你別再說了，你說我做賊，比拿刀子割我的肉還要難受。錢我都還你，請你在我身上搜查吧，除了皮包裡我原來幾千元而外，此外全是你的，你都拿回去吧。」

范寶華搖搖頭道：「事情不那樣簡單，這次你偷我的錢，算是還了，上次那三十來萬呢？我捉了你這次，當然我可以把你以往所做的案子清查出來。」

魏太太道：「沒有沒有，我就是這一次。」

范寶華將手由褲子袋裡抽出來，環抱在胸前，斜伸了一隻腿站著瞪了眼道：「事到於今，你還要強辯。老實告訴你，我今天當你的面，把許多鈔票放到抽屜裡去，我就是勾引你上鈎的。不是這樣引你，破不了上次的案子。在你那天晚上由我這裡走出去以後，我打開抽屜來，鈔票不見了，我猜著就是你，也是你做賊外行，你在我抽屜裡扔下了一條手絹，你就明明白白告訴我，偷了我的錢了。」

魏太太聽說，收住了眼淚，望著他道：「那麼，你叫我到朱四奶奶家去賭錢，你是有意讓我去輸錢的？」

范寶華道：「有那麼一點，但是我沒有料到你一定會輸。我是想著，你不輸的話，今天雖不會來偷我的錢，但是你有了我的鑰匙，一定常來光顧的，我知道我的鑰匙，是在賭場上讓你偷去了，不料下午羅太太來還我的錢，說你輸得一塌糊塗，我就猜著你一定會來。我告訴你，我沒有走遠，就在對門一間屋子裡靜守著你呢。我那個聽差，在樓下小門房裡布下了第一道監視哨，你這架轟炸機第一次經過這大門口的時候，他就放了警報，你進了大門以後，他就悄悄地來通知了我，你……」

魏太太聽著這話，恍然大悟，她就伏在沙發上嗚嗚地哭起來。

范寶華顛著那條伸出來的腿，撲哧一聲笑了，因道：「不要哭，哭也不能挽回你的錯誤。你也是賊星並不高照，我今天撒下釣魚鉤子，今天你偏偏地大輸之下上了我的釣鉤。」

魏太太坐了起來，將大衣袋裡，皮包裡的鈔票陸續拿出，也都放在沙發上，臉上流著眼淚，一面埋怨著道：「好吧，算我上了你的鉤，你去叫警察吧。」

范寶華在衣袋裡掏出賽銀扁平煙盒子來，將蓋打開，伸到魏太太面前，笑道：「定一定神，魏太太來一支煙吧。」說時，滿面露著笑容。

她將身子一扭，板著臉道：「你太殘忍一點，你像那老貓捉著耗子一樣，先不吃牠，拿爪子撥弄撥弄，放到一邊，讓牠死不去，活不得。」

范寶華哈哈笑了。自取著一支煙捲，放到嘴裡，把煙盒放到袋裡去，將打火機掏出來，打著了火，舉得高高的，將煙支點著，他噴著煙，將打火機蓋了，向空中一拋，然後接住，放到衣袋裡去，站在她面前道：「我太殘忍？你以為我失去幾十萬元，讓你走了，那才是不殘忍？」

魏太太掏出手絹來擦著眼淚道：「今天的錢，全在這裡，你收回去就是。上次的錢，我也不必否認，是我拿了，將來讓我陸續還你吧。」

范寶華道：「還我？你出了我這房門，我有什麼憑據說你偷了我的錢？你反咬我一口，我還得賠償你名譽上的損失呢。」

魏太太道：「那麼我寫張字據給你。」

范寶華笑道：「你肯寫做賊偷了我兩回？」

魏太太哇的一聲又哭了，顫著聲音道：「你老說這個怕聽的名詞，我是知識婦女，我受不了。」說畢又伏在沙發上哭了。

范寶華兩手又插到褲子袋裡，繞了寫字臺踱著步子，自言自語道：「**既然做了這不名譽的事，還想顧全名譽，便宜都讓你一人占了**。」

魏太太突然站起來道：「你不必拿我開玩笑，你去叫警察吧，快刀殺人，死也無怨。」

范寶華已繞到寫字臺那一角，隔了寫字臺，用手指著她道：「你兩次叫我報警察了。我真叫了警察，你拿什麼臉面去見你的丈夫，去見你的親戚朋友？以後，你還能在重慶社會上露面？」

魏太太聽了這話，擦著淚痕，默然地站著，突然向門邊一撲，手拉門轉扭就想開門。不知道這門是幾時上了暗鎖，已是開不開了。

范寶華笑道：「耗子已經關在鐵絲籠子裡，除了我自動地放了你出去，你跑不了的，我這門外埋藏了伏兵，不會讓你逃走掉的。」

魏太太手扶了門扭，將身子倒在門上，嗚咽著道：「你把我關在屋子裡，打算怎麼辦？報警又不報警，放又不放我。」

范寶華道：「你坐下，我慢慢地和你談條件。談好了條件，我自然放你走。我把你關在這裡，有什麼用，你能在天花板下面變出錢來還我嗎？」

魏太太又扭了兩下門扭，果然是不能動，這就坐在沙發上，望了他道：「有什麼條件，你就說吧。」

范寶華益發將桌燈亮起，把抽屜關好，然後坐在寫字臺椅上，身子靠了椅子背，望著她笑道：「條件嗎？那很優厚的。我先表示，我同情於你，先說關於你那一方面的，當然上次和今天這次的事我一筆勾銷，決不提起。第二，今天你輸了二十五萬元，對丈夫是無法交帳，我可以再送你二十萬元，讓你去補償那個大窟窿。第三，我對著電燈起誓，對於你這兩次到我寫字間裡來的事情，我絕對保守秘密，如漏出一個字，我會讓雷火打死。」

魏太太聽到他說出這樣好的條件，就把眼淚收了，同時，臉上也就現出了輕鬆的顏色，因點點頭道：「那我太感謝你了，只要范先生肯顧全我的顏面，不和我計較，我就當改過自新，感激不盡。我怎麼還好意思要你送我那樣多的錢呢？」

范寶華微笑道：「我想你是很需要這二十多萬元的吧？假如你不需要這二十多萬元，今晚上何必又來冒這個險？我想，你今晚上沒有二十萬元現鈔交給你們魏先生的話，恐怕有一場很大的是非吧？」

魏太太兩手盤弄著大衣的紐扣，低了頭搖搖頭道：「那有什麼法子呢？」

范寶華道：「你能免掉這場是非，那不更好嗎？」

魏太太道：「當然是好。可是我做了這樣對不住你的事，你不見怪我，已是仁至義盡了，我怎好再接受你的鉅款？」

范寶華且不答她的話，又擦了一支煙吸著，兩眼直射到她的臉上，約莫有四五分鐘。魏太太也只是低頭盤弄大衣紐扣，又偷眼看看那關著的門，默然不語。

范寶華望了她道：「我想你不但今天需要款子，以後需要款子的日子還多著吧？你在我手上犯了案，你的前途，就把握在我手心裡。我剛才說了許多條件，都是有利於你的，天下哪有這樣對付小偷的？當然我有點貪圖。我索性告訴你，以後我可以多多給你花錢。只要你依允我一件事，你也知道我買金子發了一點小財，這話不會是空頭支票。

「在這屋子裡，現在有兩條路任你選擇。你還是和我決裂，讓我去喊警察呢？還是接受優厚的條件，和我做好朋友呢？乾脆，不光是二十五萬，今天你所拿的鈔票，都讓你拿走。這對你不是很優厚嗎？現在限你五分鐘，答覆我的話。否則我們就決裂了。」

魏太太聽了，心裡亂跳，只是低了頭盤弄大衣紐扣。

魏太太田佩芝是個有虛榮心的女人，是個貪享受而得不著的女人，是個抗戰夫人，是個高中不曾畢業的學生，是個不滿意丈夫的少婦，是個好賭不擇場合的女角。這一些身分，影響到她的意志上，那是極不安定的。現在被一個國難商人，當場捉到了她偷錢，她若不屈服，就得以一個被捕小偷的身分，押到警察局去，而屈服了，是有許多優厚條件可以獲得的。

范寶華叫她選擇一條路走，她把握著現實，她肯上警察局嗎？范寶華寫字間的房門，始終不肯在她答覆以前打開，她也沒有那膽量，在樓窗戶裡跳出去。

在一小時的緊張交涉狀態下，她得到了自由，坐在沙發上，靠了椅子背，手理著耳朵邊的亂髮，向同坐的屋子主人道：「現在可以放我回去了。我家裡那一位還等了我去看電影呢。」

范寶華握了她另一隻手，笑道：「當然放你走，不過我明天請你吃午飯的話，你還沒有答應我。」

魏太太道：「你何必這樣急！我現在心裡亂得很，不能預料明天上午是不是能起得來。」

范寶華摸摸她胸口，又拍拍她肩膀，笑道：「不要怕，沒關係。你以往在外面賭錢，不也是常常深夜回去嗎？上午你不能來，就是吃晚飯吧，我家裡的老媽子，下江菜做得很好，不是我特約朋友，沒有人到我家裡去找我的。」

魏太太已站了起來，穿起搭在沙發靠上的大衣。

范寶華就把桌上的票子清理一下，挑著票額大，捆數小的，塞進她的大衣袋裡，還笑著問道：「你那皮包裡還放得下嗎？」

魏太太看看寫字臺上，只有三四捆小數鈔票了，便笑道：「行了行了，我上了你這樣一個大當，就為的是這點錢嗎？只要你說的話算話，我心裡就安慰些。」

范寶華握了她的手道：「我絕對算話，你明天中午來，中午我把鐲子交給你，晚上來，我晚上交給你。不過我得聲明，現在最重的金鐲子，只有一兩四五錢，再重可得定做。」

魏太太道：「太重了也不好看，當然是一兩多的。你要明白，我並非貪圖你什麼。自認識你以來，根本你待我不錯，我很把你當個朋友，不想這點好意倒反是害了我自己，結果是讓你下了毒手，我上了金鈎鉤。」范寶華笑道：「不要說這話了，我也用心良苦呀。話又說回來了，唯其是我這樣做法，才是真愛你啊。」

魏太太瞅了他一眼道：「真愛我？望後看吧，希望你不過河拆橋就好，放我走吧。」

范寶華對她臉上看看，笑道：「你那口紅不大好，明天我買兩支法國貨送你。又香又紅。」

魏太太道：「有話明天再說吧。我該走了。」

范寶華道：「你明天是上午來呢？還是下午來呢？我好預備菜。」

魏太太道：「還是上午吧，晚上，我們那一位回家了。」

范寶華又糾纏了一會，這才左手握了她的手，右手掏出褲袋裡的鑰匙開著房門。魏太太趕快抽開了他的手，走出房門去。

范寶華在後面跟著。到了樓梯門，遇到了同寓的幾個人上樓，魏太太立刻端正了面孔，回轉身來向主人一鞠躬道：「范先生不必客氣，請回吧。」說畢，很快地走下樓去。

她走出了這洋樓，好像自己失落了一件什麼東西似的，站著凝神想了一想，可又沒有失落什麼。正好有輛乾淨的人力車慢慢兒地在面前經過，她叫了一聲車子，便走過去。

車夫還扶著車把，不曾放下，她告訴了他地點，立刻塞了三千元在他手上。車夫很知足，放下車把，讓她坐上，並無二句話，拉著她走了。

七　押寶

她坐在車上，好像是生了一場大病，向後倒在車座上。頭垂在胸前，兩手插在大衣袋裡，覺得有無數的念頭在腦中穿梭來去，自己也不知還要跟著哪個念頭想下去才對。

忽然一抬頭，卻見燈火通明，街上行人如織，這正是重慶最熱鬧的市中心區精神堡壘。街兩旁的店鋪敞開了大門，正應付著熱鬧的夜市。

她想起是為什麼出門來的了，踢著車踏板道：「到了到了。」

車夫道：「到了？還走不到一半的路呢。」

魏太太道：「你別管，讓我下來就是。」

車夫自是樂得這樣做，於是就放下車把了。

魏太太下了車子，先到糖果店裡買了幾千元糖果點心，又到茶葉店裡買了兩瓶茶葉，最後還到醬肉店裡買了兩大包滷菜，手上實在是不能提拿了，又二次雇了車子回家。

自己原是一路地自想著，必須極力鎮定，可是到了家門口，那心房就跳得衣服的胸襟都有些震動，兩片臉腮也不知受著什麼刺激，只管發起熱來。

她在那冷酒店門口，站著定了一定神，然後把買的東西連抱帶提，向屋子裡送了去。魏端本那間一當幾用的屋子裡，電燈還亮著哩，她伸頭看看，見丈夫正端坐在方桌子邊低頭寫字，桌子上正還放著一疊信封和信紙呢。

魏太太在門外就笑道：「真是對不起，回來得太晚了，看電影是來不及了，明天我再奉請吧。」

魏端本看了一看，笑道：「我就知道，你出去了，未必馬上就能回來。」

魏太太先把大小紙包都放在桌上，然後在衣袋裡掏出一盒重慶最有名的華福牌紙煙，放到他面前，笑道：「太辛苦了，慰勞慰勞你。」

魏端本笑道：「買這樣好的煙慰勞我？」

魏太太笑道：「偶然一次也算不了什麼，只要我以後少賭幾場，買煙的錢要得了多少？」

魏端本望了她笑道：「你居然肯說這話，難得難得。」

魏太太笑道：「我也不是小孩子，這樣極淺近的道理也不懂得嗎？」說著，將一包糖果打開，挑了一粒糖果塞到丈夫的嘴裡。

魏端本在她走近的時候，就看清楚了，大衣口袋包鼓鼓的，有一捆鈔票角露出來，因笑道：「怪不得你這樣高興，你弄了一筆外來財喜了。」

魏太太回到屋子裡，對丈夫一陣敷衍，本來就覺得精神安定多了。聽了這句話，不覺臉上又是一陣紅潮湧起來，望了他道：「我有什麼外來財喜呢？偷米的，打野雞來的？」

魏端本笑道：「言重言重！平常一句笑話，你又著急了。」他索性放下了筆，對太太望著。

魏太太臉上略帶了三分怒色，因道：「看你說話，不管言語輕重。也不管人家受得了受不了。」

魏端本笑道：「我看你很高興，衣袋錢又塞滿了，我猜你是贏了一筆。」

魏太太道：「我出去不多大一會兒，這就能贏上一大筆錢嗎？」

魏端本伸手到她大衣袋裡一掏，就掏出一捆鈔票來，笑道：「這不是錢？不是大批的錢？」說著，又在大衣袋裡再掏一下，掏出來又是一捆。

魏太太道：「錢是不少，根本是你的。你那二十萬元讓人家借去了，說了只借一天，我就瞞著你，竟自做主借給他了。到了晚上，還沒有送還，我急得了不得，就把款子自行取回來。」

魏端本道：「二十萬元沒有這樣大的堆頭呀，你看，你大衣兩個口袋都讓鈔票脹滿了。」

魏太太道：「也許多一點，這還是你的錢，不過在我手上經過一次，又借出去，在人家手上經過一次，最後還是回來了。你要調查這些款子的來源，乾脆，我就全告訴你吧。」

魏先生看太太這神氣，又有了幾分不高興，這就立刻笑道：「你就是這樣不分好歹，把好意來問你話，你也囉唆一陣。」

魏太太是向來不受先生指摘的，聽了這話，臉色不免沉下來，單獨地拿了皮包，走回臥室去。

她首先的一件事，自然是把大衣袋裡的鈔票送到箱子裡去，其次，把皮包裡的鈔票也騰挪出一部分來。這事做完了，她脫了大衣，坐到床沿上有點兒發呆。丈夫交來的二十萬元，自己算是理直氣壯地交代了事，可是在另一方面，給予丈夫的損失，那就更大了。她有了這樣一點感想，就聯繫著把魏端本相待的情形仔細地分析了一下，覺得他的弱點究竟不多，轉而論到他的優點，可以說生命財產可全為了太太而犧牲的。想了一陣，自己復又走到隔壁屋子裡去。

這時魏端本還繼續地在桌子上寫信，魏太太悄悄地走到桌子邊站住，見魏先生始終在寫信，也不去驚動他。約莫是四五分鐘，她才帶了笑容，從從容容地低聲問道：「端本，你要吃點什麼東西嗎？」

他道：「你去休息吧，我不想吃什麼。」

魏太太將買的那包滷菜打開放在桌子角上。

魏端本聳著鼻子嗅了兩下，抬起眼皮，看到了這包滷菜，微笑道：「買了這樣多的好菜？」

魏太太笑道：「我想著，你這次給那姓范的拉成生意，得了二十萬的傭金，雖然為數不多，究竟是一筆意外的財喜。你應該享受享受。」

魏端本聽了她的話，又看滷菜，不覺食欲大動，這就將兩個指頭鉗了一塊叉燒肉，送到嘴裡去咀嚼著，點了兩點頭。

魏太太笑道：「不錯嗎？我們根本就住在冷酒店後面，喝酒是非常方便，我去打四兩酒吧。」

魏先生還要攔著，夫人可是轉身出去了。

過了一會，她左手端了一茶杯白酒，右手拿了一雙筷子，同放到桌子上。恰好是魏先生的信已寫完了，便接過筷子夾了一點滷菜吃，笑道：「為什麼只拿一雙筷子來？」

魏太太道：「我不餓，你喝吧，我陪著你吧。」說著搬了個方凳子在橫頭坐下。

魏端本喝著酒吃菜，向太太笑道：「我在這裡又吃又喝，你坐在旁邊乾瞧著，這不大平等吧？」

魏太太笑道：「這有什麼平等不平等，又不是你不許我吃，關自己不肯吃。再說，你天天去辦公，我可出去賭錢，這又是什麼待遇呢？」

魏端本手扶了酒杯子，偏了臉向太太望著，見她右手拐撐在桌沿上，手掌向上，托住了自己的臉腮，而臉腮上卻是紅紅的，尤其是那兩隻眼睛的上眼皮，滯澀得失去正常的態度，只管要向下垂下來。便笑問道：「怎麼著，我剛喝酒，你那方面就醉了嗎，你為什麼臉腮上這樣的紅？你看，連耳朵根子都紅了。」說著，放下筷子，將手摸了摸她的臉腮，果然，臉腮熱熱的像發燒似的。

魏太太皺了兩皺眉頭道：「我恐怕是受了感冒了，身上只管發麻冷。」

魏先生道：「那麼，你就去睡覺吧。」

她依然將手托了臉腮，望了丈夫道：「你還在工作呢，我就去睡覺，似乎不大妥吧。」

魏先生笑道：「你一和我客氣起來，就太客氣了。」

她笑道：「我只要不賭錢，心裡未嘗不是清清楚楚的，從今以後我決計戒賭了。我們夫妻感情是很好的，總是因為我困在賭場上，沒有工夫管理家務，以致你不滿意，為了賭博喪失家庭樂趣，那太不合算。」

魏端本不覺放下杯筷，肅然起敬地站起來，因望了她笑道：「佩芝，你有了這樣感想，那太好了，那是我終身的幸福。」說著兩手一拍。說完了，還是對她臉上注視著，一方面沉吟著道：「佩芝，你怎麼突然變好了，新受了什麼刺激嗎？」

魏太太這才抬起頭來，連連的搖著道：「沒有沒有，我是看到你辛苦過分，未免受著感動。」

魏端本道：「這自然也很可能，不過我工作辛苦，也不是自今日開始呀。」

魏太太沉著臉道：「那就太難了，我和你表示同情，你倒又疑心起來了。」

魏端本拱拱拳頭道：「不，不，我因對於你這一說，有些喜出望外。你去休息吧。」說著，便伸著兩手來攙扶她。

她也順著這勢子站起來，反過左手臂，勾住了丈夫的頸脖子。將頭向後仰著，靠在丈夫肩上，斜了眼望著他道：「你還工作到什麼時候才休息呢？」

他拍著太太的肩膀道：「你安靜著去休息吧，喝完了這點兒酒，我就來陪你。」

魏太太將頭在他的肩膀上輕輕撞了兩下，笑道：「可別喝醉了。」說畢，離開丈夫，立刻走回臥室去。

她雖是沒有看到自己的臉色，也覺得是一定很紅的，把屜桌上的鏡子支起來，對著鏡子照照，果然是像吃醉了酒似的。

鏡子裡這位少婦，長圓的臉，一對雙眼皮的大眼睛，皮膚是細嫩而緊張，不帶絲毫皺紋。在那清秀的眉峰上，似乎帶著三分書卷氣。**假如不是抗戰，她就進大學了，以這樣的青春少婦會幹那不可告人的醜事，這真是讓人所猜不到的事情。**

魏太太這樣想時，鏡子裡那個少婦，就像偵探似的，狠命地盯人一眼。她不敢看鏡子了，縮回身子來，坐在床沿上。手摸著臉，不住地出神。

這心房雖是不跳蕩了，卻像兩三餐沒有吃飯，空虛得非凡。腦筋同時受著影響，彷彿這條身子搖撼著要倒，讓人支持不住。這也就來不及脫衣裳了，向床上一倒，扯著整疊好了的棉被，就向身上蓋著。

她睡是睡下去了，眼睛並不曾閉住。仰面望著床頂上的天花板，覺得石灰糊刷的平面東西，竟會幻變出來許多花紋。有些像畫的山水，有些像動物，有些簡直像個半身人影。看到了這些影子，便聯想到一小時前在范寶華寫字間裡的事。偷錢時間的那一分下流，讓人家捉到了那一分惶恐，屈服時間的那一分難堪……

她不敢向下想了，閉著眼睛翻了一個身。耳邊聽到皮鞋腳步響，知道是魏端本走進屋子來了，更睡得絲毫不動，只是將眼睛緊閉著。

魏端本的腳步響到了床面前，卻聽到他低聲道：「我這位太太，真是病了，她並不是一個糊塗人，只要讓她有個考慮的時間，她是什麼都明白的。」

在說話的時間，魏太太覺得棉被已經牽扯了一番，兩隻腳露在被子外的，現在也蓋上了。但魏先生的腳步並沒有離開的聲音，分明是他站在床面前看著出神。

約莫有三四分鐘，她的手被丈夫牽起來，隨後，手背上被魏端本牽著，嘴唇在上面親了一下。然後他低聲笑道：「睡得這樣香，大概是身體不大好，她是天真爛漫的人，藏不住心事，不是真病了，她也不會睡倒。」在讚嘆一番之下，然後走了。

魏太太雖是閉了眼躺著，這些話可是句句聽得清楚，心房隨著每句話一陣跳蕩，自己也就想著，我不是糊塗人？我天真爛漫，藏不住心事？哎呀！這真是天曉得！反過來說，自己才是既藏有心事，而又極糊塗的人。

她越是這樣想，越是不敢睡著，翻一翻身，她是和衣睡的又蓋上了一床被子，真覺得周身發熱，自己正也打算起來脫衣，把被子掀起一角，正待起身，卻聽得隔壁的陶太太笑道：「怎麼屋子裡靜靜的，我看到魏太太回來的呀。」

魏太太便答道：「我在家啦，請進來吧。」

陶太太手指縫夾了一支紙煙，慢慢走進屋子來，因問道：「怎麼著？魏太太睡了，那我打攪你了。」

魏太太將被子揭開，笑道：「你看，我還沒有脫衣服呢，我雖然是個出名的隨便太太，可也不能隨便到這步田地，我不大舒服，我就先躺下了。」

陶太太坐在床沿上，因道：「那麼你就照常躺下吧，我來沒有事，找你來擺擺龍門陣*。」說著將手指縫裡夾的紙煙，送到嘴唇裡吸上了一口。

只看她手扶了紙煙，深怕紙煙落下來，就是初學吸煙的樣子，魏太太便笑道：「你怎麼學起吸煙來了？」

她道：「家裡來了財神爺，他帶有好煙，叫什麼三五牌，每人敬一支，我也得了一支嘗嘗。」

魏太太道：「什麼財神爺？是金子商人？還是美鈔商人？」

陶太太道：「不就是做金子的商人嗎？這人你也很熟，就是范寶華。」

魏太太聽了這名字，立刻肌肉一陣閃動，搖搖頭道：「我也不大熟，只是共過兩場賭博而已。那個人浮裡浮氣的，我不愛和他說話。」說著，把蓋的被子掀著堆在床的一頭，將身子斜靠在被堆上，抬起手來，將拳頭捶著額角，皺了眉頭子道：「好好的又受了感冒。」

陶太太道：「你還是少出去聽夜戲，戲館子裡很熱，出了戲園子門，夜風吹到身上，沒有不著涼的。」

魏太太閉著眼睛，養了一會神，又望著陶太太道：「你家裡有客，怎麼倒反而出來了呢？」

陶太太道：「他們做秘密談話，我一個女人家參加做什麼？」

魏太太聽了這話，立刻心裡又亂跳一陣，紅著臉腮，呆了一呆。

陶太太也誤會了，笑道：「老陶為人倒是規矩，並不和他談袁三小姐那類的事，我是說他們又想做成一筆買賣。」

魏太太道：「像老范這樣發國難財的人，除了和他做生意，在他手上分幾個不義之財，實在也是語言無味，面目可憎，你躲開他，那是對的。」

陶太太笑道：「你說他語言無味，面目可憎嗎？人家可坐在屋裡發財，今天他又託銀行和他定了五百兩黃金儲蓄券，半年之後他把黃金拿到了手，就是四五千萬的富翁，買十兩八兩黃金儲蓄千難萬難，少不得到銀行裡去排班兩三天；到了一買幾百兩，那事情簡單極了，給商業銀行一張支票，坐在經理室裡，抽兩支煙，喝一杯茶，交代經理幾句話，他就一切會和你辦好，現在黑市的金價是五萬上下。五百兩金子，你看他賺了多少錢吧。」

魏太太道：「六個月後，賺一兩千萬。」

陶太太道：「不用半年，老陶說，現在市面上就有人收買黃金儲蓄券，每兩三四萬不等，越是到期快的，越值錢。還有一層，黃金官價快要提高，也許是提高到五萬元，也許是提高到四萬元。只要有這一天，黃金儲蓄券本身就翻了個對倍了。到了兌現的日子，那就更值錢了。據說，老范明天可以把黃金儲蓄定單拿到了。拿到之後，他要大請一次客。」

魏太太道：「他明天要大請一次客？是上午還是下午。」

陶太太道：「他說了請客，倒還沒有約定時間，我看他也是高興得過分，特意找著老陶來說。」

魏太太還想問什麼，魏端本可走進屋子來了。她見了丈夫，立刻在臉上布起一層愁雲，兩道眉峰也緊緊皺起。

魏端本見她斜靠在堆疊的棉被上，因問道：「你的病，好一點了嗎？」

魏太太好像是答話的力氣也沒有，只微微睜著兩眼，搖了幾搖頭。

陶太太看到人家丈夫進屋子問病來了，也不便久坐下去，向魏太太說了句好好休息吧，自告辭而去，在房門外還聽到魏太太的嘆氣聲，彷彿她的病是立刻加重了。

陶太太走回家裡，陶伯笙和范寶華兩人還正是談在高興的頭上，兩人對坐在方桌子邊，桌上幾個碟子，全裝滿了醬雞滷肉之類。面前各放了一隻玻璃杯子，裝滿了隔壁冷酒店裡打來的好酒。

范寶華正端了玻璃杯子，抵著一口酒，這就笑問她道：「你在隔壁來嗎？」

陶太太在旁邊椅子上坐下，笑著點點頭道：「我就知道范先生的意思，你讓我去看魏先生在家沒有，其實是想問問魏太太有梭哈的機會沒有。她病了，大概明天是不會賭錢的。」

范寶華笑道：「她生了病？下午還是好好的，**她是心病**。」

陶太太道：「她是心病，范先生怎麼曉得？」

老范頓了一頓，端著杯子抿了兩口酒，又伸出筷子去，夾了幾下菜吃，這才笑道：

「我怎麼曉得？賭場上的消息，我比商場上的消息還要靈通。今天六點鐘的時候，羅太太還我的賭本，她說魏太太今天在朱四奶奶家裡輸了二十多萬。你看，這不會發生一場心病嗎？」

陶伯笙道：「真的嗎？魏先生昨日一筆生意算是白忙了。」

范寶華只管端了玻璃杯子喝酒，又不住地晃著頭微笑。

陶伯笙夫婦對於范寶華並沒有什麼篤厚的交情，原來是賭友，最近才合作了兩次生意，所以有些過深的話，是不便和他談起的。這晚上是范寶華自動來訪談，又自動地掏出錢來打的酒買的肉，他們夫婦對此並無特別感覺，也只認為老范前來拉攏交情而已。范寶華屢次提到魏太太，他們夫婦也沒有怎樣注意，這時，范寶華為了魏太太的事，不住地發著微笑，陶太太也有點奇怪。她聯想到剛才魏太太對於他不好的批評，大概是范先生有什麼事得罪了她，所以彼此在背後都有些不滿的表示。

陶太太知道范先生是個經濟上能做幫助的人，不能得罪，而魏太太是這樣的緊鄰，也不便將人家瞧不起她的表示傳過去，這些可生出是非來的話，最好是牽扯開去。因此，陶太太坐在一旁，頃刻之間就轉了幾遍念頭，於是故意向范寶華望了一眼，笑道：「范先生今天真是高興，必然是在金子生意上又想到了好辦法。」

范寶華笑道：「這樣說，我簡直晝夜都在做金子的夢，老實說，我也只想翻到一千兩就放手了。雖然說金子是千穩萬穩的東西，但做生意的人，究竟不能像猜寶一樣專押孤丁，我想把這五百兩拿到手在銀行裡再兜轉一下，買他二三百兩，那就夠了。」

陶伯笙坐在他對面，脖子一伸，笑道：「那還有什麼不可以夠的呢？一千兩黃金，就是五六千萬法幣。只要安分守己，躺在家裡吃利息都吃不完。」

范寶華笑道：「掙錢不花，那我們拼命去掙錢幹什麼？當然，安分守己這句話不能算壞，可是也要看怎樣的安分守己，若是家裡堆金堆銀，自己還是穿粗布衣服喝稀飯，那就不去賣力氣掙錢也罷。」

說著端起杯子來，對陶伯笙舉了一舉，眼光可在杯子望過去，笑道：「老陶，喝吧。我賺的錢，夠喝酒的，將來我還有事求你呢。」

陶伯笙也端了杯子笑道：「你多多讓我跑腿吧。跑一回腿，啃一回金條的邊。」他使勁在酒杯沿上抿了一下，好像這就是啃金子了。

范寶華喝著酒，放下杯子，用筷子撥了碟子的菜，搖搖頭道：「不是這個事，你跑一回，我給你一回好處，怕你不跑。我所要請求你的……」說到這裡，他夾了一塊油雞，放到嘴裡去咀嚼，就沒有把話接著向下說。

陶伯笙手扶了杯子，仰了臉望著他道：「隨便吧，買房子，買地皮，買木器傢俱，只要你范老闆開口，我無不唯力是視。」

范寶華偏著臉，斜著酒眼笑道：「我要活的，我不要死的，我要動產，我不要不動產，我要分利的，我不要生利的。你猜吧，我要的是什麼？」

老陶依然手扶了玻璃杯子，偏頭想了一想，笑道：「那是什麼玩意呢？」

范寶華笑道：「說到這裡，你還不明白，那也就太難了，乾脆我對你說了吧，我要你給我作個媒，你看我那個家，什麼都是齊全的，就缺少一位太太。」

陶伯笙一昂頭道：「哦！原來是這件事。你路上女朋友有的是，還需要我給你介紹嗎？」

范寶華端著杯子碰了臉，待喝不喝地想了一想，因微笑道：「我自己當然能找得著人，可是你知道我吃過小袁一個大虧，一回蛇咬了腳，二次見到爛繩子我都害怕的，所以我希望朋友能給我找著一位我控制得住的新夫人。」

陶太太坐在旁邊插嘴道：「這就難說了，人家介紹人，只能介紹到彼此認識，至於是不是可以合作，介紹人就沒有把握；要說控制得住控制不住，那更不是介紹人所能決定的。」

范寶華點點頭道：「大嫂子，這話說的是。我的意思，也不是說以後的事，只要你給我介紹這麼一個人，是我認為中意的，那我就有法控制了。這種人，也許我已經有了，只是找人打敲邊鼓而已。」說著，端起酒杯子來抿口酒，不住地微笑。

陶伯笙夫婦聽他說的話顛三倒四，前後很不相合，也不知道他是什麼用意，也只是相視微笑著，沒有加以可否。

范寶華繼續著又抿了兩口酒，默然著有三四分鐘，似乎有點省悟，這就笑道：「我大概有點兒酒意，三杯下肚，無所不談，我把我到這裡的原意都忘記了，讓我想想看，我有什麼事。」

說著，放下杯筷，將手扶著額頭，將手指頭輕輕地在額角上拍著。他忽然手一拍桌子，笑道：「哦！我想起來了。明天我恐怕要在外面跑一天，你和老李若有什麼事和我商量的話，不必去找我，我家裡那位吳嫂有點傻裡傻氣，恐怕是招待不周。」

陶伯笙笑道：「她很好哇，我初次到你家裡去，我看到她那樣穿得乾乾淨淨的。我真疑心你又娶了一位太太了。」

范寶華哈哈大笑道：「罵人罵人，你罵苦了我了。」說著，也就站起身來，向陶太太點點頭道：「把我的帽子拿來吧。」

陶太太見他說走就走，來意不明，去意也不明，因起身道：「范先生，我們家有很好的普洱茶，熬一壺你喝喝再走吧。」

范寶華搖搖頭笑道：「我一肚子心事，我得回家去靜靜地休息一下了。」

陶伯笙看他那神氣，倒也是有些醉意，便在牆釘子上取下了帽子，雙手交給他，笑道：「我給你去叫好一部車子吧。」

范寶華接過帽子在頭上蓋了一下，卻又立刻取下來，笑著搖搖帽子道：「不用，你以為我真醉了？醉是醉了，醉的不是酒。哈哈，改天再會吧。我心裡有點亂。」說著，戴了帽子走了。

陶伯笙跟著後面，送到馬路上，他走了幾步，突然回身走過來，站在面前，低聲笑道：「我告訴你一件事。」

陶伯笙也低聲道：「什麼事？」

范寶華站著默然了一會，笑道：「沒事沒事。」一扭身子又走了。

陶伯笙真也有點莫名其妙，手摸著頭走回屋子去。

陶太太已把桌子收拾乾淨，舀了一盆熱水放在桌上，因向他道：「洗把臉吧，這范先生今天晚上來到我家，是什麼意思，是光為了同你喝酒嗎？」

陶先生洗著臉道：「誰知道，吃了個醉臉油嘴，手巾也不擦一把，就言語顛三倒四的走了。」

陶太太靠了椅子背站著望著他道：「他好好地支使我到隔壁去，讓我看魏太太在做什麼，我也有點奇怪。我猜著，他或有什麼事要和你商量，不願我聽到，我就果然地走了。到了魏家，我看到魏太太也是一種很不自在的樣子，她說是病了，這我又有一點奇怪，彷彿范先生就知道她會是這個樣子讓我去看的。」

陶伯笙笑道：「這叫想入非非，他叫你去探聽魏太太的舉動不成？魏太太有什麼舉動，和他姓范的又有什麼相干。」

陶太太道：「那麼，他和你喝酒，有什麼話不能對我說嗎？」

陶伯笙已是洗完了臉，燃了一支紙煙在椅子上坐著，偏頭想了一想，因道：「他無非是東拉西扯，隨便閒談，並沒有說一件什麼具體的事，不過，他倒問過魏太太兩次。」

陶太太點著頭道：「我明白了，必然是魏太太借了范先生的錢，又輸光了，魏太太手氣那樣不好，賭一回輸一回，真可以停手了。范先生往常就是三萬二萬的借給她賭，我就覺得那樣不好，魏太太過日子，向來就是緊緊的，哪有錢還賭博帳呢。」

陶伯笙靠了椅子背，昂著頭極力地吸著紙煙，一會兒工夫，把這支煙吸過去一半。點著頭道：「我想起來了，老范在喝酒的時間，倒是問過魏太太賭錢的。」

陶太太道：「問什麼呢？」

陶伯笙道：「他問魏太太往常輸了錢，拿什麼抵空子？又問她整晚在外面賭錢，她丈夫不加干涉嗎？當時，我倒沒有怎樣介意，現在看起來，必然是他想和魏太太再邀上一場賭吧？這大小是一場是非，我們不要再去提到吧。」

陶太太點點頭。夫妻兩人的看法差不多相同，便約好了，不談魏太太的事。

到了次日早上，陶氏夫婦正在外面屋子裡喝茶吃燒餅。

魏太太穿著花綢旗袍，肋下大襟還有兩個紐扣沒有扣著呢，衣擺飄飄然，她光腳踏了一雙拖鞋，走了進來。似乎也感到蓬在頸脖子上的頭髮刺得人怪不舒服，兩手向後腦上不住抄著，把頭髮抄攏起來。

陶太太望她笑道：「剛起來嗎？吃燒餅，吃燒餅。」說著，指了桌上的燒餅。

魏太太嘆口氣道：「一晚上都沒有睡。」

陶太太道：「喲！不提起我倒忘記了。你的病好了？怎麼一起來就出來了？」

魏太太皺著眉頭道：「我也莫名其妙，我像有病，我又像沒有病。」說著，看到桌上的茶壺茶杯，就自動地提起茶壺來，斟了一杯茶。

她端起茶杯來，在嘴唇皮上碰了一下，並沒有喝茶，卻又把茶杯放下。眼望了桌上的燒餅，把身子顛了兩顛，笑道：「你們太儉省了，陶先生正做著金子交易呢，對本對利的生意，還怕沒有錢吃點心嗎？」

陶太太笑道：「你弄錯了吧，我們是和人家跑腿，對本對利，是人家的事。」

魏太太搭訕著端起那茶杯在嘴唇皮上又碰了一下，依然放下，對陶氏夫婦二人看了一眼，笑道：「據你這麼說，你們都是和那范寶華做的嗎？他買了多少金子？」

陶伯笙道：「那不用提了，人家整千兩的買著，現在值多少法幣呀！」

魏太太手扶著杯子，要喝不喝的將杯子端著放在嘴邊，抬了頭向屋子四周望著，好像在打量這屋子的形勢，口裡隨便的問道：「范先生昨天在這裡談到了我吧？我還欠他一點賭博帳。」

陶伯笙亂搖頭道：「沒有沒有，他現在是有錢的大老闆，三五萬元根本不放在他眼裡。」

魏太太道：「哦！他沒有提到我。那也罷。」說到這裡，算是端起茶杯子來真正地喝了一口茶。忽然笑道：「我還沒有穿襪子呢，腳下怪涼的。」

她低頭向腳下看了一看，轉身就走了。

陶太太望著她出了外面店門，這就笑向陶先生道：「什麼意思？她下床就跑到這裡來，問這麼一句不相干的話。」

陶伯笙道：「焉知不就是我們所猜的，她怕范先生向她要錢？」

陶太太道：「以後別讓魏太太參加你們的賭局了，她先生是一個小公務員，像她這樣的輸法，魏先生可輸不起。」

陶伯笙道：「自今天起，我要考慮這問題了。這事丟開談正經的吧，我們手上還有那三十多萬現鈔，趕快送到銀行裡去存比期吧，老范給我介紹萬利銀行，比期可以做到十分的息。把錢拿來，我這就走。」

陶太太道：「十分利？那也不過九千塊錢，夠你賭十分鐘的？」

陶伯笙笑道：「不是那話，我是個窮命，假如那些現款在手上，很可能的我又得去賭上一場，而且八成準輸，送到銀行裡去存上，我就死心了。」

陶太太笑道：「你這倒是實話，要不然，我這錢拿去買點金首飾，我就不拿給你了。」

陶伯笙雖是穿了西裝，卻還抱了拳頭，和她拱拱手。笑道：「感謝之至。」說著，把床頭邊那只隨身法寶的皮包拿了過來，放在桌上，打開將裡面的信紙信封名片，以及幾份公司的發起章程，拿出來清理了一番。

陶太太在裡面屋子裡，把鈔票拿出來，放在桌上，笑道：「那皮包跟著你姓陶的也是倒楣，只裝些信紙信封和字紙。」

陶伯笙將鈔票送到皮包裡，將皮包拍了兩下，笑道：「現在讓它吃飽半小時吧。」

陶太太道：「論起你的學問知識，和社會上這份人緣，不見得你不如范寶華，何以他那樣發財，你不過是和他跑跑腿？」

陶伯笙已是把皮包夾在肋下，預備要走了，這就站著嘆口氣道：「慚愧慚愧！」說畢，扛了兩下肩膀帶了三分的牢騷，向街上走去。

他是向來不坐車子的，順著馬路旁邊的人行道便走，心裡也就在想者，好容易把握了三十萬元現鈔，巴巴地送到銀行裡去存比期。這在人家范大老闆，也就是幾天的折息。他實在是有錢，論本領，真不如我，就是這次買金子，賣五金，不都是我和他出一大半力氣嗎？下次他要我和他跑腿，我就不必客氣了。

正是這樣地想著，忽然有人叫了一聲，回頭看時，乃是另一和范寶華跑腿的李步祥。他提著一隻大白布包袱，斜抬起半邊肩膀走路，他沒有戴帽，額角上兀自冒著汗珠子，他在舊青呢中山服口袋裡掏出了大塊手絹，另一隻手只在額角上擦汗。

陶伯笙道：「老李，你提一大包什麼東西，到哪裡去？」

李步祥站在路邊上，將包袱放在人家店鋪屋簷下，繼續地擦著汗道：「人無利益，誰肯早起？這是些百貨，有襯衫，有跳舞襪子，有手絹，也有化妝品，去趕場。」

陶伯笙對那大包袱看看，又對他全部油汗的胖臉上看看，搖搖頭道：「你也太打算盤了。帶這麼些個東西，你也不叫乘車子？」

李步祥道：「我一走十八家，怎麼叫車子呢？」

伯笙道：「你不是到百貨市場上去出賣嗎？怎麼會是一走十八家呢？」

李步祥笑道：「若不是這樣，怎麼叫是跑腿的呢？我自己已經沒有什麼貨，這是幾位朋友大家湊起來的一包東西，現在算是湊足了，趕到市場。恐怕時間又晚了，那也不管他，賣不了還有明天。老兄，你路上有買百貨的沒有？我照市價打個八折批發，我今天等一批現款用。」

陶伯笙笑道：「你說話前後太矛盾了，你不是說今日賣不了還有明天嗎？」

李步祥笑道：「能賣掉它，我就趁此弄點花樣，固然是好，賣不掉它，我瞪眼望著機會失掉就是了，我還能為了這事自殺不成？」

陶伯笙道：「弄點花樣？什麼花樣？」

李步祥左右前後各看了一看，將陶伯笙的袖子拉了一拉，把他拉近了半步，隨著將腦袋伸了過去，臉上肥肉笑著一顫動，對他低聲道：「我得了一個秘密消息，不是明天，就是後天，黃金官價就要提高為四萬一兩。趁早弄一點現錢，不用說做黃金儲蓄，就是買幾兩現貨在手上，不小小地賺他個對本對利嗎？」

陶伯笙道：「你是說黃金黑市價也會漲過一倍？」

李步祥道：「不管怎樣，比現在的市價總要貴多了。」

陶伯笙笑道：「你是哪裡聽來的馬路消息？多少闊人都在捉摸這個消息捉摸不到。你一個百貨跑腿的人，會事先知道了嗎？」

李步祥依然是將灰色手絹擦著額頭上的汗珠，喘了一口氣，然後笑道：「這話也難說。」

陶伯笙道：「怪不得你跑得這樣滿頭大汗了，你是打算搶購金子的。發財吧，朋友。」說著，他伸手拍了兩拍他的肩膀。

李步祥被陶先生奚落了幾句，想把自己得來消息的來源告訴他，同時，又想到說話的人不大高明，躊躇了一會，微笑了一笑，提起包袱來道：「信不信由你，再會吧。」說著，提起包袱就跑了。

陶伯笙看著他那匆忙的樣子，雖不見得有什麼可信之處，但這位李老闆也是生意眼，若一點消息沒有，他何必跑得這樣起勁？

陶先生為了這點影響，心裡也有些動盪，便就順了大街走著，當經過銀樓的時候，就向門裡張望，果然，每家銀樓的生意都有點異乎平常，櫃檯外面全是顧客成排站著。

看看牌子上寫的金價，是五萬八千元，他禁不住嚇了一聲，自言自語地道：「簡直要衝破六萬大關了。」

他走到第四家銀樓的時候，見范寶華拿著一個扁紙包兒，向西服懷裡揣著，這就笑道：「怎麼樣，你也打鐵趁熱，來買點首飾？」

陶伯笙搖搖頭道：「我不夠那資格。老兄倒是細大不捐*，整千兩地儲蓄，這又另外買小件首飾。」說著話，兩人走上了馬路。

范寶華握住他一隻手笑道：「我們老夥計，你要買首飾就進去買吧，瞞著我幹什麼。」

陶伯笙笑道：「我叫多管閒事，並非打首飾。」說著，低了聲音道：「老李告訴我一個消息，說是明後天黃金官價就要提高，勸我搶買點現金，他那馬路消息，我不大相信，我走過銀樓，都進去看看，果然，今天銀樓的生意比平常好得多。」

范寶華笑道：「那真是叫多管閒事，你看著人家金鐲子金錶鏈向懷裡揣，你覺得這是你眼睛一種受用嗎？」

陶伯笙道：「那麼，范先生到這裡來，絕不是解眼饞。」

范寶華眉毛揚著，笑道：「買一隻鐲子送女朋友，老陶，你看，這個日子送金鐲子給女人，是不是打進她的心坎裡去了？我要回家等女朋友去了，你可別追了來。」

陶伯笙道：「昨晚上你不就是叮囑了一遍嗎？我現在到萬利銀行去，老兄可不可以陪著我去一趟，我想做一點比期。」

范寶華道：「你去吧，準可做到十分息。這幾天他們正在抓頭寸。」說畢，他一扭身就走了。

陶伯笙站著出了一會神，自言自語地道：「這傢伙神裡神經，什麼事情？」說畢，自向萬利銀行來。

這已快到十一點鐘了。銀行的營業櫃上正在交易熱鬧的時候，陶伯笙看行員正忙著，恐怕不能從容商量利息，就把預備著的范寶華名片取了出來，找著銀行裡傳達，把名片交給他道：「我姓陶，是范先生叫我來向何經理接洽事情的。」

傳達拿了名片去了，他在櫃檯外站著，心想何經理未必肯見，那傳達出來，向他連連招著手道：「何經理請進去，正等著你呢。」

陶伯笙心裡想：這是個奇蹟，他會等著我？於是夾了皮包，抖一抖西服領襟，走進會客室去，還不曾坐下，何經理就出來了，首先問道：「范先生自己怎麼不來呢？」

陶伯笙這才遞過自己的名片去，何經理對於這名片並沒有注意，只看了一眼，就再問一句道：「范先生自己怎麼不來呢？」

陶伯笙道：「剛才我和他分手的，他回家去了。」

何經理道：「儲蓄定單，我已經和他拿到了，這個不成問題。現在是十點三刻，上午在中央銀行交款，還來得及，陶先生你什麼話也不用說，趕快去把他找來，我有要緊的話和他說。」

陶伯笙道：「是不是黃金官價明天就要提高？」

何經理手指上夾著一支紙煙，他送到嘴裡吸了一口，微笑了一笑，因道：「不用問，趕快請范先生來就是，我們不是談什麼生意經，我是站在一個朋友的立場，我應當幫他這麼一個忙。我再聲明一句，這是爭取時間的一件事，請你告訴范先生千萬不可大意。」

陶伯笙站著定了一定神，向他微笑道：「我有三十萬現款打算存比期。」

何經理不等他說完，一揮手道：「小事小事。若是給范先生馬上找來了，月息二十分都肯出，沒有問題，沒有問題，快去吧，又是五分鐘了。」

陶伯笙笑問道：「何經理說的是黃金官價要提高？」

他微笑了一笑，仍然不說明，但點頭道：「反正是有要緊的事吧？快去快去！」說著，將手又連揮了兩下。

陶伯笙看那情形，是相當的緊張，點了個頭，轉身就走。

他為了搶時間，在人行便道上，加快了步子走。他心裡想著，我這三十萬不存比期了，加入范寶華的大批股子，也買他幾兩，心裡在打算發財，就沒有想到范寶華叮囑他的話，徑直地就向范家走去。

在重慶，上海弄堂式的房子，是極為少數的，在戰時，不是特殊階級住不到這時代化的建築，因之范寶華所住的弄堂，很是整潔，除了停著一輛汽車，兩輛人力包車，並沒有雜亂的東西。

陶伯笙一走進弄堂口，就看到一位摩登少婦，站在范寶華門口敲門。

這就聯想到范寶華叮囑的話，不要到他家去，又聯想到他說，要送一隻金鐲子給女朋友，這事一聯串起來，就可以知道這摩登少婦敲門是怎麼一回事了，但他心裡這樣想，腳步並沒有止住，這更進一步地看著，不由他心裡一動，這是魏太太呀，他立刻止住了腳，不敢動。

正自躊躇著，卻見李步祥跑得像鴨踩水似的走過來。

陶伯笙回身過去，伸手擋了他的跑，問道：「哪裡去？」

李步祥站住了腳，臉上紅紅的，還是在舊中山服口袋裡，掏出灰色手絹來擦額角上的汗，他喘著氣笑道：「我丟了生意都不做，特意來給老范報信。」

陶伯笙道：「還是那件事，黃金官價要提高。」

李步祥道：「這消息的確有些來源，我們只可信其有，不可信其無，反正搶買一點金子在手上，遲早都不吃虧。」

陶伯笙點點頭道：「消息大概有點真，剛才我到萬利銀行，那何經理就叫我來催老范的，他更說得緊張，說是一分鐘都不能耽誤。」

李步祥拉著他的手道：「那我們就去見他報告吧。」

陶伯笙搖搖頭道：「慢來慢來，他昨天就叮囑過了，叫我們不要去找他。剛才在馬路上遇到，他又叮囑了一遍。」

李步祥道：「那為什麼？」

陶伯笙道：「大概是在家裡招待女朋友。」

李步祥哧著笑了一聲道：「瞎扯淡！老范和女朋友在一處玩，向來不避人的。我們這兩位跑腿的，在這緊要關頭不和他幫忙，那還談什麼合作？而且我們和他跑腿，不為的是找機會嗎？有了機會，自己也弄點好處，怎能放過。真的，一分鐘也不能放過去。走走！」說著，拉了陶伯笙的手向前。

他笑道：「考慮考慮吧，我親眼看到一位摩登少婦敲門進去。」說時，他將身子向後退。

李步祥道：「是不是我們認得的？」

陶伯笙笑道：「熟極了的人，是魏太太。」

李步祥哈哈大笑道：「更是瞎扯淡，她是老范的賭友，算賭帳來了，避什麼嫌疑。」說著，他不拉陶伯笙了，徑直地走向范家門口去敲門。

在重慶這地方，和江南一樣，很少關閉大門的習慣，李步祥並不想到范家大門是關閉的，走向前，兩手將門推了一下，那門就開了。

他在門外伸頭向裡一看，就見隔了天井的那間正屋，算是上海客堂間的屋子裡，那套籐製沙發式的椅子上，范寶華和魏太太圍了矮茶几角坐著。他突然地走進來，范先生哦了一聲，魏太太顯著驚慌的樣子，紅著臉站了起來。

李步祥實在沒有想到這有什麼秘密，並不曾加以拘束，還是繼續地向裡面走，范寶華先也是臉紅著，後來就把臉沉下來了，瞪了眼問道：「你沒有看到老陶嗎？」

李步祥站在屋子門口頓了一頓，笑道：「他在弄堂裡站著呢。」

范寶華道：「他沒有告訴你今天不要來找我呀？」

李步祥笑道：「他倒是攔著我不要進來的，可是有了好消息，片刻不能耽擱，我不能不來！」

范寶華依然將眼睛瞪了他道：「有什麼要緊的事，片刻不能耽擱？」

李步祥伸手亂摸著光和尚頭，只是微笑。

陶伯笙知道李步祥是個不會說話的人，立刻跟著走進大門裡來，代答道：「老范，你的發財機會又來了，剛才我遇到何經理，他說，他那定單已經代領下了，他說，你快點去，每一分鐘都有關係，我問他是不是黃金官價要提高……」

不曾把話說完，李步祥立刻代答道：「的確是黃金官價要提高。」

陶伯笙一面說著，一面走進屋子來。看到魏太太就點了個頭笑道：「還賭博債來了，我不是和你說了嗎，范先生不在乎這個，你何必急急地要來。」

魏太太紅著臉，呆坐在籐椅上，本來找不著話說，陶伯笙這樣提醒了幾句，這倒讓她明白了。這就站起來笑道：「我也知道，可是欠人家的錢，總得還人家吧？不能存那個人家不要就不還的心事吧？」

那范寶華聽到陶李二人這個報告，就把魏太太的事放在一邊，望陶伯笙道：「怎麼不真？他簡直話都不容我多說一句，就催著我快快地來請你去。」

范寶華道：「何經理倒不是開玩笑的人，他來請我去，一定有要緊的事。」於是回轉身來向魏太太笑道：「我得到銀行裡去一趟，可不可以在我家寬坐一下，我叫吳嫂陪著你。」

魏太太也站起來了，將搭在椅子背上的大衣提起，搭在手臂上，笑道：「范先生不肯收下款子，讓我有什麼法子呢？只好改日再說了。」

范寶華將手連連地招著，同時還點點頭，笑道：「不忙不忙，請稍坐一會。我上樓去拿帽子。」說著，跑得樓梯咚咚作響。

一會兒，左手夾住皮包，右手拿了帽子，又回到客堂裡來，將帽子向陶李二人揮著道：「走，走，我們一路走。」

陶李二人看他那樣匆忙的樣子，又因魏太太站著，要走不走的樣子，情形很是尷尬，也不願多耽擱，早是在主人前面，走出了天井。

范寶華跑出了大門幾步，卻又轉身走了回去。見魏太太已到了天井裡，便橫伸了二手，將去路攔著，低聲笑道：「我還有東西沒有交給你呢，無論如何，你得在家裡等著我。」說時，在懷裡摸出那個扁紙包，對魏太太晃了一次，笑嘻嘻地站著點了個頭，料著不會走開，也就放心走了。

他走出弄堂口，見陶李二人都夾了皮包，站在路旁邊等著，便笑道：「為我的事，有勞二位跑路，不知道還有什麼別的沒有？」

李步祥道：「我們還有什麼見教的，不過我們願說兩句知己話。」

陶伯笙見他說到這裡，不住地站在旁邊向他使眼色。

李步祥伸手摸著和尚頭道：「你不用打招呼，我知道，老范交女朋友，他有他的手段，我們用不著管，我說的還是教老范不要錯過這個機會，能夠搶購多少，就搶購多少，一兩金子，總可以賺個對本對利，這不比做什麼生意都好得多嗎？有了錢交女朋友，那沒有問題，交哪種女朋友，都沒有什麼困難。」

陶伯笙道：「你這不是廢話，人家做幾百兩金子，還怕不明白這個。老范，快走吧，那何經理說了，一分鐘都是可寶貴的，我們明天早上在廣東酒家見吧，等候你的好消息了。」說畢，拉了李步祥，就向街的另一端走去。

范寶華望著他們後影時，陶伯笙還回轉身來，抬起手向他擺了兩擺，那意思好像表示著絕不亂說。

范寶華倒是發財的事要緊，顧不了許多，也就夾著皮包，趕快地奔向萬利銀行。

他一路來，都是不住地看著手錶的，他到萬利銀行，還是十一點半鐘，徑直地走向經理室，見何經理坐在寫字臺邊，這就脫下帽子，向他深深地點了個頭，笑道：「多謝多謝，我得著消息，立刻就來了。有什麼好消息？」

何經理對房門看了一看，見是關著的，便指了寫字臺旁邊的椅子，讓他坐下，笑道：「我幫助你再發一注財吧，這消息可十分的嚴密，大概明後天，黃金官價就要提高，說不定就是明天，你能不能再調一筆頭寸來，我和你再買三百兩。」

范寶華的帽子還戴在頭上，皮包還夾在肋下呢，在旁邊聽著何經理的話，簡直出了神，笑了一笑道：「當然是好事，我哪裡調頭寸去，這樣急？」

何經理打開抽屜，取出自用的一聽三五牌紙煙，放在寫字臺的角上，笑道：「不忙，我們慢慢地談吧。先來一支煙。」說著，在煙筒子裡取出一支煙，交到范寶華手上，又掏出口袋裡的打火機，給客人點著煙。

范寶華心裡立刻想到，**何經理為什麼這樣客氣？平常來商量款項，只有看他的顏色的，今天有點反常了，這必定有什麼花樣暗藏在裡面，這倒要留神一二**，於是將皮包和帽子都放在旁邊沙發上，依然坐到寫字臺旁邊來。

在他這些動作中，故意顯著遲緩，然後微偏了頭噴出兩口煙，笑道：「怎麼能夠不忙，假如是明天黃金百價提高，今天上午交款，已經是來不及了，下午交出支票，中央銀行今天晚上才交換，明天上午才可以通知黃金儲蓄部收帳，恰好，黃金已經是漲價了。我們這不算是白忙。」

何經理笑道：「閣下既然很明白，為什麼不早點來呢？若是今天上午交出支票去，黃金儲蓄處今天下午就可以收帳，開下定單。」

范寶華將腳在地面頓了兩頓道：「唉！曉得黃金提價的消息會在這時候出來，我昨晚上就不必睡覺了。」

何經理笑道：「今天早上你為什麼不來呢？你不是該來拿定單的嗎？過去的話也不提了，我問你一句，是不是還想買幾百兩？」

范寶華道：「當然想買，你有什麼辦法嗎？有辦法的話，我願花費一筆額外的錢。」

何經理也取了一支煙吸，然後微笑了一笑。他架了腿坐著，顛動了幾下身子，然後笑道：「辦法是有的，你在今天下午或者明天上午，把頭寸調了來交給我，我就可以把黃金定單交給你。」

范寶華道：「那很簡單啦。我不有三四百兩定單在你這裡嗎？我再抵押給你們就是了。」

何經理噗嗤的一聲笑了。因道：「你也太瞧不起我們在銀行當經理的了，你有黃金定單在我這裡，我要放款給你，我還得請人去找你，我們是頭寸太多，怕他會凍結了嗎？這樣做銀行，那也太無用了。我們與其押人家的黃金定單，何不自己去儲蓄黃金呢？」

說到這裡，他沉吟了一下，緩著聲音道：「這兩天我們正緊縮放款。」他說著吸了一口煙。

范寶華聽了這話，就知道萬利銀行所有的款子都調去做黃金儲蓄了，或者是買金子了，於是也沉默著吸了紙煙暫不答話，心裡可又在想著，**他找我來，既然不是**

叫我把黃金定單押給他，可是他叫我在今明天調大批頭寸給他，那是什麼意思，莫非他們銀行鬧空了，拉款子來過難關吧？那麼，我那四百兩黃金定單放在他銀行裡，那不會有問題嗎？

這就笑著向何經理道：「人心也當知足，那四百兩黃金定單還沒有到手呢，我又要想再來一份了。」

何經理含著微笑，也沒有說什麼，口裡含著煙捲，把寫字臺抽屜打開，取出三張黃金定單，送到范寶華面前，笑道：「早就放著在這裡了，你驗過吧。一張二百兩，二張一百兩。」

范寶華說著謝謝，將定單看過了，並沒有錯誤，便折疊著，放在西裝口袋裡，同時取出萬利銀行的收據，雙手奉還。

何經理笑道：「范先生沒有錯吧？辦得很快吧？實話告訴你，到今天為止，我們經手定的黃金儲蓄已超過五千兩了，可是這都是和朋友辦的，我們自己一兩未做。我們自己的業務，在辦理生產事業，馬上就動手，為戰後建國事業上建立一點基礎，也可以說為自己的業務建立一個固的基礎，買賣黃金縱然可以賺少數的錢，究竟不是遠大的計畫。」

范寶華聽他這篇堂堂正正的言論，再看他沉著的臉色，倒好像是在經濟座談會上演講，心裡也就想著：這話是真嗎？於是又取了一支煙吸著，噴出一口煙來，手指夾了煙支，向煙灰碟子裡彈著灰，卻偏了頭望著他道：

「難道你們就一兩都不做嗎？你們拿到定單是這樣容易，不做是太可惜了。你們縱然嫌利息太小，不夠刺激，就是定來了，轉讓給別人，就說白幫忙吧，這也對來往戶拉下了不少的交情，將來在業務上，也不是沒有幫助的呀。」

何經理將煙支夾著，也是伸到桌子角上煙碟子裡去，不住地將中指向煙支上彈著灰，先是將視線射在煙支上，然後望了范定華笑道：「難道聽到了什麼消息，知道我們的作風嗎？那麼，你的消息也很靈通呀。」

范寶華搖搖頭道：「我沒有聽到什麼消息。怎麼樣？何經理肯這樣辦？」

何經理吸了一口煙，笑道：「你是老朋友，我不妨告訴你。在今日上午聽到黃金要提高官價的消息，我們分散了四十個戶頭，定了一千兩。這兩千萬元，在十一點鐘以前，我們就交出去了。這些黃金，我們並不自私地留下，朋友願做黃金儲蓄的，在今日下午四點鐘以前，把款子交給我們，只要趕得上今日晚上中央銀行的交換，我們就照法幣二萬元一兩，分黃金儲蓄單給他，不論官價提高多少，我們都是這樣辦。」

范寶華望了他道：「這話是真的？」

何經理笑道：「我何必向你撒謊？你若是能調動一千萬的話，後天我就交五百兩黃金定單給你。」

范寶華笑道：「一千萬，哪裡有這麼容易？」

何經理笑道：「你手上有五金材料和百貨的話，現在抛出去，絕對是時候了。勝利是越來越近了。六個月後，也許就收復了武漢廣州，海口一打通，什麼貨不能來？」

范寶華道：「這個我怎麼不明白？可是我手上並沒有什麼貨了。」

何經理笑道：「端著豬頭，我還怕找不出廟門來嗎？隨便你吧。」

范寶華靜靜地吸了兩口煙，笑道：「好的，我努力去辦著試試看。下午四點鐘以前，我一定到貴行來一趟。大概四五百萬，也許可以搜羅得到。」

何經理笑道：「那隨便你，兩萬元一兩金子，照算。這可是今日的行市，明日可難說。現在十二點鐘了，我們上午要下班了。」

范寶華明白他說鐘點的意思，還有什麼可考慮的，立刻輕輕一捶桌子，站起來道：「我努力去辦吧。還有三個半鐘頭，多少總要弄點成績來。」說畢，夾了皮包，戴了帽子，和何經理一握手，匆匆地就走出了銀行。

在大街上隨處可以看到女人，也就聯想到了家裡還有一位魏太太在等著，發財雖是要緊，可是女朋友的交情也不能忘了。

他沒有敢停留，徑直地就走回家來。他想著，曾拿出那只金鐲對魏太太小表現了一下，料著她會在這裡等著的，因之一推大門，口裡就連連地道著歉道：「對不住，讓你等久了。」說著話搶進了堂屋，卻是空空的，並沒有人。自己先咦了一聲，便接著大聲叫了一句吳嫂。

那吳嫂在藍布大褂外，繫了一條白布圍襟，她將白布圍襟的底擺掀了起來，互相擦著自己的手，由屋後面廚房裡走出來，把臉色沉著，一點不帶笑容，問道：「吼啥子？我又不逃走。」

范寶華見她那胖胖的長方臉上將雪花膏抹得白白的，在兩片臉腮上微微地有了一些紅暈，似乎也擦了一點胭脂了。她那黑頭髮梳得油滑光亮，將一條綠色小絲辮在額頭上層紮了半個圈子，一直紮到腦後，在左邊耳鬢上還扭了個小蝴蝶結兒。雖然是終年在家裡看見的傭人，可是今天看見她，就覺得格外漂亮。

因之吳嫂雖把話來衝了兩句，可生不出氣來，便笑道：「你不知道，今天下午我有幾百萬元的生意要做，趕快拿飯來吃吧。」

吳嫂笑道：「我曉得。陶先生李先生來說過咯，金子要漲價，你今天搶買幾百兩，對不對頭*？」

范寶華連連的點頭笑道：「對頭對頭，我買成了，送你一隻金戒指。」

吳嫂頭一扭道：「我不要，送別個是金鐲子，送我就只有金箍子。你送別個金鐲子有啥用？你叫我忙了大半天，做飯別個吃，把腦殼都忙昏了，才把飯燒好，別個偏是不吃就走了。」

范寶華道：「魏太太走了，沒關係，她還要來的。」

吳嫂道：「該歪喲*！」說著一扭身子走了。范寶華也就只好哈哈大笑。

吳嫂雖然心裡很有點不以為然，可是聽說范先生今天要買幾百兩金子，是個發財的機會，范先生發大財，少不得要沾些財運，就把做好了的菜飯搬了來讓范寶華吃。

老范聽說魏太太不吃飯就走了，在吳嫂那種尷尬面孔下，又不便多問，他忽然又一個轉念，這個女人，是自己抓住了辮子梢的，根本跑不了。而且她很需要款子，不怕她不來相就，現在還是弄錢買金子要緊，再發一注財，耗費百分之幾，她姓魏的女人，什麼話不肯聽。

他想定了，匆匆地吃過午飯，在箱子裡尋找出一些單據，夾了皮包就向外跑。走到弄堂口上，吳嫂在後面一路叫著先生，追了出來；范寶華站住腳，回頭看時，見她遠遠地將手舉著一條白綢手絹，她走到面前，笑道：「忙啥子嗎？帕子也沒有帶。」說著，把手絹塞到他西服口袋裡。

她周圍看了看，並沒有人，低聲笑道：「你是去買金子吧？給我買二兩，要不要得？」

范寶華笑道：「你也犯上了黃金迷。」

吳嫂笑道：「都是有耳朵眼睛的人嘛！自己不懂啥子，看人家發財，也看紅了眼睛嘛！」

范寶華站著對她望望，眼珠一轉，笑道：「只要你聽我的話，辦事辦得我順心，我就買二兩金子送你。」說著，伸手摸了吳嫂一下臉腮，趕快轉身就走。吳嫂在身後，輕輕說了一聲該歪喲！

范寶華哈哈大笑，走上了大街。他第一個目的地，是興華五金行。這是一所三層樓的偉大鋪面，樓下四方的大小玻璃貨櫃裡，都陳列著白光或金光閃爍的五金零件。

他推開玻璃門走進，對穿著西裝的店夥笑著點了一個頭，問道：「楊經理在家嗎？我有好消息告訴他。」

那店夥對他也有幾分認識，他既說了有消息來報告，便答應了經理在樓上。

范寶華夾了皮包向樓上走。這樓上顯然表示了一副國難富商的排場，一列玻璃隔扇門，其中兩扇花玻璃門，在門上有黑漆字圈著金邊，標明經理室。

范寶華心想：兩個月來，姓楊的越發是發財了。便在門外邊敲了兩敲門，裡面說聲進來。

他推門進去，見楊經理穿著筆挺無皺的花呢西服，坐在寫字桌邊的紫皮轉椅上，挺了個大肚子，露出西服裡雪白的綢襯衫。手上夾了半截雪茄，塞在外翻的嘴唇皮裡。在那夾雪茄的手指上，就露出一枚很大的白金嵌鑽石的戒指。五六十歲的人了，半白的頭髮梳理得油淋淋的，那扇面形的胖臉，修刮得沒有一根鬍茬子。只看這些，他就氣概非凡了。

范寶華也見過不少銀行家，可是像楊經理這樣搭架子的也還不多，這屋子那頭，另外兩張寫字臺，都有穿了漂亮西服的人在辦公。

范寶華一進門，楊經理就站起來，向他點點頭道：「范先生好久不見，這兩天生意不錯呵！成交了整千萬。請坐請坐。」說時，指了寫字臺邊的椅子。

范寶華取下了帽子和皮包同放在旁邊的茶几上，然後坐下，笑道：「楊經理的消息真是靈通。」

楊經理將他肥胖的身體向椅背上靠了去，口銜了雪茄，微昂起頭來笑了一笑，然後取出雪茄來，在煙灰碟子上敲著，望了他道：「慢說五金和建築材料，這些東西，在市面上有大批成交瞞不了我，就是百貨，布匹，紙煙，大概我肚子裡也有一本帳的。」說到這裡，有工友進來敬茶敬煙。

范寶華借了這吸煙喝茶的機會，心裡轉了兩個念頭，心想：這傢伙老奸巨猾，在他面前是不能耍什麼手腕的，便望了他笑道：「老前輩，我是無事不登三寶殿，我還有一點存貨，想換兩個錢用，你願意收下嗎？我這裡有單子。」說著拿過皮包來，在裡面取出一張貨單子，雙手捧著，送到楊經理面前。

他左手指頭縫裡，依然夾了半支雪茄，右手卻托了那單子很注意地看著。看完了，放在桌上，將五個指頭輪流地敲打桌沿，望了他問道：「你為什麼把東西賣了？鉛絲，皮線，洋釘，以及那些五金零件，就是現在海口打開了，馬上也運不進來。放著那裡不會吃虧的。」

范寶華道：「我怎麼不知道？無奈我急於要調一筆頭寸，不能不賣掉它。」

楊經理笑道：「你剛得了整千萬的頭寸，沒有幾天，現在又要大批的錢，我想著你是買金子吧？這是好生意。」

范寶華笑道：「我囤著這些東西，也不見得就不是好東西呀，我實在是要調一批頭寸還債。」

楊經理銜著雪茄噴了一口煙，笑道：「我們談的是買賣，我可不是查帳員，這個我管不著。」說著，又拿起那單子來看了看，沉吟著道：「這些東西，我們也不急於要收買。閣下打算賣多少錢？」說著，仰在椅子背上，昂頭吸了兩口煙，目光並不望他。

這時，在那邊桌上，一個穿西裝的中年漢子捧了一疊表格過來，站在楊范兩人之間，將表格送到楊經理面前。向他使了個眼色。

那表格上有一張字條，自來水筆寫了幾行字，乃是皮線鉛絲極為缺貨。楊經理將手擺了一擺道：「現在我們正在談買賣呢，回頭再仔細地看。」那人拿著表格走了。

范寶華道：「照那單子上的東西，照市價估價，應該值七百萬，我自動地打個九折吧。」

楊經理微笑著搖了兩搖頭，然後又對他臉上注視了一下，笑道：「老弟台，你不要把我當作機關的司長科長呀，你這些東西，我買來了是全部囤著，尤其是皮線鉛絲之類，我們存貨很多，這樣的價鈔，你向別處張羅張羅吧。」說著，他將寫字臺上的文具向前各移了一下，表示著毫無心事談生意。

范寶華望了他道：「怎麼著？連價也不還嗎？」

那楊經理又吸上兩口雪茄，微搖了兩下頭，態度是淡漠之至了。

關於楊經理的商業情形，范寶華是知道得很清楚的，只要是五金材料，人家肯賣給他，他是來者不拒的，而且自己所囤的東西，他也曾間接託人接洽過兩次。原料著今日移樽就教*，又自願打個九折，他必然是慨然接受。現在他卻表示著並不需要，甚至連價錢都不屑於過問一聲，難道他的五金材料收得太充足了？或者他也沒有頭寸？

關於前者，那不會，他就是囤五金材料發的大財，現在開著大門做生意呢，焉有不收五金之理？關於後者，那更不會，他的錢是太多了，千兒八百萬的，在他簡直不算是開支。

在楊經理猶疑沒有答覆之下，在身上取出紙煙盒與打火機來，緩緩地吸著煙。

他表面上表示著從容，心裡卻是加十倍的速度在思索，怎樣可以做成這筆買賣，他知道到萬利銀行交款的時間只有兩三小時了。兩三分鐘的猶豫，他就直率地向楊經理道：「實不相瞞，今天我抱著十二分的希望來拜訪的，我只猜到在價錢上應當退讓一點，才可以成交，不想楊經理乾脆地不要。我在今日下午非把東西變出錢來不可，到了四點鐘，銀行已經關門，那我就得大失信用，只好拚了兩條腿，趕快去跑吧。」

他在臉上表示出無可奈何的樣子，慢吞吞站了起來，先把放在旁邊的皮包提起，夾在肋下，然後將帽子拿在手上，向楊經理點了個頭。

到了此時，楊經理方才站起來，笑著點點頭道：「何必這樣忙，好久不見，見了擺擺龍門陣吧。」

范寶華道：「老前輩，你應當知道我心裡是怎樣地著急，四點鐘我得給人家錢，現在已是一點鐘了。」

楊經理道：「得給人家多少錢？」

范寶華道：「不少，總得七八百萬。」說著，將帽子蓋在頭上，就有個要走的樣子。

楊經理手指夾了雪茄，連連向他招了幾招，笑道：「不忙不忙，我們還可以談談。你這是怎麼了？以為我不足與談嗎？坐著坐著。」說畢，他又贅上了這麼坐著坐著四個字。

范寶華看他這個樣子，是大可轉圜，便又伸手把帽子摘下來，站在椅子邊。

楊經理將手對椅子指了一下，笑道：「你先坐著談談，假如價錢合得攏的話，我未嘗不可以把你這批貨留下來。」

范寶華聽了這話，就知道這老傢伙是一種欲擒故縱的手腕。自己剛才做的這個姿態，那完全是對了，因之皮包依然夾在肋下，站著笑道：「老前輩，我在你面前絕不能耍花槍，我今天非七八百萬不能過去，滿以為在這裡可以湊合六百萬，其餘一二百萬再想辦法，不料你老人家俐俐落落的，來個不接受，這讓我絲毫希望都沒有，我還在這裡乾耗著幹什麼呢？」

楊經理將兩個指頭捏住了半截雪茄，在煙灰碟子上輕輕地敲著，微笑道：「你的意思，以為我故意愛睬不睬，是有意按下你的行市。再明白說一點，是殺價，嚇嚇！」他輕描淡寫地在嗓子眼裡笑了一聲。范寶華對這老傢伙臉上一看，見他在沉著的臉上泛出一種奸猾的笑容，依然是不即不離，心裡著實有點生氣，於是又將帽子蓋在頭上，扭轉身子去。而且這一動作跟著上來，是非常地迅速，他已手扶了經理室的玻璃門，有著拉門出去的樣子。

楊經理皺著眉苦笑了一笑，亂招著手道：「不忙走，不忙走，我們慢慢地商量。」

范寶華笑道：「老前輩，你可別拿我開玩笑啊，你若願意買的話，你就出個價錢，不願意……」

楊經理笑道：「小夥子，你不要性急呀，我不收買五金材料，我是幹什麼的？坐下談十分鐘，誤不了你的事。」

范寶華抬起手臂來，看了看手錶，點著頭道：「好吧，就再談五分鐘吧。」說著，在寫字臺邊椅子上坐了，將皮包和帽子全放在懷裡，笑道：「我恭敬不如從命，我沒話說，就聽楊經理吩咐一句話。」

那張貨單子還在楊經理手上呢，他現在算放下了雪茄，兩手拿了貨單子，很沉靜地從頭至尾看上了一遍，點點頭道：「照你這單子上開的貨價，倒是和市價所高有限，再打一個九折，那也就平行了。這些貨拿到手，我也不知道什麼時候可以賣出去，至少，我得打上一個月的子金。廢話少說，貨，我要了，價錢照你單子上開的，打個八折。我的答覆，沒有超過十分鐘的工夫吧？」

說著，拿起放在煙灰碟子上的小半截雪茄。他也不管雪茄頭上是否點著的，就向嘴角裡一塞，然後將背靠在轉椅的椅背上，半昂著那冬瓜式，紫棠色面孔，對范寶華望著。

范寶華道：「我開的價是不是超過市價，我不必申辯，世上也沒有在關夫子廟前耍大刀的人。」

楊經理覺得他這話倒是中肯之言，不免將下巴頦點了兩點。

范寶華道：「老前輩，你若是承認我的話不錯，我也不必多說，我就聽你一個一口價。」他說著，又把那懷裡的帽子提了起來，眼望了楊經理，而且手裡轉動著帽子簷，做出那個不耐煩的樣子。

楊經理笑道：「雖然如此，老兄的作風也還不錯。」說著，把他的冬瓜頭轉著小圈子，搖了幾搖，笑道：「好吧，就是八五折吧。你不是等著錢用嗎？我馬上就開支票給你。」

范寶華道：「就開支票給我？貨樣既沒有帶來，憑據也沒有開上一紙，老前輩相信得過我？」

楊經理笑道：「你難道接了我的支票，收據都不給我一張？有收據我就有辦法。嚇嚇，老弟台！」他最後兩句話，帶著一種得意的笑聲，在輕視的態度中又叫了一句老弟台。

范寶華還不曾接著向下說，就看到他伸手到西服的裡口袋內，掏出一本支票簿來，向客人點了一點頭，微笑道：「買賣論分毫，等我先算一算。」

於是拿過桌子邊的算盤，撥得算盤子劈啪作響，然後指著算盤向客人道：「照你開的貨單和你定的價錢打八五折，是五百二十五萬八千四百五十二元八角二分，零的除了，湊你一個整數。」

於是將算盤末幾位，自千元以下一陣扒動，把子都給除了，在萬位上加了一個子，然後笑問道：「老弟台如何如何？我就照這個數目開支票。」

說著，在寫字臺抽屜裡取出一支雪茄，咬掉雪茄的煙頭，向桌子角下的痰盂裡吐了去，然後把嘴角銜住了這支長雪茄。

他竟自有那個能耐，抵得那雪茄像有彈簧的東西上下亂動，接著把打火機在口袋裡掏出來，打了火點著煙，那本支票簿擺在他面前玻璃板上，卻是原封未動。

范寶華正想說話，有個工友將紅漆圓托盤送著一隻小藍瓷花碗，放到玻璃板下，碗裡還放著一柄白銅茶匙，原來是一碗蓮子粥。

楊經理問道：「還有沒有？給客人來一碗。」

工友提著托盤沿，垂手站立了，低聲答道：「每天就是這一碗。」

范寶華笑著搖手道：「不必客氣，我是剛吃了飯出門的。」

楊經理笑道：「在這裡，不算外人，煮兩個糖心蛋吃好不好？」

范寶華道：「實在是吃了午飯出來的，不必費事。」

楊經理口裡謙遜著，已是把那碗蓮子粥移近了面前，不過他嘴角上那支雪茄煙並未取下。他扶起碗裡的小茶匙，將粥裡的蓮子兩個一雙的留著，堆到碗裡的一邊。最後，他放下茶匙，取下了雪茄，放到煙灰碟子裡，這才翻了眼向那工友道：「你去告訴廚子老朱，他是越來越不像話了。三十二粒蓮子的定額，這碗裡只有二十粒，他落下三分之一還有餘哩，去吧。」說著手一揮，叫工友走了。

范寶華看到，心想道：「好哇！我這裡和你做幾百萬的大買賣，你倒去計算稀飯裡的蓮子。」便笑道：「楊經理，我實在沒有工夫，依你這價錢，我又得吃三四十萬元的虧，但是誰讓我等著要錢用呢？好吧，我一切都依照著你的辦法辦了。」

這老傢伙微微一笑，點了幾點頭，才慢慢兒地將小茶匙舀著蓮子粥呷著，他呷粥的時候，只是把嘴唇皮抿著，斯文一脈地，將嘴舌吮唧著嘖嘖有聲。范寶華坐在旁邊側目相視。

他吃完了，將碗推開，然後掀開支票簿，將手按了一按，向老范笑道：「我就照著我們定的價寫了。」

范寶華道：「隨便了。還是那句話，誰讓我等著要錢用呢？」

楊經理抽出筆筒子裡的毛筆，在支票上寫下了五百二十六萬元，將筆放下了，在抽屜裡拿出圖章盒子來，在手心裡掂了幾掂，望著范寶華道：「你可以寫一張收據了。」

范寶華心裡想著：反正我收你的錢，我賣貨給你，寫收據就寫收據，難道還讓畫一把刀給你嗎？於是就把桌上的信紙取過一張，用毛筆寫了收據。

楊經理看著把數目寫過了，便道：「老兄，不忙，你得添上兩句，說是另有貨單一紙存照，將來將貨交清，取回收條。」

范寶華覺得這是正理，就依了他的話填寫著。

但是楊經理伏在桌上望了他的字據，口裡連說著字寫小一點，小一點，還有話往上填呢，范寶華道：「還要往上添嗎？」

楊經理道：「當然要把言語交代清楚，你再加上兩句此項貨物，若逾期三日不交，則款項須照每天四元拆息計算。」

范寶華放下筆來，望了主人一望，微笑道：「條件訂得這樣地苛刻？」

楊經理笑道：「字面上好像是苛刻，其實不成問題。你想，你拿了錢去，過了三天之久，還能不給我貨嗎？你說，你打算幾天之後才交給我貨品呢？」

范寶華低頭想了一想，說句也好，就提起筆來，再寫上這樣兩句。

楊經理手指夾著雪茄吸了兩下，笑道：「乾脆，我全告訴你，再贅上這麼兩句：此項貨物，並未交看樣品，如貨物確係次等，或是銹蝕損壞情況，當酌量扣款。」

范寶華將筆放下，伸直了腰向他望著道：「老前輩，這就太難了。蒙你的情，看得起我，信任我不會撒謊，就這樣成交了。我姓范的，不能馬上離開重慶，我能夠隨便這樣欺騙你，不想在市面上混嗎？」

楊經理皺了眉頭，笑上一笑，因道：「話雖如此，可是總得有一點保證。老弟台，做生意談生意，我不是沒有看貨樣付的款嗎？你就這樣加上一句吧，負責保證貨品足夠水準，否則任憑退貨。」

范寶華對壁鐘一看，已是兩點十分了，這老傢伙開了支票老不蓋章，便嘆了口氣笑道：「誰讓我等著要錢用呢，一切條件，我都接受了，反正我自信貨色絕差不了，寫吧。」於是提起筆來，加上了這兩句，筆還是拿在手上，昂了頭望著他道：「還要寫些什麼呢？」

楊經理笑道：「沒有什麼了，你帶了圖章來了沒有？」

范寶華笑道：「預備借錢，豈有不帶圖章之理？」說著，在西服袋裡將圖章拿出來，在收據上蓋好。楊經理看得清楚，也就把放在桌上的支票蓋了圖章。

兩人將支票和收據隔了桌子角交換了，就在這時，鈴叮叮，來了電話，楊經理把桌機的聽筒拿起，首先就問：「有什麼好消息？」

接著，他面色緊張了一下，接著又哦了一聲道：「這話是真的，那麼，請你趕快來一趟，我們當面談談。好的好的。」

說著，把電話聽筒放了下來，向范寶華道：「哈哈！老弟台，我上了你一個當了，你要扯款買金子，就說買金子吧，為什麼在我面前弄這些花槍呢？」

范寶華的臉色不由得閃動了一下，笑道：「楊經理，誰多我這份事？特意打個電話向你報告。」

楊老頭兒又打了個哈哈，笑道：「老弟台，我的消息雖沒有你得的快，可是也不會完全不知道。我已經得了的確的消息，官價從明日起就要提高，你不是趕著找一筆頭寸去買幾百兩金子嗎？這麼一來，慢說日拆四元，就是日拆八元，你也不在乎，今天買到金子，明天你就翻了一個身。老弟台，你不夠朋友，有這樣好的消息，為什麼不告訴我？我也可以找點賺錢的機會。你怕告訴了我，我自己拿錢買金子，就沒有錢借給你嗎？」

范寶華已把支票拿到手了，料著他也不會反悔，便紅著臉笑道：「消息我是得到了的，可是不知道是不是真的，我自己弄錢做他一票，弄得不對不要緊，我若鼓動楊經理去買金子，明日官價並不提高，把楊經理的款子凍結了，我可負著很大的責任。」

楊經理擺擺手道：「好了好了，不說了，算老弟台這回門贏了我。」

范寶華也正是感到沒趣，站起身來，正待要走，卻聽到玻璃門外有一陣很亂的腳步聲，接著連連地敲了幾下玻璃門。楊經理還不曾說請進，已是有一個人推門而進，他穿了一身灰色西服，頭上沒有戴帽子，汗珠子在額頭上只管向外冒著，臉紅紅的喘著氣，望了楊經理道：「是你老叫我來的嗎？」

楊經理點點頭道：「是我叫你來的。你怎麼得著黃金加價消息的。」

那人道：「是……」說到這裡，走近了寫字臺一步，低了頭下去，對著楊經理的耳朵，輕輕地說了幾句。

楊經理的臉色，隨了他的報告，時而緊張，時而微笑，最後，他將手輕輕地在桌沿上拍了一下，臉一揚道：「我做他一千兩，你有辦法找得著路子嗎？」

范寶華看著這樣子，他們是有點刺激了，在這裡將妨礙人家的秘密，便揣好了支票，戴上帽子，夾了皮包，站起來向楊經理道：「我這就到萬利銀行去，聽說他們有買金子的路子，假如他們還可以分讓若干的話，我給楊經理一個信。」

這楊老頭坐在他經理位子上，始終沒有離開，聽了這句話，突然站起身來，由位子上追了出來，連連地向客人招著手道：「范兄范兄，不要走，我還有話對你說。」

范寶華道：「三天之內交貨，準沒有錯。」

楊經理伸手拍了他兩下肩膀，笑道：「老弟台，真的？我就這樣計較？你是個君子人，不會錯，三天之內交貨，就是一星期之內交貨，又待何妨？你說的萬利銀行這條路線怎麼樣？真可以想點辦法嗎？」

說時，他的眼角上復射出許多魚尾紋，那剃光了鬍茬子的八字嘴角也向上翹起，微露著嘴裡的幾粒金牙。

范寶華笑道：「我聽到說萬利銀行有一千兩可以勻出。他們那經理的意思，只要今天下午四點鐘以前把款交給他，他就可以把黃金定單讓出來。」

楊經理將夾著雪茄的右手騰出三個指頭來。搔搔自己的頭髮，因躊躇著道：「有這樣好的事？銀行界人物見了黃金不要，而且買了來，分讓給別人？哦，哦，是了，他要賺我們幾文黑市。」

范寶華道：「不，只要是今天下午四點鐘以前把款子交給他，他還是照二萬一兩讓出來。」

楊經理剛是把手放下，要將雪茄送到嘴裡去吸，聽了這話，又把手抬上去，只是在額角上搔著頭髮，在他搔了十幾下之後，忽然笑道：「我明白了，必是今天交換差著頭寸，要抓進一筆款子。」

說著，又搖搖頭道：「還是不對，今天抓一筆頭寸，明天照現款還給人家就是了，豈能把那已經提高了官價的黃金給人？分一千兩黃金儲蓄定單給人，可能就損失一千萬，天下有這樣經營銀行業務的人？」

他正是這樣沉吟考慮著，先來的那個人卻向他笑道：「楊經理，不要管人家的事，還是來談我們自己的吧。」

范寶華倒沒有理會到楊經理有什麼話在接洽，只是他說的那幾句話卻把他提醒，那萬利銀行的何經理為什麼不發那整千萬元的財，而願讓給別人？這裡面必然大有緣

故。這卻急於要去見他，問個究竟，不等楊經理再說什麼，點個頭就奔上了大街。只轉一個彎，頂頭就碰到了陶伯笙坐在人力車上。他口裡連連喊著停住停住，車子剛停下，他就向下一跳，三步兩步跑到范寶華面前，伸手將他的手臂拉著，笑道：「范兄，我又得著兩個報告，先前那消息完全證實。你有辦法沒有？若是做不到黃金儲蓄的話，就是買點現貨，也是極其合算的事。」

范寶華連連將他的衣服扯了幾下，瞪著眼輕輕地喝道：「你這是怎麼回事，難道你瘋了？在街上這樣談生意經。」

陶伯笙回想過來了，笑道：「我實在是興奮過甚，到處找你，找到了你，我多少有點辦法了。」說著，挽了范寶華一隻手臂，開著步子就向前走。

後面有人叫道：「朗個的？不把車錢就跳（跳讀如條）了。」

陶伯笙哈哈笑了起來，回轉身會了車錢。

范寶華笑道：「你的消息果然是真的話，我算大大的有筆收入，可以幫你一點忙，現在沒有了說話的機會，快先上萬利去吧。」

兩個人說著話，走了小半截街，卻見李步祥同著一個穿藍布大褂的人，由橫街上穿了出來，開著很快的步子走路，像是要尋找什麼。

范寶華叫了聲老李，他突然站住。看到了范陶兩位，飛步跑過來，這就老遠的抬一隻手，一路的招著，到了面前，喘著氣笑道：「我到處找你，你到哪裡去了？」

他站定了腳，看看陶伯笙笑道：「你跟上了大老闆，有點辦法嗎？」說著，走近一步，把臉伸到陶伯笙肩膀上來，將手掩了半邊嘴，對了他的耳朵，輕輕地道：「你買了一點現貨沒有？銀樓幫似乎也得了消息，吃過午飯以後，銀樓對付客人，只賣錢把重的金戒指，你要其餘的東西，他們一律宣告無貨。」

陶伯笙道：「真的？」

李步祥指著後面跟上來的那個人道：「這是我們同寓的陳夥計，我們已經碰了不少釘子了，可是我們絕對將就，你賣金戒指，我就買金戒指。你賣一錢，我就買一錢。」

那陳夥計翹起兩撇八字鬍，笑嘻嘻地站在路頭上，看到范陶兩人，抱著拳頭拱拱手。

范寶華想起起來了，這位仁兄是帶了鋪蓋捲到中國銀行排班買金子的，便點頭笑道：「陳老闆跑得這樣起勁，有點成績嗎？」

陳夥計一聽他帶下江口音，便在袖籠子裡抽出一條手絹，擦著額頭上的汗，因笑道：「既然銀樓裡向格人才是一副尷尬面孔，伊拉勿是做生意，是像煞債主上門勿肯還債，阿拉勿要去哉！」

范陶兩人都哈哈大笑。

陶伯笙笑道：「你管他什麼面孔，只要他賣你就買，你明天就賺他個對本對利。」

李步祥笑道：「你鬼，他還鬼呢。他們到了現在，對付顧客乾脆就說沒有貨，我們想著無路，還是來找范先生。」說著，就近一步，低了聲音向他道：「有法子買現貨沒有？范先生買大批的，我們湊點錢，買點金子邊。」

范寶華抬起手錶看了看，因道：「轉彎就是一個茶館，你們在茶館裡泡一碗沱茶喝，等我好消息吧。」說著，扯腿就走。

只走了二十家鋪面，卻見魏太太穿了件花綢夾袍子，肋下夾著皮包，半高跟皮鞋，走得人行路水泥地面的的咯咯作響。她正是揚著眼皮朝前走，到了面前，看到范寶華，似乎吃了一驚，嚇得一聲笑著站住。

老范也嘻嘻地笑了，因道：「為什麼不吃飯就走了？」

魏太太撩著眼皮，向他笑了一笑道：「我怕你趕不回來，金價果然要提高了，你今天買了多少？」

范寶華道：「還正在跑呢。」

魏太太站著呆著臉沉默了一會，撩著眼皮向他一笑道：「你猜我在街上跑什麼？我也是想買點現貨呀，你……你上午說的……」說著，又嘻嘻向范寶華一笑。

在今日上午，范寶華掏出懷裡那個扁包，向魏太太晃了一晃，他是很有意思的，料著在今日全市為金子瘋狂的時候，現在有金首飾要送她，她不能不來，這時魏太太問起上午說的事，他就料著是指金首飾而言，因笑道：

「我當然記得。幸而我是昨天買的，若挨到今天下午，出最大的價錢恐怕也買不到一錢金子。」

魏太太把頭低著，撩起眼皮向范寶華看了一看，抿了嘴笑道：「你……哼……恐怕騙我的吧？」說著，又微微地一笑。

范寶華在她幾次微笑之後，心裡也就想著：人家鬧著什麼，把這東西給人家算了。他正待伸手到懷裡去探取那個扁紙包的時候，見魏太太扭轉身去看車子，大有要走的樣子，他立刻把要抬起來的手又垂了下來了，笑道：

「這時在大街上，我來不及詳細地和你說什麼，你七八點鐘到我家裡來找我吧。我還有要緊的事到萬利銀行去一趟，來不及多說了，你可別失信。」

說著，伸手握著她的手輕輕搖撼了兩下，接著對她微微一笑，立刻轉身就走了。

魏太太雖然感到他的態度有些輕薄，可是想到他的懷裡還收藏著一隻金鐲子呢，這個時候，一隻鐲子可能就值七八萬，無論如何，不能把這機會錯過了。

她站在人行道上，望了范寶華去的背影只是出神。

這位范先生在她當面雖是覺得情意甚濃，可是一背轉身去，黃金漲價的問題就衝進了腦子，拔開大步，就奔向萬利銀行。

當他走到銀行裡經理室門口時，茶房正由屋子裡出來，點了個頭笑道：「范先生，經理正在客廳裡會客呢。」

他聽說向客廳去，卻見煙霧繚繞，人手一支香煙，座為之滿。何經理正和一位穿西服的大肚胖子，同坐在一張長籐椅上，頭靠了頭，嘀嘀咕咕說話。

范寶華叫了一聲何經理，他猛可*地一抬頭，立刻滿臉堆下了笑容，站起身來向前相迎，握了他的手道：「老兄真是言而有信，不到三點鐘就來了。我們到裡面去談談吧。」說時，拉了他的手，就同向經理室裡來。

他不曾坐下，先就皺了兩下皺眉頭，然後接著笑道：「你看客廳裡坐了那麼些個人，全是為黃金漲價而來的，守什麼秘密，這消息已是滿城風雨了。怎麼樣？你有了什麼新花樣？」說著，在身上掏出一隻賽銀的扁煙盒子，按著彈簧繃開了蓋子，托著盒子到他面前，笑道：「來一支煙，我們慢慢地談談吧。」

主客各取過一支煙，何經理揣起煙盒子，再掏出打火機來，打著了火，先給客人點煙，然後自己點煙，拉了客人的手，同在長沙發上坐下，拍了范寶華的肩膀道：「我姓何的交朋友，實心實意，不會冤人吧？」

范寶華笑道：「的確是實心實意，不過我想著貴行雖不在乎千把兩黃金的買賣，但是黃金官價一提高，你們讓出去了，就是整千萬元的損失，這……這……」

他不把話來說完，左手兩個指頭，夾了嘴角上的煙捲，右手伸到額頂上去，只管搔著頭髮。

何經理吸著一口煙，噴了出來。笑道：「范先生，你想了這大半天，算是把這問題想明白過來了嗎？這些問題，暫時不能談，不過我可負責說一句，假使你這時有款子交給我，我準可以在明天下午，照你給錢的數目付給你黃金儲蓄定單，決計一錢不少。你若放心不下，你就不必做，這問題是非常的簡單。」

范寶華笑道：「我若是疑心你，我今天下午就不來了。我打算買進三百兩，你可以答應我的要求嗎？」說著，就把帶來的皮包打開，由夾縫裡取出一張支票，對著何經理揚了一揚，因笑道：「六百萬還差一點零頭，我可以找補現款。」

何經理道：「差點零款沒有關係，你就不找現，我私人和你補上也可以。」

范寶華聽了，臉上又表現了驚異的樣子。

他的話還不曾說出來，何經理已十分明瞭他的意思，便笑道：「當然，你所謂零頭，不過三五萬的小數目，若是差遠了，我有黃金儲蓄單，還怕變不出錢來，反而向你貼現嗎？」

范寶華直到這時還摸不清他這個作風是什麼用意，好在是求官不到秀才在，縱然萬利銀行失信，不交出三百兩黃金儲蓄單給他的六百萬元作為存款，他們也須原數退回，於是不再考慮，立刻把得來的那張支票，交給何經理，笑道：「貴行我的戶頭上還有百十萬元，難道我有錢不付，真讓何經理代我墊上零頭不成？何況零頭是七十四萬呢？」說著，在身上掏出了支票簿，就在經理桌上把支票填上了。

何經理口銜了支紙煙，微斜地偏了頭，看他這些動作。

他將支票接過去之後，便將另一隻手拍了兩拍范寶華的肩膀，因笑道：「老兄，明天等我的消息吧。」

正說到這裡，他桌上的電話機鈴叮叮地響了起來。何經理接了電話之後，手拿著耳機，不覺得身子向上跳了兩跳，笑道：「加到百分之七十五，那可了不得，你是大大地發了財了，是是是，我儘量去辦。好，回頭我給你電話，沒有錯，五爺的事，我們無不盡力而為。好好，回頭見。」

他放下了話筒，遏止不住他滿臉的笑容，轉身就要向外走。他這時算是看清楚了，屋子裡還站著一個人呢，便伸著手向他握了一握，笑道：「消息很好。」

范寶華道：「是黃金官價提高百分之七十五？」

何經理笑道：「你不用多問，明天早上你就明白了。哈哈！」說著，他正要向外走，忽然又轉過身來，向范寶華笑道：「我實在太亂，把事情都忘了，你的送款簿子帶來了沒有？應當先完成手續，給你入帳。」

范寶華覺得他這話是對的，這就在皮包裡取出送款簿子來交給他。

何經理按著鈴，把茶房叫進來，將身上的支票掏出，連同送款簿，一併交給他道：「送到前面營業部給范先生入帳，免得他們下了班來不及。」說畢，回頭向范寶華笑道：「你坐一會兒，我還要到客廳裡去應酬一番。」說完了，他也不問客人是否同意，逕自走了。

范寶華在經理室坐著吸了一支紙煙，茶房把送款簿子送回。他翻著看看那六百萬元已經寫上簿子，便揣起來了。坐在沙發上又吸了一支煙，何經理並沒有回來，他靜靜地想到了魏太太會按時而來，也不再等何經理回到經理室，夾了皮包就向回家的路上走。走了大半條街，身後有人笑著叫道：「范先生，還走啦，讓我們老等在茶館裡嗎？」

范寶華呵喲了一聲笑道：「我倒真是把你們忘了。你不知道，我急得很。」

說話的是陶伯笙，迎上前低聲笑道：「我剛才特意到這街上銀樓去打聽行市，牌價並沒有變動，可是比上午做得還緊，你就是要打一隻金戒指他也不賣了，這種情形無疑的，明天牌價掛出，必定有個很大的波動。你說急得很，怎麼樣？還沒有抓夠頭寸嗎？」

范寶華左手夾了大皮包，右手是插在西服袋裡的。這時抽出右手來舉著，中指擦著大拇指，在空中啪的一聲彈了一下響。笑道：「實不相瞞，我已經買得三百兩了，今天跑了大半天，總算沒有白跑。」

陶伯笙道：「那我們也不無微勞呀。請你到茶館裡去稍坐片時，大家談上一談，好不好？」

范寶華抬起手臂來，看了一看手錶，笑道：「我今天還有一點事，你們的事，我當然記在心裡，我金子定單到手，每位分五兩。」說著，扭身就要走。

陶伯笙覺得這是一個發財機會，伸手把他衣袖拉住，笑道：「那不行，你今天大半天沒有白跑，總也不好意思讓我和老李白跑，你得……」

范寶華道：「我的事情還沒有完全辦了，明天早上八點鐘，我請你在廣東館子裡吃早點，準時到達不誤。」

他說著，扭身很快地跑走。走遠了，抬起一隻手來，招了兩招，笑道：「八點鐘不到，你就找到我家裡去。」說到最後一句話，兩人已是相距得很遠了。

他一口氣奔到家裡，心裡也正自打算著要怎樣去問吳嫂的話，魏太太是否來過了。可是走進弄堂口，就看到吳嫂站在大門洞子裡，抬起一隻手來，扶著大門，偏了頭向弄堂口外望著。

范寶華走了過來，見她沉著個臉子，不笑，也不說話，便笑問道：「怎麼不在家裡做事，跑到大門口來站著？」

吳嫂冷著臉子道：「家裡有啥子事嗎！別個是摩登太太嘛，我朗個配和別個說話嗎？我也不說話，呆坐在家裡，還是看戲，還是發神經嘛！」

憑她這一篇話，就知道是魏太太來了，范寶華就輕輕拍了她兩下肩膀笑道：「我給你二兩金子儲蓄單子，你保留著，半年後，你可以發個小財。」

吳嫂一扭身子抬起手來將他的手撥開，沉著臉道：「我不要。」

范寶華笑道：「為什麼這樣撒嬌，井水不犯河水，我來個客也不要緊呀。進去進去。」

吳嫂手叉了大門，自己不動，也不讓主人走進去。

范寶華見她這樣子，就把臉沉住了，因道：「你聽話不聽話，你不聽話，我就不喜歡你了。」說著，手將大腿一拍。

主人一生氣，吳嫂也就氣餒下去了，她把臉子和平著，帶了微笑道：「不是做飯消夜嗎？我已經大致都做好了。我做啥子事的嘛，我自然做飯你吃，不過，你說的話要算話，你說送我的東西，一定要送把我咯。」說著，向主人一笑，自進屋子去了。

范寶華走進大門，在院子裡就叫道：「對不起，對不起，讓你等久了。」隨著話走進屋子來，卻看到魏太太手臂上搭著短大衣，手裡提著皮包，逕自向外走。

范寶華笑道：「怎麼著，你又要走嗎？」

魏太太靠了屋子門站定，懸起一隻腳來，顫動了幾下微笑道：「我知道你這幾天很忙，為財忙，我犯不上和你聊天，耽誤你的正經事。」

范寶華笑道：「無論有什麼重大的事，也不會比請你吃飯的事更重要，請坐請坐！」說著，橫伸了兩手，攔著她的去路，一面不住地點頭，把她向客堂裡讓。

她站在堂屋門口，緩緩地轉著身，緩緩移動了腳，走到堂屋裡去。先且不坐下，把大衣放在沙發椅子背上搭著，手握了皮包，將皮包一隻角按住堂屋中心的圓桌子，將身子輕輕閃動了一下，笑道：「你有什麼話，對我說就是了嘛！范老闆，人心不都是一樣，你想發大財，我們就想發小財，趁著黃金加價的牌子還沒有掛出來，今天晚上我去想點辦法。」

范寶華點了兩點頭道：「這是當然，但不知你打算弄多少兩？」

魏太太將嘴一撇，微笑道：「范大老闆，你也是明知故問吧？像我們這窮人，能買多少，也不過一兩二兩罷了。」

范寶華笑道：「你要多的數目，我不敢吹什麼牛，若是僅僅只要一兩二兩的，我現在就給你預備得有，東西現放在樓上，你到樓上來拿吧。」

魏太太依然站在那桌子邊，向他瞅了一眼道：「你又騙我，你那個扁紙包兒不是揣在懷裡嗎？」

范寶華笑道：「上午我在懷裡掏出來給你看看的，那才是騙你的呢，上樓來吧。」說著，順手一掏，把她的皮包搶在手上，再把搭在沙發靠上的短衣也提了過來，便向她做了個鬼臉，舌頭一伸，眼睛一睞。然後扭轉身向樓梯口奔了去。

魏太太叫道：「喂！開什麼玩笑，把我的大衣皮包拿來。」一面說著，也一面追了上去。

那吳嫂在堂屋後面廚房裡做菜，聽到樓梯板咚咚的響著，手提了鍋鏟子追了出來，望了樓口，嘴也一撇，冷笑著自言自語的道：「該歪喲！青天白日就是這樣扮燈*，啥樣子嘛！」站著呆了四五分鐘，也就只好回到廚房裡去。

一小時後，吳嫂的飯菜都已做好，陸續的把碗碟筷子送到堂屋裡圓桌上，但是主人招待著客，還在樓上不曾下來。吳嫂便站在樓梯腳下，昂著頭大聲叫道：「先生，飯好了，消夜。」

范寶華在樓上答應著一個好字，卻沒有說是否下來。

吳嫂還有學的一碗下江菜，蘿蔔絲煮鯽魚，還不曾做得，依然回到廚房裡去工作。這碗鯽魚湯做好了，二次送到堂屋裡來，卻是空空的，主客都沒有列席，又大聲叫道：「先生消夜吧，菜都冷了。」這才聽到范寶華帶了笑聲走下來。

魏太太隨在後面，走到堂屋裡，左手拿了皮包夾著短大衣，右手理著鬢髮，向桌上看看，又向吳嫂看看，笑道：「做上許多菜！多謝多謝！」

吳嫂站在旁邊，冷冷地勉強一笑，並未回話。

范寶華拖著椅子，請女賓上首坐著，自己旁坐相陪，吳嫂道：「先生，我到廚房裡去燒開水吧？」

范寶華點頭說聲要得。吳嫂果然在廚房裡守著開水，直等他們吃過了飯方才出來。

這時，魏太太坐在堂屋靠牆的籐椅上，手上拿著粉紅色的綢手絹，正在擦她的嘴唇，范寶華道：「吳嫂，你給魏太太打個手巾把子來。」

吳嫂道：「屋裡沒得堂客用的手巾，是不是拿先生的手巾？」

魏太太把那條粉紅手絹向打開的皮包裡一塞，站起來笑道：「不必客氣了，過天再來打攪，那時候，你再和我預備好手巾吧。」

她說著話，左手在右手無名指上脫下一枚金戒指，向吳嫂笑道：「我和你們范先生合夥買金子，賺了一點錢，不成意思，你拿去戴著玩吧。」

吳嫂喲了一聲，笑著身子一抖戰，望了她道：「那朗個要得？魏太太戴在手上的東西，朗個可以把我？」

魏太太把左手五指伸出來，露出無名指和中指上各帶了一枚金戒指，笑道：「我昨天上午買了幾枚戒指，到今天下午已經賺多了，你收著吧，小意思。」說著，近前一步，把這枚金戒指塞在吳嫂手上。

吳嫂料著這位大賓是會有些賞賜的，卻沒有想到她會送這種最時髦最可人心的禮品。人家既是塞到手心裡來了，那也只好捏著，這就向她笑道：「你自己留著戴吧，這樣貴重的物品，怎樣好送人？」

魏太太知道金戒指已在她手心裡了，連她的手一把捏住，笑道：「不要客氣，小意思，小意思，我要走了。」說著，一扭身就走開了。

范寶華跟在後面，口裡連說多謝，一直送到大門外弄堂裡來。他看到身邊無人，就笑道：「明天我請你吃晚飯，好嗎？六點多鐘，我在家裡等你。」

魏太太瞅了他一眼，笑道：「我不來，又是請我吃晚飯。」

范寶華笑道：「那麼，改為吃午飯吧。」

魏太太笑道：「請我吃午飯？哼！」說時，對范寶華站著呆看了兩三分鐘，然後一扭身子道：「再說吧。」

她嗤的一聲笑著，就開快了步子走了。范寶華在後面卻是哈哈大笑。

魏太太也不管他笑什麼，在街頭上叫了輛人力車子，就坐著回家去。老遠的，就看到丈夫魏端本站在冷酒店屋簷下向街兩頭張望著。她臉上一陣發熱，立刻跳下車來，向丈夫面前奔了去。

魏先生在燈光下看到了她，皺了眉頭道：「你到哪裡去了，我正等著你吃飯呢。」

魏太太道：「我到百貨公司去轉了兩個圈子，打算買點東西，可是價錢不大合適，我全沒有買成。」

正說到這裡，那個拉車子來的人力車夫，追到後面來叫道：「小姐，朗個的？把車錢交把我們嘛！」

魏太太笑道：「啊！我急於回家看我的孩子，下車忘了給車錢了。給你給你。」說著，就打開皮包來，取了一張五百元的鈔票塞到他手上。

車夫拿了那張鈔票，抖上兩抖，因道：「至少也要你一千元，朗個把五百？」

魏端本道：「不是由百貨公司來嗎？這有多少路，為什麼要這樣多的錢？」

車夫道：「朗個是百貨公司，我是由上海里拉來的。」

魏端本道：「上海里？那是闊商人的住宅區。」他說著這話，由車夫臉上看到自己太太臉上來。

魏太太只當是不曾聽到，發著車夫的脾氣道：「亂扯些什麼？拿去拿去！」說著，將皮包順手塞到魏先生手上，左手提著短大衣，右手在大衣袋裡摸索了一陣，摸出五張百元鈔票，交給了車夫。

魏先生接過太太的皮包。覺得裡面沉甸甸的，有點異乎平常，便將那微張了嘴的皮包打開，見裡面黃澄澄的有一隻帶鏈子的鐲子。不由得嚇了一聲道：「這玩意由哪兒來的？」

她紅了臉道：「你說的是那只黃的？」

魏端本道：「可不就是那只黃的。」

魏太太道：「到家裡再說吧。」

她說時，頗想伸手把皮包取了回去。可是想到這皮包裡並沒有什麼秘密，望了一眼，也就算了。

她首先向家裡走去。魏先生跟在後面，笑道：「你比我還有辦法，我忙了兩天，還沒有找到一點線索，你出去兩三小時，可就找到現貨回來了。」

魏太太見丈夫追著問這件事，便不在外間屋子停留，直接走到臥室裡來。

魏端本放下皮包，索性伸手在裡面掏摸了一陣，接連的摸出了好幾疊鈔票，這就又驚訝著咦了兩聲。

魏太太道：「這事情很平淡，實告訴你，我是賭錢贏來的。」

魏端本將那只金鐲子拿起，舉了一舉，笑道：「贏得到這個東西？」

魏太太道：「你是少所見而多所怪，我又老實告訴你。我自賭錢以來，這金鐲子也不知道輸掉多少了，偶然贏這麼一回，也不算稀奇，我就決定了，自這回起，我不再賭了，贏了這批現款，趕快就去買了一隻鐲子，我就是好賭，也不能把金鐲子賣了去輸掉了吧？」

魏先生將那鐲子翻來覆去地在手上看了幾遍，笑道：「贏得到這樣好的玩意，那我也不必去當這窮公務員，淨仗著太太賭錢吧。」

魏太太將大衣向床上一丟，坐在桌子邊，沉著臉道：「你愛信不信，難道我為非作歹，偷來的不成？」

魏先生笑道：「怎麼回事，我一開口，你就把話衝我。」

魏太太道：「本來是嘛，我花你的錢，你可以不高興，可是我和你掙錢回來，你不當對我不滿呀。」

她說是這樣地說了，可是她心裡隨著這掙錢兩個字立刻跳了好幾跳，自覺得和丈夫言語頂撞，那是不對，於是向他笑了一笑。

魏端本道：「算是不錯，你掙了錢回來了，我去買點滷菜來你下飯吧。」

她笑道：「我又偏了，你還等著我吃晚飯嘛！」

魏端本被她這句話問起，透著興奮，這就兩手插在褲袋裡，繞了屋子中間那方桌子走路。先搖搖頭，然後笑道：「以前人家說，眼睛是黑的，銀子是白的，相見之下，沒有不動心的，現在銀子不看見，金子可看得見，**黑眼睛見了黃金子，這問題就更不簡單了，只要有金子，良心不要了，人格也不要了。**」

魏太太聽到丈夫提出這番議論，正是中了心病，可是他並沒有指明是誰，也沒有指明說的是哪一件事，這倒不好從中插嘴，看到桌上放著茶壺茶杯，她就提起茶壺來，向杯子裡慢慢斟著茶，兩隻眼睛的視線也就都射在茶杯子上。

但是魏先生本人，對這個事並沒有加以注意，他依然兩手插褲子岔袋內，繼續的繞了桌子走著。

他道：「我自問還不是全不要人格的人，至少當衡量衡量，是不是為了一點金子值得大大的犧牲。金子自然是可愛，可是金子的分量少得可憐的話，那還是保留人格為妙。為了這個問題，我簡直自己解決不了，你以為如何呢！」

他說到最後，索性逼問太太一句，教太太是不能不答覆了。

人格比黃金哪一樣貴重？這是有知識者，人人所能知道的事情，實在用不著問的，不過魏太太被問著，她就得答覆。她笑道：「遇到這種事，你比我知道得多，你還用得著問嗎？」

魏端本兩隻手還是插在褲袋裡，他繞了屋子中間那張桌子，只是低了頭走著，搖搖頭道：「**你說的話，以為我會挑選人格這條路上走嗎？我不那樣傻，人格能賣多少錢一斤？這生活的鞭子時刻的在後面鞭打著，沒有鈔票這日子怎麼過？要錢，錢由哪裡來？靠薪水嗎？靠辦公費嗎？靠天上掉下餡兒餅來嗎？既然如此，只要是掙得到錢，我們什麼事都可做，也就什麼問題都沒有顧忌。**」

他口裡說著，兩隻腳只管在屋子裡繞了桌子走著，偶然也就站定了腳，出神兩三分鐘，接著便是嘆口氣。

魏太太向他周身上下看著，見他雖有愁容，卻沒有怒色，看那情形，還不是在太太身上發生了問題？便向他身上看看，因道：「你這樣坐立不定，還有什麼解決不了的事情嗎？你就說出來我們大家商量商量吧。」

魏端本向屋子外張望了一下，手撐著了桌子，彎住腰，低聲問她道：「現在不是大家都在買金子嗎？我們做小公務員的也不會例外，我們司長科長和我私下商量，也想做一點金子儲蓄。」

魏太太笑道：「我以為你有什麼了不得的困難，原來是買金子，這件事太好辦了，拿了款到中央銀行黃金儲蓄部櫃上去定貨，問題就解決了。」

魏端本笑道：「若僅僅是這樣的簡單，那何必你說，我就老早辦理了。問題是這買金子的錢，究竟出在哪裡？」

魏太太笑道：「這不叫廢話？沒有錢買金子，結果，是金子買不到手，做了一場夢。」

魏端本還是繞了屋中間桌子走，兩手插在褲袋裡，微微地扛了兩隻肩膀，不住地搖著頭。

魏太太的眼光隨了魏先生的身子轉，等到魏先生直轉了個圈子，走到自己身邊，她一手將魏先生挽住，笑道：「你心裡到底在想什麼？你給我說明白。你這樣走下去，你就要瘋了，我看，你心裡頭好像是藏著什麼疙瘩吧？」

魏先生站住了腳，兩手撐在桌沿上，回頭看看屋子外面，然後低聲笑道：「我們科長和司長在買黃金儲蓄上想了一個不小的新花樣，也拉我在內。我若答應他們衝鋒陷陣，大概可以得一點甜頭，可是要負相當的責任。萬一事情發作了，我得頂這口黑鍋，若是不答應，自然有人照辦，眼望那個甜頭是讓人家得去的了。」

魏太太道：「我說有了什麼大不了的事，急得你像熱石上螞蟻一樣，原來不過是這麼一件事。這有什麼可考量的，趕快去辦吧。我得來的消息，是明天一早就要宣布黃金官價改到三萬五，今天晚上不辦，明天就是財政部長也沒有什麼法子可想了。」

魏端本拖了張方凳子，挨了太太坐了，拍著她的肩膀，笑道：「怎麼著？你的消息很靈通，你也知道黃金官價要升為三萬五了。大概這事情已鬧得滿城風雨了。」

魏太太道：「反正做投機生意的人，天天捉摸這件事，總不會把這機會錯過去了。你到底是怎麼回事？」

魏端本看到桌上放了茶壺茶杯，這就拿起壺來，向杯子裡斟著茶，端起來，咕嘟大喝了一口。

魏太太伸手搶著按住杯子道：「這茶涼了，我給你找開水去吧。」

他又端起來喝了一口，笑著搖了搖頭道：「用不著。我心裡頭熱得很，喝點涼茶下去，心裡痛快些。」

說著，嘎了一聲，放下杯子來，因道：「我老實告訴你吧，壞事已經做了，舞弊也已經舞了，不過我做完了之後，回得家來有點後悔，正如那失身的女人，當時理智控制不住自己的感情，把身體讓人家糟蹋了，回來之後呢，覺得這究竟是個污點，心裡非常地難過，你雖是我的太太，我都不好意思告訴你。」

魏太太紅著臉道：「你這叫也沒的難為情了，說話沒有一點顧忌，亂打亂喻。」

魏端本道：「的確是如此，我把這經過的情形告訴你吧：是今日下午三點多鐘，司長接了一個電話，知道黃金明天要漲價了，這就把科長叫到他辦公室裡去，做了一段秘密談話。科長出來了，把我引到接待室裡，掩上了房門，笑著對我說：『我們公務員的生活，實在是太清苦了。有了機會，我們得想點辦法，以便補貼補貼生活。』

「我聽到他這個話頭，我就知道他要利用我一下，反正他上司也不能白利用我，一定得給我一點好處。於是向他笑著說：『科長有什麼指示呢？只要能找到生活補貼，我是好樂於接受呀。』

「他笑了一笑，說了聲：『黃金官價明天要提高了，而且提高很多是百分之七十五，今天買一兩黃金，明天就賺一萬五千元。假使能買到一二百兩，那就賺得多了，我們設法找一點款子，買它一批，大家分潤分潤，發個小財，你看好不好？』

「我說：『那當然是好，可是買一百兩黃金儲蓄的話，要二百萬元現款，我們這窮公務員，哪裡去找這筆款子呢？』

「提到這裡，那位科長就笑了，他說：『戲法人人會變，各有巧妙不同。要挪用二三百萬元款子，並沒有問題。我這裡就現成。』說著，他在懷裡抽出兩張支票給我看，一張是一百萬元，一張是一百六十萬元。

「這支票上，司長科長都已經蓋了章，但是還欠一點手續，我還沒有蓋章，你不要看我在機關上地位低，開支票，還得我蓋上一個圖章。當然，機關裡用這個例子，無非是防止人家舞弊，其實，毫無用處，這麼一來，小弊受了牽制，也許不肯舞，等到有此必要，大家勾通一氣，就大大的舞他一回弊，以便弄一筆錢，大家好分，像我今天這件事就是個例子了。」

魏太太聽到這裡，心裡放下了一塊石頭，完全瞭解丈夫坐立不安完全說的是自己的事，因揚起雙眉笑道：「那麼，你們科長要你蓋章了，你這個老實人，當然是遵命辦理了。」

魏端本道：「他不先加說明，糊裡糊塗的拿出支票來叫我蓋章，也許我真的遵命辦理了，不過他這樣說了，我倒不能不反問他一聲。我就說：『這樣多的數目，拿出去買什麼東西呢？給上峰上過簽呈呢？』

「他笑說：『若上簽呈，我還找你幹什麼？司長和銀行界很有點拉攏，銀行方面答應特別通融，四點鐘以後，也給我們把支票換成銀行的本票，然後將本票入帳，給我們定一百三十兩黃金。兩三天後，黃金定單就可以到手，到了手之後，我們拿去賣，三萬五千元一兩，不賺一文，將原單子讓給人，你怕沒有人要？』

「我聽他這樣說，那就完全明白了，我笑說：『原來是司長科長有意提拔我，那我為什麼不贊成？圖章我這裡現成。』說著，在懷裡掏出圖章來，手托了給他看。

「科長笑說：『魏科員倒是痛快，我們得了錢，一定是三一三十一，大家分用。』

他這樣說著，順手一掏，就把那圖章拿過去了。到了這時，我只有瞪眼望了人家，還能把那圖章搶了過來嗎？

「科長拿了圖章向我笑著點了個頭，開著招待室的門走了。我在招待室裡呆站了一會，也就只好回到辦公室裡去，直到下班的時候，科長才把圖章交還給我。

「在辦公室裡，我也不便向科長再說什麼，只好接過圖章微微一笑。自然在我那笑的時候，我的臉色並不十分安定。科長也許很明白了我的意思，走出機關的時候，和我同在街上走著，他就悄悄的向我說：

『那一百三十兩黃金的本錢，挪的是公家的款子，在一星期之內應當歸還公家。剩餘的錢，司長大概分三分之二，人家不是負著很大的責任嗎？還有三分之一，我們兩個人對分了吧。照責任說，我是負擔重得多，你願意多分我一點更好，那是情義。你若要平分，我也無所不可，我不過還有一句話，還得對你交代明白，這事情是我們合夥做了，你在司長當面可別提起，有什麼事，我們私下談得了。』」

魏太太道：「這樣的說，那他們是個騙局啊！你怎樣地對他說？」

魏端本坐不住了，又站了起來，兩手插在褲子袋裡，還是繞了屋子中間的桌子走路，搖了兩搖頭道：「這就是我不能滿意的一點了，一百三十兩金子，可能賺二百來萬，司長分一百二十萬，我和科長分八十萬，科長還要我少分一點，連四十萬都分不到。作弊是大家合夥的，錢可要我分的最少。我越想越氣，打算把這事給揭發了，可是揭發不得，揭發之後，我首先得丟紗帽，以後哪個機關還敢用我這和上司搗蛋的職員？

我和司長科長為難，不是和自己的飯碗為難嘛？」

魏太太笑道：「你真是活寶，你自己蓋了章，自己答應同人合夥買金子，自己點了頭願意少分肥，為什麼到了家裡來這樣後悔？就是後悔，也不算晚，明天你可以向司長提出抗議。」

魏端本道：「那豈不是自己砸碎自己的飯碗嗎？」

魏太太將頭一偏道：「你這叫作廢話！你怕事就乾脆別說，還繞了這桌子轉圈子幹什麼？」

魏端本笑道：「這一點，我自己也莫名其妙，大概有兩點是我心裡有些擱放不下。第一，我只知道他們拿了支票到銀行去做黃金儲蓄，卻不知道他們弄的是些什麼花樣？第二，做這麼一筆大買賣，我只分那麼一點錢，我有點不服氣，這正像那青年女子讓拆白黨騙了，太得不償失了。」

魏太太皺了眉道：「你怎麼老說這個比喻？」

魏端本手扶了太太的肩膀，向她笑道：「我知道你是個好強的女人，不過你之好強，有些過分，自己做個正經女人，尊重自己的人格，那也就行了，還要替社會上一切的女人好強，天下的年輕女人全都像你這樣好強，那末做丈夫的人就大可放心了。」

魏太太突然地站了起來，本來有意閃開了他，可是她起身離開半步之後，復又走著靠近來，然後握了他的手笑道：「你好好的這樣恭維我一頓幹什麼？我有什麼可以效勞的，你儘管說，我一定盡力而為。」

魏端本原是讓她握著一隻手的，看到太太表示著這樣親切，就以另一隻手反握了她的手，輕輕地搖撼了兩下，笑道：「你不要多心，我並沒有什麼事需要你幫忙的，不過我今天為了所做的事得不償失，心裡非常的懊悔，這種事，除了回來對你商量，又沒有其他的人可以說。其實，事情已經做了，縱使懊悔於事也無補。」

魏太太聽他的話音依然是顛三倒四，笑道：「不要說了，我看你是餓瘋了，直到現在為止，你還沒有吃飯，我去和你做晚飯吃吧。」說著，又搖撼他的手幾下，然後輕身到廚房裡去了。

魏端本單獨地坐在屋子裡，圍了桌子，又繞了兩個圈子，然後向床上一倒，將兩隻腳垂在床沿下，來回的搖撼著，兩隻手向後環抱著，枕了自己的頭。

他眼望了樓板，只管出神，回轉眼珠來，他看到了一疊被上放著太太的手皮包，順手將皮包掏來打開，只一顛動，那只金鐲子就滾了出來。

他拿著鐲子在手上顛動了幾下，覺得那分量是夠重的。看看鐲子裡面，印鑄有製造銀樓的招牌，花紋字跡的縫裡沒有一點灰痕，當然是新製的。他想著，太太贏了錢，趕快就去買只金鐲子，這辦法是對的，只是她在什麼地方贏得了這一筆鉅款呢？而況皮包裡還很有幾疊現鈔。

他想到了現鈔，就伸手到皮包裡去，掏出鈔票來再看驗一次。

在鈔票堆裡，夾有一張字條，是鋼筆寫的，上寫：「我已按時而來，久候不至，所許之物，何時交我？想你不能失信吧？知留白。即日下午五時。」

這字條沒有上下款，但筆跡認得出來，這是太太寫的字，而且那紙條是很好的藍格白報紙上裁下來的，正是自己那日記本子上的。**太太寫這字條給什麼人？人家許給她什麼東西呢？寫了這個字條，又為什麼還放在手皮包裡，沒有給人呢？**

魏先生把這張字條翻來覆去地看了若干遍，心裡也正是翻來覆去地猜這些事的緣由。

他想著，也許手皮包裡還其他線索可尋，再將皮包拿過來重新檢查一遍。躺著還覺費事，坐了起來，將皮包抱在懷裡，又把零碎東西一樣樣的看過，甚至粉撲幾包子，胭脂膏幾盒子，都打開來看看，但是這些東西，完全平常，並沒什麼痕跡。

裡一轉念，無故地檢驗太太的皮包，太太發作了，其罪非小，趕快把這些東西都收回到皮包裡去。

正就在這時，魏太太走進屋子來向他笑嘻嘻地道：「你吃點什麼呢？」她說話時，眼睛向床上瞟了來，見那床單上放著一張字條，立刻喲了一聲，把那字條搶在手上。

魏端本看了他太太，還不曾說什麼，魏太太把抽屜裡的火柴取出來擦了一根，立刻把字條燒了，帶了笑道：「不相干，這是和朋友開玩笑的。」

魏端本原想質問太太，這字條是怎麼回事，現在字條燒成了紙灰，死無對證，也就無須再說什麼了，倒是太太毫不把這事放在心上，笑嘻嘻地走近了床邊，向先生道：「我給你煮點兒麵條子吃嗎？還是炒碗雞蛋飯？」

魏先生看到太太陪了笑容，就情不自禁地軟化了，因道：「我肚子裡簡直不覺得餓，你隨便弄點什麼我吃，都可以，要不然，省事一點，就到門口去買兩個乾燒餅我來啃吧？」

魏太太聽說，伸手替他撫摸了頭髮，俯著身子對他笑道：「你找本書看看，我好好地和你煮上一碗麵，先讓你吃個整飽，把心裡這份兒難受先給它洗刷洗刷。」一面說著，一面將手去清理他的頭上亂髮。

魏先生實在難得到太太這種殷勤與溫存，當時被太太撫摩著，好像到按摩室裡受著電燙似的，周身非常地舒適。

魏太太將她丈夫的頭髮撫摸了一會，見丈夫已把那張紙條的事忘記過去了，又伸手輕輕地拍了他的肩膀道：「一會兒工夫我就把麵煮好了。」

魏端本道：「我什麼都吃，只要是你煮的。」說著，站了起來，兩手連拍了幾下。

魏太太看到這情形，什麼痕跡都沒有了，這就高高興興地向廚房裡做飯去。

在半個小時內，她把麵煮了來了，一隻黑漆木托盤，托著兩個小碟子，一碟是皮蛋和肉鬆，一碟是叉燒肉和香腸，另外兩碗寬條子麵，煮得清清楚楚的，在麵堆上，鋪著兩撮鹹菜肉絲澆頭。便笑道：「這是為我賺了幾文髒錢，犒勞犒勞我嗎？」

魏太太笑道：「又發牢騷了，我老實告訴你，我沒有這樣好的巧手，我這是在斜對面麵館叫了來的。我不願那夥計走進我們的臥室，我讓他送到廚房裡去，然後把家裡的黑漆托盤轉送到屋子裡來。趁熱吃吧。」說著，在衣袋裡掏出兩張方片白紙把筷子擦抹乾淨了，然後兩手捧著架在麵碗沿上。

魏端本對於太太這番招待雖感到異乎尋常，但是太太盛情，不能不知好歹，反而表示懷疑，因之一切不加考慮，就痛痛快快的先吃完一碗麵。

魏太太是空手坐在桌子橫頭，橫過手肘拐來，斜靠了桌子沿坐著，直望了丈夫吃東西。

魏先生把那碗麵吃完了，她立刻將那碗殘湯移開，而把這碗整麵立刻送到他面前去。魏先生笑道：「你何必這樣客氣，我一切忍受，不要惦記那張支票上的圖章了。明天早上起來聽行市吧，你那金鐲子要下蛋了。」

他說著，向太太瞟上一眼，太太的面孔在電燈下就飛出左右兩片紅暈，魏先生看到太太這樣子，那金鐲子是不能提起了，這也就隨著微微一笑，不再說話。

魏太太帶著兩三分尷尬的情形，默然地坐在桌子橫頭，看到先生把麵吃完，立刻拿了黑漆托盤來，把碗碟收了過去。隨著送洗臉水送熱茶，進出了無數次。

魏先生心裡本來想試探試探太太的口氣，可是怕自己囉哩囉唆，又把太太得罪了，因笑道：「天天辦公回來，若都有這樣的享受，那真可以教人心滿意足了。」

魏太太這時拿了一把長毛刷子，撣床單上的灰塵，彎了腰，一面刷灰，一面答道：「這在戰前，也太算不了什麼了吧？我想，只要我們好好地合作，戰後過今天晚上這份生活，那也太沒有問題吧？」

說著，把疊的被展開來，牽扯得四平八穩，又把兩個枕頭在床的一端擺齊了，回轉身來，向丈夫做了個媚笑，因道：「什麼心事也不用想，睡吧，明天早上起來看報，看黃金加價的喜訊吧。」

魏端本也是這樣想著，管他今天做的事是黑是白，做了也是做了，明天黃金官價宣布出來，若是真變為三萬五一兩，那也就算中了個小小的頭彩了。想到這裡，心平氣和自也安然去睡覺。

不過魏先生究竟是有心事的人，一覺醒來，見太太黑髮蓬鬆，滿枕都披散烏雲，蘋果臉兒緊偎在枕頭窩裡，緊閉了雙眼，鼻子裡呼嚕呼嚕地發出了鼻呼聲，那她是身體睏乏，睡得很甜呢。

魏先生睜眼向吊樓的窗戶上看了看，見窗紙完全變成了白色，重慶清晨的窗戶有這樣的白色，乃是時間已十分不早了。他一個翻身爬了起來，匆匆地披了一件灰布長衫，趕快開門就向外走。

這時，冷酒店裡還沒有上座，店老板正兩手捧了一張土紙的日報，坐在板凳上看，立刻放下報望了他道：「黃金官價漲到三萬五了，魏先生，你買了金子沒得？說是要漲價，硬是漲價喀。咧個老子，昨日子要是買到十兩黃金儲蓄的話，睏了一覺，今天就賺到十五六萬，這路生意不做，還做哪路生意？」

魏端本睡眼朦朧地站在老闆面前。老闆就將報紙遞到他手上，笑道：「硬是漲到三萬五一兩。你看報嗎？」

魏端本也沒有說什麼，雙手將報紙接過，捧著展開一看，果然，第二版新聞裡面就有出號字作的題目，大書「黃金三萬五千元一兩，購買期貨與黃金儲蓄，即照新定價格辦理。官方宣布此事時，雖業已深夜，但外間早日已有風聞，尤其昨日傳言甚熾，故黃金黑市即開始波動，預料今日更有劇烈之上升。」

魏端本把這條簡短的新聞反覆地看了幾遍，臉上泛出了笑容，搖搖頭自言自語的道：「真是朝裡無人莫做官，怎麼他們所猜的就和官方宣布的絲毫不差呢？老闆，你這張報借給我送把太太去看看。」說著，正待轉身要走，陶伯笙卻在屋簷下叫了聲魏先生。

抬頭看時，陶先生已是西服穿得整齊，將他那個隨身法寶大皮包夾在肋下。

魏端本點個頭道：「這樣早就出門？」

他站在屋簷下笑道：「吃早點去，今天有人發了財，要他大大請客了，你猜是誰？就是那賣一批五金材料的范先生，他把賣得的八百萬元滾了兩滾，定了七百兩黃金儲蓄，你看，這賺的錢還得了哇！越是有錢的人，生意越好做呵。」

魏端本笑著點點頭道：「這麼一來，我太太也發了個小財哩！」

陶伯笙聽說，倒為之愕然，站在冷酒店屋簷下呆了一呆。

陶伯笙也是一位在社會上來往鑽動的人，尤其是這七年抗戰的時候，社會上的人心變得完全自私，只要是便於自私的，可以六親不認。他夾著一個大皮包，終日在這種自私自利的人群裡跑，什麼人物行動，他看不出來？

魏太太這兩天在范家穿房入戶，已不是一位賭友所應有的態度，再看看范寶華的言行舉止，也就很不尋常，在這兩方面一對照，這就大可明瞭了。這時聽到魏端本說太太發了一個小財，覺得這語病就大了。

照說，聽了這話，應當反問人家一句，而且人家特意把話提了出來，也有引人反問的意味，不反問，也顯著有意裝聾賣啞了。

他腦筋裡接連的轉了幾個念頭，他已很明白當如何答覆這個問題，這就笑道：「今天早上的日報，一定是很好的銷路，誰不願意聽到黃金漲價的消息呀。」

魏端本笑道：「那也不見得吧？沒有買金子的人，他要知道這漲價的消息幹什麼？老實說，我看到這消息，心裡就十分的不痛快，眼睜睜地看到人家平地發財，我絲毫撈不著，有點不服氣。尤其是這抗戰期間，我們當公務員的，千辛萬苦，為國家撐著大後方這個政治機構，雖沒有到前方去衝鋒陷陣，可是躲在防空洞裡，還不免抱著公事皮包，也算盡其力之所能為了，商人……」

他一口氣地說下來，說到商人這兩個字，覺得這問題已轉到了陶伯笙本人身上，大清早的怎好對人嘲罵？立刻轉了話鋒笑道：「其實這也是不可理解的事，我既討厭黃金漲價的消息，為什麼我還巴巴的爬起來就拿報看呢？這就叫過屠門而大嚼，雖不得肉，聊以快意了。老兄衣冠整齊，似乎已經早起來了，也是過屠門嗎？」

陶伯笙笑道：「我的確要大嚼一頓，倒不是過屠門。」

魏端本倒無意問他什麼大嚼，手裡捧了那張報紙，自向屋子裡走，口裡自言自語地道：「像陶伯笙這樣的小游擊商人聽說黃金漲了價都興奮之至，別個大商人就不用說了，怪不得他一早起來就有一頓大嚼。」

魏太太睡在床上，當他們在冷酒店裡說著黃金價目的時候，她就醒了，睜眼見丈夫捧了報紙進來，這就突然地坐了起來，笑道：「黃金果然漲到三萬五了嗎？」

魏端本笑道：「一點不錯。你看這事，我應當怎麼辦？」他右手將報遞給太太，左手在頭上連連的亂搔一陣。

魏太太找著那段新聞，匆匆地看了一遍，披衣下床，向魏先生微笑著道：「你這個書呆子，還在這裡發什麼癡，你應該快點去見你那貴科長，看他表示著什麼態度？趁著他還在高興的時候，你要和他談什麼條件，也許他樂於接受，這就叫打鐵趁熱，你懂是不懂？」說著，伸手輕輕地拍了他兩下肩膀。

魏端本想著也是，看了報上的消息，是買了金子的人，誰也得高興一下，在科長高興的時候，話是好說的，於是匆忙著打水洗了一把臉，太太發財找機會的心，似乎比他還要熱烈，他在這裡洗臉，她卻在旁邊送香皂，送牙膏，不斷地伺候著。

魏先生還沒有把臉洗完，魏太太就端了一盞新泡的茶送過來。她還怕茶太熱了，魏先生喝著燙口，另將一隻空杯子，把茶倒來倒去，兩個杯子來回的沖倒了幾次，將茶斟得溫熱了，遞給丈夫。笑道：「喝吧，喝了就走，我還等著你的好消息哩。」說著，又把那頂半舊的呢帽子交給他。

魏端本戴起帽子，太太又將皮包塞到手上。魏端本雖感到太太有些催促的意思，反正那也是青年女子發財心急吧，他說了聲等好消息吧，就轉身向外了。

但在他將出房門的時候，回頭看了一看，卻見太太抬起手臂來看過手錶，又把手錶送到耳邊聽聽，顯著有什麼時間性的事要辦一樣，心裡不免帶上一些奇怪的意味出門而去。

魏太太並不覺丈夫有什麼驚異之處，洗臉水盆放在五屜櫃上，水還沒有倒去呢，就支起桌上的鏡子來，多多的在臉上抹著香皂，然後低頭伸到臉盆去洗臉。

這和平常將把濕毛巾隨便抹了抹嘴唇和眼睛大為相反，她左手按住了盆沿，右手托住帶水的手巾，在臉上抹了十幾下。自己也料著洗得夠乾淨，將手巾擰乾，把臉上水漬擦乾，手巾捏成一團，向桌上一扔，立刻把她制服男子時的武器，如雪花膏、粉撲、胭脂、唇膏等等，全數由抽屜內取出來，放在鏡子邊。

儘管心裡是恨不得一步就踏出大門去的，但是這化妝的功夫卻不肯草草，先在臉上抹勻了雪花膏，再將粉撲子滿臉輕輕抹上香粉，尤其是鼻子兩邊，這是粉不容易撲勻的所在，她對著鏡子從容地按上了幾遍，在鏡子裡看得粉是撲勻了，這才將胭脂盒裡銅錢大的小胭脂撲兒，在腮臉上轉著圈兒，慢慢的去塗畫著。

她有兩隻口紅，一隻深紅的，一隻淡紅的，她對面前這兩隻口紅躊躇著選擇了很久，最後選擇了那深紅的，在嘴唇上仔細地而又濃厚地塗抹著。

塗抹完了，還用右手的中指在嘴唇上輕輕地畫勻，每一下都正對了鏡子工作，讓嘴唇和臉的赤白界限非常的清楚，最後一次，是畫眉毛了，在抽屜裡找出先生工作用的鉛筆，在眉毛上來回的畫了十幾道，將眉梢畫得長長的。

一切都化妝完畢，對鏡子再看看，這還感到怕有不周全之處，把桌上那個濕手巾團兒拿起，將中指捲著一點兒手巾邊緣，把眼睛的雙眼皮細細的抹去粉漬。這樣，雙眼皮就格外的分明了。

臉上的工作完了，才去把生髮油瓶子取過來，很不惜犧牲的，在左手心裡倒下了滿掌的油，然後放下瓶子，兩手心分盛著油，向燙的頭髮上塗抹著，其次是彎腰對了鏡子，取過梳子，把頭髮從頭到尾梳理。尤其是燙髮的尾梢，這是表現美麗的所在，左手梳著，右手托著，讓它每個烏雲捲兒非常的蓬鬆而又不亂。

這個修理頭面的工作，她總耗費了三十分鐘，然而她還覺得是過於匆忙的。

把五屜櫃上那些征服男子的重武器，全部送回到抽屜，以後她還拿起桌上的鏡子照過兩次，她感到時間是不許可再拖延了，立刻把掛在牆上的那件花綢長夾袍穿上。

這是她不無遺憾的事，無論到哪裡去做客，就是這件衣服，見過三面的人，就要讓自己的容光減色了，但這沒有辦法，就是有錢，臨時去做也來不及。

她躊躇了一會，夾上大衣和皮包，又照了一下鏡子。皮鞋今天先換上的，因為自己有這個毛病，常常是因匆促地出門，忘記了換皮鞋，有時走出門很多路，復又回來換上皮鞋，這次有意糾正這個錯誤，所以先把皮鞋穿上了。

這時走出了門，正要雇人力車，可是低頭看到自己這雙皮鞋，卻是灰土蒙著的，還走回了屋子去，要整理一下，急忙中又找不到擦皮鞋的東西，就把桌上那濕手巾團拿起，將紫色皮子洗乾淨了，也就放出了一陣紅光，她這算滿意了，帶三分高興，七分焦急，雇人力車子，就奔向她的目的地而去。

她坐上車上，還兩次抬起手腕上的表來看了看時刻，距心裡頭的八點鐘僅僅只過十分鐘，覺著是沒有多大問題，這就取出手皮包裡的小粉鏡對著臉上照了兩次。

車子到了目的地門口，就是大廣東館子。

她付出車錢，趕快地走進食堂，但到了食堂門口，就把腳步放緩了。

她眼光很快的向滿茶座橫掃了一遍，早就看到范寶華和陶李二位坐在茶座上大吃大喝。只看范的臉上那收不住的笑容，就知道他心裡是太高興了，但她雖是看到，卻不向他們座位上走去。故意地遠遠繞開正中若干座位，走向食堂的角落裡去。

范寶華看到，突然由座位上站起來，手裡拿著筷子，連連地招了幾下手笑道：「請這邊坐。」

魏太太向他點了兩點頭，依然在座位上坐下。

范寶華見她不肯過來，也就只有自行坐下了，但他那雙眼睛卻直向這邊探望著。

約莫有十分鐘，見她那位子上還只是一個人，便笑道：「老陶，你過去看看，她若是自用早點，就請她過來坐吧。你是她老鄰居，一請就會來的。」說著，又伸手將陶伯笙推了兩下。

陶伯笙對於這事，自然是感到有些不大方便，可是今天的范老闆，非比等閒，已是擁有七百兩黃金的富家翁了，便帶著笑容走向魏太太座位上去，果然不辱使命，人家就讓他邀著同走過來了。

范寶華見她走來，便已起身相迎。

她到了座位前，並不坐下，扶了椅靠站定，因笑道：「讓我做個小東吧。」

范寶華道：「誰做東都沒有關係，請坐下吧，魏太太不等什麼人嗎？」

她笑道：「我今天起早出來買點東西，路過門口，順便來吃些早點。」

陶伯笙道：「那就更不客氣了，我都願意替范先生代邀你這位貴客。」

范寶華三個指頭夾住了紙煙，抿著嘴吸了一口，然後噴著煙笑道：「你那下面幾句話，我替你說了吧，范先生買金子發了財了。哈哈！」

魏太太還是不肯坐下，向他臉上瞟了一眼，見他眉飛色舞，噴出來的煙像一支箭似的，向面前直射出去，便是這煙，好像都帶了一股子勁，因笑道：「可不是嘛！一夜之間，一兩金子就賺一萬五千元，千把兩金子這要賺多少錢？」

范寶華站起來連連地點了頭笑道：「請坐請坐！要吃點什麼？」說著，將桌子外的椅子，向外輕輕拖開了幾寸路，笑道：「只管坐下來吃，反正我不請客也不行。」

魏太太帶了幾分躊躇的樣子，緩緩地坐了下來。

陶伯笙就斟了一杯茶，送到她面前來放著。

魏太太欠了一欠身子，因笑道：「陶先生也是這樣客氣。」

陶伯笙笑道：「你別瞧不起我，我也打算請客，因為我多少也賺了一點錢吧。」他說著，抿了一支煙在嘴裡划著火柴，將煙點上。

當他划火柴的動作時，手指像上足了發條的機件，擺動得非常的有力。魏太太抿了嘴笑著，沒有作聲。

范寶華笑道：「真的，老陶也弄了幾兩，小有賺頭，就是他……」說著，伸手拍了兩拍李步祥的肩膀，笑道：「他也不會放過這個很好的機會呀。」

李步祥今天的確也在高興之中，他右手舉了筷子，夾著一個大雞肉包子，左手端了一杯熱菜，一面喝著茶，一面吃點心，那臉上的笑容，不住的將肌肉擠得顫動，自是十分的高興，便向他微微地點著頭道：「那麼，李老闆也可以請客。」

李步祥正將那大雞肉包子滿口的含著，沒有了說話的機會，翻著大眼望了她，只是笑。魏太太在應酬過了陶李二人幾句話之後，沒有話說，將桌子角上放的兩份日報拿起來看著。

范先生再三地請她吃點心，她只提起筷子，夾了一塊荸薺糕，將四個門牙一絲絲地咬著咽下。吃完了那塊荸薺糕，放下筷子，又拿起報來看著。

陶伯笙偷眼看看范先生的顏色，透著十分的躊躇，便立刻站起來道：「今天上午，我還應當出去忙上一陣。老李，怎麼樣？我們一路走走吧。」

李步祥口裡還在咀嚼著東西，拿了一張擦筷子的紙片抹了幾下嘴，兩手按住了桌沿，緩緩地站了起來，笑道：「走？好，我們就走。」

魏太太並不作聲，向兩個瞟了一眼。

范寶華道：「你們要去發財，我也不能攔著。請吧。」他說時，並不起身，抬起手來，向他們連揮了兩揮。

李步祥並沒有理會到陶伯笙叫他走是什麼意思，現在范寶華也叫他走，他就料著這裡面必定有什麼緣故，也就把掛在柱子上的帽子摘下，向大家點了個頭，笑道：「我走了，我走了！」

他說著話，只是倒退著向外走。他沒有理會到身後的椅子給絆住了腿，人向旁邊一歪，幾乎倒了下去。幸是旁邊有一根柱子，伸手一撐，把身子撐住了。魏太太看到，只是抿嘴笑著，立刻掏出手帕來捂住嘴。

范寶華笑道：「走好一點，別犯了腦充血。賺幾個錢，吃一點，穿一點，享受享受，別拿去吃藥。」

李步祥紅著那張胖臉，微微地笑著，手捧著帽子連連地作了幾個揖，也就搶著走開了。陶伯笙向二人也是笑著一點頭，然後走去。

魏太太對李步祥那些笨重舉動倒沒什麼介意，看到陶伯笙走去的一笑，心裡卻是一動。他們走了，她端起一杯茶來，慢慢地抿著。

范寶華在她對面望著，見她今天滿面紅光，低聲笑道：「你大概知道我發了個小財了。」

魏太太道：「怎麼是小財？是大大的一注財喜吧。」

范寶華道：「我也情願發筆大財。發了大財，我當然也要……也要……也要幫你一個大忙。」他說到最後一句，聲音就非常的低微。

魏太太倒不去追問他下面是一句什麼話，卻伸了手向他道：「給我一支煙吸吸吧。」

范寶華托著煙盒子送到她面前去，讓她取過一支，然後取回煙盒子去，掏打火機，將火焰打出來了，送到她面前來，給她將煙點上，笑道：「我和你說句實話，的確，這次我可以賺到一千多萬，我若是好好地運用一下，不但現在日子好過，就是將來國家勝利了，回到江蘇去安家立業，也沒有什麼問題了。」

魏太太手肘拐撐了桌子沿，兩手指夾了紙煙，放到嘴唇裡抿著，慢慢地向外噴著，烏眼珠一轉，向他微笑著道：「你的確是有辦法，這年頭是有錢人的世界，不，自古以來，就是有錢的人有辦法了。」

范寶華對於她這樣感慨而又像欽佩的話突然而來，實在有些莫名其妙，因笑道：「我們找個地方去玩玩好嗎？我為了這票生意足足緊張了三天三夜，現在事情算是大功告成。我得好好地休息一下了，我有很多的話想對你說說，你能和我一路走嗎？」

魏太太對他臉上張望了一下，微笑道：「我們有什麼問題需要商量的嗎？還要特地找個地方談談！」

范寶華取一支煙捲吸著，煙捲抿在嘴唇裡，他按著了打火機，正待點火，卻又把打火機蓋上，同時，煙捲也取了下來，橫放在桌上。

他的手臂和這煙捲取了一個姿勢，兩手橫抱著，平放了在桌沿上，身子半伏在手臂上，兩隻眼睛的光線差不多對起來，全射在面前兩碟點心上，似乎呆定著在想個什麼問題。

這樣想了四五分鐘，然後向她笑道：「我們有許多地方很對勁，假如你願和我長期合作的話，我願把我將來的計畫詳細地和你談一談。」

魏太太淡淡地一笑，她並沒有說話，但她的眼珠向范先生一轉，似乎在這個動作裡面，表示了一點輕視的意味。

范寶華笑道：「田小姐，你以為我這是信口胡謅的話？」

魏太太提起茶壺來，向杯子裡斟著茶，似乎她心裡笑得有些樂不可支，手裡那茶壺被她斟得有些顫動，放下茶壺，端起茶杯，靠了嘴唇，慢慢兒地呷著，她的視線由茶杯沿上射過來，射到范先生臉上。在他的臉上，似乎隱隱地刻下了兩行字：我有金子七百兩，我有法幣兩千多萬。

在民國三十四年春間，對於一位擁有兩千多萬資財的人，那還是不可不加以尊重的，便放下杯子來向他笑道：「我不是說了嘛？有錢的人，總是有辦法的，你現在是個財翁了，要做什麼計畫的話，那還不是要什麼有什麼，怎麼會是胡謅？不過你那有錢的人的復員計畫，說給我們這沒有錢的人聽著，那不是讓我增加為難嗎？我不願和你談。」

范寶華雖聽了她拒絕的話，可是看她的臉色還是笑嘻嘻的，便說：「日久見人心，那就將來再談吧。不過我告訴你一個好消息，今天羅家有個熱鬧場面，我已經被邀參加，你也去一個，好不好？」

魏太太道：「賭錢的人，聽到了有場面，不會拒絕參加的，不過你們今天這個場面，是慶功宴，我姓魏的有什麼資格參加呢？」

范寶華道：「倒不一定是慶功，不過一部分人確是有點高興。你要去參加，那沒有什麼關係，我和你墊一批資本。」

她微笑著望了他道：「你和我墊資本？墊多少？我贏了，當然可以還你，我若是輸了呢？」

范寶華笑道：「我們的事，那還不好說嘛？我絕不騙你，先付現，以為憑證。」說著，在西服口袋裡各處搜羅了一陣，搜出大小八疊鈔票，除了留下兩小疊外，其餘一把捏著，都放到魏太太面前，笑道：「你看這作風如何？」

魏太太真也沒得話說了，嘻嘻地一笑。

范寶華道：「羅家大概預備了一頓午飯，我們是上午去，黃昏以前回到重慶來。」

魏太太道：「那不行，家裡的事一點沒有安排，這個時候就要過江，那又得犧牲一天的整工夫。」

范寶華笑道：「這是推諉之詞吧？以往你出來賭錢，還不是賭到半夜裡回家，那個時候，你怎麼不說是犧牲一整天的工夫呢？」

魏太太向他望著，笑了一笑。

范寶華道：「你也沒得可說的了，那麼，我們馬上就過江去吧。」說著，掏出錢來，竟自會帳。

他原來放在魏太太面前的那六疊鈔票，卻像沒有其事，竟自站起來向柱子上去取下帽子來，向頭上戴著。魏太太卻依然坐著不動，還是提起茶壺來，向杯子裡斟上一杯茶，笑著把肩膀顫動了幾下。

范寶華走著離開了座位幾步，就半偏了身子，兩手環抱在胸前，斜伸了一隻腳，對她看著。魏太太慢條斯理地站了起來，好像是很不經意的樣子，把桌上放的那幾疊鈔票拿著，又很不經意地拿在手上。

范寶華笑道：「你收起來吧，這是第一批，我也希望你只要這第一批，萬一不夠，我還可以給你補充起來。」

魏太太笑道：「你怎麼打壞我的彩頭，我要掛印封金了。」她借著這封金的一個名詞，立刻打開皮包來，把幾疊鈔票向裡面塞著，然後慢慢地走出座位來。

范寶華看到她走來了，就站著不動，讓她在前面走。等她走過去了，然後在後面緊緊地跟著，走出了館子大門口，魏太太站在路邊，兩頭望了一望。

范寶華道：「今天我們兩人合作，也許可以大獲勝利，而且今天在場的幾位戰將，我把他們的脾氣也摸得很熟，趁著這兩天的運氣還不錯，我們來一回錦上添花，好不好？」

魏太太抿了嘴微笑，對他看看。

范寶華道：「的確，今天這場賭，我們一定可以撈他一筆，別回家了，我給你雇車吧。」

她又在街兩頭張望了一下，因道：「別雇車了，我先走，在南岸碼頭上等你。」

范寶華喜歡得肩膀扛起了兩下，瞇住了雙眼向她笑問道：「你說這話是真的？」

魏太太將嘴一撇，低聲道：「我現在不是讓你控制住了，我要撒謊，也不敢向你撒謊呀！」她雖是低著聲音的，可是她的語尾非常的沉著，好像很有氣。說畢，她扭身就走了。

范寶華站著沒動，看了她的去路，確是走向船碼頭，這就自言自語的道：「我控制你？**黃金控制你。有黃金，不怕你不跟我走，黃金黃金，我有黃金！**」

九 財迷心竅

二十分鐘後，范寶華也追到了輪渡的躉船上。魏太太手捧一張報紙，止坐在休息的長凳上看著呢，范寶華因她不抬頭，就挨著她在長板凳上坐下。

魏太太還是看著報的，頭並不動，只轉了烏眼珠向他瞟上一眼。不過雖是瞟上一眼，可是她的面孔上，卻推出一種不可遏止的笑意。

范寶華低聲笑道：「我們過了江再看情形，也許今天不回來。」

魏太太對這個探問，並沒有加以考慮，放下報來，回答了他三個字：「那不成。」

范寶華碰了她這個釘子，卻不敢多說，只是微笑。

這是上午九點多鐘，到了下午九點多鐘，他們依然是由這躉船踏上碼頭。去時，彼此興奮的情形還帶了兩三分的羞澀。回來的時候，這羞澀的情形就沒有了，兩人覺得很熱，而且彼此也覺得很有錢，看到江岸邊停放著登碼頭的轎子，也不問價錢，各人找著一乘，就坐上去了。

上了碼頭之後，魏太太的路線還有二三百級坡子要爬，她依然是在轎子裡。范先生已是人力車路，就下了轎子了，因站在馬路上叫道：「不要忘記，明天等你吃晚飯。」

魏太太在轎子上答應著去了。

范寶華一頭高興地回家，吳嫂在樓下堂屋裡迎著笑道：「今天又是一整天，早上七點多鐘出去，晚上九點多回來。你還要買金子？」

范寶華道：「除了買金子，難道我就沒有別的事嗎？」他一面說著，一面上樓，到了房間裡，橫著向床上一倒，嘆了一口氣道：「真累！」

吳嫂早是隨著跟進來了，在床沿下彎下腰去，在床底下摸出一雙拖鞋來，放在他腳下，然後給他解著鞋帶子，把那雙皮鞋給脫下來。將拖鞋套在他腳尖上，在他腿上輕輕拍了兩下，笑道：「伺候主人是我的事，主人發了財，就沒得我的事了。」

范寶華笑道：「我替你說了，二兩金子，二兩金子！」

吳嫂道：「我也不是一定是啥金子銀子，只要有點良心就要得咯。」

范寶華道：「我良心怎麼樣了？」

吳嫂已站起來了，退後兩步，靠了桌子角站定，將衣袋裡帶了針線的一隻襪底子低頭縫著，因道：「你看嘛！都是女人。有的女人，你那樣子招待，有的女人，還要伺候你。」

范寶華哈哈一笑地坐了起來，因道：「不必吃那飛醋，雖然現在我認識了一位田小姐，她是我的朋友，我們過往的時間是受著限制的，你是替我看守老營的人，到底還是在一處的時候多。」

吳嫂道：「朗個是田小姐，她不是魏太太嗎？」

范寶華道：「還是叫她田小姐的好。」

吳嫂把臉沉了下來道：「管她啥子小姐，我不招閒，我過兩天就要回去，你格外（另外）請人吧。」

范寶華笑道：「你要回去，你不要金子了嗎？」

吳嫂嘴一撇道：「好稀奇！二兩金子嗎！哼！好稀奇。」說時，她還將頭點上了兩點，表示了那輕視的樣子。

這個動作可讓范先生不大高興，便也沉下了臉色道：「你這是什麼話，你是我雇的傭人，無論什麼關係，傭人總是傭人，主人總是主人，你做傭人的，還能干涉到我做主人的交女朋友不成？你要回去，你就回去吧。我姓范的就是不受人家的挾制。我花這樣大的工價，你怕我雇不到老媽子。」

吳嫂什麼話也不能說，立刻兩行眼淚成對兒地串珠兒似的由臉腮上滾了下來。

范寶華走到桌子邊，將手一拍桌子道：「你儘管走，你明天就和我走，豈有此理。」說著，踏了拖鞋下樓去了。

吳嫂依然呆站在桌子角邊。她低頭想著，又抬起頭來對這樓房四周全看了一看，她心裡隨了這眼光想著：這樣好的屋子，可以由一個女傭人隨便地處置。看了床後疊的七八口皮箱，心裡又想著，這些箱子雖是主人的，可是鑰匙卻在自己身上，愛開哪個箱子，就開哪個箱子。這豈是平常一個老媽子所能得到的權利？至於待遇，那更不用說，吃是和主人一樣，甚至主人不在家，把預備給主人吃的先給吃了，而主人反是吃剩的。穿的衣服呢？重慶當老媽子，儘管多是年輕的，但也未必能穿綢著緞。最摩登的女僕裝束，是淺藍的陰丹士林大褂與杏黃皮鞋。這樣的大褂，新舊有四件，而皮鞋也有兩雙。工薪呢，初來的時候，是幾十元一月，隨了物價增漲，已經將明碼漲到一萬，這在重慶根本還是駭人聽聞的事，而且主人也沒有限制過這個數目，隨時可以多拿。尤其是最近答應的給二兩金子，這種恩惠，又是哪裡可以找得到的呢？辭工不幹，還是另外去找主人呢？還是回家呢？

另找主人，絕找不到這樣一位有家庭沒有太太的主人。回家？除了每天吃紅苕稀飯而外，還要陪伴著那位黃泥巴腿的丈夫，看慣了這些西裝革履的人物，再去和這路人物周旋，那滋味還是人能忍受的嗎？

她越想她就越感到膽怯，不論怎麼樣也不能是自動辭工的了，辭工是不能辭工，但是剛才一番做作，卻把主人得罪了，手上拿了那只襪底子，綻上了針線，卻是移動不得。

這樣呆站著，總有十來分鐘，她終於是想明白了。這就把襪底子揣在身上，溜到廚房裡去，舀了一盆水洗過臉，然後提著一壺開水，向客堂裡走來。

范先生是架了腿坐在仿沙發的籐椅上，口裡銜了一支紙煙，兩手環抱在胸前，臉子板著一點笑容都沒有。

吳嫂忍住胸口那份氣岔，和悅了臉色，向他道：「先生，要不要泡茶？」

范寶華道：「你隨便吧。」

吳嫂手提了壺，呆站著有三四分鐘，然後用很和緩的聲音問道：「先生，你還生我的氣嗎？我們是可憐的人嘛！」說到這裡，她的聲音也就硬了，兩包眼淚水在眼睛裡轉著，大有滾出來的意味。

范寶華覺得對她這種人示威，也沒有多大的意思，這就笑著向她一揮手道：「去吧去吧，算了，我也犯不上和你一般見識。」

吳嫂一手提著壺，一手揉著眼睛走向廚房裡去了。

范寶華依然坐著在抽煙，卻淡笑了一笑，自言自語地道：「對於這種不識抬舉的東西，絕不能不給她一點下馬威。」

就在這時，李步祥由天井裡走進來，向客堂門縫裡伸了一伸頭，這又立刻把頭縮了回去。

范寶華一偏頭看到他的影子，重聲問道：「老李，什麼事這樣鬼鬼祟祟的。」

他走了進來，兀自東張西望，同時，捏了手絹擦著頭上的汗，然後向范寶華笑道：「我走進大門，就看到你悶坐在這裡生氣，而且你又在罵人不識抬舉。」

范寶華笑道：「難道你是不識抬舉的人？為什麼我說這話你要疑心？」

李步祥坐在他對面椅子上，一面擦汗，一面笑道：「也許我有這麼一點。你猜怎麼著，今天一天，我坐立不安，我到你家裡來過兩次，你都不在家。」

范寶華道：「你有什麼要緊的事，要和我商量嗎？」

李步祥抬起手來搔搔頭髮道：「你的金子是定到三百兩了，可是黃金定單還在萬利銀行呢，這黃金能說是你已拿到手了嗎？你沒有拿到手，你答應給我的五兩，那也是一場空吧？」

范寶華道：「那要什麼緊，我給他的錢，他已經入帳。」

李步祥道：「銀行裡收人家的款子，哪有不入帳之理？他給你寫的是三百兩黃金呢？還是六百萬法幣？」

范寶華道：「銀行裡還沒有黃金存戶吧？」

李步祥道：「那麼，他們應當開一張收據，寫明收到法幣六百萬元，代為存儲黃金三百兩。你現在分明是在往來戶上存下一筆錢，你開支票，他兌給你現鈔就是了，他為什麼要給你黃金？若給你黃金的話，一兩金子，他就現賠一萬五，三百兩金子，賠上四百五十萬。他開銀行，有那賠錢的癮嗎？」

范寶華吸著紙煙，沉默的聽他說話，他兩個指頭夾了煙支放在嘴唇裡，越聽是越失去了吸煙的知覺。

李步祥說完了，他偏著頭想了一想，因道：「那不會吧？何經理是極熟的朋友，那不至於吧？」

李步祥道：「我是今天下午和老陶坐土茶館，前前後後一討論，把你的事就想出頭緒來了。那萬利銀行的經理，他有那閒工夫和別人買金子，讓人家賺錢，他倒是白瞪著兩眼，天下有這樣的事嗎？開銀行的人，一分利息也會在帳上寫得清清楚楚，我不相信他肯把這樣一筆大買賣拱手讓人。」

范寶華將手指頭向煙碟子裡彈著煙灰，因道：「喲！你越說越來勁，還抖起文來了，你說不出這樣文雅的話，這一定是老陶說我把這筆財喜拱手讓人。」

李步祥咧開了厚嘴唇的大嘴，嘻嘻地笑著。

范寶華背了兩手在屋子裡踱來踱去。然後頓一頓腳道：「這事果然有點漏洞，我是財迷心竅，聽說有利可圖，就只想到賺錢，可沒有想到蝕本。」

李步祥道：「蝕本是不會蝕本，老陶說，一定是萬利銀行想買進大批黃金，一時抓不到頭寸，就在熟人裡面亂抓。你想，他明知道這二日黃金就要漲價，他憑什麼不大大地買進一筆，就是他沒有意思想做這投機生意，你在這個時候，幾百萬的在他銀行存著，他為什麼不暫時移動一下，**你相信你存進去的幾百萬，他會凍結在銀行裡嗎？你又相信他做了黃金儲蓄，不自己揣起來，會全部讓給別人嗎？**」

范寶華道：「你和老陶所疑心的，那一點不會錯，不過何經理斬釘截鐵地和我說著，他不應該失信，縱然他有意坑我，一位堂堂銀行的經理，騙我們這小商人的錢，見了面把什麼話來對我說？」

李步祥笑道：「我們想來想去，也就只有這樣想著，明天你不妨向何經理去要定單，看他怎麼說？你可不能垮，你要垮了，我們的希望那就算完了。」

范寶華是點了一支紙煙夾在手指上的，他把兩隻手背在身後，在屋子裡踱來踱去。聽了這話，把手回到前面，把那截紙煙頭子突然地向身邊的痰盂裡一扔，又把腳一頓，唉了一聲道：「不要說了，說得我心裡慌亂得很。」

李步祥看他的顏色，十分不好，說了聲再見，一點頭就走了。

范寶華滿腹都是心事，也不和他打招呼，兀自架腿坐在椅子上吸煙。

那吳嫂不知就裡，倒以為主人還是發著她的氣，格外地殷勤招待。在平常，范寶華到了晚上十二點鐘總要出去，到消夜店裡去吃頓消夜，今天晚上也不吃消夜了，老早地就上樓去安歇。他這晚上，在床上倒做了好幾個夢，天不亮他就醒了。

他睜著眼睛躺在床上，到了七點多鐘，再也不能忍耐了，立刻披衣下床，就走出了門去。他為了要得著些市場上的消息，就在大梁子百貨市場的旁邊，找了家館子吃早點。

這座位上自有不少的百貨商人看到了他占著一副座頭，都向他打個招呼，說聲范老闆買金子發了財。范寶華正是心裡十分不自在，人家越說他買金子發財，他心裡越不受用。

懷著一肚子悶氣，端了一杯茶，慢慢地呷著，還另把一隻手托了頭，只管對著桌上幾碟點心出神，肩膀上輕輕地讓人拍了一下，接著一股子脂粉香味，送到鼻子裡來。他回頭看時，是個意外的遇合，乃是袁三小姐，便站起來笑道：「早哇！這時候就出來了。」

她也不等人讓，自行在橫頭坐下，兩手抱了膝蓋，偏了頭向范寶華笑道：「我是特意找你來的，你怕我找你嗎？」

他坐下笑道：「我為什麼怕你呢？至少，我們現在還是朋友呀。」

袁三先叫著茶房要了一杯牛乳，又要了一份杯筷，然後向他道：「既然還是朋友，我就不必客氣了。老范，人家都說你在前日搶買了大批黃金，你真有手段，這又發了整千萬的大財吧？」

范寶華提著茶壺，向她杯子裡斟著茶，笑道：「黃金儲蓄是做了一點，可是我為這件事，還大大的為難呢！」於是就把萬利銀行辦手續的經過全告訴了她，然後向她笑道：「我越想越不是路數，恐怕是上了人家的當。」

袁小姐笑道，哼一聲，眼珠向他瞟著道：「假如現在我們還沒有拆夥，我和你出點主意，就不會讓你這樣辦，我用錢是鬆一點，但是我也不會白花人家的。不過站在朋友的立場上，我還可以幫你一點忙，索性告訴你，我今天起這個早，就是特意來找你的。」

范寶華道：「我這件事很少有人知道哇，莫不是老李告訴你的。」

這時，大玻璃杯子盛著牛乳送來了。她用小茶匙舀著牛乳慢慢的向嘴裡送著，因微笑道：「你小看了袁三了，我路上有兩個熟人，也是在萬利做來往的，那何經理是用對付你的手腕，一般地對付他們，說是可以和他們搶做一批黃金儲蓄，把人家的頭寸大批地抓到手上，足足地做上一批黃金儲蓄，那可是他的了。」

范寶華道：「你怎麼知道萬利銀行會這樣幹？」

袁三笑道：「已經有人上了當，明白過來了，人家比你做的還十分周到呢，萬利收到他款子的時候，還開了一張臨時收據，言明收到國幣若干，按官價代為儲蓄黃金，一俟將定單取得，即當如數交付。收據是這樣子說的，照字面說，並沒有什麼毛病，可是昨天那儲蓄黃金的人和銀行裡碰頭時，他們就露出欺騙的口風了，第一就是這次黃金加價，外面透露了風聲，財政部對於黃金加價先一日的儲戶一概不承認，定單大概是拿不到了，若一定要儲蓄，只有按三萬五千元折合。老范，你這次可上了人的當，那樣的一張代存黃金儲蓄的收據都沒有，你憑著什麼向人家要黃金定單。」

他本來是滿肚子不自在，聽了這些話，臉色變了好幾次，這就斟滿了一杯茶，端起來一飲而盡，接著一擺頭道：「不談了，算我白忙了三四天。」

這時，正有一陣報販子的叫喚聲音由大門外傳了進來，范寶華起身出去買了一份，兩手捧著一面走，一面看，走回了座位。將報放在桌上，用手拍了報紙道：「完了完了，就是萬利銀行承認，我做了黃金儲蓄，我也沒法子取得定單。」

袁三取過報來看時，見要聞欄內，大衣紐扣那麼大的字標題：「黃金加價洩漏消息」大題外，另有一行小些的標題，乃是某種人舞弊政府將予徹查。再細看內容，也就是外傳的消息，黃金加價頭一天定的黃金儲蓄，一律作廢。

袁三將報看完，帶著微笑，依然放下。望了他道：「老范，我們總還算是朋友，你能不能相信我的話，讓我幫你一點忙？」

范寶華道：「事到於今，還能有什麼法子挽回這個局面嗎？」

袁三道：「你存在萬利銀行的那筆款子，他雖不能給你黃金定單，可是他還能不退回你的現鈔嗎？你有現鈔，怕買不到黃金？」

范寶華不由得笑了，很自在地取了一支煙銜在嘴裡，划了火柴點著，吸著煙噴出一口煙來，因道：「這一層你還怕我不知道。可是再拿現鈔去買黃金，就是三萬五千元一兩了。」

袁三笑道：「你雖是個游擊商人，若論到投機倒把，我也不會比你外行，若是叫你去買三萬五千元一兩的黃金，我也就叫多此一舉了。」

范寶華將手指著報上的新聞道：「你看黃金黑市，跟著官價一跳，已跳到了七萬二，還有比三萬五更低的金子可買嗎？」

袁三笑道：「你買金子，鑽的是官馬大路，你是找大便宜的，像人家走小路撿小便宜的事，你就漆黑了。昨天的黃金不是加價了嗎？就有前兩天定的黃金儲蓄，昨天才拿到定單的，照著票面，兩萬立刻變成了三萬五，他賺多了。若是到六個月，拿到值七八萬元一兩的現金，那就賺得更多，可是那究竟是六個月以後的事呀，算盤各有不同，他寧可現在換一筆現金去做別的生意，所以很有些拿到二萬一兩定單的人，願以三萬一兩的價格出賣，在他是幾天之間，就賺了百分之五十，利息實在不小，你呢，少出五千元一兩，還可以做到黃金儲蓄，這比完全落空總好得多吧？你若願意出三萬元一兩，我路上還有人願出讓三四百兩，你的意思怎麼樣？」

她說著這話時，將一隻右手拐撐在桌沿上，將手掌托了下巴，左手扶了茶杯，要端不端地，兩隻眼睛可就望了范寶華的臉。

范寶華道：「照說，這是一件便宜買賣，不過我明明買到了二萬一兩的黃金，忽然變著多出百分之五十，我不服這口氣。」

袁三聽說，手拿了桌上的皮包，就突然地站了起來，因笑道：「我話只說到這裡，信不信由你，擾了你一杯牛乳，我謝謝了。」說著扭身走去。

她走到了餐廳門口回頭看來，見他還是呆呆地坐在座頭上的，卻又回轉身，走到桌子邊，笑道：「老范，我們交好一場，我不忍你完全失敗，我還給你一個最後的機會，假如你認為我說的話不錯，在三天之內去找我，那還來得及，三天以後，那就怕人家脫手了。」

她說著將皮包夾在肋下，騰出手來，在范寶華肩膀上輕輕拍了兩下。

她向來是濃抹著脂粉的，當她俯著身子這樣的輕輕地拍著的時候，就有那麼一陣很濃的香氣向老范鼻子裡襲了來。

他昂起頭來，正想回覆她兩句話，可是她已很快地走了。尤其是她走的時候，身子一掀，發生了一陣香風。這次她走去，可是真正地走了，並不曾回頭。

范寶華望了她的去影，心裡想著：**這傢伙起個早到茶館子裡來找我，就為著是和我計畫做筆生意嗎？她有那樣的好意，還特意起個早，來照顧我姓范的發財嗎？**

他自己接連地向自己設下了幾個疑問，也沒有智力來解決。但他竟不信李步祥和袁三懷疑的話完全靠得住。

他單獨地喝著茶，看看報，熬到了九點鐘，是銀行營業的時候了，再不猶豫，就徑直地衝上萬利銀行。

到了經理室門口，正好有位茶房由裡面出來，他點了頭笑道：「范先生會經理嗎？」

范寶華道：「他上班了嗎？」

茶房道：「昨日上成都了。」

范寶華道：「前兩天沒有說過呀。那麼，我會會你們副理劉先生吧。」

茶房道：「劉副理還沒有上班。」

范寶華道：「你們經理室裡總有負責的人吧？」

茶房道：「金襄理的屋子裡。」

范寶華明知道襄理在銀行裡是沒有什麼權的，可是到了副經理不在家，那只有找襄理了，於是就叫茶房先進去通知一聲。

那位金襄理還是穿了那身筆挺的西服，迎到屋子外來，先伸了手和他握著，然後請到經理室裡去坐。

范寶華心裡憋著一肚子問題，哪裡忍得住，不曾坐下來，就先問道：「何經理怎麼突然到成都去了？」

金襄理很隨便地答道：「老早就要去的了，我們在那裡籌備分行。」說畢，在桌上煙筒子裡取來一支煙敬客。

范寶華接著煙，也裝著很自在的樣子，笑問道：「何經理經手，還替朋友代定著大批的黃金儲蓄呢。」

金襄理取過火柴盒，取了一支火柴擦著了火，站在面前，伸手給他點煙，笑道：「那沒有關係，反正有帳可查。」

這句很合理的話，老范聽著，人是掉在冷水盆裡了。

根據李步祥和袁三的揣測，萬利銀行代定黃金儲蓄的事，分明是騙局，本來范寶華還不信他們的話是真的，現在聽說何經理突然到成都去了，天下事竟有這麼巧，那分明是故意的了。站在經理室裡，倒足足地發呆了四五分鐘。

金襄理依然還是不在乎的樣子，自己點了一支煙吸著，因道：「范先生也定得有黃金儲蓄嗎？」

他道：「我正為此事而來，曾託何經理代做黃金儲蓄三百兩。」

金襄理像是很吃驚的樣子，將頭一偏，眼睛一瞪道：「三百兩？這個數目不小哇。我還不曾聽到說有這件事，讓我來查查帳看。」

范寶華搖搖頭道：「你們帳上是沒有這筆帳的，我給的六百萬元，你們收在往來戶頭上了。」

金襄理將兩個指頭，把嘴裡抿著的紙煙取了出來，向地面上彈著灰，將肩膀扛了兩扛，笑道：「這非等何經理回來，這問題就解決不了。這事我完全不接頭。」

范寶華到了這時，算是揭破了那啞謎，立刻一腔怒火向上把臉漲紅了，連搖了幾下頭道：「不然，不然！這事情雖然金襄理未曾當面，你想，我們銀行裡的往來戶還能訛詐銀行嗎？這是何經理當著我的面懇懇切切和我說的，讓我交款子給他，他可以和我在中央銀行定到黃金。」

金襄理不等他說完，立刻搶著道：「也許那是事實，不過那是何經理私人接洽的事，與銀行無關。這事除了范先生直接和何經理接洽，恐怕等不著什麼結果。不過范先生的錢若是已經存入往來戶的話，那就不問范先生是不是存了黃金，我們只是根據了帳目說話，范先生要提款，那沒有問題。」

范寶華笑著打了個哈哈，因道：「我也不是三歲二歲的孩子，在銀行裡存了錢，我還不知道開支票提款嗎？有款提不出來，那成了什麼局面？」

金襄理笑道：「請坐吧，范先生。這件事我們慢慢地談吧，反正有帳算不爛。」

范寶華站著呆了一會笑道：「誠然，我的款子是存在往來戶上，我就認他這是活期存款吧。」說著，又淡笑了一笑，向金襄理點了兩點頭，立刻就走出萬利銀行了。

他先到寫字間裡坐了兩小時，和同寓的商人把這事請教過了，都說，這事沒有什麼可補救的，**你錢是存在往來戶上，能向人家要金子嗎？**

他前前後後地想著，這分明是那個姓何的騙人，李步祥這種老實人都看破了，自己還有什麼可說的，又回想到袁三說的話，也完全符合，**人家都說自己做了一批金子發了大財，於今落了個大笑話，未免太丟人了**。袁三說，只要肯出三萬一兩，還可以買到人家兩萬儲蓄的定單，雖是每兩多花一萬元，究竟比新官價少五千元，還是個便宜。

他坐在寫字臺邊，很沉思了一會子，最後他伸手一拍桌子道：「一不做，二不休，我非再買足三百兩不可。去！去找袁三！」

他自言自語地完了，也沒有其他考慮，立刻起身去尋袁三。

這是上午十點鐘，袁三小姐上午不出來，這時可能還在睡早覺，既出來了，她就非到晚上不回去。

范寶華午飯前去了一趟，袁小姐不在家，下午五點鐘再去一趟，她依然不在家。可是由袁小姐寓所裡出來，卻有個意外的奇遇，魏太太正著人力車子在這門口下車，出得門來，正好和她頂頭相遇，要躲避也無從躲避，只好咦了一聲，迎上前道：「巧遇巧遇！」

魏太太看到他，也是透出幾分尷尬的樣子，笑道：「我們還不能算是不期而遇吧？」

范寶華道：「你是來找袁三的？我今天來找她兩次了，她不在家。」

魏太太道：「什麼袁三袁四？我並不認得她，這裡二層樓上有我一家親戚，我是來訪他們的。」

范寶華看她的面色並不正常，她所說的話，分明完全是胡謅的，當時也不願說破，含笑閃在一邊，讓她走進門去。他也不走遠，就閃在大門外牆根下站著。

果然是不到十分鐘，魏太太就出來了。他又迎上前笑道：「快到了我約會你的時候了。」

魏太太道：「謝謝吧，你這個主人翁一點能耐沒有，駕馭不了老媽子，我看她對我非常的不歡迎，我不願到你公館裡去看老媽子的顏色。」

范寶華笑道：「那是你多心，沒有的話，你不願到我家裡去，我們先到咖啡館裡去坐坐。」

她望著他微笑道：「就是你我兩個人？」

范寶華哦了一聲算明白了，因道：「我有生意上許多事要和你暢談一下，也就是我來找袁三的原故。在咖啡座上也許不大好談，你到我寫字間裡去罷。」

魏太太道：「你的黃金儲蓄定單已經拿到了？」

她問到這句話時，兩道眉峰揚了起來。

范寶華道：「我正要把這件事告訴你，我興奮得很，我要把我的新計畫對你說一說。」

提到金子，提到了關於金子的新計畫，魏太太就不覺得軟化了，笑道：「充其量你不過是把寫字間鎖起來，把我當一名囚犯，我已經經驗過了的，也算不了一回什麼事。」

范寶華笑道：「你知道這樣說，這事就好辦了，要不要叫車子呢？」

魏太太並不答話，挺了個胸脯子，就在前面走著。范寶華帶了三分笑容，跟在她後面走。

她倒是很爽直的，徑直地就走到寫字間的大樓上來。這已是電燈大亮的時候，范寶華用的那個男工將寫字間鎖著，逕自下班了。

魏太太走到門邊，用手扶了門上黃銅扭子，將它轉了幾轉，門不能開。她就靠了門窗，懸起一隻腳來，將皮鞋尖在樓板上連連地顛動了，微斜了眼睛，望著後面來的范寶華。

他到了面前，低聲笑道：「你那裡不還有我幾把鑰匙嗎？」

魏太太紅著臉道：「你再提這話，以後……」

范寶華亂搖著兩手，不讓她把話說了下去。他笑嘻嘻地將門打開，讓她走進房去。

魏太太首先扭著門角落裡的電門子，將電燈放亮，但立刻她又十分後悔，人家的寫字間，自己是怎麼摸得這樣熟練呢！

電燈亮了，而寫字間的佈置多半是沒有什麼移動，她看了這些，回想到今日又到了這個吃虧的地方，雖然是過去了的事，可是那天的事情，樣樣都在眼前，不由得這顆心房怦怦地亂跳，紅著臉，手扶了寫字臺，只是呆呆地站著。

范寶華隨手掩了房門，笑道：「田小姐，坐下吧。」

魏太太將手撫著胸口，皺了眉道：「老范，我看還是另找個地方去談談吧，我在這地方有些心驚肉跳。」

范寶華走向前，在她肩上輕輕拍了一下，笑道：「不要回想前事，只要你能夠和我合作，這個寫字間就是你我發祥之地，將來我們若有長期合作的希望，這寫字間還大大地可以紀念一下呢。」說著，他握了魏太太的手，同在長的籐椅子上坐下。

她的臉色沉著了一下，但忽然又帶上了笑容，搖著頭道：「不要談得那樣遠吧、我覺得這物價指日高升的時候，什麼打算，沒有比鞏固了經濟基礎更要緊的。你做的黃金儲蓄，把定單拿到了沒有？」

范寶華嘆口氣道：「唉！我受了人家的騙。好在本錢並沒有損失，我當然要再接再厲地幹下去。」

說到這裡，他頗勾起了心事，於是坐到寫字臺邊去，先亮上了檯燈。隨著抬起兩隻腳來，放在桌子上，然後吸著紙煙，把儲蓄黃金落空的事告訴了她，又笑道：「你在袁三門口看到我出來，必然大為奇怪，以為我們又和好了，我和她合作不了，你放心。」

魏太太笑著一擺頭道：「笑話！我有什麼放心不放心。」

范寶華道：「這也不去管它，我今天特地去找她兩次，是由於她今天早上在茶館裡找著我，說是有人願把最近取得的黃金儲蓄單出讓，當然是兩萬元一兩定著的，現在他願意少官價五千元，三萬一兩求現。我想了一想，兩萬一兩，既是落空，能只出三萬元買到定單，還是一樁便宜，所以我急於找她把這事弄定妥。」

魏太太笑道：「你們又合作經商，看她每天打扮得花蝴蝶似的，倒不忘記賺錢。」

范寶華笑道：「這樣說，你們天天見面。」

魏太太道：「也不過在朱四奶奶那裡會過她兩次。」

范寶華道：「你倒是常去朱家。」

她笑道：「常去又怎麼樣？其實，我也不過去過兩三回。」

范寶華道：「那麼，你在她面前問我來著？」

魏太太頓了一頓，笑道：「我也不能那樣幼稚吧？」

范寶華道：「我想你也不會，不過你今天既是特意去找她，應該是有什麼事去和她商量吧？」

魏太太將頭微偏著想了一想，微笑道：「反正總有點事去找她，女人的事，你怎麼會知道。」

范寶華由桌子上抽回腳來，站起來一跳，因道：「我心裡本來是一團亂草，不知道怎麼是好。你一和我說話，就引起了我的興趣，什麼也不想了。你可以多耽擱一會嗎？我開個單子，叫館子裡送些酒菜來，我們就在這裡吃晚飯。」

魏太太對於這個約會，倒不怎樣的拒絕，將手皮包放在懷裡，兩手不住的撫弄著。她眼光望了皮包道：「你以為我家裡窮得開不了伙食，天天到你這裡混一餐晚飯吃。」

范寶華笑道：「言重言重。」

魏太太道：「什麼言重呀！你就是這樣每天招待我一頓晚飯，讓我提心吊膽地跑了來找你，以前，我不過是實逼處此，不能不向你投降，可是這幾日，你可以看得出來，**我已經因你的緣故，把對家庭的觀念動搖了。士為知己者死，只要你永遠是這樣地對待我，我是願為你犧牲的。**你以為我去找袁三，是對你有什麼不利之處嗎？那就猜到反面去了，我正和她交朋友，打算在她口裡探聽出來，你喜歡吃什麼？你喜歡女人穿什麼衣服。你也認得我這樣久了，你看我總是穿了這一件花綢夾袍子，我也應當做兩件衣服。以後少不得和你同出去的時候，大家都是個面子，我總不能老是這一套。」

范寶華笑道：「有你這話，我死了都閉眼睛，衣服，那不成問題，你要做什麼料子的，我還有兩家綢緞店的熟人，我可以奉送你幾件，就是裁縫工，我也可以奉送。因為那兩家綢緞店全都代人做衣服的。」

魏太太道：「你那意思，以為我可以和你一路到綢緞店裡去？你范先生要什麼緊，無拘無束，愛做什麼就做什麼，可是你沒有替我想想，我是什麼身分，我哪回到你這裡來，不是手心裡捏著一把冷汗。我是回去，我心裡也撲通撲通要跳個很久。」

范寶華道：「那好辦，我給錢你自己去買吧，支票也可以嗎？」

魏太太想了一想，因道：「也可以，你不寫抬頭就是了。」

范寶華笑道：「穿衣服是未來的事，吃飯問題可就在目前。我來開個菜單子去叫菜。」說著，坐下去，在身上抽出自來水筆，取過一張紙放在面前，將手按著，偏了頭望著她道：「你想吃些什麼？」

魏太太道：「你打算真到館子裡去叫菜嗎？那大可不必，我知道你們這大樓裡就有座大廚房。你就向這廚房裡招呼一聲，他們有什麼就做什麼來吃，以後我這地方不免常來，每次都向館子裡叫菜來吃，既是很浪費，而且端來了也都冷了。」

范寶華點著頭笑道：「我依你，我依你，只是不恭敬一點。」

魏太太半抬了頭向他瞟上一眼，因微笑道：「你還約我長期合作呢，怎麼說這樣的話？」

范寶華笑嘻嘻地站起來，點著頭道：「我親自到廚房裡去叫菜，不忙，我這人容易忘事，先把支票開給你吧。」說著，又坐了下去。立刻在身上掏出支票簿子來，開了一張二十萬元的支票，蓋上圖章交給魏太太道：「你看這數目夠了嗎？」

魏太太接過支票來，先笑了一笑，然後望了他道：「這有什麼夠不夠的，你就給我十萬，我也夠了，不過少做兩件衣服而已。」

范寶華笑道：「我又要自誇一句了，我做金子賺的錢，送你四季衣服的本錢，那是太不成問題了。你看中了什麼衣料，儘管去買，錢不夠，隨時到我這裡來。」

她聽到他這樣慷慨地答應著，實在不能不感謝，可是口裡又不願說出感謝的字樣，將右手抬起來，中指壓住大拇指，啪的一聲，向他一彈，而且還笑著一點頭。

范寶華也是很高興，笑嘻嘻地親自跑到廚房裡去，點了四菜一湯，讓他們送了來，兩人飽啖一頓，飯後，又叫廚房熬了一壺咖啡來喝。

魏太太談得起勁，也就不以家事為念，直到十一點多鐘，方才回家去。

魏先生的公事，今天是忙一點，疲倦歸來，早已昏然入睡了。魏太太本想叫醒他的，轉念一想，他睡著了也好。這樣，他就不曉得太太是幾時回來的了。

次日早上，卻是魏端本先醒，因為他做了一個夢，夢到和司長科長定的那批黃金卻把儲蓄單子兌到現金，手裡捧一塊金磚，正不知道收藏在什麼地方是好，耳朵裡卻聽到很多人叫著，捉那偷金磚的人，自己扯起腿來跑，身後的叫喊聲卻是越來越大，急得出了一身汗。

睜開眼來看，吊樓上的玻璃窗戶現出一片白，那喊叫聲在街上兀自叫著沒歇。仔細聽去，原來是下早操的國民兵正在街上開步跑，叫著一二三四呢。

自己在枕上又閉著眼想了一想，若是真得了一塊金磚，那就什麼問題都解決了，可是這金磚怎能夠得到它呢？金磚不必去想，還是和司長科長做的這批黃金儲蓄趕快去把它弄到手吧。這事在機關裡，偷偷摸摸的總不大好去和科長談判，今天可以起個早，先到科長家裡去把他攔著。

主意想定了，一骨碌就爬了起來。自己打了水到屋子裡來漱口洗臉。太太在床上是睡得很熟，水的響聲把她驚醒了，睜眼看了一下，依然閉著。一個翻身向裡閉了眼睛道：「怎麼起床得這樣的早？」

魏先生道：「我要到科長家裡去談談，你睡你的吧。」他雖是這樣答應了，太太卻沒有作聲，又睡著了。

魏端本看了太太，見她身穿的粉紅布小背心，歪斜在身上，那胸襟小口袋裡露出一塊紙頭，好像是支票。

魏先生對於近幾日太太用錢的不受拘束，很是有點詫異，而且她手頭鬆動，並未向自己要錢。原是想問她兩句，既怕得罪了她，而且那些話也想像得出來，必然說是贏來的，那也就不必多此一問了，這時看到這支票頭子，頗引起了好奇心，這就悄悄地走到床邊，伸出兩個指頭，將支票夾住，抽了出來。

他看那全張時，正是二十萬元的一張支票，下面的圖章雖是篆字，仔細地看著，也看得出來，乃是「范寶華印」四字。**上次和他成交幾百萬買賣，接過他的字據，不也是這顆圖章嗎？他為什麼給太太這麼多錢？而且就是昨日的支票。**

自然他和她是常在一處賭錢的，原來只知道他們賭錢是三五萬的輸贏，照這支票看起來，已是幾十萬的輸贏了，那還得了。

他怔怔地將支票看了好幾分鐘，最後，他搖了兩搖頭，依然把那支票悄悄地送回到太太衣袋裡去。

她昨晚上回來的時候，人是相當的疲倦，隨便地把這支票向小背心的小口袋裡塞了去，並沒有什麼顧慮，一覺醒來，她聽到街上的市聲很是嘈雜，料著時間已是不早，立刻坐了起來，在枕頭褥子下面掏出手錶來一看，時間乃是十點，再將小背心的衣襟牽扯了幾下，掏出小口袋裡的支票看了一看，並不見得有什麼不對之處，依然把支票折疊著塞在小口袋內。披衣下床，趕緊地拿著臉盆要向廚房裡去。

楊嫂手上抱著小渝兒，牽著小娟娟，正向屋子裡走。在房門口遇個正著。

楊嫂道：「太太，讓我去打水吧，我把娃兒放在這裡就是。」

魏太太道：「你帶著他們吧，我要趕到銀行裡去提筆款子。」

小娟娟牽著她的衣襟道：「媽媽，你帶我一路去吧。」

魏太太撥開了她的手道：「不要鬧！」

娟娟噘了小嘴道：「媽媽，你天天都出去，天天都不帶我，你老是不帶我了嗎？」

小孩子這樣幾句不相干的話，倒讓她這口氣向下一挫，心裡隨著一動，便牽過女兒來，將臉盆交給楊嫂。

楊嫂將小渝兒放在地上，摸了他的頭髮道：「在這裡耍一下兒，不要吵，你媽媽今天買肉買雞蛋轉來，燒好菜你吃。」

娟娟又噘了嘴道：「我們好久沒有吃肉了。」

魏太太道：「哪有那麼饞？又有幾天沒吃肉哩？」她是這樣地說了，牽著兩個孩子到床沿上坐著，倒說不出來心裡有一種什麼滋味，兩隻手輪流的在小孩子頭上臉上摸摸，因道：「今天我帶你們出去就是，你們不要鬧。」

兩個孩子聽說媽媽帶去出門，高興得了不得，在母親左右繼續地蹦蹦跳跳。娟娟牽著媽媽的衣襟，輕輕跳了兩下，將小食指伸著，點了弟弟道：「不要鬧，鬧了媽媽就不帶你上街了。」

魏太太被這兩個小孩子包圍了，倒不忍中斥他們，只有默然地微笑。

楊嫂打著洗臉水來了，她在五屜桌上支起了鏡子開始化妝。這兩個孩子為了媽媽的一句話，也就變更了以往的態度，只是緊傍了母親，分站在左右。

魏太太伸伸腿彎彎腰，都受著孩子們的牽制。她瞪著眼睛，向孩子們看了看，見他們挨挨蹭蹭的站在身邊，那四隻小眼珠又向人注視著，這就不忍發什麼脾氣了。她想著：出門反正是坐車，就帶著兩個孩子也不累人，而況到銀行裡兌款或到綢緞店去買衣料，都不是擁擠的所在，這雖帶著兩個孩子，那也是不要緊的。她這樣地設想了，也就由孩子跟著。

等著自己在臉上抹胭脂粉的時候，對了鏡子看看，忽然心裡一個轉念，在自己化妝之後，人是年輕得多，也漂亮得多，若是帶兩個很髒的孩子到銀行綢緞店去，人家知道怎麼回事？有年輕的太太帶著這樣髒的孩子的嗎？

她這樣地想著，對兩個孩子又看上了兩眼，越看是孩子越髒，不由得搖了兩搖頭。因叫著楊嫂進來，向她皺了眉道：「你看，孩子是這樣的髒，能見人嗎？」

楊嫂抿了嘴笑著，對兩個孩子看看。

魏太太道：「你笑什麼？」

楊嫂道：「我就曉得你不能帶這兩個娃兒出去咯，你看他們好髒喲！媽媽穿得那樣漂亮，小娃兒滿身穿著爛筋筋，郎個見人嗎？」

魏太太的心本已動搖了，聽了這話，越是對兩個孩子不感到興趣，這就向楊嫂丟了個眼色，又在衣袋裡掏出兩張鈔票來，交給她道：「你帶他們去買東西吃吧。」

楊嫂道：「來，兩個娃兒都來。」

娟娟道：「你騙我，我不去，你把我騙走了，我媽媽就好偷走了，我要和我媽媽一路去看電影。」她說著這話，牽了她媽媽的衣襟就連扭了幾下。

魏太太把臉色沉下來，瞪了眼道：「這孩子是賤骨頭，給不得三分顏色，給了三分顏色就要和我添麻煩。有錢給你去買東西吃，你還有什麼話說，給我滾。」說著把手將孩子推著。

小娟娟滿心想和媽媽上街，碰了這麼個釘子，哇的一聲哭了。

楊嫂一手牽著一個孩子，就向門外拉，口裡叫道：「隨我來，買好傢伙你吃，像那天一樣你媽媽贏了錢回來，我們打牙祭，吃回鍋肉，要不要得？」

魏太太站在五屜桌邊對了鏡子化妝，雖是憐惜這兩個孩子哭鬧著走開，可是想到這青春少婦，拖上這麼兩個孩子，無論到什麼地方去也給自己減色，這就繼續地化妝，不管他們了。

這究竟因為是花錢買東西，與憑著支票向銀行取款，化妝還用不著那水磨工夫，在十來分鐘之後，她已化妝完畢，換了那件舊花呢綢夾袍，肋下夾了手皮包，就匆匆的走上街去。

可是只走了二三十爿店面，就頂頭遇到了丈夫，所幸他走的是馬路那邊，正隔著一條大街。她見前面正是候汽車的乘客長蛇陣，她低頭快走幾步，就掩藏在長蛇陣的後面了。

魏端本在馬路那邊走著，他卻是早看到了他太太了，但是他沒有那個勇氣敢在馬路上將太太攔住，遙見太太在人縫裡一鑽就沒有了，這就心房裡連連地跳了幾下。自己站在人家店鋪屋簷下出了一會神，最後，他說了句自寬自解的話：「隨她去。」說完了這句話之後，也就悄悄地走回家去。

楊嫂帶著兩個孩子出去買吃的，這時還沒有回來，魏端本由前屋轉到後屋，每間房子的屋門都是洞開著的，魏先生站在臥室中間，手扶了桌子沿，向屋子周圍上下看了一遍，因又自言自語的道：「這成個什麼人家？若是這個樣子，就算每日有二十萬元的支票拿到手，那有什麼用？相反的，這個不成樣子的家，那是毀得更快了。」

他說話的時候，楊嫂伸進頭來，向屋子裡張望了一下，見屋子裡就是主人一個，不由得笑了。魏端本道：「你笑什麼？」

楊嫂左右手牽著兩個孩子，走將進來，笑道：「我聽到先生說話，我以為屋子裡有客，沒有敢進來。」

魏端本道：「唉！我一肚子苦水，對哪個說？」

楊嫂看到先生靠了桌子站定，把頭垂下來，兩隻手不住在口袋裡掏摸著。他掏摸出一隻空的紙煙盒子，看了一看，無精打采地向地面上一丟。

楊嫂看到主人這樣子，倒給予他一個很大的同情，便道：「先生要不要買香煙？」

魏端本兩手插在褲子袋裡搖了兩搖頭。

楊嫂道：「你在家裡還有啥子事，要上班了吧？」

魏端本低了頭，細想了幾分鐘，這就問她道：「你知太太昨天在哪裡賭錢？」

楊嫂道：「我不曉得，太太昨天出去賭錢？我沒有聽到說。」她說著這話時，臉上帶了幾分笑容。

魏端本道：「我並不是干涉你太太賭錢，而且我也干涉不了，我所要問的，你太太身上很有錢，她和誰合夥做生意，賺了這麼些個錢呢？」

楊嫂笑道：「太太同人合夥做生意？沒聽到說過咯。」

魏端本道：「她這樣一早就出去，沒有告訴你是到銀行裡去嗎？」

楊嫂道：「她說是買啥子家私*去了，她一下子就會轉來，你不用問，還是去上班吧，公事要緊。」

魏端本站著出了一會神，嘆了一口氣道：「我實在也管不了許多，往後再說吧，不錯，公事要緊，上班去。」說著戴著帽子，夾起皮包，就向外面走。

他走出房門以外，卻聽到小渝兒叫了聲爸爸。這句爸爸，本來也很平常，可是在這時聽到，覺得這兩個字格外刺耳動心，這就回轉身來，走進屋子問道：「孩子，有什麼話，爸爸要辦公去了。」

小渝兒穿了一套灰布衣褲，罩著一件小紅毛繩背心，原是紅色的毛繩，可是灰塵、油漬、糖疤、鼻涕、口水，在毛繩上互相渲染著，說不出來是一種什麼顏色了。

他那圓圓的小臉上，左右橫拖了幾道髒痕，圓頭頂上直起一撮焦黃的頭髮。他原是傍了楊嫂站著，看到父親特意進來相問，他挨挨蹭蹭地向她身後躲，將一個小食指送到嘴裡咬著，他只在麻虎子臉上轉動了一雙小眼珠，卻答覆不出什麼話來。

魏先生點點頭道：「我知道，你想吃糖，我下班回來，給你帶著。」

小娟娟牽著楊嫂的手，也是慢吞吞地向後退，還是那樣，一件工人裙了，外面還是罩著一件夾袍子，紐扣是七顛八倒，衣服歪扯在身上，聽到父親說下班可以帶糖回來吃，這就轉動了兩隻小眼珠子，只管向父親望著。

魏先生道：「那沒有問題，我一定帶回來，你在家裡好好地跟著楊嫂玩。」

娟娟道：「媽媽呢？」她問這話時，兩隻小眼注視了父親，做一個深切的盼望。

魏先生心裡，本就把太太行蹤問題高高地懸在心上，經娟娟這麼一問，心裡立刻跳上了兩跳，眼睛也有了兩行眼淚，要由眼角上搶著流出來，但是他不願孩子看到這情形，立刻扭轉身走了。他心裡想著：只當是自己沒有再結婚，也就沒有這兩個孩子，放開兩隻腳，趕快地就走向機關裡去。

他們這機關，在新市區的曠野地方，馬路繞著半邊山坡，前後只有幾棵零落的樹，並無人家，老遠的看到上司劉科長垂了頭兩手插在褲岔袋裡，肋下夾著那個扁扁的大皮包，無精打采地走著。

魏端本看到，這就連連地大聲叫著科長。劉科長聽了這種狂叫，也就站住腳，回頭向這裡看來。他見是魏科員追了來，索性回轉身來迎了他走近幾步，點著頭道：「我正想找著你商量呢，在這裡遇著了你，那是更好，我們可以走著慢慢地談。」

魏端本走到了面前，笑道：「這倒是不謀而合，我今天早上就到府上去找科長的，因為科長不在家，撲了一個空，科長倒是有事要和我說，那就好極了。」

劉科長伸手扯了他的衣袖將他扯到路邊停住，然後對他周身上下看望了一眼，因微笑道：「你有什麼事要找我，我很明白，可是你也太不知道實際情形了，我們做的那黃金儲蓄，不但兌不到現，發不到財，且……」

說到這裡，他在身前身後看望了幾下，然後向他低聲笑道：「我們犯了法了，你知道嗎？」

魏端本笑道：「這個我知道，罪名是假公濟私，當我們動了這個念頭的時候，我們就犯了這個嫌疑了。」

劉科長連連地搖頭道：「你說到這一點，未免太把事情看輕了，現在政府因新聞界的攻擊，要調查洩漏黃金價格的人，同時，也要清查第一天拿錢去買黃金的人。」

魏端本道：「那也沒有什麼了不得，拚了我們把那定單犧牲掉了也就是了。」

劉科長搖搖頭道：「事情不能那樣簡單，就算我們把定單犧牲了，這現款幾百萬已經送到銀行裡去了，也沒有法子抽回，挪移的這批錢，我們怎麼向公家去填補呢？」

魏端本道：「難道我們這件事已經發作了？」

劉科長道：「假如我們彌縫得快，事情是沒有人知道，大家算做了個發財的夢，那是千幸萬幸。再遲幾天，財政部實行到銀行裡去查帳，那就躲避不了。」

魏端本躊躇著望了他道：「事情有這樣的嚴重？」

劉科長微笑道：「難道你也不看看報，你不要癡心妄想，還打算弄一筆錢，就怕像四川人的話，脫不到手。你一大早去找我，就是要聽好消息嗎？準備吃官司吧，老弟台。」說著，他打了一個哈哈。他交代完了，立刻就順了路向前走著。

魏端本要追著向下問，無奈劉科長是一語不發，低了頭放寬了步子走著，他一顆火熱的心讓冷水澆過了，呆呆地出了一會神，也就只好順了路向前走著。

可是到了機關裡，越是感到情形不妙，見到熟同事，和人家點個頭向人笑著，人家雖也勉強地回著一笑，可是那兩隻眼睛裡的視線已不免在身上掃射了一遍。見到了不相識的同事，自照往例交叉過去，然而人家卻和往日不同，有的突然地站住，向頭上看到腳上，有的走過去了，卻和同行的人竊竊私議，若是回頭看他一下，準和人家的眼光碰住。

這倒不由得自吃一驚，心想：難道我身上出了什麼問題嗎？他越是心裡不安，越看到人家的目光射到身上，全像繡針扎入似的。

他心裡怦怦地跳著，趕快就跑進辦公室裡去。

他的辦公室，也是國難式的房子，靠了山崗，建築了一排薄瓦蓋頂，竹片夾壁的平房。屋子裡面正也和其他重慶靠崖的房子一樣，半段在崖上挖出的平地，鋪的是三合土，在懸崖上支起來的，是半邊吊樓。

魏先生這辦公室裡，有七八張三屜或五屜桌子，每座有人。他的這張桌子，是安放在靠窗戶的樓板上的。由室門進去，破皮鞋踏著三合土，啪噠有聲，已是很多人注意。及至走上了樓板的那一段，踏腳下去咯吱咯吱作響，他想著：這是格外地會驚動人的，就大跨著步子，輕輕地放下，樓板自然是不大響了，可是這走路的樣子很是難看，在他的身後，立刻發生了一片嘻嘻的笑聲。

魏端本雖然越發的感到受窘，可是他極力地將神志安定著，慢慢地坐了下去，又很從容地打開抽屜來，撿出幾件公事，在桌上翻看著。

戰時機關的工作，雖然比平時機關的工作情緒不同，但其實只有錄事小科員之流是沒有閒暇的，那些比較高級的公務員，就沒有什麼了不得的事，除了輪流地看報，也隔了桌子互相談話。

魏端本的常識，在這間屋子裡同人之中，是考第一的，所以談起話來，總有他的一份，今天他卻守著緘默。

在他椅子後面，兩個公務員，正是桌子對桌子的坐著，他們在輕輕地談著：「黃金官價升高到三萬五，黑市絕不後人，已經打破了六萬的大關，眼見就要靠近七萬，成了官價的對倍，追的比走的還快，**買著黃金儲蓄的人真是發了財，可是，也許吃不了，兜著走。**」說著，嗤嗤笑了一聲。

魏端本聽了這笑聲，彷彿就在耳朵眼裡扎上了一針，他不敢回頭望著，耳朵根上就像火燒了似的，一陣熱潮自脊梁上烘托出來。隨了這熱潮，那汁水覺得由每個毫毛孔裡湧了出來，兩隻眼睛雖然對著每件公事，可是公事上寫的什麼字，他並沒有看到。自己下了極大的決心，聚精會神，將公事上的字句仔細看著，算是每句的文字都看得懂了，可是上下文的意義卻無法通串起來，心裡也就奇怪著：怎麼回事，今天的這顆心總不能安定下去。

正自納悶著，一個聽差卻悄悄地走到身邊來，輕聲地報告著道：「司長請魏先生去有話說。」

魏端本答應著站起來，向全屋子掃了一眼，立刻看到各位同事的眼光都向他身上直射了來，心想：不要看他們，越看他們越有事，於是將臉色正定了一下，將中山服又牽著衣襟扯了幾扯。就跟著聽差一同走向司長室裡來。

這位司長的位置，自不同於科長，他在國難房子以外的小洋樓下，獨佔了一間屋子，寫字臺邊放了一張籐製圍椅，他口銜了一支紙煙，昂起頭來，靠在椅子背上，眼望了那紙煙頭上的青煙繞著圈子向半空裡緩緩的上升，只是出神。

魏端本走進屋子來，向司長點了個頭，司長像沒有看到似的，還是在望著紙煙頭上冒的煙。他總站有四五分鐘，那司長才低下頭來看到了他，就笑著站了起來，接著又搖搖頭道：「我有點精神恍惚，你在我面前站著很久，我知道你來了，可是我要和你說話，卻是知覺恢復不過來。」說到這裡，他將手向魏端本身後指了一指。

他看時，乃是房門不曾關上，還留著一條縫呢，他於是反手將房門掩上。

司長看到房門掩合了縫，又沉著臉色坐了下來，向魏端本點了兩點頭道：「你知道黃金風潮起來了嗎？」

他答了兩個字不知。司長望了他一下，因道：「我有一件事要和你商量一下。這次我們儲蓄八十兩金子，雖是說做生意，可是我也是為了大家太苦，在這取不傷廉的情形下，把公家款子挪用一百六十萬，在這個把星期內，我另外想法子把公家款子調回來，公家的一百六十萬，還他一百六十萬，對公家絲毫沒有損失，可是我們就賺了一百二十萬了。有這一百二十萬元法幣，我們拿來分分，做兩件衣服穿，豈不甚好？可是我這番好意，完全弄錯了，誰知捉住這個機會，想發橫財者大有人在，有買五六百兩的，有買一二千兩的，弄得風潮太大了，監察院要清查這件事。我現在已想了個法子，在別的地方已借來一百六十萬元，把那款子補齊了，可是這裡面有點問題，我們開給銀行的那張支票，是你我和劉科長三人蓋章共同開出的，這是個麻煩。」

說著說著，他抬起手來亂搔了一陣頭髮。

魏端本聽到這裡，知道這**黃金夢果然成了一場空**，可是聽司長的口氣，後半段還有嚴重問題，便微笑道：「能夠還，還會發生什麼嚴重後果嗎？國家獎勵人民儲蓄黃金，我們順了國家的獎勵政策進行，還有什麼錯誤嗎！」

司長淡笑了一笑道：「將來到法庭受審，你和審判官也講的是這一套理論嗎？」

魏端本望了他道：「還要到法庭去嗎？」

司長又在衣袋裡取出一支煙捲來，慢慢地擦了火柴，慢慢地將煙捲點著，他吸著噴出一口煙來，笑道：「那很難說。」

他說這話時，態度是淡然的，臉色可是沉了下去。

魏端本站著呆了一呆，望了司長道：「還要到法庭去受審？這責任完全由魏端本來負嗎？」他說著這話，也把臉色沉了下去。

司長看到他的顏色變了，便也挫下去了半截的官架子，於是離開座位，向前走近了兩步，向他臉上望著，低聲笑道：

「魏兄，你不要著急，你首先得明白，我這回做黃金儲蓄，完全是一番好意，至於發生變化，這完全是出乎意料。自然，有什麼責任問題發生，我得挺起肩膀來扛著。不過有一點要求你諒解，我混到了一個司長，也是不容易，我有了辦法，自然老同事都有辦法，無論如何，我得先鞏固我的地位，所以有什麼小問題發生，不需要我出馬的話，我就不出馬。我懇切的說兩句，希望你和我合作，我心裡十分明白，絕不能讓你吃虧。我總得有福同享，有禍同當。」

魏端本見司長雖表示了很和藹的態度，可是說話吞吞吐吐，很有把責任向人身上推來的意味，心裡立刻起了兩個波浪，想著，好哇，**買金子賺錢，我只能分小股，若是犯了案的話，責任就讓我小職員來完全負擔**，便道：

「自然！司長不會讓我吃虧，可是天下事總是這樣，對於下屬無論怎樣客氣，反正不能讓下屬享的權利義務和自己相提並論。」

司長聽了這話，臉色動了一下，取出口裡的紙煙，向地面上彈了兩彈灰，扛著肩膀，笑了一笑，因道：「好吧，下了班的時候，你可以到我家裡去談談，我也不預備什麼菜，請你和劉科長到我家裡便飯。」

魏端本道：「那倒是不敢當的。」

司長笑道：「你回去吃飯，不也是要吃，我們一面吃飯，一面談話，也不會耽誤什麼時候。」

魏端本怔怔地站了一會。因道：「好，回頭我再去對劉科長商量。」

司長又將紙煙送到嘴裡吸了兩口煙，點點頭道：「那也好，現在沒有什麼公事，你去吧。」

魏端本聽了命令轉身向外走著，剛是走出房門，司長又道：「端本，你回來，我還有話和你說。」

魏端本應聲回來，司長隨手在寫字臺上取過一件公事，交給他道：「你拿著去看看吧。」

魏端本接過公事一看，見後面已有司長批著「擬如擬」三個行書字，分明已是看過了的文字，這應該上呈部次長，不會發回給科長，怎麼交到自己手上來呢？但他立刻也明白了，那是免得空手走回公事房去，引起同事的注意，於是向司長做了個會心的笑，點個頭拿著公事就走了。

走進公事房，故意將公事捧得高高的，眼光射在公事上，放了沉重而过緩的步子走向公事桌去，好像這件司長交下的公事很重要的，全副精神都注射在上面。

明知道全屋子同事的眼光都已籠罩在自己身上，只當是不知道，緩緩地走到座位上去，將公事放在面前，兩隻眼睛全都射在公事的文字上。

約莫是呆呆坐了兩小時，劉科長就站在辦公室門口，向裡面招了兩招手，魏端本立刻起身迎上前去，劉科長大聲道：「我們那件公事，須一同去見次長。你把那件公事帶著吧。」

魏端本心想：哪有什麼公事要去同見次長？隨便就把桌上司長交下的那公事帶著，隨了劉科長同走出屋子來。

劉科長並不躊躇，帶了魏先生徑直地就向機關大門外走。

魏先生看看後面並沒有人，就搶著走向前兩步，低聲問道：「司長約我們吃午飯，我們去嗎？」

劉科長道：「我們當然去，老實一句話，我們的前途還是依仗了他，眼看全盤勝利就要到來，將來回到了南京，政府要慰勉司長八年抗戰的功勳，不給他個獨立機關，也要給他一個次長做做。他若有了辦法了，能把我們忘了嗎？我們大家在轟炸之下跟著吃苦，總算熬了出來了，一百步走了九十多步，難道最後幾步，我們還能夠犧牲嗎？無論如何，現在他遇到了難關，我們應當去幫他一個大忙。」

魏端本道：「你說的幫忙，是指著這回做黃金儲蓄失敗了，讓我們去頂這個官司來打嗎？」

劉科長沉默地走了一截路。魏端本緩緩地跟著後面走，也沒說什麼，只是輕輕地咳嗽了兩聲。

劉科長在前面走著，不時地回頭向他看了來，魏端本雖看到他臉上有無限的企求的意思，但他只裝作不知道，還是默然地跟了劉科長走。

司長的公館，去機關不遠，是一幢被炸毀補修著半部分的洋樓，他家住在半面朝街的樓上，那樓窗正是向外敞開著，伸出半截人身來。

劉科長站定，老遠地就向樓窗上深深地點了個頭，並回頭向魏端本道：「司長等著我們呢。」

魏端本口裡哼著，那個哦字卻沒有說出來。

事有出於意料的，司長是非常地客氣，已走出大門，放出滿面的笑容迎上前來。

劉魏二人走向前，他伸著手次第地握過，笑道：「你二位大概好久沒有到過我這裡來過吧？」

魏端本道：「不，上個星期，我還到公館裡來過的。」

司長道：「哦是的，什麼公館？也不過聊高一籌的難民區，你看這個花圃……」說著，他站在那倒了半邊磚牆，用木板支的門樓框下，用手向裡面一指。

那花圃裡面的草地，長些長長短短的亂草，也有幾盆花，胡亂擺在草地上，有一半草將盆子遮掩了，倒是破桌子凳子和舊竹席在院子裡亂七八糟的放著，占了大半邊地方。

司長站在樓廊下，又向兩人笑道：「這屋子原來也應該是富貴人家的住宅，不過毀壞之後，樓上下又住了六七家，這也和大雜院差不多，現在當一個司長和戰前當一個司長，那是大大的不同了。」說著就閃在一邊，伸手向樓上指著，讓客人上樓。

魏端本站在路口樓梯邊，向主人點了兩點頭。

司長也點著頭道：「這倒無須客氣，你們究竟是客，劉科長引路罷。」

劉先生倒是能和司長合拍，先就在前面引路。

司長家裡，其實倒是還有些排場，對著樓梯，還有一個客廳敞著門等客呢，裡面也有一套仿沙發的籐製椅子，圍了小茶桌。那上面除了擺著茶煙而外，還有兩個玻璃碟子，擺著糖果和花生仁。

司長很客氣的向二人點著頭。笑道：「請坐請坐！」說著，將紙煙盒了拿起來，首先向魏端本敬著一支煙，然後取過火柴盒子，擦了一支火柴，向魏端本面前送著。

魏先生向司長回公事，向來是立正式的，就是到司長公館裡來接洽事情，也是司長架腿坐著吸紙煙，自己站著回話，自己雖然把眼光向司長看著，司長卻是眼睛半朝了天，不對人望著。今天司長這樣謙恭下士，那更是出人意料。

心裡一動，情不自禁地就挺立著低聲答道：「司長有什麼命令，我自然唯力以赴。司長提拔我的地方就多了。」

司長聽了這話，聳著肩膀笑了一笑，他那內心，自是說你完全入套了。

魏端本在司長背後，那是很不滿意他的，尤其是這次做黃金儲蓄，他竟要分三分之二的利益，心裡頭是十分不高興。可是在司長當面，不知什麼原故，銳氣就挫下去了一半，這時是那樣的客氣，他把氣挫下去之後，索性軟化了，就把司長要說的話先說了。

司長笑著向他點了個頭道：「我們究竟是老同事，有什麼問題，總可以商量。倒茶來。」說著話，突然回過頭去向門外吩咐著。

他們家的漂亮女僕，穿著陰丹士林的大褂，長黑的頭髮，用雙股兒頭繩圈著額頂，紮了個腦箍，在左邊髮角上還挽了個小蝴蝶結兒呢。

她手上將個搪瓷茶盤托著三隻玻璃杯子進來，這杯子裡飄著大片兒的茶葉，這正是大重慶最名貴的茶葉安徽六安瓜片。

她將三杯茶放在小茶桌上，分敬著賓客，司長讓著兩位屬員坐下，算是二人守著分寸，讓正面的椅子給司長坐了。

他笑道：「這茶很好，還是過年的時候，朋友送我的，我沒有捨得喝掉。來，喝這杯茶，我們就吃飯。」說著，他就端起茶杯子向客人舉了一舉。

舉著杯子的時候，臉上笑嘻嘻的，臉色那分兒好看，可以說自和司長共事以來，所沒有的現象，也就隨著談笑喝完了那杯茶。

喝完之後，就由司長引到隔壁屋子裡去吃飯。這屋子是司長的書房，除了寫字臺，還有一張小方桌。這桌上已陳設下了四碗菜，三方擺了三副杯筷。只看那菜是紅燒雞、乾燒鯽魚、紅燉牛肉、青菜燒獅子頭，這既可解饞，又是下江口味，早就咽下了兩批口水。

司長站在桌子邊，且不坐下，向二客問道：「喝點什麼酒？我家裡有點兒茅臺，來一杯，好嗎？」

劉科長笑著一點頭：「我們還是免了酒吧。下午還要辦公呢。」

司長笑道：「我知道魏兄是能喝兩盅的，不喝白的，就喝點黃的吧。我家裡還有兩瓶，每人三杯吧，有道是三杯通大道。哈哈！」他說著，就拿了三隻小茶杯，分放在三方，那位乾淨伶俐的女僕也就提了一瓶未開封的渝酒進來。

司長讓客人坐下，橫頭相陪，一面斟酒，一面笑道：

「黃酒本來是紹興特產，但重慶有幾家酒廠仿造得很好，和紹興並無遜色，這就叫做渝酒了，在四川軍人當政的時候，什麼都上稅，而且是找了法子加稅，有一位四川經濟學大家，現在是次長了，他腦筋一轉，用玻璃瓶子裝著賣，徵稅機關就把來當洋酒徵稅，稅款幾乎超出了酒款的雙倍。

「這位次長大怒，自寫呈文，向各財政機關控訴。他的名句是『不問瓶之玻不玻，但問酒之洋不洋』，各機關首腦人物看了，哈哈大笑，結果以國產上稅了事。直到於今，這位次長還不忘記他的得意之筆。這也可見幽默文章很能發生效力。來，不問酒的黃不黃，但問量之大不大。」說著，舉起杯子來。

魏端本真沒有看到過上司這樣地和藹近人，而且談笑風生，這也就暫時忘了自己的身分，隨著主人談笑，不知不覺之間就喝過了三四杯酒。

還是劉科長帶了三分謹慎性，笑道：「我們不必喝了，司長下午還有事，我們不要太耽誤時間了。」

魏端本雖然是吃喝得很適意，可是科長這樣說了，也就不敢貪杯，隨著兩位上司吃過了午飯，又同到客廳裡去。

這時，那漂亮的女僕，又將一把銻壺提了進來。老遠地就看到壺嘴子裡冒著熱氣，由那氣裡面嗅到茶的香氣，就知道這又熬了另一種茶來款客了。

司長看到，親自動手在旁邊小桌上取過三套茶杯來，放在小桌上，因笑道：「來，這是雲南普洱茶，大家來一杯助助消化。」

女僕向杯子裡沖著，果然，有更濃厚的香氣沖人鼻端，司長更是客氣，捧起碟子，先送一杯給魏先生，其次再給劉科長。

魏端本雖覺得司長是越來越謙恭，也無非是想圓滿那場黃金公案，好在他是部長手上的紅人，官官相護，這件事總可彌縫過去，自己無非守口如瓶，竭力隱瞞這件事，也不會有什麼了不起的大事。這麼一想，心裡也寬解了。

喝完了這杯普洱茶，劉科長告辭，並向司長道謝。

司長笑道：「這算不了什麼，至多一年，我們可以全數回到南京，那個時候，我們雖不能天天這樣吃一頓，三五天享受這樣一次，那是太沒有問題的，那時，我可以常常做東。」

劉科長湊了趣笑道：「那個時候，司長一定是高升了，應酬加多，公事也加多，恐怕沒有工夫和老部下周旋了。」

司長點點頭笑道：「八年的抗戰，政府也許會給我一點酬勞，可是，你們也是一樣呀，難道我升級，你們就不升級？若是你們不升級，單單讓我一個人向上爬，我也一定和你們據理力爭。老實一句話，談到公務員抗戰，越是下級公務員越吃的苦最多，高級公務員不過責任負得重些而已，若是賞不及上級公務員，失望的人還少，賞不及下級公務員，失望的人就太多了。」

劉科長道：「若是政府裡的要人都和司長這樣的想法，那我們當部屬的還有什麼話說，真是肝腦塗地，死而無怨。」

司長聽了這話，兩眉揚著，嘻嘻地一笑。

魏端本聽了這話，心裡想著：劉科長的話，分明是勾引起司長的話，要叫部屬賣力氣，司長大概要開腔了，也就默然地站著，聽是什麼下文。

可是司長什麼託付的話也沒說，在他的西服口袋裡，掏出了掛表來看上一看，笑道：「該上班了，到了辦公室裡，可不必說受了我的招待，同人聽到，他們會說我待遇不公的。」

劉魏二人同答應了是，鞠躬而出，司長還是客氣，下樓直送到門洞子下方才站住，魏端本隨了劉科長走著，心裡可就想著：這事可有點怪了，司長巴巴地請到家裡吃飯，一味地謙遜，一味地許願，這是什麼道理？難道要我自告奮勇？

我也在他當面表示了，要我做什麼，我可以效力，可是他只一笑了之，這個作風，倒讓人猜不透。我且不說，大概他是要託劉科長轉告我的，我就聽他的吧，反正要負什麼責任的話，姓劉的也不比姓魏的輕鬆，姓劉的不著急，我姓魏的還著什麼急嗎？

他這樣主意拿定了，索性默然地跟著劉科長後面走，可是劉科長似乎對他這個決定，也有所感似的，始終地默然在前引導，並不作聲。

魏端本自懷了一肚子鄭重的心情，回到機關裡辦公室去。他料著同事們對他的眼光還是注射著的，他除了看著桌上的公事，就是拿一份報看看。

恰好這天沒有什麼重要事情發生，他下了班，立刻回家，比平常到家的時候，約莫是提前了兩小時。

他那間吃飯而又當書房的小屋子裡，滿地灑著瓜子殼花生皮，還有包糖果的小紙片。楊嫂帶了兩個孩子趴在桌子上，圍了桌面上的糖果花生，吃著笑著。楊嫂自己也是當仁不讓，手剝著花生，口裡教著小孩子唱川戲。

魏端本伸頭看了一看，笑道：「你們吃得很高興。」

楊嫂站起來笑道：「都是太太買回來的。」

魏端本道：「太太回來了。」

他也不等楊嫂回話，立刻走回自己屋子裡去，但是太太並不在屋子裡，桌上放了許多大小的紙包，床上有幾個紙包透了開來，有三件衣料，花紅葉綠地展開著鋪在床上。

他牽起來抖著看看，全是頂好的絲織品，他反覆地看了幾看，心裡隨著發生問題，心想：這些東西大概都是那張支票換來的了。她這張支票，自然不會是借來的，要說是贏來的，也可考慮，**什麼樣子的場面，一贏就是二十萬呢？**就是贏二十萬，也不會是贏姓范的一個人的。

他站著出了一會神，把衣料向床上一拋，隨著嘆了口氣。

楊嫂這時進房來了，問道：「先生，是不是就消夜？」

魏端本道：「中飯我吃得太飽，這時我吃不下去，等太太回來，一路吃吧。」

楊嫂道：「你不要等她，各人消各人的夜嘛，太太割了肉回來，我已經把菜頭和你燉上湯。還留了一些瘦肉，預備切丁了，炒榨菜末，要得？」她說著話，抬起一隻粗黑胳臂撐住了門框，半昂了頭向主人望著。

魏端本道：「你今天也高興，對我算是殷勤招待，你希望我怎樣幫助你嗎？可是不幸得很，我做的一批生意不但沒有成功，而且還惹下了個不小的亂子。」

說著，搖了兩搖頭，隨著嘆上一口氣。接著在身上掏出紙煙盒子來，先抽出一支煙來，將煙盒子向桌上一扔，啪的一聲響。楊嫂立刻找著火柴盒子來，擦了一支火柴，走近來和他點煙。

魏先生向她搖搖手，把煙支又放在桌上。

楊嫂這雖算碰了主人一個釘子，但是她並不生氣，垂了手站在面前向他笑道：「先生啥子事生悶氣？太太不是打牌去了。」

魏端本不大在意的，又把那支紙煙拿起來了，楊嫂的火柴盒子還在手上呢。這時可又擦了一支火柴送過來。

魏先生也沒有怎樣的留意，將煙支抵在嘴裡，彎著腮把煙吸著了，噴出一口煙來，兩指夾了煙支，橫空畫了個圈圈，問道：「她不是去打牌，你怎麼又知道呢？」他說著時，望了她臉上的表情。

她抿嘴微笑著，也把眼光望了主人，可沒有說話。

魏端本道：「怎麼你笑而不言？這裡面有什麼問題嗎！」

楊嫂道：「有啥子問題喲！我是這樣按*她咯。」

魏端本道：「就算你是這樣的猜吧，你必定也有些根據，你怎麼就猜她不是去賭錢呢？」

楊嫂道：「平常去打牌的話，她不會說啥子時候轉來，今天她出去，說是十一點多鐘一定回來，好像去看戲，又像是去看電影。」

魏端本將手向她揮了兩揮，因道：「好吧，你就去做飯吧，管她呢。」

他吸著煙，在屋子裡繞了桌子，背著兩手走。他發現了那五屜桌上，太太化妝的鏡子還是支架著的，鏡子左邊，一盒胭脂膏敞著蓋，鏡子右邊扔了個粉撲兒，滿桌面還帶著粉屑呢。最上層那個放化妝品的抽屜，也是露出兩寸寬的縫，露出裡面所陳列的東西亂七八糟。

他淡笑著自言自語地道：「看這樣子，恐怕是走得很匆忙，連化妝的善後都沒有辦到呢。」

說著，再看床面前，只有一隻繡花幫子便鞋，再找另一隻便鞋，卻在屋子正中方桌子下。他又笑道：「好！連換鞋子全來不及了。」

說著，將桌上那些大小紙包扒開個窟窿看看，除了還有一件綢衣料而外，絲襪子，細紗汗衫，花綢手絹，蒙頭紗，這些東西雖不常買，可是照著物價常識判斷，已接近了二十萬元的階段。那麼，就是那張支票上的款子，她已經完全花光了。

他坐在桌子邊緩緩地看著這些東西，緩緩地計算這些物價，心裡是老大的不願意，可又想不出個什麼辦法來解決這個問題。坐坐走走，又抽兩支紙煙。

楊嫂站在房門口笑道：「先生消夜了。消過夜，出去耍一下，不要在家裡悶出病來。」

魏端本也不說什麼，悄悄地跟著她到外面屋子來吃飯。

兩個小孩子知道晚飯有肉吃，老早由凳子上爬到桌子沿上，各拿了一雙筷子，在菜頭燉肉的湯碗裡亂撈。滿桌面全是淋漓的汁水。

魏端本站在桌子邊，皺著雙眉，先咳了一聲，兩個小孩子全是半截身子都伏在桌面上的，聽了這聲咳，兩隻手四隻筷子還都交叉著放在碗裡，各偏了頭轉著兩隻眼珠望了父親。

魏端本點點頭道：「你們吃吧，我也不管你們了。」

小娟娟看到父親臉上並無怒色，便由碗裡夾了一塊瘦肉，送到嘴裡去咀嚼，而且向父親表示著好感，因道：「爸爸，你不要買糖了，媽媽買了很多回來了。」

楊嫂正捧了兩碗飯進來，便笑道：「這個娃兒好記性，她還記得上午先生說買糖回來，改天先生說話要留心喀。」

魏端本道：「是的，我上午說了這話才出門的，也罷，有個好母親給他們買糖吃。」說著又嘆了口氣，也不再說什麼，坐下去吃飯。

楊嫂看到主人總是這樣自己抱怨自己，也就很為他同情，就站在桌子角邊看護著小孩子吃飯。

十 棄舊迎新

魏端本勉強地吃了一碗飯，將勺子舀了小半碗湯，端著晃蕩了兩下，然後捧著碗把湯喝下去，放下碗來，立刻起身向後面屋子裡去。

那五屜桌上還放著一盆冷水呢，乃是太太化妝剩下來的香湯，他就在抽屜角上，把太太掛著的那條濕手巾取過來，彎了腰對著洗臉盆洗過一把冷水臉。

楊嫂走了進來，先縮著脖子一笑，然後向主人道：「先生遇事倒肯馬虎。」

魏端本坐在椅子上擦了支火柴點著煙抽，因道：「在抗戰前，我是個做事最認真的人，現在是馬虎得多了。第一是你太太嫁我以後，相當的委屈。因為我家鄉還有一位太太還沒有離婚呢。第二是你太太是相當的漂亮，老實說，像我這樣一個窮公務員，要娶這樣一位漂亮太太，那還是不可能的事。第三，又有這兩個孩子了，一切看在孩子的面上，我就忍耐了吧，**不但是對家裡如此，對在公家服務，我也是這樣的**。唉！忍耐了吧。」

他說完了這篇解釋的話，就開始將抖亂在床上的幾件綢料緩緩地折疊好了，依然將紙包著，然後將五屜桌的抽屜清理出一層，把床上的紙包和桌上的紙包合併到一處，都送到那清理過的抽屜裡去。床上都理清楚了，也沒個刷床刷子，只好在床欄桿上，取下一件舊短衣，將床單子胡亂撣了一陣，然後展開被褥來就脫衣就寢。

照往例，太太不在家，楊嫂是帶著兩個孩子睡的。可是她於這晚，有個例外，她將睡著了的小渝兒，兩手托著抱了進來，放在主人腳頭，然後站在床面前笑道：「今晚上睡得朗個早？」

魏端本道：「我躺在床上休息休息吧。」

楊嫂將床欄桿的衣服一件件地取到手上翻著看看，不知道她是要清理著去洗，還是想拿去補釘，魏先生且看她要做什麼，並不作聲。

楊嫂將床欄桿上的舊衣服都一一翻弄遍了，她手上並沒有拿衣服，依然全都搭在床欄桿上。

她又站了兩三分鐘的時候，然後向主人微笑道：「先生，一天你多把一點錢太太用嘛！」

魏端本道：「今天說過錢不夠用嗎？她這樣的買東西，那是永遠不夠用的。」

楊嫂笑道：「今天她剪衣料，買家私，都是你把的錢嗎？」她說著這話，故意走到桌子邊去，斟了一杯涼茶喝，躲開主人的直接視線。

魏端本道：「我沒有給她錢，大概是贏來的吧？贏來的錢，花得最不心痛。」

楊嫂道：「恐怕不是贏的吧？」

魏先生一個翻身坐起來，睜了眼望著她道：「不是贏來的錢，她哪裡還有大批收入呢？」

楊嫂倒並不感到什麼困難，從容地答道：「太太說，她是借來的錢咯，今天才借成二十萬元，那不算啥子，她硬要借到一二百萬才麼得倒臺，借錢不要利錢嗎？現在沒有大一分，到哪裡也借不到錢，借起二百萬塊錢，一個月把幾十萬塊利錢，省了那份錢，做啥子不好。」

魏端本道：「你太太說了要借這麼多錢，那是什麼意思？」

楊嫂笑道：「女人家要錢做啥子？還不是打首飾做衣服？」

魏端本道：「就算你說的是對吧，這個星期以來，你太太是新衣服有了，金鐲子也有了，以一個摩登少婦的出門標準裝飾而論，至多是差一個新皮包和一雙新皮鞋，就是這兩樣東西，要去借錢一二百萬來辦嗎？」

楊嫂笑道：「要買的家私還多嘛！你不是女人家，朗個曉得女人家的事？」

魏端本坐著呆了一呆，因道：「這就是你勸我多給錢太太去花的理由？」

楊嫂笑道：「你有錢把太太花，免得她到外面去借，那不是好得多。」

媿端本對於楊嫂這些話，在理解與不理解之間，將放在枕頭旁邊的紙煙與火柴盒全摸了出來，又點著煙吸。

他的紙煙癮原來是很平常的，可是到了今天，一支跟著一支，就是這樣地抽著。

楊嫂看到他很沉默地吸著煙，站在床頭邊出了一會神，然後向主人道：「先生，休息吧，不要吃朗個多的煙。」說著，她含了笑走出去了。

魏端本吸過一支煙，又跟著吸一支煙，接連地將兩支煙吸過，把煙頭扔在痰盂子裡，火吸著水嗤的一聲。他嘆了口氣，身子向下一溜，在枕頭上仰著躺下了。

在昏沉沉地想著心事的時候，不知不覺地睡了過去。耳邊似乎有點響聲，睜眼看時，太太已經回來了。

她悄悄地站在電燈下面，將那抽屜裡的衣料一件件地取了出來，正懸在胸面前低了頭去看衣料的光彩，同時，並用腳去踢著料子的下端。

魏端本看了看，然後閉上眼睛。魏太太似乎還不知道先生醒過來了，她繼續地將衣料在胸面前比著。衣料比完了，又翻著絲襪子花綢手絹，一樣樣地去看。在她的臉上，好幾次泛出了笑容。

魏先生偷眼看著，見那桌上放著一雙半高跟的玫瑰紫新皮鞋，又放著一隻很大的烏漆皮包，心裡暗暗叫了一聲：「好的，原來所猜缺少著的兩樣東西，現在都有了。」

在他驚異之下，在床上不免有點展動，魏太太看到了，走向床面前來笑道：「你睡著一覺醒了，我帶了一樣新鮮東西回來給你嘗嘗。」說著，在衣服口袋裡摸索一陣，摸出一小盒口香糖來，塞到丈夫手上，笑道：「這是真正的美國貨。」

魏端本勉強地笑道：「謝謝，難為你倒還想得起我。」

魏太太站在床面前，向著他看了一看，將上排牙齒咬了下嘴唇，又把上眼皮撩著，簇起長眼毛來約有三四分鐘沒有說話。

魏先生倒是並不介意，把糖紙包打開，抽了一片口香糖，送到嘴裡去咀嚼著。

魏太太道：「你這話是什麼意思？」

魏先生嚼著糖道：「沒有什麼意思。」

魏太太一撒手，掉轉身去道：「你別不知道好歹，我給你留下晚飯吃，又給你孩子買東西吃，我還給你帶了一包好香煙，在口袋裡沒有拿出來呢，先就送你一包口香糖，難道我這還有什麼惡意嗎？」說著，她走回桌子邊去，將買的那些東西陸續地送到抽屜裡去。

魏先生道：「我這話也不壞呀，我是說你在外面的交際這樣忙，你還忘不了我。」

魏太太鼻子裡哼了一聲，冷笑著道：「不錯，我的交際是忙一點，現在社會上，先生本事不行，太太外面交際，想另外打開一條出路，這樣的事很多。這應該做丈夫的人引為榮幸，你難道還不滿嗎？時代不同了，女人有女人的交際自由，你說什麼俏皮話？」

魏端本道：「難道你在外面的行蹤，我絕對不能過問嗎？」說著這話，一掀被子，他可坐起來了。

魏太太也坐著桌子邊沉下臉來，將手一拍桌沿道：「你不配過問，你心裡放明白一點。」

魏端本臉色氣得發紫，瞪了眼向她望著，問道：「我怎麼不配過問？太太在外面弄了來歷不明的首飾，來歷不明的支票，做丈夫的還不配過問嗎？」

魏太太又將桌子拍了一下道：「你是我什麼丈夫？我們根本沒有結婚。」

這句話實在太嚴重了，魏先生不能再忍下去，他一跳下床，這衝突就尖銳化了。

魏太太對於丈夫這個姿勢是不能忍受的，也就將桌子一拍，起了個猛烈的反擊，迎向前去，瞪了眼道：「你怎麼樣？你要打我？」

魏端本捏了拳頭，咬了牙齒，很想對著她腦袋上打過一拳去。可是他心裡想到，這一拳是不可打過去的，若把這拳打過去了，可能的反響，就是太太出走，眼前站著這樣一個年輕美貌的小姐，固然是捨不得拋棄了，而且太太走了，孩子是不會帶走的，扔下這處處需人攜帶的兩個小孩，又教誰來攜帶呢？

在一轉念之下，他的心涼了半截，不但是那個拳頭舉不起來，而且臉上的顏色也和平了許多。他身子向後退了一步，望了她道：「我要打你？這個樣子，是你要打我呀。」

魏太太將腳一頓道：「你要放明白一點，這樣的結合，這樣的家庭，我早就厭倦了，你對我的行為，有什麼看不順眼嗎？這問題很簡單，不等明天，我今天晚上就走。」

魏端本不想心裡所揣想的那句話，人家竟是先說了，因道：「你的氣焰為什麼這樣高漲？牙齒還有和舌頭相碰的時候，夫妻口角，這也是很尋常的事。你怎麼一提起來，就要談脫離關係？」

他說著這話時，已是轉過身去，將枕頭下的紙煙火柴盒拿到手上，繞了桌子，和太太取了一個幾何上的對角位置站住，第一步戰略防禦，已是布置齊備，太太已不能動手開打了。

魏太太雖然氣壯，卻不理直，她對先生那個猛撲，乃是神經戰術，當魏先生戰略撤退的時候，她已是完全勝利了，這就隔了桌子瞪了眼睛問道：「你已睡了覺的人，特意爬了起來，和我爭吵，這是什麼意思？你有帳和我算，還等不到明日天亮嗎？」

魏先生實在沒有了質問太太的勇氣，心裡跟著一轉念頭，太太向來是在外面賭錢賭到夜深才回來的，她雖常常是大輸小贏，而例外一次大贏，也沒有什麼稀奇，又何必多疑？這樣想著，原來那一股子怒氣就冰消瓦解了，因在臉上勉強放出三分笑意道：

「你那脾氣，實在教人不能忍受，我在外面回來晚了，你可以再三地盤問，我還得陪笑和你解釋，怎麼你回來晚了，我就不能問呢？」

魏太太脖子一歪，偏著臉道：「你問什麼？明知我是賭錢回來，無論我是輸是贏，只要我不花你的錢，你就不能過問。你要過問，我們就脫離關係。我就是這點嗜好，絕不容別人干涉。」

她越說就越是聲音大，臉色也是紅紅的。

魏先生拿了火柴與紙煙在手上，就是這樣拿了，並沒有一次動作，直等太太把這陣威風發過去了，這才擦了火柴，將紙煙點著，坐在那邊一張方凳子上，從容地吸著煙。

他把一隻手臂微彎了過去，搭在桌子上，左腿架在右腿上下住的顫動著。

他雖燃著了一支煙，他並不吸，他將另一隻手兩個指頭夾了紙煙，只管用食指打著煙支向地面上去彈灰，低了頭，雙目只管注視那顫動著的腳尖，默然不發一語。

魏太太先是站著的，隨後也就在桌子對角下的方凳子上坐著。她的舊手皮包還放在桌上，她打開皮包來，取出一包口香糖，剝了一片，將兩個指頭鉗著糖片的下端，將糖片的上端送到嘴唇裡，慢慢地咬著。

她不說話，魏先生也不說話，彼此默然了一陣，魏先生終於是吸煙了，將那支煙抽了兩下，這就向太太道：「你可知道我現時正在一個極大的難關上。」

魏太太道：「那活該。」說著沉下了臉色，將頭一偏。

魏端本淡笑道：「活該？倘若是我度不過這難關而坐牢呢？」

魏太太道：「你做官貪污，坐了牢，是你自作自受，那有什麼話說？」

魏端本將手上剩的半截紙煙頭子丟在地下，然後將腳踐踏著，站起來點點頭道：「好！我去坐牢，你另打算吧。」說著，他鑽上床去，牽著被子蓋了。

魏太太道：「哼！你坐牢我另作打算，你就不坐牢，我另作打算，大概也沒有什麼人能夠奈何我吧？」

魏端本原來是臉朝外的，聽了這話，一個翻身向裡睡著。

魏太太對於他這個態度並不怎樣介意，自坐在那裡吃口香糖，吃完了兩片口香糖，又在皮包裡取出一盒紙煙來，抽了一支銜在嘴裡，擦了火柴，慢慢地吸著。

把這支紙煙吸完了，冷笑了一聲，然後站起來，自言自語地道：「我怕什麼？哼！」說著，坐在椅子上，兩隻腳互相搓動著，把兩隻皮鞋搓挪得脫下了，光著兩隻襪子在地板上踏著，低了頭在桌子下和床底下探望著，找那兩隻便鞋。

好容易把鞋子找著了，兩隻襪底子全踩得濕黏黏的。她坐在床沿上，把兩隻長統絲襪子倒扒了下來。扒下來之後，隨手一拋，就拋到了魏先生那頭去。

魏先生啊喲了一聲，一個翻身坐了起來，問道：「什麼東西打在我臉上。」說著，他也隨手將襪子掏在手上看著，正是那襪底上踐踏了一塊黏痰，那黏痰就打在臉上。

他皺著眉毛，趕快跳下床來，就去拿濕毛巾擦臉。魏太太坐在床沿上，倒是嘻嘻地笑了。

魏先生在這一晚上只看到太太的怒容，卻不看見太太的笑容，現在太太在紅嘴唇裡露出了兩排雪白的牙齒，向人透出一番可喜的姿態，望了她道：「侮辱了我，你就向我好笑。」

魏太太笑道：「向你笑還不好嗎？你願意我向你哭？」

魏端本道：「好吧，我隨你舞弄吧。」

他二次又上床睡了。

在魏太太的意思，以為有了這一個可笑的小插曲，丈夫就這樣算了，現在魏先生還是在生氣之中，她也不去再將就，自帶著小渝兒睡了。

她愛睡早覺，那是個習慣，次日魏先生起來時，她正是睡得十分的香甜，她那只舊皮包就扔在桌子角上。

魏先生悄悄地將皮包打開來一看，裡面是被大小鈔票塞得滿滿的。單看裡面的兩疊關金票子，約莫就是三四萬。他立刻想到，太太買的那些衣料和化妝品已是超過二十萬元，現在皮包裡又有這多的現款，難道還是贏的？

正躊躇著對了這皮包出神，太太在床上打了個翻身。心裡想著，反正是不能問，越知道得多了，倒越是一種煩惱，也就轉身走開，自去料理漱口洗臉等事，把衣服整理得清楚了，買了幾個熱燒餅，自泡了一壺沱茶，坐在外面屋子裡吃這頓最簡單的早餐。

他是坐著方凳子上，將一隻腳搭在另一張方凳子上的。左手端了茶杯，右手拿了燒餅，喝一口沱茶，啃一口燒餅，卻也其樂陶陶。

忽然一陣沉重的腳步聲，有人很急迫地問道：「魏先生在家嗎？」

他聽得出來，這是劉科長的聲音，立刻迎出門來道：「在家裡呢，劉科長。」他一面說著，一面向來賓臉上注意，已經看出他臉色蒼白，手裡拿了帽子，而那身草綠色的制服卻是歪斜地披在身上。

他怔了一怔道：「有什麼消息嗎？」

劉科長兩手一揚，搖了頭道：「完了，完了，屋子裡說話吧。」

魏端本的心房，立刻亂跳著一陣，引了客進屋子。

劉科長回頭看了看門外，兩手捧著呢帽子撅了幾下，低聲道：「我想不到事情演變得這樣嚴重，司長是被撤職查辦了。」

魏端本道：「那麼，我我我們呢？」

劉科長道：「給我一支煙吧，我不曉得有什麼結果。」說著，伸出手來，向主人要煙。

魏端本給了他一支煙，又遞給他一盒火柴。他左手拿帽子，右手拿煙，火柴盒子遞過去了，他卻把原來兩隻手上的東西都放下。左手拿火柴盒，右手拿火柴棍，在盒子邊上擦了一支火柴之後，要向嘴邊去點煙，這才想起來沒有銜著煙呢。他伸手去拿，煙支被帽子蓋著，他本是揭開帽子找煙的，這又拿了帽子在手上當扇子搖，不吸煙了。

魏端本道：「科長，你鎮定一點，坐下來，我們慢慢地談。」

劉科長這才坐下，因苦笑了一笑道：「老魏，我們逃走吧。我們今天若是去辦公，就休想回來了，立刻要被看管，而看管之後，是一個什麼結果，現時還無從揣測，說不定我們就有性命之憂。」

魏端本道：「逃走？我走得了，我的太太和孩子怎麼走得了？劉科長，你也有太太，雖然沒有孩子，可是你把太太丟下了，難道看管我們的人，找不著我們，還找不著我們的太太嗎？」

劉科長這才把桌上的那支煙拿起銜在嘴裡，擦了一支火柴，將煙點上。他兩個指頭夾紙煙，低著頭慢慢地吸煙，另一隻手伸出五個指頭，在桌沿上輪流地敲打著。

魏端本道：「劉科長，這件事我糊裡糊塗，不大明白呀。」

劉科長道：「不但你不大明白，我也不大明白，司長和銀行裡打電話接好了頭，就開了一張單子，是黃金儲戶的戶頭，另外就是那兩張支票了。我一齊交到銀行裡去，人家給了一張法幣一百六十萬元，儲蓄黃金八十兩的收據，並無其他交涉，我又知道這裡是些什麼關節呢？」

魏端本道：「司長在銀行裡做來往，無論是公是私，我跑的不是一次。這次讓科長去，不讓我去，我以為科長很知道內情呢？」

他吸著煙噴出一口來，先擺了兩擺頭，然後又嘆口氣道：

「我也冤得很囉，我是財迷心竅，以為這樣辦理黃金儲蓄，除了早得消息，撿點便宜，並不犯法。這日到銀行去，是下午三點三刻，銀行並沒有下班，我找著業務主任，把支票和單子交給他，他帶了三分的笑意，點了頭說：『和司長已經通過電話了，照辦照辦。』

「我是和他在小客廳裡見面的，那裡另外還有兩批客在座，我心裡懷著鬼胎，自也不便多問。那業務主任一會兒取了一張收據來交給我，又對我笑著握了兩握手。那個時候，銀行已下班，大門關著，我由銀行側門走出來的。我在機關裡，不敢把收據露出來，直送到司長公館裡去。司長見了收據笑顏逐開，向我點著頭，低聲說：『這件事辦得神不知鬼不覺。只要三天之後，黃金儲蓄定單到手立刻將它賣了，補還了公家那筆款子，大家鬧一套西服穿吧。』

「我所知道的，我所聽到的就是這些。前昨兩天，同事們忽然議論紛紛起來，說是有人挪用了公款買黃金，我料著不會是說我們，只裝不知。可是我們這位司長大人沉不住氣，首先就慌亂起來。我看那意思，恐怕已是碰了上峰兩個大釘子了。昨天他請我們吃飯，你不是很想知道有什麼意思嗎？老實說，我也是丈二和尚摸不著頭腦。到了昨天晚上，我才聽到人說，我們在銀行裡做的這八十兩黃金已經讓上峰知道了，他為了卸載責任起見，不等人家檢舉，要自己動手。

「我聽了這個消息，一夜都沒有睡著，起了個大早，就到司長公館裡去。我以為他未必起來了，哪知道他蓬著一頭頭髮，穿了身短褲褂，踏了雙拖鞋，倒背著兩手，在樓下空地裡踱來踱去，手裡還夾著大半支紙煙呢。我一見就知道這事不妙，站著問了聲司長早，他沉著臉道：『什麼司長，我全完了，撤職查辦了。事到於今，我想你和魏端本分擔一點干係的希望，已經沒有了。你們自為之計吧。』

「我聽了這話，不但是掉在冷水盆裡，同時我也感覺到毫無計畫讓我自為之計，我怎麼自為之計呢？我呆了，說不出話來，只是站著望了他。他立刻又更正了他的話。走近兩步，站在我面前，向我低聲說：『假如你和魏端本能給我擔當一下，說是並沒有徵求司長的同意，你們擅自辦理的，那我就輕鬆得多了。』」

魏端本立刻接著道：「**我們擅自辦理的？支票上我們三個人的印鑑是哪裡來的？那好，我們除了挪用公款，還有假造文書，盜竊關防的兩行大罪**，好！那簡直讓我們去挨槍斃。」

劉科長道：「你不用急，當然我同樣地想到了這層，我也和他說了。他最後給我們兩條路讓我們自擇：一條路是逃跑。一條路是我們打官司的時候，總要多幫他一點忙。我也是毫無主意，特意來找你商量商量。」

魏端本聽說，只是坐著吸紙煙，還不曾想到一個對策，卻聽到外面冷酒鋪裡的人答道：「那吊樓上住的，就是魏家，你去找他嗎！」

魏先生走到房門口伸頭向外看去，卻來了三個人，一個是穿中山服的，相當面熟，兩個是穿司法警察黑制服的，料著也躲避不了，便道：「我叫魏端本。有什麼事找我嗎？」

那個穿中山服的，揭起頭上的帽子，向他點了個頭笑道：「魏先生，這可是不幸的事情。我奉命而來，請你原諒。我們是同事，我在第四科。」說著，他就走進屋子來了。

他又接著叫了一聲道：「劉科長也在這裡。我們也正要請你同走。」

劉科長站起來，嘴唇皮有些抖顫，望了三人道：「這樣快？法院裡就來傳我們了。有傳票嗎？」

一個司法警察在身上掏出兩張傳票，向劉魏二人各遞過一張。

劉科長看了一看，點頭道：「也好，快刀殺人，死也無怨。老魏，走吧，還有什麼話說。」

魏端本道：「走就走，不過，我要揣點零用錢在身上；同時，我也得向太太去告辭一下，怎知道能回來不能回來呢？」說著，就向隔壁臥室裡走去。

他猜著太太是位喜歡睡早覺的人，這時一定沒有起來，可是走進屋子的時候，卻大為失望，原來床上只有一床抖亂著的被子，連大人帶小孩全不見了。

他站在屋子裡連叫了兩聲楊嫂，楊嫂卻在前面冷酒店裡答應著進來，在房門外伸著頭向裡張望了一下。笑著問道：「啥子事？」

魏端本道：「太太呢？」

楊嫂笑道：「太太出去了。」

魏端本道：「好快，我起來的時候，她還沒有醒，等我起來。她又不知道到哪裡去了。」

楊嫂道：「沒有到啥子地方去，拿著衣料找裁縫裁衣服去了。」

魏端本道：「裁好了衣服就會回來嗎？」

楊嫂搖搖頭道：「說不定。有啥子事對我說嗎？」

魏端本道：「一大早起來，她會到哪裡去？奇怪！」

楊嫂笑道：「你怕她不會上館子吃早點？」

魏端本嘆口氣道：「事情演變到這樣子，我就是和她告辭，大概也得不著她的同情的。好吧，我就對你說吧。楊嫂，我告訴你，我吃官司了，外面屋子兩名警察是法院裡派來的，雖然是傳票，也許就不放我回來，兩個孩子託你多多照管。孩子呢？帶來讓我見見。」

楊嫂望了他道：「真話？」

他道：「我發了瘋，把這種話來嚇你。你只告訴太太是買金子的事，她就明白了。你把孩子帶來吧。」

楊嫂看他臉色紅中帶著灰色，眼神起麻木了，料著不是假話，立刻在廚房裡將兩個孩子找了來。

魏端本蹲在地上，兩手摟著兩個孩子的腰，也顧不得孩子臉上的鼻涕口水髒漬，輪次地在孩子臉上接了兩個吻。

他站了起來，摸著小渝兒的頭道：「在家裡好好的跟楊嫂過，不要鬧，等你爸爸回來。」說畢，又抱拳向楊嫂拱了兩拱手道：「諸事拜託，你就當這兩個孩子是你自己的兒女吧。」說畢，一掉頭就走到外面屋子裡去了。

楊嫂始終不明白這是怎麼一件事，只有呆站在屋子裡看著，見魏端本並沒有停留，肋下夾住那個常用皮包，同劉科長隨同來的三個人，魚貫地走了。

她料著主人一定是出了事，可是大小是個官，比鄉下保甲長大得多，從來只看到保甲長抓人，哪裡看到過保甲長反被人抓的呢？難道做官的人也會讓法院裡抓了去嗎？

她這樣地納悶想著，倒是在屋子裡沒有出去。雖然主人吃官司與自己無關，主人沒有面子，傭工的自然也不大體面，因之可能避免冷酒店夥友視線的話，就偏了頭過去，免得人家問話。

她心裡擱著這個啞謎，料著太太回來了，一定知道這是什麼案子發作了的，可是事情奇怪得很，太太拿著衣料去找裁縫以後，一直就沒有回來過。

去吃官司的主人，直到電燈發亮也並無消息，太太對於這個家，根本沒有在念中，先生吃官司，太太未必知道，也許在打牌，也許在看電影，當然，還在高興頭上呢。

這麼一想，她很覺是不舒服，不是帶著兩個孩子在家裡發悶，就帶了兩個孩子到冷酒店屋簷下去望一下。

這樣來回地奔走著，到了孩子爭吵著要吃晚飯了，她才輕輕地拍著小渝兒肩膀道：「你小娃兒曉得啥子？老子打官司去了，娘又賭又耍，昏天黑地，我都看得不過意，硬是作孽！」

她是在屋下站了，這樣嘰咕著的，正好隔壁陶伯笙口銜了一支煙捲，也背了手望街，不經意地聽到她的言語，便插嘴問道：「打官司，誰打官司？」

楊嫂道：「朗個的？陶先生，還不曉得？今天一大早來了丙個警察兵，還有一個官長，把我們先生帶走了，到現在硬是沒有一點消息，太太也是一早出去，曉得啥子事忙啊，沒有回來打個照面。」

陶伯笙走近了一步，望了她問道：「你怎麼知道是打官司？」

楊嫂道：「先生親自對我說的，還叫我好好照應這兩個娃兒。我看那樣子，恨不得都要哭出來喀。」

陶伯笙道：「你可知道這事的詳細情形？」

楊嫂搖搖頭道：「說不上，不過，我看他那個情形好像是很難過喀。陶先生，你和我打聽打聽嘛，我都替我們先生著急喀。」

陶伯笙看看她那情形，料著句句是真的，就隨同著楊嫂一路到屋子裡去查看了一遍，前前後後又問了些話，還是摸不著頭緒，便走回家去，問自己太太。

陶太太回答著，三天沒有看到他夫妻兩個了，陶伯笙更是得不著一點消息，倒不免坐在屋子裡吸上一支煙，替魏端本夫妻設想了一番。

約莫是二十分鐘後，李步祥笑嘻嘻地走進屋子來，手裡拿了呢帽子當扇子搖，因道：「老陶，金子今日的金價破了七萬大關了。」

陶伯笙道：「破七萬大關？破十萬大關，你我還不是白瞪眼。」

李步祥坐在對面椅子上望了他的臉，問道：「你有什麼心事？在這裡呆想？」

陶伯笙道：「不相干，我想隔壁魏家的事。」

李步祥走近，將頭伸過來，把手掩了半邊嘴，向陶伯笙低聲道：「喂！老陶，這件事有些不妙，我看隔壁這位總是和老范在一處，不是在他寫字間裡談天，就是在館子裡吃飯，我碰到好幾回了。剛才我在電影院門口經過，看到他們挽了手膀子由裡面出來。」

陶伯笙嘆了口氣搖搖頭道：「讓男子們傷心。」

李步祥道：「都怪那位男的不好，女人成天成夜在外面賭錢，為什麼也不管管呢？」他說著，回頭向外面看看，笑道：「那位女的，長得也太美了，當窮公務員的人怎能夠不寵愛一點？」

陶伯笙道：「我還不為的是這個嘆氣呢。」因把魏端本吃官司的消息說了一遍。

李步祥道：「既然如此，大家都是朋友，去給魏太太報個信吧。」

陶伯笙道：「到哪裡去報信？若是在老范那裡的話，我們根本就不便去。」

李步祥道：「我看到他們由電影院出來，走向斜對門一家廣東館子裡去了，馬上就去，一頓飯大概還沒有吃完。」

陶太太在門外就插言道：「伯笙，你假裝了去吃小館子，碰碰他們看吧。我剛才到魏家去了一次，那個小滷兒有點發燒，已經睡下了，魏太太實在也當回來看看。我們做鄰居的，在這時候怎能夠坐視呢？」

陶伯笙想了一想，說聲也是，就約同李步祥一路出門，去找魏太太。

二十分鐘後，陶李二人走進了一家廣東館子。他們為了避嫌起見，故意裝出一種找座位的樣子，向各方面張望著。范魏二人並不在座，倒是牌友羅太太和兩位女賓，在靠牆的一副座頭上正在吃喝著。

羅太太正是一位廣結廣交的婦人，並不回避誰人，就在座位上抬起一隻手高過頭頂，向他連連招了幾下。

陶伯笙笑道：「羅太太今天沒有過江去？又留在城裡了。」

在他們賭友中說出這種話來，自然話裡有話，羅太太便微笑著點了兩點頭。

陶伯笙走近兩步，到了她面前站住，低聲笑問道：「今天晚上是哪裡的局面？」

羅太太道：「朱四奶奶那裡請吃消夜，我是不能去，你們的鄰居去了。」

陶伯笙唉了一聲道：「她還糊裡糊塗去作樂呢。」

羅太太看他臉上的顏色，有點兒變動，而這聲嘆息，又表示著很深的惋惜似的，便道：「你這是什麼意思？」

陶伯笙回頭看了鄰座並沒有熟人，又看羅太太的女友，也沒有熟人，這才低聲道：「魏先生挪用公款做金子生意，這個案子已經犯了，今天一大早就讓法院傳了去，到現在沒有回來。同時，他家裡的小男孩子也病了，羅太太若是見著她的話，最好讓她早點回去，家裡有了這樣不幸的事，她也應當想點辦法。」

羅太太道：「剛才我們看見她的，怎麼她一字不提？」

陶伯笙道：「大概她還不知道吧？我們是她的老鄰居，在這種緊要關頭，我不能不想法子給她送個信吧？」

羅太太道：「既然這樣，我告一次奮勇，和你去跑一趟吧，好在我今天也不回南岸去。」

陶伯笙抱著拳頭道：「你多少算行了點好事了。」

他看看這座位上全是女客，也無法再站著說下去，就告辭了。

羅太太家裡，常常邀頭聚賭，因之多少帶些江湖俠氣和賭友們盡些義務，這時聽了陶伯笙說的消息，對魏太太很表同情，會過飯東，別了三位女賓，在馬路上坐人力車子，下坡換轎子，利用了人家健康的大腿，二十分鐘就趕到了朱四奶奶公館。

老遠的在大門口，就看到洋樓上的玻璃窗戶，電光映得裡外雪亮。她在樓下叫開了門，由朱四奶奶的心腹老媽子引上了樓。隔了小客廳的門，就聽到一陣窸窸窣窣的小響聲，久賭撲克的人都有這個經驗，這是洗撲克牌和顛動碼子的聲音，那正是在鏖戰中了。

朱公館是個男女無界限的交際場合，男賓進來，還有在樓下客廳裡先應酬一番的，至於女賓，根本就不受什麼限制，無論日夜都可以穿堂入戶。羅太太常來此地，自然更無顧忌，她伸手拉開了小客室的門，見男女七位三女四男正圍了圓桌子賭梭哈。

朱四奶奶並沒有入場，在桌子外圍來往逡巡著，似乎在當招待。她進來了，好幾個人笑著說歡迎歡迎，加人加入，魏太太就是其中的一個。

羅太太看她臉上笑嘻嘻的，似乎又是贏了錢，正在高興頭上呢。看看場面上這些個人，且有男賓，那話當然不便和她說，便站在門口，向她招招手道：「老魏，來！我和你有兩句話說。」

魏太太兩手正捧了幾張撲克牌，像把摺扇似的展開，對了臉上排著，聽了這話，眼光由牌上射了過來，對羅太太望著，臉上帶著三分微笑。

羅太太點點頭道：「你來，我有話和你說。」

魏太太將面前幾個子碼，先向台中心一丟，說了一聲加二萬元，然後對羅太太道：「看完了這牌我就來。」

羅太太知道她又賭在緊要關頭上，不便催她，只好在門邊站了等著。

魏太太看了她那種靜等的樣子，直等這牌輸贏決定，把人家子碼收下了，才離開了座位，迎著羅太太笑道：「你還有什麼特別緊要的事和我商量呢，必定說在你家裡又定下一個局面。」

羅太太攜著她的手，把她拉到外面客廳角落裡，面對面地站了，低聲道：「你是什麼時候離開家裡的？」

魏太太道：「我是一早就離開家裡了，你問這話，有什麼意思嗎？」

羅太太道：「那就難怪了，你家裡出了一點問題，大概你還不知道吧？」

魏太太聽說，將臉色沉下來道：「魏端本管不著我的事。」

她剛是分辯了這句，裡面屋子就有人叫道：「魏太太，我們散牌了，你還不來入座？」

魏太太說聲來了，轉身就要走，羅太太伸手一把將她拉住，連連地道：「你不要走，我的話沒有說完呢。」

魏太太道：「有什麼話，你快說吧，我的個性是堅強的。」

羅太太笑道：「你說的是具體錯誤，你們先生在今日早上讓法院傳去，一直到晚上還沒有回來，你家裡無人作主，你……」

魏太太這倒吃了一驚，瞪了眼向她望著道：「你怎麼知道的呢？」

羅太太道：「我在飯館子裡吃飯，陶伯笙找著我說的，好像他就是有心找你的。」

魏太太立刻問道：「還有其他的人在一路嗎？」

羅太太道：「他後面跟著一個胖子，並沒有和我搭話。」

魏太太道：「陶伯笙和你說了這事的詳情嗎？」

羅太太因把陶伯笙告訴的消息，轉述一遍。

話還不曾說完呢，那邊牌桌上又在叫道：「魏太太，快來吧。有十分鐘了。」

魏太太偏著頭叫道：「四奶奶，你和我起一牌吧，我家裡有點事，要和羅太太商量商量。」說畢，依然望了羅太太道：「你看我這事應當怎麼辦？」

羅太太道：「這事很簡單，你得放下牌來，回去看看。今天是晚了，你打聽不出什麼所以然來，明天你就一早該向法院裡去問問。你那孩子也有點不大舒服，你也應當回去看看，兩個主人都不在家，老媽子是會落得偷懶的。」

魏太太聽了這個報告，深深地將眉峰皺著，兩條眉峰幾乎是湊成了一條線，她手上拿了一方手帕，只管像扭濕手巾似的，不住地擰著，望了羅太太，連說了幾聲糟糕。

羅太太道：「你是贏了呢？還是輸了呢？」

她道：「輸贏都沒有關係，我大概贏了五六萬元，這太不算什麼，我不要就是了，不過今晚上這個局面，是我發起著要來的，朱四奶奶很賞面子，五方八處打電話把腳色邀請了來的，我若首先打退堂鼓，未免對不住朱四奶奶，而且同桌的朋友也一定不高興。」

羅太太道：「那麼，我頂替你這一腳吧，天有不測風雲，誰也難免突然發生問題，我可以和大家解釋解釋。」

魏太太兩手還是互相地擰著那條手絹，微仰著臉向人望著。羅太太道：「你不要考慮，事情就是這樣辦，你所贏的錢，轉進我的財下，就算我用了你的現款好了。」

魏太太道：「好吧，我去和朱四奶奶商量。」說著，她走回屋子去。

朱四奶奶在她的座位前，正堆了好幾疊子碼，她招招手道：「我給你惹下了個麻煩了，接連兩把，將全桌都殺敗了，我贏了將近三十萬，你自己來吧。我再要打替工，桌上人要提起反抗了。來來來，你看這牌，應當怎麼處理？」

魏太太看時，她面前放了四張牌，一暗三明，三張明牌，是一對八，一張K，趕快走到朱四奶奶身後，手按著暗牌，扳起牌頭來，將頭伸進朱四奶奶懷裡，對牌頭上注視著，事情是那樣令人稱心，還是一張八。

她故意鎮定了臉色，因淡淡地道：「牌是你取的，還是由你做主吧。」

這時，桌上已有三家還在出錢進牌。最後一家三張明牌，是一對A，一張J，牌面子是非常好看。她絲毫沒有考慮，在碼子下面取出一張五萬元的支票，向桌心一擲。魏太太早已在別人派斯的牌堆裡掃了一眼，已有一張A存在著。心想，她很少有三個A的可能，縱然是AJ雙對，也不含糊，便笑道：「怎麼樣？四奶奶，花五萬元買一張牌看看吧？」

四奶奶自是會意，笑道：「反正你是贏多了，就出五萬元吧。」於是數了五萬元的碼子，放到桌子中心去。

莊家接著散牌，進牌的前兩家都沒有牌，出支票的這家進了一張八。朱四奶奶進的最後一張，卻又是個K，擺在桌子上的就是K八兩對，這氣派就大了。

應該是朱四奶奶說話了，她考慮到出了錢，別家會疑心是釣魚，出多了錢，人家就說是牌太大了，而不肯看牌，她取了個不卑不亢的態度，隨手取了幾個碼子，向桌中心一丟，因道：「就是三萬元吧。」說著，回頭對魏太太回頭看了一眼。

那個有對A的人，將自己的暗張握在掌心裡，看了一看，那也是一張A。他看過之後，又看朱四奶奶面前的兩對牌。他將牌放下，在他的西服袋內摸出了紙煙盒與打火機，取出一支煙，打著了火把煙點著，然後啪的一聲把盒子蓋著。

他這煙盒子是賽銀的，電燈光下照著，反映出一道光射人的眼睛，而且關攏盒子蓋的時候，其聲音相當的清脆。在這聲色並茂的情形下，可想到他態度的堅決。

他把煙盒子放在面前，用手拍了兩拍，口角裡銜了那支煙捲把頭微偏了，把面前堆的兩疊子碼，用手指向外撥著，把兩疊子碼都打倒了，口裡說句梭了！

魏太太望了他微笑道：「陳先生，你梭了是不大合算的。」

那位陳先生看著她的面色，也就微微地一笑。

魏太太問道：「這是多少，清清數目吧。」

朱四奶奶將桌面上的子碼扒開著數了，增加的是七萬元，於是數了七萬元子碼，總共放到桌子中心比著。

朱四奶奶笑道：「請你攤開牌來吧。」她說這話時，其餘兩家不敢相比，都把牌扔了。

那陳先生到了這時，也就無可推諉了，把那張暗A翻了過來，笑道：「三個頂大的草帽子，還不該梭嗎？」

朱四奶奶向他撩著眼皮一笑，微微地擺著頭道：「那可不行，我們三個之外，還帶著兩個呢。」說著，把那張暗八翻了過來，向桌子中心一丟。

那位陳先生也搖搖頭道：「倒楣倒楣，拿三個愛斯，偏偏的會碰著釘子。可是四奶奶，你又何必呢？」

朱四奶奶將子碼全部收到面前，笑道：「不來了，不來了，贏得太多了。」說著話，站了起來，扯著魏太太的手道：「你坐下來吧，我總算是大功告成。」說話時，她身子一擠擠了開去，兩手推著，讓魏太太坐了下來。

羅太太原是跟進來的，以為等魏太太把話交代完了，就可以接她的下手，**現在見魏太太大贏之下，眉飛色舞，已把前五分鐘得到的家庭慘變消息丟在九霄雲外了。**她站在魏太太對面，離賭桌還有兩三尺路。朱四奶奶是已經離開座位的了，這就搶步走向前來，伸手將她抓住，笑道：「你怎麼回事？這賭桌上有毒蟲咬你嗎？簡直不敢站著靠近。」

羅太太道：「並不是我不敢靠近，因為我家裡有點事。」

主人不等她說完，立刻接著道：「家裡有事，你就不該來。」她口裡說著，親自搬了一把軟墊的椅子，放在賭客的空檔中，還將手拍了兩下椅子。

羅太太望著她這分做作，笑了一笑，因道：「你自己不上桌子，倒只管拉了別人來。」

朱四奶奶道：「今天不巧得很，我家裡有兩個老媽子請假，樓上樓下只剩一個老媽子了，我不能不在這屋子裡招待各位。」

羅太太看看場面上的賭局是非常的熱鬧，便笑道：「我今天不來，我是和魏太太傳口信的，所以我根本就沒有帶著賭本。」

朱四奶奶道：「沒有賭本要什麼緊，我這裡給你墊上就是，先拿十萬給你，夠不夠？」

羅太太道：「我不來吧，看看就行了。」說時，她移著腳步，靠近了賭桌兩尺。

朱四奶奶道：「哎呀！不要考慮了，坐下來吧。」說著，兩手推了她，讓她坐下，她也就不知不覺的坐了下來。

恰好是魏太太做莊散牌，她竟不要羅太太說話，挨次的散牌，到了羅太太面前，也就飛過一張明牌來。牌是非常的湊趣，正是一張A，她笑道：「好！開門見喜。」

羅太太手接著牌，將右手一個中指點住了撲克牌的中心，讓牌在桌子中心轉動著。她默然地並未說話，還在微笑，而第二張是暗張又散過來了，她雖然還沒有決定是不是賭下去，可是這張暗牌來了，她實在忍不住不看，她將右手三個指頭按住了牌的中心，將食指和拇指掀起牌的上半截來，低了頭靠住桌沿，眼光平射過去。

她心裡不由得暗暗叫了一聲實在是太巧了，又是一張A，打梭哈起手拿了個頂頭大對子，這是贏錢的張本，於是將明張蓋住了暗張，攏著牌靠近了懷裡。

魏太太道：「你拿愛斯的人，先說話呀。」

羅太太笑道：「我還沒有籌碼呢。」

魏太太便在面前整堆的子碼中，數了十來個送過去，因道：「這是三萬，先開張吧。」

羅太太有了好牌，又有了籌碼，她已忘記了家裡有什麼事，今晚上必須渡江回家，至於魏太太的丈夫被法院逮捕去了，這與她無干，自是安心把梭哈打下去。

這晚上，魏太太的牌風甚利，雖有小輸，卻總是大贏，每做一次小結束，總贏個十萬八萬的。因為在場有男客也有女客，賭過了晚上十二點鐘以後，大家既不能散場回家，朱公館又沒有可以下榻的地方，只有繼續地賭了下去。

賭到天亮，大家的精神已不能支持，就同意散場。魏太太把帳結束一下，連籌碼帶現款，共贏了四十多萬。朱四奶奶招待著男女來賓吃過了早點，雇著轎子，分別地送回家去。

魏太太高興地賭了一宿，並沒有想到家裡什麼事情，坐了轎子向回家的路上走著，她才想到丈夫已是被法院裡傳去了，而男孩子又生了病。轉念一想，丈夫和自己的感情已經是格格不入，而且他又是家裡有原配太太的人，瞻望前途，並不能有一點好的希望，這種丈夫，就是失掉了，又有什麼關係？

至於孩子，這正是自己的累贅，假如沒有這兩個孩子，早就和魏端本離開了，自己總還是去爭自己的前途，若惦記著這個窮家，那只有眼看著這黑暗的前途，糊裡糊塗地沉墜下去。管他呢，**自己做自己的事，自己尋求自己的快樂**。這麼想著，心裡就空洞得多了。

轎子快到家了，她忽然生了一個新意念：這麼一大早，由外面坐了轎子回來，知道的說是賭了一宿回來了，不知道的，卻說整晚在外幹著什麼呢，尤其是自己家裡發生著這樣重大變化的時候。

這個念頭她想著了，立刻就叫轎夫把轎子停了下來。她打開皮包，取出了幾張鈔票，給轎夫作酒錢。然後閃到街上店鋪的屋簷下，慢慢兒地走著，像是出來買東西的樣子。

於是走到一家糕餅店裡去，大包小裹，買了十幾樣東西，分兩隻手提著。她那皮包裡面滿盛著支票和鈔票，她卻沒有忘記，將皮包的帶子掛在肩上，把皮包緊緊夾在肋下。

她沉靜著臉色，放緩了步子，低了頭走回家去。前面那間屋子倒是虛掩了門的，料著屋子裡沒人，自己的臥室裡卻聽到楊嫂在罵孩子，她道：「你有娘老子生，沒有娘老子管，還有啥子稀奇，睜開眼就跟我扯皮，我才不招閒喀，曉得你的娘，扮啥子燈囉！」

魏太太聽了這些話，真是句句刺耳。在那門外的甬道裡呆站了一會，聽到楊嫂只是絮絮叨叨地罵下去，若衝進屋子去，一定是彼此要紅著臉衝突起來的，便高聲叫著楊嫂，而且叫著的時候，還是向後倒退了幾步，以表示站著很遠，並沒有聽到她的言語。

楊嫂應著聲走了出來，望了她先皺著眉道：「太太，你朗個這時候才走回來？叫人真焦心囉。」

魏太太道：「讓人家拖著不讓走，我真是沒有辦法。」說著，把手上的紙包交給了楊嫂，走進房去，卻看到男小子渝兒靜靜地躺在床上，身上還蓋著一條被子，只露了一截童髮在外面，便問道：「孩子怎麼了？」

楊嫂道：「昨天就不舒服了，都沒有消夜，現在好些，睏著了，昨晚上燒了一夜咯。」

魏太太將兩手撐在床上，將頭沉下去，靠著孩子的額頭親了一下。果然，孩子還有點發熱，而且鼻息呼吒有聲，是喘氣很短促的表現，因向楊嫂道：「大概是吃壞了，讓他餓著，好好地睡一天吧。」

楊嫂站在一邊，怔怔地看了她的臉色，因道：「小娃兒點把傷風咳嗽倒是不要緊，先生在昨日早上讓警察兵帶到法院裡去了，你曉不曉得？直到現在還沒有轉來，也應當打聽打聽才好。」

魏太太放下皮包，脫著身上的大衣，一面向衣鉤上掛著，一面很不在意地答道：「我知道了，那有什麼法子呢？」說著，打了個呵欠，因道：「我得好好地先睡一覺。」

楊嫂見她的態度竟是這樣淡，心裡倒不免暗吃一驚，可是她立刻也回味過來了，淡淡一笑。

魏太太正是一回頭看到了，臉色動了一動，因道：「一大早上，法院裡人恐怕還沒有上班，我稍微睡幾小時，打起精神來，我是應當去看看。」

說著，把放在桌上的皮包打開來，取出一萬元鈔票來，輕輕向桌子角上丟著，因笑道：「拿去吧，拿去買兩雙襪子穿吧。」

楊嫂看到千元一張的鈔票厚厚一疊。這個日子千元一張的鈔票還是稀少之物，估量著這疊鈔票就可以買一件陰丹大褂的料子，豈止買兩雙襪子呢？這樣地想明白了，立刻就嘻嘻地笑了。

魏太太道：「拿去吧，笑什麼，難道我還有什麼假意嗎？」

楊嫂說聲謝謝，把鈔票在桌子角上摸了過去，笑問道：「太太贏了好多錢？」

魏太太眉毛揚了起來，笑道：「昨晚上的確贏得不少，四十萬，魏先生半年的薪水也沒有這多錢。老實告訴你，我是不靠丈夫也能生活的。」

楊嫂想著，**你有什麼本事，你不就是賭錢嘛？**一個人會賭錢，就可以不靠丈夫生活嗎？然而她還對了太太笑道：「那是當然嗎！你是最能幹的太太嘛！一贏就是四五十萬，硬是要得！」

魏太太笑道：「這話又不對了，難道我一個青年女人，還去靠賭吃飯？不過這是一種交際場上的應酬。在應酬場上認識許多朋友，我隨便就可以找個適當的工作。」

楊嫂笑道：「太太，你也找事做的話，頂好是到銀行裡搞個行員做。在銀行裡做事，硬是發財喀。」

魏太太坐在床沿上，把皮包裡的鈔票都倒在床上，然後把大小票子分開，一疊疊地清理著，楊嫂看魏太太在清理著勝利品，悄悄地避嫌走開了，魏太太也沒有加以注意。

魏太太把票子清理完了，抬起頭來，卻看見女兒小娟娟挨挨蹭蹭地沿著床欄桿走了進來，她蓬著滿頭的乾燥頭髮，眼睛睫毛上糊了一抹焦黃的眼眵，她那上嘴唇上，永遠是掛著兩行鼻涕的，今天也是依然。

今天天氣暖和些，她那件夾襖脫去了，只穿那件帶褲子的西服，原來是紅花布的，這已變成了淡灰色的了。她將個食指送到嘴裡銜著，瞪了小眼睛，望了母親走了來。

魏太太嘆了口氣道：「小冤家，你怎麼就弄得這樣髒喲！回頭我給楊嫂五萬塊錢，帶了你去理回髮，買套新衣服穿，不要弄成這小牢犯的樣子。」

魏太太說出了小牢犯這個名詞，她才聯想到娟娟的父親，現在正是牢犯。心裡到底有點蕩漾，她發呆在想心事了。

這時，隔壁的陶太太由外面走了來。她口裡還叫著楊嫂道：「你家小少爺好了一些嗎？我這裡有幾粒丸藥，還是北平帶來的，這東西來之不易，你……」

她說到這個你字，已是走進屋子來，忽然看到魏太太呆呆地坐在床上，倒是怔了一怔，身子向後倒縮了去。

魏太太已是驚醒著站起來了，便笑著點頭道：「孩子不大舒服，倒要你費神，請坐請坐。」

陶太太笑著進來，不免就向她臉上注意著。見她兩個顴骨上紅紅的顯出了兩塊暈印，這是熬夜的象徵，同時也就覺得她兩隻眼睛眶子都有些凹了下去，可是床沿上放著敞開口的皮包，床中心一疊一疊地散堆著鈔票，這又象徵著一夜豪賭，她是大勝而歸了，便立刻偏過頭去，把帶來的兩粒丸藥放在桌子上，因問道：「孩子的病好些了嗎？」

魏太太道：「那倒沒有什麼了不得，不過是有點小感冒。最讓我擔心的，是孩子的父親。你看，這不是人在家中坐，禍從天上來？好端端地讓法院裡把他帶去了。」

陶太太向她看時，雖然兩道眉毛深深地皺著，可是那兩道眉毛皺得並不自然。這樣，陶太太料著她的話並不是怎樣的真實的，因之也就不想多問，隨便答道：「我聽到老陶說了，大概也沒有什麼要緊。你休息休息吧，我走了。」

魏太太倒是伸手將她扯住，因道：「坐坐吧，我心裡亂得很，最好你和我談談。」

陶太太道：「你不要睡一會子嗎？」

魏太太道：「我並沒有熬夜，賭過了十二點鐘不能回來，我也就不打算回來了，現在精神恢復過來了，我不要睡了。」

陶太太也是有話問她，就隨便地在椅子上坐下，因道：「我們老陶是輸了還是贏了呢？」

魏太太道：「我並沒有和陶先生在一處賭，昨晚上他也在外面有聚會嗎？」

陶太太道：「他到現在還沒有回來，我也不知道他是贏是輸。家裡還有許多事呢，他不回來，真讓人著急。」說著，將兩道眉毛都皺了起來了。

魏太太點著頭道：「真的，他沒有同我在一處賭，我是在朱公館賭的。」

陶太太望了她道：「朱公館？是那個有名的朱四奶奶家裡？」說著，她臉上帶了幾分笑容。

魏太太看到她這情形，也就很明白她這微笑的意思了，因搖搖頭道：「有些人看到她交際很廣闊，故意用話糟蹋她，其實她為人是很正派的。」

陶太太在丈夫口裡，老早就知道朱四奶奶這個人了，後來陶伯笙的朋友都是把朱四奶奶當著個話題，這朱四奶奶為人更是不待細說，這就靜默地坐了一會，沒有把話說下去。

她靜默了，魏太太也靜默了，彼此無言相對了一陣，魏太太又接連地打了兩個呵欠。陶太太笑道：「你還是休息休息吧，一夜不宿，十夜不足。」

魏太太打了半個呵欠，因為她對於呵欠剛發出來就忍回去了，因張了嘴笑道：「我沒有熬夜，不過起來得早一點。」說著，將身子歪了靠住床欄桿。

這樣，陶太太覺得實在是不必打攪人家了。說聲回頭見，起身便走。

魏太太站起來送時，人家已經走出房門去了，那也就不跟著再送。她覺得眼睛皮已枯澀得睜不開來，而腦子也有些昏沉沉的。趕快地把床上擺的那些鈔票理起來，放到箱子裡去鎖著，再也撐持不住了，倒在小孩子腳頭，側著就睡了。

約莫是半小時以後，那楊嫂感激著太太給了她一萬元的獎金，特意地煮了三個溏心雞蛋*送進屋子來給她當早點。不想她側身而睡，已是鼾聲呼呼地在響著。走到床面前輕輕地叫了聲太太，哪裡還有一點反應。

她放下碗在桌上，正待給太太牽上被，可是就看見她腳上還穿著皮鞋。大概她睡的時候，也是覺著腳上有皮鞋的，所以兩條腿彎曲著向後，把皮鞋伸到床沿外來。楊嫂輕輕地說了聲硬是作孽，說著，她就彎下腰來，給太太把皮鞋脫下。

睡著了的人，似乎也瞭解那雙鞋子是被人脫下了，兩隻皮鞋都脫光了的時候，雙腳縮著，就向裡一個大翻身。楊嫂跟隨女主人有日子了，知道她的脾氣，熬夜回來，必然是一場足睡，這就由她去睡，不再驚動她了。

魏太太贏了錢，心裡是泰然的，不像輸家熬夜，睡著了，還會在夢裡後悔。她這一場好睡，睡到太陽落山才翻身起床。

她坐起來之後，揉揉眼睛，首先就沒有看到腳頭睡的小渝兒，因叫楊嫂進來，問道：「小渝兒呢？」

楊嫂笑道：「他好了，在灶房裡耍。太太，你硬是有福氣，小娃兒一點也不帶累人。他睡到十二點鐘，一翻身起來，燒也退了，病也好了。你要是打牌的話，今晚上你還是放心去打牌。」

魏太太看她臉上那分不自然的笑意，也就明白了幾分，因道：「你那意思，以為我只曉得賭錢，連魏先生打官司的事，我一點都不放在心上嗎？這樣大的事，那不是隨便便可了的，著急並沒有用處。我遇到了這樣困難的事，我自己不打起精神來，著實的奔走幾天，是找不到頭緒的。你不要看我今天睡了這麼一天，我是培養精神。你打盆水來我洗過臉，我馬上出去。哦！我想起來了。昨天一大早拿去的衣料，現在應該做起來了吧？你給我拿一件來，我要穿了出去，就是那大巷子口上王裁縫店裡。」

楊嫂道：「昨日拿去的衣服，今天就拿來，哪裡朗個快？」

魏太太道：「包有這樣快，我昨天和王裁縫約好了，加倍給他的工錢，他說昨日晚上一定交一件衣服給我。現在又是一整天了，共是三十六小時了，難道還不能交給我一件衣服嗎？」

楊嫂曾記得太太在裁縫店裡，就換過一件新衣服回來，她說是要拿新衣服，那大概是不能等的，這也就不敢耽擱，給她先舀了一盆熱水來，立刻走去。果然是她的看法對的，不到十五分鐘，楊嫂就夾著一個小白包袱回來了。

魏太太正在洗臉完畢，擦好了粉，將胭脂膏的小撲子，在臉腮上塗抹著紅暈。在鏡子裡面看到楊嫂把包袱夾在肋下，這就扭轉身來，連連地跳了腳道：「糟了糟了，新衣服你這樣地夾在肋下，那會全是皺紋了。」說著就立刻跳過來，在楊嫂肋下把包袱奪了過去。

楊嫂看到她那猛烈的樣子，倒是怔了一怔，心裡可也就想著：**為什麼這樣留心這新衣服的皺紋，把這分兒心思用到你吃官司的丈夫身上去，好不好？**

魏太太把那白布包袱在床上展開，將裡面包的那件粉紅白花的綢夾袍子在床上牽直了，用手輕輕撫摸了一番。很好，居然沒有什麼皺紋。她這就微微地笑道：「半年以來，這算第一次穿新衣。」

說著，她把身上這件衣服很快地脫了下來，向床下一丟，然後把這件新衣穿上，遠遠地離了五屜桌站著，以便向那支起的小鏡子可以看到全身。

她果然看到鏡子裡一片鮮豔的紅影。她用手牽牽衣襟，又折摸領圈。然後將背對了鏡子，回轉頭來，看後身的影子。看完了，再用手扯著腰身的兩旁，測量著這衣服是不是比腰身肥了出來。

這位裁縫司務卻是能迎合魏太太的心理，這衣服的上腰和下腰，正合了她的身體大小，露出了她的曲線美。她高興之下，情不自禁地說了句四川話：「要得。」立刻在桌屜裡把新皮包取了出來，將昨晚上贏的款子，取了十萬整數放在裡面，再換上新絲襪子新皮鞋。

身上都理好了，第二次照照鏡子，覺得兩鬢頭髮還是不理想的那樣蓬鬆，於是右手拿牙梳攏著頭髮，左手心將鬢角向上托著，自己穿的是新衣，又用的是新化妝品，覺得比平常是漂亮多了。這就沒有什麼工作了，夾了新皮包，就向外面走。

可是走出房門她又回來了。她想起了一件事，在拍賣行裡買的一瓶香水放在抽屜裡，還不曾用過呢。這個時候，正好拿來灑上一灑。

這樣想著，她又轉身走回屋子，將香水瓶拿出來，拔開塞子，將瓶眼對衣襟上灑了幾遍。

年輕人嗅覺是敏銳的，這就有一陣濃烈的香氣向鼻子裡猛襲了來，心裡高興著，臉上也就發出遏止不住的笑容。

她這次出門，並不像以往那樣魯莽，把那香水瓶蓋好，從容地送到抽屜裡去。把抽屜關好了，還向五屜桌上仔細審查了一下，方才走出去。

她現在是口袋裡很飽，出門必須坐車子，當她站在屋簷下正要開口叫人力車子的時候，讓她想起了一件事，難道就不到法院裡去打聽打聽嗎？魏端本總不至於判死罪，遲早是要見面的。見了面的時候，那時，他說兩日都沒有到法院去打聽，那可是失當的事。雖然現在天色不早，總得去看看，反正撲空也沒有關係，只多花幾個車錢。

她這樣想著，還是不曾開口叫車子，那賣晚報的孩子，肋下夾了一疊報，手上揮著一張報，腳下跑著，口裡喊道：「看晚報，看晚報，黃金案的消息。」

魏太太心裡一動，攔著賣報孩子就買了一張。展開報來看著，正是大字標題「黃金犯被捕」。她看那新聞時，也正是自己丈夫的事。新聞寫著，法院將該犯一度傳訊，已押看守所，犯人要求取保，未蒙允許。

魏太太看了報之後，覺得實在是嚴重，**縱然夫妻感情淡薄，總覺得魏端本也很可憐，他若不是為了有家室的負擔，也許不去做貪污的事。**

她只管看了報，就忘記走開。身後有人問道：「魏太太，報上的消息怎麼樣。」

她回頭看時，正是鄰居陶伯笙，便皺了眉道：「真是倒楣，重慶市上做黃金買賣的人，無千五萬，偏偏就是我們有罪。」

陶伯笙搖搖頭道：「不，牽連的人多了，被捕的這是第三起，昨天晚報上，今天日報上都登了整大段的新聞。」

魏太太道：「我有兩天沒有看報，哪裡知道？我現在想到看守所去看看。」

陶伯笙抬頭望了一下天，因笑道：「這個時候到看守所去，不可能吧？電燈都快來火了。」

魏太太道：「果然是天黑了，不過天上有霧。」她說完了，覺著自己的話是有些不符事實的，便轉過話來問道：「陶先生，昨晚上也有場局面嗎？」

陶伯笙笑道：「不要提起，幾乎輸得認不到還家，搞了一夜，始終是爬不起來。天亮以後，又繼續了三小時，算是搞回來了三分之二。我在朋友那裡睡了一天，也是剛剛回家，太太埋怨死了。」說著，他舉起手來，搖擺了幾下，扭身就走了。

魏太太看看天色，格外的昏沉，電燈桿上已是一串串的，在街兩旁發現了亮球。她想著，任何機關，這時下了班。看守所這樣嚴謹的地方，當然是不能讓犯人見人。反正案子也不是一天有著落，明天一大早去看他吧。

她這就沒有了考慮，雇著車子，直奔范寶華的寫字間。

可是在最熱鬧的半路上就遇到他了，他也是夾了那只大皮包，在馬路邊上慢慢地迎頭走來。遠遠看到，他就招著手大聲叫著：「佩芝佩芝！哪裡去？」

魏太太叫住了車子，等他走近了，笑道：「這時候，你說我哪裡去呢？」

范寶華笑道：「下車下車，我們就到附近館子裡去吃頓痛快的夜飯。」

魏太太依了他，付著車錢下車，她和他走了一截路，低聲微笑道：「你瘋了嗎？在大街上這樣叫著我的名字大聲說話。」

范寶華道：「你還怕什麼？你們那位已經坐了監牢了，你是無拘無束的人，還怕在大街有人叫嗎？」

魏太太笑道：「你說痛快地吃頓晚飯，就為的是這個？你這人也太過分了，姓魏的雖然和我合作有點勉強，可是與你無冤無仇，他坐監牢，你為什麼痛快？」

范寶華挽了她一隻手臂，又將肩膀輕輕碰了她一下，笑道：「你還護著他呢。我說得痛快，也不過是自己的生意做得順手，今天晚上要高興高興。」說著，挽了她的手更緊一點。

魏太太倒也聽其自然，隨了他走進一家江蘇館子去。

范寶華挑了一間小單間，放下門簾，陪了魏太太坐著。茶房送上一塊玻璃菜牌子來，交到范寶華手上。他接著菜牌子，向茶房笑道：「你有點外行。你當先交給我太太看。出外吃館子，有個不由太太做主的嗎？」

魏太太聽了這話，臉上立刻通紅一陣，可是她只能向范先生微微地瞪著眼睛，卻不能說什麼。

可是那位茶房卻信以為真，把菜牌子接過來，雙手遞到魏太太手上，半鞠著躬笑道：「范太太什麼時候到重慶來的？以後常常照顧我們。范太太是由下江來的嗎？」

茶房越說越讓她難為情，兩手捧著菜牌子呆看了，作聲不得。范寶華倒是笑嘻嘻的，斜銜了一支煙捲對她望著。

魏太太心裡明白，這個便宜只有讓他占了去，說穿了那更是不像話了。這就把菜牌子遞回給范寶華道：「我什麼都可以。我只要個乾燒鯽魚，其餘的都由你做主吧。吃了飯我還有事呢，不要耽誤我的工夫。」說著，她又向他瞪了一眼。

他這就很明白她的意思了，笑嘻嘻掏出西裝口袋裡的自來水筆和日記本子，在日記本子上寫了幾樣菜，撕下一頁交給茶房拿去。

魏太太等茶房去了，就沉著臉道：「不作興這樣子，你公開地占我的便宜。」

范寶華並沒有對她這抗議加以介意，又把紙煙盒子打開，隔了桌面送過來，笑道：「吸一支煙吧，你實際上是我的了，對於這個虛名，你還計較什麼。」

她真的取了一支煙銜著，他擦了火柴，又伸過來，給她將煙點著。她吸了一口煙，噴出煙來，將手指夾了煙支，向他指點著道：「還有那樣便宜的事嗎？你當了人這樣亂說，讓朋友們全知道了，我怎麼交代得過去？下次不可。這且不管了，你說生意做得很順手，是什麼事？」

范寶華道：「黃金儲蓄券我已買到手了，有三萬的，有兩萬七八的，還有兩萬五的，正好遇到幾位定黃金儲蓄的人等著錢用，賺點利錢，就讓出來了。我居然湊足了三百兩。我就不等半年兌現，這東西在我手上兩個月，我怕不賺個對本對利。」

魏太太道：「好容易定到黃金儲券，那些人為什麼又要賣出來呢？」

范寶華隔了桌面，向她注視著，笑道：「你應該明白呀。你們老魏就做的是這生意，他們只想短期裡挪用公款一下，買他百十兩金子，等黃金儲蓄券到手，占點兒便宜就賣了，於是把公款歸還公家，就分用那些盈餘。像這種人，他怎麼不知道金券放在手上越久就越賺錢，可是公家的款子可不能老放在私人腰裡。你說是不是？」

魏太太點點頭道：「是的，只是**你們有錢的人，抓住了那些窮人的弱點，就可以在他們頭上發財了。**」

范寶華對於她這個諷刺並不介意，只是向她身上面對了她望著。

她將手上夾的紙煙，隔桌子伸了過來，笑道：「你老望著我幹什麼？我要拿香煙燒你。」

范寶華笑道：「我不是開玩笑。像你這樣青春貌美，穿上好衣服，實在是如花似玉，這樣的人才，教你住在那種豬窠樣的房子裡未免不稱。我對你這身世很可惜，我也就應當想個辦法來挽救你。」

魏太太默然地坐著聽他的話，最後向他問道：「你怎麼挽救我？」

范寶華道：「那很簡單，你和老魏脫離關係，嫁給我。」

魏太太將紙煙放在煙灰碟子裡，提起桌上的茶壺，斟了一杯茶，慢慢的喝著，然後微笑道：「你吃了袁三一次大虧，你還想上當。」

范寶華道：「那是你太瞧不起自己了，你不是她那種人，你不會丟開我，我覺得我們的脾氣很合適。」

魏太太道：「你這時候提出這話，那是乘人於危，人家不是在吃官司嗎？」

他道：「我正因為老魏吃了官司，我才和你說這話。不要說什麼大罪，就是判個三年兩年，你這日子也不好過。我今天看到晚報以後，我就這樣想了，這是給你下的一顆定心丸啦。」

魏太太還要說什麼，茶房已經送進酒菜來了，她笑道：「你今天特別高興，還要喝酒？」說著，她望了那把裝花雕的瓷壺微笑。

范寶華指著放在旁邊椅子上的大皮包笑道：「我為它慶祝。」

這樣，她心裡就暗想著，這傢伙今天眉飛色舞，大概是弄了不少錢。趁這機會就分他兩張黃金儲蓄券過來，於是心裡暗計畫著，要等一個更好的機會向他開口。

飯吃到半頓時，范寶華側耳聽著隔壁人說話，忽然呀了一聲道：「洪五爺也在這裡吃飯。」

魏太太道：「哪個洪五爺？」

范寶華道：「人家是個大企業家，手上有工廠，也有銀行，朱四奶奶那裡，他偶然也去，你沒有會到過他嗎？」

魏太太道：「我就只到過朱公館兩回，哪會會到過什麼人？」

范寶華倒不去辯解這個問題，停了杯筷只去聽間壁的洪五爺說話。聽了四五分鐘，點頭道：「是他是他。我得去看看。」說著，他就起身走了。

她聽到隔壁屋子裡一陣寒暄，後來說話的聲音就小一點，接著，隔開這屋子的木壁子有些細微的摩擦聲，似乎有人在那壁縫裡張望，隨後又嘻嘻地笑了。

魏太太這時頗覺得不安，但既不能干涉人家窺探，也不便走開，倒是裝著大方，自在地吃飯。可是范寶華帶著笑容進來了，他道：「田小姐，洪五爺要見見你。」

她道：「不必吧，我……」這個我字下的話沒有說出，門簾子一掀，走進來一個穿著筆挺西服的人。

他是個方圓的臉，兩顴上兀自泛著紅光，高鼻子上架著一副金絲腳光邊眼鏡，兩隻眼珠在鏡子下面滴溜溜地轉著現出一種精明的樣子，鼻子下面，養出兩撇短短的小鬍子，在西裝小口袋裡垂出兩三寸金錶鏈子，格外襯得西裝漂亮挺括。他手裡握了一支煙斗，露出無名指上蠶豆大的一粒鑽石戒指。

魏太太一見，就知道這派頭比范寶華大得多，記得有一次到朱四奶奶家去，在門口遇到她很客氣地送一位客出來，就是此公。

為了表示大方起見，自己就站了起來，范寶華站在旁邊介紹著，這是洪五爺，這是田小姐。

洪五爺對魏太太點了個頭道：「我們在哪裡見過一面吧？不過沒有經人介紹，不敢冒昧攀交。」

魏太太笑道：「洪先生說話太客氣，請坐吧。」

他倒是不謙遜，帶了笑容，就在側面椅子上坐下，范寶華也坐下了，因笑道：「五爺，就在我們這裡喝兩杯，好不好？」

他笑道：「那倒無所謂，那邊桌上也全是熟人，我可以隨時參加，隨時退席。不過你要我在這裡參加，我就得做東。」

范寶華笑道：「那是小事，我隨時都可以叨擾五爺。」

他聽了這話，倒把臉色沉重下來了，微搖了頭道：「我不請你，我請的是田小姐。」說著，立刻放下笑容來，向魏太太道：「田小姐，你可以賞光嗎？」她笑著說不敢當。

洪五爺倒不研究這問題是否告一段落，叫了茶房拿杯筷來，正式加入了這邊座位吃飯。

魏太太偷眼看范寶華對這位姓洪的十分地恭敬，也就料著他說這是一位大企業家，那並不錯。**自己是個住吊樓的人，知道企業家是什麼型的呢？范寶華都恭敬他，認得這種人，那還有什麼吃虧的嗎？**

這位洪五爺，以不速之客的資格加入了他們男女成對的聚會，始而魏太太是有些尷尬的，但在聚談了十幾分鐘之後，也就不怎麼在意了。

洪五爺倒是很知趣的，雖然在這桌上談笑風生，他並不問魏太太的家庭，而范寶華三句話不離本行，卻只是向洪五爺談生意經。

說到生意上，洪五爺的口氣很大，提到什麼事，就是論千萬，勝利前一年，千萬元還是個嚇人的數目，魏太太冷眼看到他的顏色，說到千萬兩個字總是脫口而出，臉上沒有一點改樣。

她心裡雖然想著，這總有些誇張，可是范寶華對於他每句話都聽得夠味，尤其是數目字，老范聽得入神，洪五爺一說出來，他就垂下了上眼皮，靜靜的聽他報告數目字。

等到有個說話的機會，他就笑問道：「五爺，我有一事不明，要請教請教。」

洪五爺手握了煙斗頭子，將煙斗嘴子倒過來，指著他笑道：「你說的是哪門生意，只要是重慶市上有貨的，我一定報告得出行市來。」

范寶華道：「倒不是貨價，我問的是那位萬利銀行的何經理，他騙取了許多朋友的頭寸，做了一筆大大的黃金儲蓄，這個報上披露黃金案的名單，怎麼沒有他在內？」

洪五爺笑道：「我知道，你是上當裡面的一個。他們是幹什麼的，做這種事，還有不把手腳搞得乾乾淨淨的嗎？他不但是做黃金儲蓄，而且還買了大批的期貨。他若是買的十月份期貨，這幾天正是交貨的時候，萬利銀行真是一本萬利了。你打算和他找點油水嗎？」

范寶華笑道：「我也沒有那樣不懂事，我們憑什麼可以去向銀行經理找油水。」

洪王爺將煙斗嘴子送到嘴裡吸了兩口，笑著點點下巴頦道：「只要你願意找，我可以幫你個忙，給他開個小小的玩笑。」

范寶華道：「那好極了，這回我上他們當的事，五爺當然知道，我也不想找什麼油水，我只要出口氣就行了。」

洪五爺道：「若是你只圖出口氣，我絕可辦到，我現在開張八百萬元的抬頭支票給你，你明天拿去提現。他看到這支票，一定會足足地敷衍你一頓。」

范寶華望了他有些不解，問道：「五爺給我八百萬元的支票，我提到了現，又交給你嗎？」

洪王爺哈哈一笑道：「假如這八百萬元之多的支票，你到了銀行裡就可以取現，那萬利銀行的何育仁也就不到處向大額存戶磕頭作揖了。今天下午，他還特意託人向我打招呼，在這兩三天之內千萬不要提存呢，再說，我們交情上談得到銀錢共來往，可是無緣無故我開張八百萬元支票給你，這說是我錢燒得難受嗎？」

范寶華道：「我也正是這樣想，五爺把支票給我，無論兌現不兌現，我應當寫一張收據給五爺，因為這數目實在太大了。」

洪五爺點點頭道：「那倒也隨你的便。」說著，他在西裝懷裡摸出了自來水筆和支票簿子，寫了一張抬頭的八百萬元支票，隨後又摸出了圖章盒子，在支票上蓋了章，笑嘻嘻地遞了過來，因道：「過去十來天，我們這位何經理太痛快了，現在我們開點小噱頭讓他受點窘，這是天理良心。」

范寶華將支票接過來看了一看，然後也拿出日記本子來，用自來水筆寫了一張收據，也摸出圖章盒子來，在上面蓋了章，兩手捧了拳頭抱著支票作揖，笑道：「多謝多謝。」

洪五爺笑道：「你多謝什麼，我又不白送你八百萬元。」

魏太太見他碰了這樣的大釘子，以為他一定有什麼反應，可是他面不改色的，把支票折疊著，塞到西服小口袋裡放著，似乎是怕支票落了，還用手在小口袋上按了一按。

魏太太這時倒無話可說，慢慢地將筷子頭夾了菜，送到嘴裡，用四個門牙咬著，而且是慢慢的咀嚼下去。

洪五爺似乎看到她無聊，卻偏過頭向她笑道：「田小姐平常怎樣消遣？」

她道：「談不到消遣，於今生活程度多高，過日子還要發生問題呢。」

洪五爺笑道：「客氣客氣！不過話又說回來了，重慶這個半島，擁擠著一百多萬人口，簡直讓人透不出氣來，聽個戲，沒有好角，瞧個電影，是老片子。那個公園，山坡子上種幾棵樹，那簡直也就是個公園的名兒罷了，只有邀個三朋四友，來他個八圈，其餘是沒有什麼可消遣的。」

范寶華笑道：「田小姐就喜歡的這一類消遣。不過十三張是有點落伍了，她喜歡的是五張紙殼的玩具。」

魏太太將筷子頭對他一揮，嘴裡還嗤了一聲。在她的笑臉上眼珠很快地轉動著，向他似怒似喜地看著。

這五爺看了這份動作，那就很可以瞭解他們是什麼關係了，因笑道：「這沒有關係呀，打個小牌，找點家庭娛樂，這是很普通的事。田小姐打多大的牌？」

魏太太笑道：「我們還能說打多大的？不過是找點事消遣消遣。」

洪五爺向范寶華笑道：「我並不想在賭博上贏錢，倒是不論輸贏，有興致就來，興致完了就算了。怎麼樣？哪天我們來湊個局面。」

范寶華笑道：「五爺的命令，那有什麼話說，我哪天都可以奉陪。」

洪五爺將眼睛轉了半個圈，由范寶華臉上看到魏太太臉上，微笑道：「怎麼樣？田小姐可以賞光嗎？」

魏太太正捧了飯碗吃飯，將筷子扒著飯，只是低頭微笑。

洪五爺道：「真的我不說假話，就是這個禮拜六吧，定好了地點我讓老范約你。可以吧？」說到個「吧」字，他老聲音非常的響亮。

魏太太到了這時，不能不答應，便笑道：「我恐怕不能確定，因為我家裡在這兩天正有點問題。」

范寶華手上拿了筷子豎起來，對著他搖了幾下，笑道：「不要聽她的，她沒有什麼事！一個當小姐的人，家裡有事，和她有什麼相干呢？」

洪五爺聽他這樣說，就知道這確是一位小姐。便道：「果然的，小姐在家裡是沒有什麼事，田小姐說是有事，那是推諉之詞。不過我和老范倒是好友，而且老范還推我做老前輩呢。老范可以邀得動你，我也就可以邀得動你。」

范寶華笑道：「沒有問題。」他這句話沒有交代完，隔壁屋子裡卻是嬌滴滴地有人叫了聲五爺。他對於這種聲音的叫喚，似乎沒有絲毫抵抗的能力，立刻起身就走向隔壁的雅座裡去了。

魏太太低聲問道：「這個姓洪的怎麼回事？他有神經病嗎？平白無事開一張八百萬元的支票給你，讓你到銀行裡去兌現。」

范寶華笑道：「慢說是八百萬元，就是一千六百萬元，他要給人開玩笑，他也照樣地開，你若是有這好奇心的話，我明天九點鐘就到萬利銀行去，你不妨到我家裡去等著我的消息。」

魏太太道：「明天上午，我應該……」她下面的這句話，是交代明日要到法院裡去，可是她突然想到老說丈夫坐牢，那徒然是引起人家的訕笑，因之將應該兩個字拖得很長，而沒有說下去。

范寶華笑道：「應該什麼？應該去做衣服了，應該去買皮鞋了，可是這一些你已經都有了哇！」

魏太太道：「已經都有了？就不能再置嗎？」

范寶華道：「不管你應該做什麼吧，希望你明天上午到我家裡來，假如我明天在萬利銀行那裡能出到一口氣，我就大大地請你吃上一頓。」

魏太太將手上的筷子，點了桌上的菜盤子，笑道：「這不是在吃著嗎？」

范寶華笑道：「你願意乾折，我就乾折了吧。」

魏太太向他啐了一口道：「**你就說得我那樣愛錢？**」

就在這個時候，那洪五爺恰好是進來了，這個動作和這句言語顯然是不大高明的，她情不自禁的將臉上抹的脂胭暈加深了一層紅色，洪五爺倒是不受拘束，依然在原來的座位上坐下。

這是一張小四方桌子。范田二人是抱了桌子角坐的，洪五爺坐在魏太太下手，他很親切地偏過頭對了魏太太的臉上望著。笑道：「老范少讀幾年書，做生意儘管精明，可是說出話來，不怎樣的細緻，可以不必理他。」

魏太太對於這個，倒不好說什麼，也只是偏過頭去一笑，那范寶華對於洪五爺這番親近，似乎是很高興，只是嘻嘻地笑。大家在很高興的時候，把這頓飯吃過去了。

這當然已是夜色很深，魏太太根本沒有法子去打聽魏端本的官司。

她到了十二點鐘回家，倒是楊嫂迎著她，首先就問先生的官司要不要緊？魏太太淡淡地說：「還打聽不出頭緒來呢。」

楊嫂不便問了，她也不向下說。不過她心裡卻在揣想著那洪五爺的八百萬元。她想著天下沒有把這樣多的錢給人開玩笑的，不知道他和老范弄著什麼鬼玩意。也許這筆錢就是給老范的。他一筆就收入八百萬元，為什麼不分她幾個錢用呢？

她有了這個想法，倒是大半夜沒有睡，次日早上起來，就直奔范寶華家。

在巷子口上，就遇到了老范，他肋上夾著一只大皮包，匆匆出門。他已經坐上人力車子了，沒有多說話，口裡叫了聲等著我，手拍了一下肋下的皮包，車子就拉走了。

范寶華雖知道皮包裡一張八百萬元的支票，並不是可以兌到現金的，可是他有個想法，萬利銀行兌不到現款的話，不怕何經理不出來敷衍，那時就可以和他算黃金儲蓄的舊帳了。這樣想著很高興地奔到了萬利銀行。

這時，何經理和兩個心腹高級職員正在後樓的辦公室裡，掩上門，輕輕地說著話。那正中的桌子上，正擺著十塊黃澄澄的金磚。

何育仁經理站在桌子旁邊，將手撫摸著那硯盤大的金塊子，臉上帶了不可遏止的笑容，兩道眉峰只管向上挑起。

那金塊子放在桌子中心，是三三四，作三行擺著，每塊金磚有一寸寬的隔離，這桌子正是墨綠色的，黃的東西放在上面，非常好看，而且也十分顯目，金煥然襄理和石泰安副理，各背了兩手在身後，並排在桌子的另一方，對了金磚看著。

何經理向他們看了一下，笑道：「我們費盡九牛二虎之力才把這東西弄到手，照著現在的黑市計算，五六千萬元可賺，不過我們所有的款子都凍結了，我們得想法子調齊頭寸，應付每天的籌碼。」

石泰安是張長方的臉，在大框眼鏡下挺著個鷹鉤鼻子，倒是個精明的樣子。他穿了件戰前的蓄藏之物，乃是件長長的深灰嗶嘰夾袍子。這上面不但沒有一點髒跡，而且沒有一條皺紋。只看這些，就知道這個人是不肯做事馬虎的人。

他對於經理這種看法似乎有點出入，因笑道：「經理所見到的，恐怕還不能是全盛計畫，現在重慶市面上的法幣，為了黃金吸收不斷，大部分回了籠，這半個月來，一直是銀根緊著，家家商業銀行恐怕都有點頭寸不夠，調頭寸的話，恐怕不十分順手，我們不如拋出幾百兩金子去……」

何育仁不等他把話說完，就將頭搖得像按上了彈簧似的，淡笑著道：「唉！這哪是辦法？我不是說了嘛？我們費了九牛二虎之力才買到這批期貨，今日等來明日等，等到昨日才把這批金子弄回來，直到現在還不過十幾小時，怎麼就說拋售出去的話？」

那位金煥然襄理，倒是和何經理一鼻孔出氣的，他將手由西服底襟下面，插到褲岔袋裡，兩隻皮鞋尖點在樓板上，將身子顛了幾顛，笑道：「有了這金子在手上，我們還怕什麼？萬一周轉不過來，把金子押在人家手上，押也押他幾千萬。再說，我們現在拋售，也得不著頂好的價錢。我們為什麼不再囤積他一些日子。」

石泰安笑道：「當然金價是不會大跌，只有大漲的，不過我們凍結這麼多頭寸，業務上恐怕要受到影響。」

何經理站著想了一想，因道：「我在同業方面昨天調動了兩千萬，今天上午的交換沒有問題，下午我再調動一點頭寸就是。不知道我們行裡今天還有多少現鈔？」

石泰安笑道：「經理一到行裡，就要看金磚，還沒有看帳目呢。我已經查了一查，現鈔不過三四百元，我覺得應當預備一點。」

何經理對於這個問題還沒有答覆，門外卻有人叫道：「經理請出來說句話吧。」

何育仁開門走出來，見業務主任劉以存手上拿了張支票，站在客廳中間，臉上現出很尷尬的樣子，便問道：「有什麼要緊的事？」

劉主任將那張支票遞上，卻沒有說話，何經理看時，是洪雪記開給范寶華的支票，數目寫得清清楚楚，是八百萬元，下面蓋的印鑑，固然也是筆畫鮮明，而且翻過支票背面來看，也蓋有鮮紅的印鑑。

他看完了，問道：「這是洪五爺開的支票。昨天我還託人和他商量過了，請他在這幾天之內不要提現，怎麼今天又開了這麼一張巨額支票，而且是開給范寶華的，這位仁兄和我們也有點彆扭。」

劉以存看經理這樣子，就沒有打算付現，因道：「這個姓范的和經理也是熟人，可以和他商量一下嗎？」

他拿著支票在手上，皺了眉頭望著，因道：「那有什麼法子呢！請他到我經理室裡談談吧。」

劉以存答應著下樓去了，何育仁又走回屋子裡，再看了看桌上的金磚，就叫金石二人把它送進倉庫，然後才下樓去。

他到了經理室裡，見范寶華已不是往日那樣子，架了腿坐在沙發上嘴角裡斜銜了一支煙捲，態度非常自得。何經理搶向前，老遠伸著手，老范只好站起來和他相握了。

何經理握著他的手道：「上次辦黃金儲蓄的事，實在對不起，我不曾和行裡交代就到成都去了，好在你並沒有什麼損失，下次老兄有什麼事要我幫忙，我一定努力以赴補償那次的過失。」

范寶華笑道：「言重言重，我不過略微多出些錢，那些黃金單子我還買到了。」

何育仁點著頭道：「是的！把資金都凍結在黃金儲蓄上，那也是很不合算的事。」說話時，他另一隻手還把支票捏著呢，這就舉起來看了一看，因笑道：「我兄又做了一筆什麼好生意，洪五爺開了這樣一張巨額支票給你。」

范寶華道：「哪裡是什麼生意，我和他借的錢還是照日拆算息呢，我欠了許多零零碎碎的債，這是化零為整，借這一票大的，把人家那些雞零狗碎的帳還了。」

何育仁見他說是借的錢，先抽了口氣，這張支票，人家等著履行債務，而且還是親自來取，怎好說是不兌現給人家，因把支票放在桌上，先敬客人一遍紙煙，又伸了脖子，向外面喊著倒茶來，然後拉著客人的手，同在一張沙發上坐了。

他昂著頭想了一想，笑道：「我們是好朋友，無事不可相告，我們做黃金做得太多了，資金都凍結在這上面。這兩天很缺乏籌碼。」

范寶華聽著，心裡好笑，**洪五爺真是看得透穿，就知道萬利兌不出現來。姓何的這傢伙非常可惡，一定要擠他一擠**，因笑道：「何經理太客氣了，誰不知道你們萬利的頭寸是最充足的。」

何育仁道：「我不說笑話，的確，這兩天我們相當緊，錢我們有的是，不過是凍結了，我們商量一下，你這筆款子遲兩天再拿，好不好。」

范寶華道：「五爺的存款不足，退票嗎？」

何育仁連連地搖頭道：「不是不是！五爺的支票，無論存款足不足，我們也不敢退票，求老兄幫幫忙，這票子請你遲一天再兌現。」說著，抱了拳頭連連地拱揖。

范寶華皺了眉頭只管吸煙，兩手環抱在懷裡，向自己架起來的腿望著，好像是很為難的樣子。

何育仁道：「耽誤老兄用途的話，我們也不能讓老兄吃虧。照日子我們認拆息。」

范寶華笑道：「何經理還不相信我的話嗎？我是借債還債。若有錢放債，我何不學你們的樣，也去買金子。請你和我湊湊吧，現在沒有，我就遲兩小時來拿也可以。只要上午可以拿到款子，我就多走兩次路，那倒無所謂。」

何育仁見他絲毫沒有放鬆的口風，這倒很感到棘手。自己也吸了一支煙，這就向范寶華說：「那也好，你在什麼地方，在十一點半鐘的時候，我給你一個電話，支票奉還。」說著，撿起桌上那張支票，雙手捧著，向他拱了兩個揖，口裡連道抱歉抱歉。

范寶華將支票拿著笑道：「我倒無所謂，拿不到錢，我請洪五爺另開一張別家銀行的吧，不過洪五爺他遇到了退票的事，重慶人的話，恐怕他不了然。」

何育仁道：「那是自然，我立刻和他打電話。范兄，這件事還請你保守著秘密，改日請你吃飯。」

范寶華慢慢地打開皮包，將支票接了放進去，笑道：「我看不必等你的電話了，我在咖啡館裡坐一兩小時再來吧。」

何經理笑道：「雖然八百萬元現在是個不小的數目，可是無論如何，一家銀行也不會讓八百萬元擠倒，我就不為老兄這筆款子，也要調頭寸來應付這一上午的籌碼，我準有電話給你。」

范寶華想了也是，在現在的情形，每家商業銀行總應該有一兩千萬元的籌碼預備著，若是逼得太狠了，到了十二點鐘，他可以付出八百萬元時，這時候算是白做了個惡人，這就笑道：「好吧，我等你的電話吧。」

何育仁見他答應了不提現，身上算是乾了一身汗，立刻笑嘻嘻地和范寶華握著手道：「老兄，幫忙我感謝不盡，希望這件事包涵一二。不足為外人道也。」

范寶華點頭道：「那是自然，我們又不是外人。」這句話說得何經理非常高興，隨在他身後送到大門口為止。

他回到經理室，營業科劉主任就跟進來了，低聲問道：「那張支票壓下來了嗎？」

何育仁嘆了口氣道：「壓是壓下來了，聽他的口風，還是非要錢不可。我看他意思，有點故意為難，他說十二點鐘以前，還要到我行裡來一趟呢。」

劉主任手上捏著一張紙條，上面寫了幾行阿拉伯字碼，先把那張紙條遞過去，然後伸了個指頭，將那字碼一行行地指著，口裡報告著道：「我們開出的支票是這多，收到人家的支票是這多，庫存是這多，今天上午短的頭寸，大概是這多。」

何育仁隨了他的指頭看著，看到了現金庫存只有三百六十萬元，便道：「現在已是十點多鐘了，若是沒有大額支票開來，這事情就過去了。至於中央銀行交換的數目，我昨天就估計了，上午還不會短少頭寸，下午？」

他說到這裡，低頭沉吟了一下子，因道：「我得出去跑跑，在同業方面想點法子，大概需要五千萬到六千萬，原因是這一個星期以來，每天都讓存戶提存去了幾百萬，而吸收的存款還不到十分之二呢。」

正說到這裡，一個穿西服的職員匆匆地走了進來，直了眼睛，向劉主任望著道：「又來了兩張支票，一張是一百二十萬，一張是八十萬，整整是二百萬。」

劉主任抬頭看看牆壁上的掛鐘，還是十點三十五分，他怔怔的不敢答覆這個問題，只有向何經理望著。

那鐘擺在那裡響著，聽得很是清楚，吱咯吱咯地響著，好像是說嚴重嚴重！

請續看《紙醉金迷》下冊

紙醉金迷【典藏新版】上

作者：張恨水
發行人：陳曉林
出版所：風雲時代出版股份有限公司
地址：10576台北市民生東路五段178號7樓之3
電話：(02) 2756-0949
傳真：(02) 2765-3799
執行主編：朱墨菲
美術設計：許惠芳
行銷企劃：林安莉
業務總監：張瑋鳳

初版日期：2021年10月
ISBN ：978-986-5589-37-0
風雲書網：http://www.eastbooks.com.tw
官方部落格：http://eastbooks.pixnet.net/blog
Facebook：http://www.facebook.com/h7560949
E-mail：h7560949@ms15.hinet.net
劃撥帳號：12043291
戶名：風雲時代出版股份有限公司

風雲發行所：33373桃園市龜山區公西村2鄰復興街304巷96號
電話：(03) 318-1378
傳真：(03) 318-1378
法律顧問：永然法律事務所 李永然律師
北辰著作權事務所 蕭雄淋律師

行政院新聞局局版台業字第3595號 營利事業統一編號22759935

國家圖書館出版品預行編目資料

紙醉金迷／張恨水 著. -- 初版 -- -- 臺北市：風雲時代出版股份有限公司，2021.04- 冊；公分

ISBN 978-986-5589-37-0（上冊；平裝）

857.7　　110003618